KB175496

운 云
중 中
가 歌

4

운중가 4

ⓒ동화 2015

초판1쇄 인쇄　2015년 9월 10일
초판1쇄 발행　2015년 9월 15일

지은이　동화桐華

펴낸이　박대일
편집　이문영 · 임유리 · 신지연 · 박현주
교정　김미영
마케팅　송재진
표지디자인　김은희

펴낸곳　파란 썸(파란미디어)
출판등록　2004년 9월 14일 제313-2004-00214호

주소　04072 서울시 마포구 성지1길 32-36 (합정동)
전화　02.3141.5589(영업부) 070.4616.2012(편집부)
팩스　02.3141.5590
전자우편　paranbook@gmail.com
카페　http://cafe.naver.com/paranmedia
트위터　@paranmedia

ISBN　978-89-6371-207-9(04820)
　　　978-89-6371-203-1(전4권)

운 云 중 中 가 歌

4

동화 장편소설 · 전정은 옮김

파란

차례

3부

7장
옛 검의 정은 천 년, 예측 못 할 사람 마음은 만 년

민간에서는 윗사람이 세상을 떠나면 3년 동안 상을 치른 후 혼례를 치러야 하지만, 황실에서는 한 달을 1년으로 치기 때문에 '3년'의 기한은 금방 지나갔다.

곽성군은 모두의 예상대로 순조롭게 입궁했고, 첩여 봉작을 받아 소양전昭陽殿에서 살게 되었다. 하지만 효소 황제孝昭 皇帝[1]를 아직 매장하지 않았기 때문에 거창한 예식은 치르지 않았다.

관리들은 허 첩여와 곽 첩여가 머무는 궁전을 비교한 결과 누가 더 중요한지 한눈에 알아보고는 모두들 무슨 선물을 준비해야 할지 고민했다. 그래야 때가 되었을 때 누구보다 빨리 곽부를 찾아가 딸이 황후가 된 걸 축하할 수 있기 때문이었다.

---

1 한 소제 유불릉.

곽성군이 입궁하고 얼마 되지 않아, 푸른 천을 씌운 작은 가마가 또 다른 여자를 태우고 미앙궁으로 들어갔다. 그녀는 유순을 한 번 모신 후 장사長使라는 봉호를 받았고, 외진 곳의 옥당전玉堂殿에서 살게 되었다.

'장사'라는 품계는 이름에서도 알 수 있듯이, 심부름을 하는 궁녀들보다 조금 높은 자리에 불과했다. 그래서 조정의 관리들은 아무도 그녀에게 신경 쓰지 않았다. 금화전에 사는 허평군과 대사마 곽광만이 공손公孫이라는 성을 쓰는 그 여자를 눈여겨볼 뿐이었다.

❀

유불릉은 한창 나이에 붕어했기 때문에 제릉이 완공되지 않아 매장이 미뤄지고 있었다.

그를 어떻게 안장할 것인가 하는 문제로 유순은 무척 난처했다. 성대한 장례를 치르자니 국고가 빠듯하고 시간도 많이 걸렸다. 제릉을 만드는 데는 보통 수년이 걸리는데, 날씨가 점점 더워지는 지금 황제의 시신을 계속 영재궁靈梓宮에 놓아 둘 수도 없는 노릇이었다. 그러나 간소하게 치르자니 훗날 백관들이 비난할까 봐 두려웠다.

이 일로 유순은 몇 번이나 곽광의 의견을 구했지만, 늙은 여우인 곽광은 정확히 대답하지 않고 늘 똑같이 얼버무렸다.

"신은 폐하의 뜻을 따를 뿐입니다."

그 대답에 다른 대신들은 더욱더 나설 수가 없게 되었다. 유순은 어쩔 수 없이 장락궁을 찾아 상관소매에게 의견을 물었다. 그녀를 설득하여 서둘러 상을 치르게 하기 위해 여러 가지 구실을 준비해 놓았지만, 아무래도 상관소매 입장에서는 자신의 존엄이나 체면과 관계된 일이라 간소한 장례를 원치 않을 것이 분명했다.

그러나 뜻밖에도 상관소매는 그가 찾아온 이유를 듣자, 그가 의견을 묻기도 전에 대답했다.

"내가 조서를 내려 화려하지 않고 소박하게 하라고 하겠소."

상관소매의 조서가 있다면 무슨 문제가 생겨도 훗날 그가 책임질 필요가 없었다. 유순은 상관소매에게 더욱 감격하여 깊이 고개를 숙여 절했다.

"황손이 천하 백성들을 대신해 황조모께 감사드립니다."

상관소매는 그 모습을 보지 못한 듯 빙그레 미소만 지었다.

'그 사람이 언제 그런 걸 중요하게 생각한 적 있었나? 한나라와 강족 사이에 전쟁이 터질 것 같은 지금, 군량미와 마초만으로도 큰 지출이 필요한데, 장례를 거하게 치르라고 하면 그도 기뻐하지 않을 거야.'

상관 태황태후가 조서를 내리자 모든 것이 훨씬 쉬워졌다.

두 달간 바삐 일한 끝에 제릉이 거의 완공되었다. 조정의 백관들은 한 달 후에 효소 황제의 장례를 치르고, 태상太常 채의蔡義의 주재하에 평릉平陵에 안장하기로 결론을 내렸다.

곽광은 이 소식을 운가에게 전하고, 장례 전에 효소 황제에게 혼자 추모하고 싶으면 준비해 주겠다고 말했다. 그러나 그녀의 반응은 예상 밖이었다.

"내가 왜 효소 황제를 추모해야 하죠?"

그러고는 몸을 홱 돌려 어디론가 가 버렸다. 곽광은 속으로 걱정이 태산 같았다. 운가는 곽부에 들어온 후 항상 이렇게 미지근한 태도를 유지하고 있었다. 곽성군도 예전까지는 그 기분을 훤히 알 수 있었지만, 지금은 그녀마저 운가처럼 감정을 깊이 감추어 알아낼 수가 없었다.

곽성군이 입궁하기 전에 곽광은 그녀를 달래려고 했으나, 그녀는 그에게 말할 기회를 전혀 주지 않았다. 곽광도 이제는 어쩔 수 없이 시간이 모든 것을 해결해 주기를 바랄 뿐이었다.

사천감에서는 효소 황제의 장례일은 맑을 것이라고 예측했다. 그러나 그날 관이 미앙궁을 나서기 무섭게 맑았던 하늘이 갑자기 어두워지더니 가랑비가 부슬부슬 내리기 시작했다.

봄에서 여름이 되는 동안 8백 리에 이르는 진천秦川²에는 비가 오지 않아, 유순은 편히 잠든 날이 없어 입술이 부르틀 정도였다. 그러다가 오늘 갑자기 비가 오자 비록 진흙길을 가는 것이 힘들고 젖은 몸이 으슬으슬해도, 마음은 훨씬 가벼웠다.

나라 전체가 슬픔에 싸였다. 시선을 들어 보면 천지가 온통

---

2 위수 쪽 평원 지대를 의미함.

아득했다.

한 번, 또 한 번 절을 하고, 조서도 하나씩 읽어 나갔다. 대례가 완전히 끝나고 봉분을 얹을 때, 유순은 갑자기 움찔했다. 그는 바로 명령을 내리지 않고 무의식적으로 제릉 주변을 둘러보았다. 한 바퀴 둘러보아도 당연히 와서 작별 인사를 해야 할 사람이 보이지 않았다.

이번에는 백관들이 무릎을 꿇고 있는 쪽으로 시선을 던졌다. 짐작은 했지만 역시 맹각은 어디로 갔는지 어느새 떠나고 없었다. 유순은 시선을 거두고 효소 황제가 편안히 잠들 능묘를 응시했다. 가슴속에 온갖 기분이 교차하여 도저히 말이 떨어지지 않았다.

백관들은 새 황제 유순이 효소 황제를 차마 떠나보내지 못해 그러는 줄 알았다. 곡소리가 점점 커지더니 모두들 목 놓아 슬피 울어 댔다. 자신이 덜 슬퍼 보일까 봐 불안했던 것이다.

곡소리에 처량하고 싸늘한 비바람이 더해져 주변이 더욱 스산하게 느껴졌다. 멍한 표정으로 있던 상관소매가 도리어 차갑게 황제를 불렀다.

"폐하."

유순은 번뜩 정신이 들었다. 아득한 눈빛은 사라지고 굳센 눈빛만 남았다. 그가 채의에게 고개를 끄덕이자, 채의는 큰 소리로 지하 궁전을 봉하라는 명을 내렸다.

무덤을 덮을 돌이 내려간 후에는 지하 궁전은 영원히 열릴 일이 없었다. 우르릉 하는 묵직한 소리와 함께 일대의 제왕은 영원히 땅속에 잠들었다.

세 살 때 백관들로부터 신동이라고 칭송받고, 여덟 살 어린 나이에 등극하여 채 스물두 살이 되기도 전에 갑작스레 병사한 황제. 그의 생명은 유성처럼 짧았다. 한때 찬란하게 빛나기는 했으나 세상 사람들에게 남긴 것은, 고개 들어 쳐다보아도 정확히 볼 수 없을 만큼 순식간이었다.

같은 시각, 장안성 밖 이름 없는 황폐한 산꼭대기에서는 빨간 옷을 입은 여자가 바람을 맞으며 서 있었다. 비가 여자의 얼굴을 때렸다.

들쑥날쑥 솟은 산봉우리는 몽롱한 비안개에 덮이고, 산골짜기의 안개까지 겹쳐 눈에 보이는 것은 너울거리는 어둠뿐이었다. 어두컴컴한 세상 덕에 그녀의 빨간 옷이 더욱 도드라졌다.

그녀는 무언가를 찾는 듯, 한 걸음 한 걸음 낭떠러지 쪽으로 다가갔다. 야윈 그녀의 몸을 산바람에 휘날리는 그녀의 치마가 변화무쌍한 구름처럼 휘감아, 그녀는 당장이라도 떨어질 것처럼 휘청거렸다.

낭떠러지 끝에 이르자 구름이 바위를 가려 발 딛을 곳을 볼 수조차 없었다. 잘못해서 허공을 밟으면 그녀도 구름으로 변해 사라질 것이다.

어두운 곳에 숨어 있는 맹각은 절벽 끝에 홀로 선 여자를 무심하게 지켜보았다. 눈썹과 눈가가 얼어 버린 것처럼 차가웠다. 그의 뒤에는 우안이 서 있었다. 비가 부슬부슬 내려 우안의 얼굴도 축축이 젖었다. 그는 얼굴에 묻은 빗물을 닦았지만, 가슴속에 흐르는 깊은 연민은 닦아 낼 수가 없었다.

"운가와 선제께서 이곳에 온 적이 있습니까?"

담백한 목소리가 전혀 질문하는 것 같지 않았다. 우안은 신중하게 입을 열었다.

"선제께서 병이 있다는 것을 아신 지 얼마 안 되어 운 낭자를 데리고 출궁하신 적이 있습니다. 당시 소인이 마차를 몰다가 우연히 이곳에 왔었지요."

"오늘은 일출을 볼 수가 없구나!"

운가는 가볍게 한숨을 쉬었지만 많이 아쉬운 것 같지는 않았다. 그녀는 돌아서서 진흙길을 따라 아래로 내려갔다. 비가 부슬부슬 내리는데도 천천히 걷는 것으로 보아, 궂은 날씨도 전혀 아랑곳하지 않는 것 같았다.

본래도 오르기 어려운 산이지만 지금은 비가 와서 더욱 힘들었다. 그러나 운가는 무척 여유롭게 길을 가고 있었다. 그 모습을 본 우안은 속으로 깜짝 놀랐다. 운가가 그동안 무예를 열심히 익힌 것이 분명했다.

운가가 성을 나갈 때는 한밤중이어서 길에 아무도 없었다. 그러나 돌아갈 때는 정오가 막 지난 때여서 사람이 많았다.

황제의 출상이기 때문에 장안성 곳곳에는 흰 천을 들거나 삼베옷을 입은 사람들로 가득해 그녀의 빨간 옷이 유난히 눈에 띄었다. 사람들은 괜히 화를 입을까 두려운지 줄줄이 그녀를 피했다.

과연, 얼마 못 가 한 병사가 운가를 가로막고 뭐라고 야단을 치더니, 그녀를 관아로 잡아가려 했다. 운가는 당연히 그들을 따라가고 싶지 않았기 때문에 병사들과 다투었다.

새 황제가 등극하고 전 황제가 출상하는 이 민감한 시기에 빨간 옷을 입고 거리를 활보해 놓고, 대놓고 포박을 거부하자 병사들은 깜짝 놀라 즉시 운가를 포위했다. 운가는 입가에 미소를 띤 채, 한 병사의 손에서 손쉽게 긴 칼 한 자루를 뺏은 후 장안 시내에서 관병들과 싸우기 시작했다.

우안이 황급히 소리쳤다.

"맹 공자!"

오늘 같은 날 거리에서 소동을 피우면 증거가 확실한 대죄였다. 그러나 맹각은 여유롭게 뒷짐을 진 채 상점 처마 밑에 서서, 눈앞을 흐리게 하는 비의 장막을 통해 맞은편 거리에서 벌어지는 혼란을 차가운 눈길로 바라보기만 했다.

운가의 초식은 훌륭했으나, 두 손으로 여러 사람을 막을 수는 없어서 시간이 지남에 따라 위험해지기 시작했다. 그러나 맹각이 여전히 수수방관하자, 급한 마음에 우안이 결과를 생각지도 않고 직접 나서려고 했다.

그때, 하얀 비단을 씌운 마차 한 대가 길가에 멈추는 것이 보였다. 낯익은 얼굴이 마차 곁을 지키고 있었다. 잿빛 옷을 입은 그 남자는 허리를 숙이고 마차 안에 있는 사람의 명령에 귀를 기울였다.

잠시 후, 그가 황급히 관병들을 통솔하는 통령에게 다가가 요패腰牌를 보여 주고 뭐라고 말했다. 통령은 놀란 눈으로 하얀 마차를 바라보더니, 멀리서 마차를 향해 큰절을 올렸다. 그러자 마차의 가리개가 살짝 걷히고 손 하나가 나와 일어나라는 손짓을 했다.

통령은 관병들에게 싸움을 멈추게 하더니 운가만 남겨 놓고 우르르 물러갔다. 불똥이 튈까 봐 행인들은 벌써 저 멀리 피했고, 주변 상점들도 문을 굳게 닫은 상태라 관병들이 갑자기 물러가자 시끌벅적하던 거리는 순식간에 쥐 죽은 듯 고요해졌다. 처마에서 떨어진 빗방울이 거리의 청석을 때리는 소리만 엇박자로 '똑똑, 똑똑' 하며 들려올 뿐이었다.

운가는 무슨 일인지 몰라 어리둥절해 거리를 둘러보다가 처마 밑에 서 있는 맹각을 발견했다. 가느다란 빗줄기가 장막을 이루어 마치 주렴처럼 그의 얼굴을 모호하게 가려 주었다. 하지만 너무도 익숙한 얼굴이었기 때문에 그 희미한 모습만으로도 누군지 알 수 있었다.

운가는 그가 나선 줄 알고 차가운 웃음을 흘리더니 칼을 팽개치고 떠나갔다.

그때, 흰 천을 두른 마차의 가리개가 올라가더니 궁정 소복을 입은 여자가 마차에서 뛰어내렸다.

"운가!"

운가가 걸음을 멈추고 돌아보았다. 그녀를 향해 총총히 뛰어오는 여자가 보였다. 여자 뒤로 궁녀 두 명이 허둥지둥 우산을 받쳐 들고 쫓아왔다.

"마마, 마마! 비를 맞으시면 안 돼요!"

허평군은 운가 앞에 섰다. 소복을 입고 머리에는 흰 견화絹花를 꽂는 등, 가장 큰 상을 당했을 때의 상복 차림이었다. 반면 운가는 신부처럼 새빨간 옷을 입고 있었다.

두 궁녀가 허평군에게 우산을 씌웠다. 비가 우산을 따라 아래로 떨어져 마치 주렴을 드리운 것처럼 운가와 그녀 사이를 가로막았다. 허평군은 대뜸 우산을 물리쳤다.

"모두 물러가!"

궁녀 두 명은 고개를 숙이고 물러갔다. 허평군은 뭐라고 말하려는 듯 몇 번이나 입을 열었지만 무슨 말을 해야 좋을지 몰랐다. 그렇게 헤어진 후 너무 많은 일이 있어서 어디서부터 이야기를 꺼내야 할지 알 수가 없었던 것이다. 또 운가에게 부끄럽고 미안한 마음이 커서, 어딘지 낯선 운가 앞에 똑바로 서 있기조차 힘들었다.

운가는 한동안 그녀를 바라보다가 갑자기 생긋 웃었다. 그 웃음이 차가운 눈빛을 녹였다.

"언니, 마마가 되었네요."

운가의 가벼운 목소리에 허평군은 겨우 마음을 놓았다. 아직도 그녀는 운가의 '언니'였다. 무슨 일이 있었건 간에 최소한 그것만은 변하지 않은 것이다.

허평군은 운가의 손을 잡더니 갑자기 거리를 따라 뛰기 시작했다. 눈물이 쏟아졌지만 다행히 얼굴을 때리는 비 덕분에, 아무도 그녀의 얼굴에서 미끄러지는 물방울이 사실은 마음속에서 흘러나온 것임을 알아보지 못했다.

긴 거리를 덮은 뿌연 빗속에서 흰 옷을 입은 여자와 빨간 옷을 입은 여자가 손을 잡고 나는 듯이 달려갔다. 길게 늘어진 치마가 살짝 부풀어 마치 반쯤 핀 연꽃 같았다. 쿵쿵거리는 발소리와 함께 연꽃이 흔들리며 비에 젖은 청석 위를 스쳐 가자, 썰렁하던 거리의 모습이 다소 부드러워졌다. 그녀들 뒤로 튄 빗방울들이 꽃처럼 송이송이 어지럽게 피어, 깨지기 쉬운 수정처럼 반짝였다.

허평군은 대체 무엇으로부터 달아나려는 건지, 무엇을 찾으려는 건지 알 수 없었다. 그냥 뛰고 싶었다. 이렇게 뛰는 동안 그동안 미앙궁에 갇혔던 답답함이 가시는 것 같았다. 그녀는 여전히 치마를 걷고 산비탈을 돌아다니며 산나물을 뜯던 말괄량이였다.

장안성을 반쯤 뛰어다닌 것 같았다. 힘이 빠져 더 이상 뛸 수 없게 되자 그녀의 발걸음이 점점 느려졌다. 그녀는 헉헉거리면서 운가를 바라보았다. 그녀는 묶었던 머리가 풀리고 흠뻑 젖은 머리칼이 뺨에 달라붙어 무척 낭패한 몰골이었지만, 눈에서는 짙은 웃음기가 묻어났다.

허평군의 얼굴에는 아직도 비에 젖은 눈물이 흐르고 있었지만 입가에는 웃음이 활짝 피었다. 두 사람은 서로를 바라보다가 갑자기 큰 소리로 웃음을 터트렸다.

인생의 길 위에서 미친 듯이 달려갈 때 누군가 함께해 준다면 크게 웃을 가치가 있었다. 함께해 준 사람이 가족이든, 연인이든, 아니면 친구든, 그 자체로 행운이었다.

허평군은 가족의 지지를 누릴 복도 없었고, 어쩌면 그녀의 손을 잡아 주었어야 할 사람도 이미 잃어버린 것과 마찬가지였다. 그러나 최소한 그녀는 담백하지만 오래가는 또 하나의 따스함을 갖고 있었다.

익숙한 풍경을 보자 허평군의 발이 그 자리에 못 박혔다.

정원 회화나무의 갓 자라난 초록 잎 사이로 조그맣고 하얀 꽃들이 삼삼오오 숨어 담 위로 얼굴을 내밀고 있었다. 비에 젖은 후라 더욱 맑아 보였다. 이제 보니 그녀는 장안성을 반이나 달려 이곳에 오고 싶었던 모양이다.

허평군이 머리에 꽂은 비녀를 빼내 살짝 찌르자 문이 열렸다. 이렇게 자물쇠를 여는 방법도 그가 가르쳐 준 것이었다.

나무 그늘 아래에서 누군가의 그림자가 목공 일을 하다가 웃으며 말하는 모습이 어렴풋이 보이는 듯했다.

"이건 십 년 된 오동나무야. 우리 아들에게 목마를 만들어 주기에 딱이지."

정원 담 아래에 반쯤 파묻힌 술 항아리 옆에서는 또 누군가가 술을 빚으며 돈에 욕심내는 그녀를 비웃는 것 같았다.

"어쩌다 이렇게 돈을 사랑하는 여자와 혼인했을까? 임신하고도 쉬지 않고, 매일처럼 술을 얼마나 빚어야 얼마를 번다는 둥 계산만 하고 있으니!"

안방에는 대나무 광주리들이 텅 빈 채 방 구석에 덩그러니 놓여 있었다. 예전에는 이 광주리들은 매일 쉴 틈이 없었다. 봄부터 가을까지 그 속에서 누에가 뽕잎을 먹는 소리가 사각사각 들렸다.

누에를 치는 일은 힘들었다. 누에가 고치가 되기 전까지 매일 저녁에 두 번씩 먹이를 줘야 했다. 한밤중에 그녀가 옷을 걸치고 일어나려고 하면, 곁에 있던 사람이 어느새 침대에서 내려가 신발을 신으며 말했다.

"더 자! 내가 먹이를 줄게."

허평군은 젖은 소맷자락으로 얼굴의 비를 닦으며 웃었다.

"이 집은 아직 그대로야. 바뀐 게 없네."

운가도 가볍게 "그래요." 하고 대답했다. 그녀는 일부러 허평군의 얼굴을 적신 '빗물'을 모르는 척했다.

허평군은 웃으며 몸을 돌려 밖으로 나갔다.

"너희 집도 구경하자."

운가의 집 앞에 도착해 보니 문이 반쯤 열려 있고, 자물쇠는 망가져 있었다.

'요즘도 장안성에 좀도둑이 있나?'

허평군이 황급히 문을 밀어 열고는 운가를 데리고 안으로 들어갔다. 황동으로 만든 화로 앞에서 맹각이 부젓가락으로 불을 피우고 있었다. 두 사람이 들어오자 그가 담담하게 말했다.

"화로 옆에서 옷을 좀 말리시오."

허평군은 그제야 운가의 몸이 예전 같지 않다는 것을 떠올리고, 황급히 그녀를 화로 옆에 앉힌 다음 낡은 수건과 옷을 찾으려고 방 안을 뒤졌다. 그때, 낯익은 사람이 수건을 가져와 허리를 숙이고 그녀에게 내밀었다. 허평군은 맹각이 부리는 사람이겠거니 하며 그것을 받아 들었다.

"수고했어요!"

그녀는 다시 안방으로 가서 운가에게 얼굴을 닦으라며 수건을 건넸다. 그리고 다른 수건으로 운가의 머리를 닦아 주려는데, 갑자기 어디서 그 사람을 봤는지 생각났다.

'항상 선제 유불릉의 곁을 지키던 환관 우안이잖아?'

어린 환관들에게 듣기로는 유병이가 우안에게 총관을 계속 맡기려고 했지만, 그가 갑자기 실종되었다고 했다. 더구나 궁 안의 진귀한 보물과 서화, 골동품까지 같이 사라졌다는 말이 있었다. 유병이는 선제의 얼굴을 보아 불문에 붙이기로 하고, 우안의 자리에는 칠희를 대신 앉혔다.

운가가 얼굴을 닦으며 말했다.

"언니, 내 걱정은 말고 언니부터 닦아요."

허평군은 깜짝 놀라 정신을 차리고는 억지웃음을 지으며 대답했다.

"알았어."

세 사람은 화로 주위에 둘러앉은 채 아무 말이 없었다. 운가는 옷을 말리는 것에만 골몰한 것 같았고 허평군은 고개를 숙이고 넋이 나간 듯 불꽃을 바라보았다. 맹각은 태연한 표정으로 가끔 부젓가락으로 불씨를 살리곤 했다.

운가는 치마가 반쯤 마르고 한기가 완전히 사라지자 허평군을 보며 말했다.

"언니, 우리 가요……."

갑자기 맹각이 입을 열었다.

"평군, 폐하께서 당신을 황후로 봉하실 것 같소?"

허평군은 즉답을 하지 않았다. 한참 후 그녀가 무관심한 목소리로 말했다.

"문무백관들이 곽성군을 미래의 황후로 여기고 있지 않나요? 얼마 전에는 '공손' 성을 가진 여자가 입궁해서 폐하의 시중을 들었어요. 축하연을 벌이지 않았을 뿐이죠."

운가는 시선을 내려 자그마한 숯을 바라보았다. 새빨갛던 숯이 점점 타서 잿빛이 되어 갔다.

공손 성을 가진 그 여자는 평범한 시위의 누이동생이라고 했다. 그녀가 입궁하고 얼마 되지 않아 유순은 그녀의 오빠 공손지를 범명우의 부하로 보냈다. 이 일은 곽광을 무척 불쾌하게 만들었지만, 유순이 조서를 내리기 전부터 곽광이 동의하지 않으면 조서를 내리지 않겠다는 식으로 그의 체면을 세워 주며 조심스레 행동했기 때문에 곽광은 싫어도 참고 받아들일 수밖에 없었다.

"오늘 장례식 전 폐하와 심복들이 있는 자리에서 장하가, 장례가 끝나면 곧 황후를 세워야 하니 그 전에 폐하의 뜻을 알고 싶다고 말했소. 폐하의 대답은 사람들의 예상 밖이었지."

맹각의 말에 허평군이 고개를 홱 들고 그를 바라보았다.

"예상 밖이라뇨?"

"폐하께서는, 가난했을 때 늘 차던 검이 있는데, 비록 보검은 아니지만 항상 곁에 두고 떨어져 본 적이 없었다고 말씀하셨지. 그리고 요즘은 그것을 볼 수 없어서 그리우니, 우리들에게 대신 좀 찾아 달라고 했소."

마치 먹구름을 뚫고 어둠 속에서 해가 솟아오르는 것처럼 허평군의 눈동자에 순식간에 기쁨이 피어났다. 그 덕분에 그녀 자체가 보물처럼 반짝여 방 안을 환히 비추었다. 그 모습을 보자 맹각은 하려던 말을 하기가 어려웠다.

"황후가 되지 마시오."

"왜요?"

허평군은 이해할 수가 없었다. 맹각은 잠시 생각을 가다듬은 후 말했다.

"황후라는 자리는 곽성군이 반드시 가져야만 하는 자리요. 당신은 그녀의 상대가 못 되오."

그러나 허평군은 개의치 않는 듯 생긋 웃었다. 그리고 맹각의 말을 별것 아닌 것으로 치부하는 듯, 오히려 장난 섞어 말했다.

"이제 운가도 곽 소저예요! 맹 오라버니, 곽 소저 앞에서 곽씨를 나쁘게 말하면 운가가 불쾌해한다고요."

곽광은 운가를 받아들인 후, 바깥에는 운가를 일찍 죽은 그의 본처의 먼 친척이라고 알렸다. 오랫동안 만나지 못해 서로 알아보지 못했다며, 장안에서 의지할 곳 없는 운가가 가엾어 양녀로 삼아 곽운가라는 이름을 지어 주었다는 것이었다. 소문에는 곽광이 운가를 무척 아껴 곽성군마저 운가에게 공손하게 언니라고 부른다고 했다. 그래서 곽부 사람들 중에 운가에게 함부로 하는 사람은 아무도 없었다.

허평군은 곽광이 말한 것처럼 그렇게 단순한 사이가 아닐 거라고 짐작했다. 유병이도 그녀에게 운가를 만나거든 대체 어떻게 된 일인지 확실히 알아보라고 재삼 부탁했다. 그러나 허평군도 자기만의 생각이 있었다. 그녀가 아는 사람은 운가 그 자체였다. 그러니 운가의 성이 곽씨든 유씨든, 출신이 귀하든 천하든, 운가를 친동생처럼 여기면 그만이었다. 복잡하고 어지러운 일들은 운가가 스스로 설명해 준다면 듣겠지만, 말하기 싫어하면 그녀 역시 상관할 필요가 없었다.

운가가 쓴웃음을 지으며 말했다.

"언니, 기분이 좋아서 날 갖고 장난치는 거죠? 곽성군은 진작부터 황후 자리는 자기 것인 줄 알고 있었으니, 더러운 연못

속을 헤치며 살고 싶지 않다면 황후는 하지 않는 게 좋아요."

"내 남편이 연못에 빠졌는데 나만 연못가에 서서 수수방관 하란 말이야?"

허평군의 말에 맹각은 속으로 다른 생각을 했다. 유순이 예전에 들고 다니던 검을 찾아 달라고 말한 것이 정말 그 검에 정이 깊어서일까? 하지만 허평군의 눈동자에는 기쁨이 넘쳐흐르고 있었다. 저 단순한 여자의 마음과 뜨거운 갈망은 요 근래 그가 본 것 중 가장 깨끗한 아름다움이었다. 그래서 그는 차마 그것을 깨뜨릴 수가 없었다.

그러나……. 그는 벌써 그를 믿고 애원하는 눈동자를 깨뜨린 적이 있지 않았던가? 신선한 꽃 아래 썩은 잎이 가득하다는 사실에는 이미 익숙해지지 않았던가?

"평군, 이런 생각은 안 해 봤소? 만약 폐하께서 당신을 황후로 삼으면 당신은 칼날 위에 선 것과 마찬가지요. 폐하께서는 천자의 권력을 얻고 싶어 하고, 곽씨는 가족의 권세를 유지하고 싶어 하니, 그들 간의 충돌은 후궁에 집중될 거고, 당신이 제일 먼저 공격 대상이 되겠지. 폐하께서 당신을 황후로 삼는 것은 어려운 일이 아니오. 조서 한 장만 내리면 되지. 그래도 곽광은 그의 성격상 절대로 황제와 정면충돌하지는 않을 것이오. 그렇지만 당신은 무슨 수로 황후 자리를 보호하겠소? 폐하께서 그렇게 하시는 건 당신을 위험한 곳에 내놓고, 당신의 안전을 이용해 다른……."

허평군이 단호하게 말했다.

"맹 오라버니, 말할 필요 없어요. 무슨 뜻인지 나도 잘 알아요. 나도 병이가 나를 황후로 만들겠다는 이유가 그거라고 생각해요. 그는 조정에서 곽광과 줄다리기를 하고 있으니 후궁까지 곽씨에게 넘겨주고 싶지 않을 테죠. 거긴 그의 집이고, 그는 안심하고 쉴 수 있는 곳이 필요해요. 그리고 난 그가 쉬는 동안 그의 검이 되어 그를 보호하고 싶어요. 그는 내 남편이에요. 그에게 시집간 후로 나는 평생 그와 함께하기로 결심했어요! 그도 날 보호해 주리라 믿어요. 나는 그의 아내니까요!"

운가는 맹각이 은연중에 암시한 것을 알아듣고 오싹 한기가 들어 깊이 생각에 잠겼지만, 허평군의 힘찬 목소리를 듣자 그 말도 옳다는 생각이 들었다. 누군가를 사랑하면 그 사람과 함께하고, 함께 환난을 겪고 싶은 것이 당연했다. 그녀도 처음부터 허 언니처럼 주저하지 않고 용감했더라면 최소한 릉 오빠와 좀 더 많은 시간을 보내고, 좀 더 즐거웠을 것이다.

맹각은 허평군의 선택을 예상했는지 여전히 빙그레 웃으며 말했다.

"처음에는 유순이 나보다 행운아라고 생각하다가, 그 후로 내가 더 행운아라는 생각을 하게 됐소. 하지만 지금 보니 역시 그가 나보다 더 행운아로군."

운가의 입가에 냉소가 떠올랐다.

허평군은 두 사람의 모습을 보자 마음이 불안했다. 문득 어떤 생각이 머릿속에 솟아났다.

'맹각은 대체 왜 운가의 아기를 유산시켰을까? 병이는 대체

무슨 일을 했을까? 언젠가 운가가 병이가 한 일을 알게 되면 나는 어떻게 해야 할까?'

맹각은 운가의 적의는 전혀 느끼지 못하는 듯 운가에게 말했다.

"당신은 곽부에 머물기로 했고, 당신만의 집도 생겼군. 게다가 당신을 안전하게 돌려보내 줄 사람도 생겼으니 내가 굳이 여기 남아서 남을 불편하게 할 필요는 없을 것 같소."

우안이 방에서 나와 운가 앞에 무릎을 꿇었다.

"소인이 일처리를 잘하지 못해 그동안 아가씨께서 고생이 많으셨습니다. 부디 그분…… 그분의 얼굴을 보아서라도…… 소인이 아가씨를 계속 모시게 해 주십시오."

운가의 머릿속에 굉음이 울리고 심장은 칼로 도려내는 듯이 아파 왔다.

그녀의 기억 속에 여산에서의 마지막 밤은 흐릿하기만 했다. 그녀는 한숨 잤을 뿐이고 사실 그는 줄곧 떠나지 않고 있었다. 그녀의 기억 속에서 그는 여전히 깊은 밤 난간에 기대어 별을 감상하고 있었다. 조용히 부르기만 해도 밤빛과 별빛을 걸친 채 방으로 들어올 것 같았다. 그녀의 기억 속에서 그는 잠시 멀리 떠난 것뿐이었다. 그는 분명 그녀가 걱정되어 우안을 보낸 것이다. 분명히…….

허평군은 운가가 심장을 움켜쥐고 안색마저 창백해지는 것을 보자 황급히 그녀를 부축했다.

"운가, 왜 그래?"

운가는 고개를 저었다. 곧 안색이 원래대로 돌아온 그녀가 우안에게 말했다.

"릉 오빠가 당신을 보냈으니, 내가 싫어할 리 없잖아요. 하지만 난 잠시 동안 곽부에 머물고 있는데, 그래도 같이 가겠어요?"

우안이 간단히 대답했다.

"아가씨께서 계시는 곳이라면 어디든 가겠습니다."

운가는 문득 누군가가 떠올라 물었다.

"부유는 어디에 있죠?"

맹각이 대신 대답했다.

"우리 집에 있소. 당신을 따라가라고 하겠……."

"됐어요."

운가가 말을 끊으며 허평군에게 말했다.

"언니, 부유 기억하죠? 온천궁에서 만났던 환관 말이에요."

허평군이 웃으며 고개를 끄덕였다.

"그럼. 어려울 때 만난 사이인데 어떻게 잊겠니? 그 후에도 궁에서 그를 만났는데, 내게 무척 잘해 줬어."

"언니가 황후가 될 생각이라면 부유를 초방전의 총관으로 삼아요! 그는 궁에서 오래 지냈기 때문에 궁중의 규범에 대해서 잘 알고 있고, 지금 폐하의 시중을 드는 칠희나 태황태후전의 육순 같은 여러 환관들과 교분도 있어요. 그리고 영리해서, 언니가 시키는 일도 잘해 낼 거예요."

허평군도 궁에서 얼마간 머물렀기 때문에 별 볼 일 없어 보이는 환관과 궁녀들이 얼마나 중요한지 잘 알고 있었다. 궁궐에서의 일거수일투족은 환관과 궁녀의 눈을 피할 수 없어, 허평군은 항상 뒤를 따르는 눈 때문에 마음이 불안했고, 무엇을 하려고 해도 뜻대로 할 수가 없었다.

게다가 그녀는 출신이 비천해서 의지할 외척도 없으니, 그녀를 도와 이런 일들을 신경 써 줄 사람이 없었다. 그런데 운가가 그 마음을 알고 순식간에 가장 큰 문제를 해결해 준 것이다. 그녀는 기쁨을 참지 못하고 대답했다.

"당연히 좋지!"

황동 화로의 숯이 거의 꺼져 가고 있었지만 허평군은 미적거리며 떠나려고 하지 않았다. 익숙한 옛집에서 다 같이 화로를 끼고 둘러앉아 있으니, 한 사람 빠진 것 말고는 모든 것이 예전 같았다. 그녀는 익숙한 따스함이 그리웠고, 싸늘한 미앙궁으로는 돌아가고 싶지 않았다. 하지만 운가는 전혀 미련이 없는지 불씨가 꺼지자마자 일어났다.

"언니, 갈까요?"

허평군도 어쩔 수 없이 일어났다. 맹각이 낡은 우산을 그녀에게 건네자, 허평군은 고마움의 표시로 살짝 고개를 끄덕인후 한 손에는 우산을 들고 다른 손으로는 운가의 손을 잡은 채문을 나섰다.

두 사람이 골목 어귀에 도착하자 잿빛 옷에 환관 복장을 한사람들이 다가왔다. 그들은 허평군과 운가 뒤를 따르는 우안을 보자 깜짝 놀라 허평군에게 인사를 하는 것조차 잊어버렸다.

"스승님, 어떻게……."

누군가 중얼거리듯 말하자 우안은 겸손하게 몸을 숙였다.

"당치 않습니다. 소인은 이제 곽부의 하인이니, 여러분들께 경칭을 들을 수는 없습니다."

환관들은 여전히 넋이 나간 듯 우안을 바라보았다. 허평군이 불쾌한 듯 헛기침을 하자 그제야 몇 사람이 황급히 정신을 차리고, 우안을 무시한 채 그녀에게 인사를 했다. 허평군은 손을 저어 그들을 물리친 후, 운가의 손을 잡고 무척 아쉬운 표정으로 신신당부했다.

"앞으로는 거리에서 싸우지 마."

운가가 미소를 지으며 대답했다.

"언니, 내 걱정은 하지 말아요. 곽광이 내게 아주 잘해 줘요. 그렇지 않으면 무슨 용기로 거리에서 소란을 피웠겠어요. 곽씨네의 사랑받는 아가씨니까 제멋대로 굴 수 있는 거예요."

허평군은 푸하하 웃음을 터트렸다.

"너도 참! 그런 줄 알았으면 나도 나서지 않았을 거야."

하지만 그 목소리는 여전히 염려스러웠다. 운가가 웃으며 말했다.

"언니, 언니 자신도 잘 돌봐요. 내 일은 내가 알아서 해요."

허평군은 고개를 끄덕일 수밖에 없었다. 그녀는 들고 있던 우산을 운가에게 주고 돌아서서 떠나갔다. 환관들이 다가와 그녀에게 우산을 씌워 주고 길을 안내했다.

그때, 우연히 지나던 주민이 허평군을 알아보고 놀라서 우산을 내던지며 길옆에 엎드렸다. 상황을 모르는 어린아이가 큰 소리로 외쳤다.

"유씨네 아줌마다! 엿 주신다고 하셨는데……."

아이의 엄마는 얼굴이 사색이 된 채 아이의 입을 틀어막고는 다른 손으로는 아이의 머리를 눌렀다. 그들 모자는 용서를 빌듯이 힘껏 머리를 조아렸다. 허평군은 그들에게 일어나라고 했지만 부인은 여전히 머리를 조아린 채 감히 한 마디도 하지 못했다.

몽롱한 빗줄기가 세상을 덮어, 겨우 오후인데도 밤처럼 어두웠다. 긴 거리 한가운데에 서서 진흙길 위에 엎드려 머리를 조아리는 사람들을 바라보는 허평군의 표정은 막막했다.

❀

장례가 끝나고 얼마 되지 않아, 장하와 장안세 형제가 문무백관 앞에서 유순에게 글을 올려 허 첩여를 황후로 책봉하라고 요청했다. 그 창졸간의 일에 곽광 일파들도 대응할 방법이 없었다.

대사농 전광명이 반대했다. 허 첩여는 죄인의 딸이므로 국모가 될 수 없고, 곽 첩여는 귀한 가문 출신에 품성도 단정하니 황후가 되기에 이보다 나은 사람이 없다는 것이었다. 그러자 장안세는 허 첩여가 비록 천한 출신이지만 황제와 환난을 함께하며 쌓은 깊은 정이 훨씬 감동적이라고 반박했다.

양쪽 다 물러서지 않고 고집을 피우자 이제는 유순이 결정할 수밖에 없게 되었다.

유순은 명확하게 누구라고 말하지는 않았지만, 허평군과 처음 만나 혼인하기까지의 과정을 추억하며, 그가 어렵고 가난할 때 아내가 백방으로 보살펴 주었다는 것을 넌지시 비추더니 감정이 격해져 눈물까지 글썽였다.

맹각의 말대로, 유순이 마음을 드러내자 곽광은 공손하게 받아들일 뿐 대놓고 반대하지는 않았다. 우장군 장안세와 경조윤 준불의가 재차 진언하자 결국 유순은 성지에 인장을 찍고 허평군을 황후로 책봉한다는 것을 천하에 정식으로 선포했다.

곽광은 속으로는 불쾌할지 몰라도 겉으로는 드러내지 않았다. 심지어 아랫사람들을 시켜 허평군의 황후 책봉을 축하하는 선물까지 준비하게 했다.

하지만 소양전에 이 소식이 전해지자 곽성군은 화가 나서 기절할 뻔했다. 소양전 안에 있는 물건 중 유순이 하사한 것들은 모두 바닥에 집어 던지고, 그래도 망가지지 않은 것들은 가위를 가져와 싹둑싹둑 잘랐다. 전전긍긍하며 말리려던 시녀들은 혼쭐이 나서 물러났다.

물건을 다 망가뜨리고 나자 온몸에 힘이 빠지고 비분이 밀려왔다. 그녀는 흐느적거리며 바닥에 주저앉았다. 고개를 드니 창 아래에 아직도 달로 달아나는 항아의 모습을 그린 팔각등이 걸려 있었다. 그것을 바라보던 곽성군이 갑자기 큰 소리로 웃음을 터트리더니 자기 뺨을 세게 때렸다.

'곽성군, 이 멍청이! 또다시 남자에게 속다니! 물론 그가 군

자가 아니라는 건 알고 있었어. 하지만 최소한 신용은 있는 장
사꾼이라고 여겼지. 그래서 그가 제위에 오르는 걸 돕는 대가
로 황후 자리를 얻는 것은 공평한 거래라고 생각했어! 그런데
그는 장사꾼도 아니었던 거야. 오늘 내 손으로 뺨을 때린 건
정신 바짝 차리고, 지금 저지른 잘못을 영원히 기억하라는 뜻
이야!'

　　유순이 조강지처를 버리지 않았다는 말이 민간에 전해지자
수많은 백성들이 감동했다. 자고로 '여자는 사랑에 목매지만,
남자는 박정하다'는 말이 있는데, 황제가 되어서도 정을 잊지
않는 유순의 모습은 많은 여자들에게 감동과 부러움의 눈물을
자아내게 했다.

　　한동안 장안 거리에서는 검 가격이 몇 배로 치솟았다. 여자
들이 검을 사서 사랑하는 사람에게 선물하며, 연인이 유순처럼
훗날 높은 자리에 오르더라도 '옛 검과의 깊은 정'을 잊지 않기
를 기원했기 때문이었다.

　　'옛 검과의 깊은 정' 이야기와 함께 유순은 한나라 개국 이래
백성들로부터 가장 사랑받는 황제가 되었다. 백성들 마음속에
서 이번 황제는 너무 높아 닿을 수도 없는 용좌에 앉은 차가운
그림자가 아니라 정과 의리가 있는 사람으로 느껴졌기 때문이
었다.

　　황제 역시 그들과 마찬가지로 웃을 줄 알고 눈물 흘릴 줄 아
는 사람이었고, 백성들은 그런 유순을 무척 가깝게 여겼다. 백

성들은 조강지처와의 정과 의리를 지키는 황제가 백성들에게 못하지는 않으리라고 생각했다.

이 점은 맹각조차 생각지 못한 것이었다. 아직 정치적 치적 하나 제대로 쌓지 못한 황제가 이 방법으로 단번에 민심을 얻자, 맹각은 싸늘하게 비웃으면서도 그 마음을 헤아리지 못한 스스로를 한탄했다!

허평군이 황후로 책봉되자 아들인 유석은 유순의 적장자가 되었다.

주나라 이래로 천자의 자리는 적장자가 계승하는 것이 관습이었다. 태자 자리는 말할 것도 없이 유석의 차지라고 볼 수 있었다. 조정에서 황제에게 충성하는 대신들은 기뻐서 춤을 추었다. 곽씨의 압제에 눌려 산 지 이십여 년 만에 마침내 희망을 발견한 것이다.

직설적인 장하는 여세를 몰아 유순에게 유석을 태자로 책봉하라 청하려고 했다. 하지만 영리한 장안세는 고개를 저으며 반대했다. 장하는 약간 화가 나서 아우에게 소리쳤다.

"우리 장씨가 폐하께 충성을 바치기로 한 이상, 너와 곽광은 우물과 강물처럼 서로 섞일 수 없는 사이다. 그런데 왜 아직도 그렇게 겁을 내는 거냐?"

장안세는 그런 형님 앞에서 한숨밖에 나오지 않았다.

"태자와 황후는 다릅니다. 곽광의 성격에 허평군이 황후가 되는 것은 참을 수 있겠지요. 어쨌거나 실질적으로는 곽씨가

후궁을 장악하게 할 방법이 있을 테니까요. 하지만 태자 문제
는……."

그는 고개를 저으며 곽광이 태자 자리만큼은 절대 포기하지
않을 거라는 뜻을 비쳤다. 그러자 장하가 냉소를 흘렸다.

"태자는 반드시 세워야 한다. 지금은 허 황후에게만 아들이
있는데, 그를 태자로 삼지 않으면 누굴 세우겠느냐? 곽광이 아
무리 대단한들 쌀도 없이 밥을 지을 수는 없다. 상소를 올릴 테
냐, 말 테냐? 네가 안 하겠다면 내가 하마."

그러고는 장안세가 말릴 겨를도 없이, 장하는 성큼성큼 방
에서 나가 버렸다.

태자를 세우자는 장하의 요청은 커다란 바위처럼 조정에 물
보라를 일으켰다.

태자를 세우는 문제는 아직 적절한 준비가 이루어지지 않아
유순이나 곽광 모두 함부로 꺼내지 못하고 있었다. 하지만 장
하의 상소 때문에 양쪽에서 잠시 피하려 했던 문제가 수면 위
로 드러나고 말았다.

곽광이 놀라고 분노한 것은 말할 것도 없고, 유순도 속으로
는 장하의 제멋대로의 주장에 골치가 아팠다. 하지만 장하는
그에게 은혜가 있었고, 항상 그에게 충성을 다한 사람이었다.
게다가 즉위한 지 얼마 되지 않아 진정으로 의지할 만한 신하
가 장하를 비롯한 몇 사람뿐이었기 때문에 속으로만 앓을 뿐이
었다. 한번 쏟아진 물은 주워 담을 수 없듯, 일이 이렇게 된 이

상 부득불, 조심조심 해결법을 찾아내는 수밖에 없었다.

조회가 끝나자 유순은 칠희를 시켜 몰래 장안세를 불러들였다.

유순은 아랫자리에 꿇어앉은 장안세를 보며 간절하게 말했다.

"장 장군, 지난날 짐과 황후의 혼사는 장군의 형님이 주선하셨소. 오늘 또 장군의 형님이 글을 올려 짐과 황후의 아들을 태자로 삼자고 주청했소. 짐이 말하지 않아도 장군 또한 조정의 상황을 잘 알 거요. 짐은 지금 석을 태자로 삼을 수 있겠는지, 장군의 의견을 듣고 싶소."

장안세는 속으로 씁쓸하게 한숨을 내쉬었다.

'형님, 정말 이 아우를 죽일 셈이시군요! 늘 조정의 싸움에 거리를 두고, 어느 당파와도 교분을 맺지 않았던 제가 지금은 확실히 편을 결정해야 하는 상황에 내몰리고 말았습니다.'

장안세가 말이 없자 유순은 초조해하지 않고 가만히 기다렸다. 장안세는 세 명의 황제를 모신 원로대신이며 병권을 쥔 우장군이었다. 생각이 깊고 일처리도 신중한 편이어서 유석을 태자로 세울 수 있느냐 없느냐는 모두 그에게 달려 있었다.

유순의 질문은 '지금 유석을 태자로 세울 수 있는가'였지, '유석이 태자로 적당한가'는 아니었다. 보아하니 유순의 마음은 이미 정해졌고, 태자를 세우는 것은 시간문제일 뿐이었다.

태자를 세우는 것은 쉽다. 조서를 내리고, 재빨리 천하에 선포하면 곽광이 아무리 횡포를 부려도 유순의 목에 칼을 들이대거나 조서를 거두라고 협박할 수는 없었다. 그러나 곽광의 그늘 아래에서 유석이 과연 황제 자리에 오를 수나 있을까?

장안세는 한참 동안 망설였지만 결단을 내릴 수가 없었다. 이러지도 저러지도 못하고 고민에 빠져 있다 문득 좋은 생각이 떠올라, 그가 천천히 입을 열었다.

"폐하, 이렇게 된 이상, 태자를 세우는 것도 위험하나 세우지 않는다고 해서 위험이 해소될 것 같지 않습니다. 그러니 차라리 배수진을 치듯 태자를 세우시지요! 명분이 갖춰지면 아무래도 꺼리는 마음이 생길 것이니, 보란 듯이 나쁜 짓을 꾸미지는 못할 겁니다."

유순이 탁자를 내리치며 벌떡 일어났다. 그의 눈동자에는 기쁨과 만족이 가득했다.

"좋소! 짐이 원한 것이 바로 그 말이오."

그는 빠른 걸음으로 아래로 내려가 친히 장안세를 부축해 일으켰다. 장안세는 황공해하며 다시 무릎을 꿇고 연신 머리를 조아렸다.

"신은 폐하의 후의를 감당할 수 없습니다! 다만……."

크게 기뻐하던 유순은 장안세의 '다만'이라는 말에 안색이 금세 어두워졌다. 하지만 곧 자신이 장안세의 조심스럽고 신중한 성격을 높이 샀다는 사실을 떠올리고, 불쾌한 표정을 거두며 물었다.

"다만 무엇이오?"

장안세가 조심스럽게 아뢰었다.

"황자께서는 조정에 의지할 만한 신하가 없으시니, 태부의 역할이 무엇보다 중요합니다. 폐하께서 황자 전하를 태자로 세우실 생각이시라면, 반드시 좋은 태부를 고르셔야 합니다."

장안세의 말인즉, 유석이 의지할 만한 외척이 없어 세력이 미약한 것이 걱정된다는 뜻이었다. 그러나 '스승은 곧 아버지와 같다'는 속담처럼, 태부가 유석이 의지할 만한 세력을 만들어 줄 수도 있는 것이다. 장안세는 태부가 정해진 후에 승패를 가늠해 본 다음 장씨의 운명을 태자에게 걸지 어떨지 결정하겠다는 것이었다.

유순은 얼마간 대전 안을 천천히 거닐다가 다시 용상에 앉으며 말했다.

"장군은 우선 돌아가시오! 이 문제는 짐이 곰곰이 생각해 보겠소."

장안세는 머리를 조아린 후 고개를 숙인 채 대전에서 물러갔다.

벌써 날이 어두워져 있었다. 칠희와 다른 환관들이 들어와 등을 켜려고 했으나 유순이 손을 저어 물리쳤다. 점점 어두워지는 전각을 바라보며, 그는 문득 무력감을 느꼈다.

'내일 조정에 나가 장하의 주청을 거절해야 할까? 그러려면 오늘 밤은 소양전에서 묵어야 할 것이다. 하지만 그곳에 묵을 때마다 위험만 가중될 뿐이다! 만약 곽성군이 회임이라도 한다면…….'

그 문제만큼은 생각할 용기조차 나지 않았다.

조용히 한참 동안 자리에 앉아 있던 그가 갑자기 벌떡 일어났다. 그는 선실전을 나가 초방전으로 향했다. 칠희가 사람을 부르려고 했지만 유순이 저지했다.

"너만 짐을 따르면 된다."

허평군은 유석에게 글자를 가르치고 있었다. 간단한 '이貳' 자를 백 번이나 알려 줬는데도 유석은 여전히 글자를 기억하지 못했다. 답답하고 화가 난 허평군은 아이의 손을 잡아당겨 때리려고 했다.

본래부터 배우기 싫다며 입을 삐죽이던 유석은 어머니의 손찌검이 전혀 아프지 않았지만, 아버지가 들어오는 것을 보자 눈물까지 글썽이며 아버지 앞으로 비틀비틀 다가가 다리에 매달렸다. 그리고 억울한 듯이 하소연했다.

"엄마가 때려요!"

유순은 울적하던 기분이 조금 씻긴 듯 큰 소리로 웃으며 다리에 매달린 유석을 안아 올렸다.

"나도 손바닥을 때려 줘야 할 것 같구나. 감히 아들이 어머니를 고자질해!"

병이가 혼자 초방전에 나타나자 허평군은 뜻밖의 기쁨에 웃으며 그가 앉을 자리를 정리했다.

"식사는 하셨어요?"

유순은 유석을 안은 채 허평군 옆에 앉았다.

"아직이오. 간단한 음식 좀 준비해 오게 해서 가족이 다 함께 식사를 합시다!"

그가 그렇게 말하며 고개를 숙여 아들에게 입 맞추는 것을 보자, 허평군은 가슴 한편이 쓸쓸하면서도 따스해지는 것 같았다. 그녀는 서둘러 가리개 밖으로 나가 부유에게 어선방에서 음식을 좀 가져오라고 전했다.

세 식구는 침대 위에서 식사를 했다. 사방을 빙 둘러싼 환관과 궁녀들이 없으니 허평군도 무척 마음이 편해져 웃음이 끊이질 않았다.

식사를 끝내자 유석이 말타기 놀이를 하고 싶다고 칭얼거렸다. 유순은 아들을 등에 업고 깔개 위에 엎드려 이리저리 기어다녔다. 두 부자는 한데 얽혀 실컷 놀다가 유석이 피곤해질 때쯤 안아서 재웠다.

"아이가 하자는 대로 다 하지 말아요. 일국의 군주가 어떻게 아이를 데리고 말타기 놀이를 해요?"

허평군이 웃으면서 유순의 옷매무새를 정리했다. 유순이 웃으며 그녀를 끌어안았다.

"곧 바닥에 떨어질 걸 뭐 하러 정리하고 있소?"

그 말과 함께 그의 손이 허평군의 치마 속으로 들어왔다. 허평군은 "어머!" 하며 그의 품 안에 쓰러졌다.

황후 책봉을 받기 전에도 유순이 가끔 들렀지만, 허평군이 항상 어색해했기 때문에 두 사람 사이도 늘 억지스러웠다. 황후가 된 후로 유순은 항상 급히 왔다 갔기 때문에 함께 밤을 보낸 적은 없었다. 허평군은 속으로는 괴로웠으나, 황제의 여자라면 앞으로도 이런 나날이 계속되리라는 것을 이해했다.

그런데 오늘 밤 그녀는 그가 황제라는 사실을 잊었다. 그는 여전히 그녀의 유병이라는 생각이 들었다. 즐거운 기분에 잠시 헤어져 있던 외로움까지 더해져 허평군은 한 번도 느끼지 못했던 기쁨을 맛보았다.

잠자리가 끝난 후에도 유순은 그녀를 놓아주지 않고 계속 안고 있었다. 허평군은 사랑의 따스함에 가슴이 벅차올라 그의 옆얼굴을 보며 손가락으로 그의 귀밑머리를 만지작거렸다. 유순이 웃음을 터트리며 그녀의 이마에 진하게 입을 맞추었다.

"언제 또 내게 아이를 낳아 줄 거요?"

허평군이 웃으며 대답했다.

"제가 하자는 대로 되는 게 아니잖아요. 하늘이 점지해 주시는 거죠."

유순은 다시 그녀를 품에 꼭 안으며 부드럽게 말했다.

"평군, 호는 내게 무척 특별하오. 내 첫아이고, 내가 가장 사랑하는 아이요. 부모로서 세상에서 가장 좋은 것을 다 주고 싶소."

허평군이 웃으며 말했다.

"호에게 어떤 스승을 구해 줄까 고민하시는 거죠? 이제 스승이 필요할 때라 저도 요즘 늘 그 생각으로 머리가 아파요."

"나는 호에게 강산을 줄 생각이오."

허평군은 깜짝 놀라 벌떡 일어나려고 했으나 유순이 꼭 끌어안아 움직이지 못하게 했다. 그녀는 지금 자신의 기분이 무엇인지 알 수가 없었다. 병이가 그렇게나 호를 아끼는 것을 기뻐해야 할까, 아니면 갑작스런 운명의 변화에 두려워해야 할까?

유순이 그녀의 등을 부드럽게 쓰다듬으며 물었다.

"평군, 무슨 생각을 하오?"

허평군은 억지로 웃었다.

"갑자기 그런 말을 하니까 머릿속이 뒤죽박죽이 되어 아무 생각도 안 나요."

"걱정 마시오. 내 마음은 이미 정해졌소. 누가 반대하든 호를 태자로 세우는 걸 막지는 못할 것이오. 태자가 정해지면 조정의 신하들도 태도를 정할 거요. 미래가 확실해야 곽씨에 대한 두려움이 줄어들겠지. 태자를 세우지 않으면 셈이 빠른 저 대신들은 진심으로 날 돕지 않을 거요."

그렇게 말하면서 유순은 피로가 밀려옴을 느끼며 스르르 눈을 감았다. 하지만 허평군은 이런저런 생각 때문에 밤새 잠들지 못했다.

이튿날, 유순이 떠난 후에도 허평군은 여전히 정신이 몽롱했다.

부유가 유석을 안고 들어와 문안 인사를 하자, 갑자기 태황태후에게 문안 인사를 드리지 않았다는 것이 생각나 그녀는 황급히 장락궁으로 향했다.

상관소매는 그녀를 보자 평소처럼 쌀쌀하지도 다정하지도 않은 태도로 몇 마디 이야기를 나누더니, 그만 물러가라는 듯이 책을 들었다. 허평군은 일어나 인사를 했다. 하지만 몇 걸음

가지 못해 다시 돌아와 상관소매 앞에 무릎을 꿇고 말했다.

"태황태후 마마, 가르침을 청할 일이 있습니다."

상관소매는 담담하게 대답했다.

"말해 보시오."

"태황태후께서 요즘 늘 역사서를 읽고 계시는 것을 보았습니다. 부디 제게 태자와 관련한 이야기를 좀 들려주세요."

"그대도 글자를 알지 않소? 관심이 있으면 직접 읽으면 되지."

"시간이 없어서 그렇습니다. 빠른 시간 안에 이해하고 싶습니다."

상관소매가 무표정하게 앉아만 있자, 허평군은 그녀가 말해주지 않을 줄 알고 물러가겠다는 듯이 머리를 조아렸다. 그러나 상관소매가 책을 내려놓으며 말했다.

"역사가 오래되어 다 기억할 수는 없지만, 몇 가지 이야기해 주겠소!"

허평군은 감격하여 대답했다.

"감사합니다, 태황태후 마마."

"진시황은 여섯 나라를 통일한 후 공자 부소扶蘇를 태자로 삼았소. 나중에 부소 태자는 자결했소. 진나라 두 번째 황제 호해胡亥는 즉위한 후 자영子嬰을 태자로 삼았는데, 진나라가 멸망하자 자영은 항우項羽의 손에 죽었소. 전하는 말에 따르면 우리나라의 고조 황제께서는 재위 중에 태자였던 혜제를 폐하고 조왕을 태자로 삼으려고 하신 적이 있소. 훗날 조왕은 여 태후에게 괴롭힘을 당하다가 죽었지. 혜제는 즉위했지만 우울증을 앓다 죽었는데, 당시 겨우 스물네 살이었소."

상관소매는 허평군의 안색이 창백해지는 것을 보고 물었다.

"계속 듣고 싶소?"

허평군이 이를 악물고 고개를 끄덕이자 상관소매가 계속 말했다.

"효무 황제는 일곱 살에 태자가 되어 두 태후의 섭정 기간을 거치면서 몇 차례 죽을 고비를 맞으셨소. 하지만 효무 황제께서는 재능이 뛰어나 역경을 이겨 내고 황권을 되찾으셨을 뿐만 아니라, 역사상 가장 오래 재위한 황제가 되셨소. 효무 황제가 황권을 되찾을 수 있었던 것은 폐후 진아교의 외척 세력의 도움이 컸소. 그리고…… 위 태자의 이야기는 그대도 잘 알 테니 말하지 않아도 되겠군."

허평군은 새하얗게 질린 얼굴로 멍하니 꿇어앉아 있었다. 이게 태자들의 인생인가? 효무 황제를 제외하면 좋은 결말이 하나도 없었다. 그런 그녀를 보는 상관소매의 눈에 동정의 빛이 떠올랐지만, 곧 고개를 숙이고 다시 책을 집어 들며 냉랭하게 말했다.

"그대에게 해 줄 수 있는 말은 끝났소. 돌아가시오!"

허평군은 힘차게 머리를 세 번 조아린 후 장락궁에서 나왔다.

'효무 황제에게는 의지할 외척이라도 있었지만 호는? 호에게는 아무것도 없다! 엄마가 되어서 아들에게 해 줄 것이 아무것도 없다니! 지난날 위 태자는 권세가 하늘을 찌른다는 위씨를 등에 업고서도 결국 목이 잘리는 신세가 되었다. 호는 의지할 곳도

없을뿐더러, 권세가 하늘을 찌르는 곽씨를 적으로 삼아야 한다.'

다리가 풀리고 하늘이 빙글빙글 돌았다. 마음 같아서는 당장 병이에게 달려가 호를 태자로 세우지 말라고 애원하고 싶지만, 그의 성격상, 자세히 말하기 전에는 절대 마음을 돌릴 방법이 없다는 것을 잘 알고 있었다.

초방전 안에서는 궁녀들이 호를 데리고 노래를 부르고 있었다. 부유가 돌아온 그녀를 보고 웃으며 말했다.

"전하께서는 정말 총명하세요. 노래를 딱 한 번 가르쳐 드렸는데도 따라 하신다니까요. 마마, 언제 스승을 구해 정식으로 수업을 시작하실 생각이신지요?"

그 한마디가 허평군을 일깨웠다. 정신을 바짝 차린 그녀는 획 돌아서서 문을 나서며 대답했다.

"당장!"

그녀는 선실전에 도착하여 유순을 만나겠다고 청했다. 조금 기다리자 칠희가 공손히 그녀를 안으로 안내했다.

대전 안에는 유순 혼자 용상에 앉아 그녀를 기다리고 있을 뿐 다른 사람은 없었다. 허평군은 단숨에 그의 앞으로 달려가 무릎을 꿇었다.

"폐하, 호를 태자로 세우실 생각이라면 반드시 맹각을 태부로 삼으셔야 합니다. 안 그러면 신첩은 동의할 수 없습니다."

유순이 웃으며 그녀를 일으켰다.

"무슨 대단한 일인가 했더니! 나도 그럴 생각이었소. 하지만 조서를 내리는 건 쉬워도 그가 진심으로 호를 보살펴 줄지는 장담할 수 없소."

허평군은 일어나면서 재빨리 눈가에 맺힌 눈물을 닦은 다음 차분하게 말했다.

"신첩은 자신이 있습니다. 폐하께서는 조서만 내려 주세요!"

유순이 그녀를 안았다.

"좋소! 짐이 호를 태자로 삼는다는 조서를 내리는 날, 맹각을 그 스승으로 삼겠다고 명령하겠소. 태자 책봉식과 스승을 맞이하는 의식을 같은 날에 거행하고, 맹각을 삼공의 수장인 태자태부로 임명하겠소."

그는 칠희를 불러 분부했다.

"즉시 장안세를 불러라."

허평군은 유순에게 인사했다.

"정무가 많으실 테니 신첩은 물러가겠습니다."

유순은 부드럽지만 전혀 마음이 담기지 않은 동작으로 그녀의 등을 두드려 주고는 손을 놓았다. 표정은 이미 어떻게 장안세를 대할 것인가에 골몰해 있었다. 허평군은 속이 허전했지만 조용히 대전에서 나왔다.

유순과 장안세가 대체 무슨 이야기를 나누었는지 허평군은 영원히 알 수 없었다. 유일하게 알 수 있는 것은, 그날 이후 장씨 가문의 여자 한 명이 입궁하여 양인良人[3]으로 책봉되었다는 것이었다.

---

3 후궁 품계 중 하나.

8장
이제 와 지난 잘못 깨달으니 서글퍼

유순은 조정의 격렬한 반대를 무릅쓰고 조서를 내려 유석을 태자로 책봉했다. 그와 동시에 맹각을 태자태부로 삼았다. 맹각은 백관은 말할 것도 없고 품계조차 없던 관직에서 일약 대사마, 대장군과 동급인 태자태부가 되었다.

적잖은 관리들이 질투하고 부러워하면서, 속으로 '개천에서 용 나는 것'이 이번 황제의 전문이라며 비웃었다. 황제와 황후로도 모자라 태자태부까지 그랬던 것이다.

맹각이 태자태부에 임명되고 다음날, 허평군은 운가를 불러들였다. 운가를 본 부유는 눈시울이 빨개져 얼른 고개를 숙이고는 그녀를 대전으로 안내했다.

운가가 무릎을 꿇으려고 하자 허평군이 달려 나와 그녀를 만류했다. 뭐라고 말을 하기도 전에 허평군의 눈에 눈물이 글썽글썽 맺혔다. 이 모습을 본 부유가 황급히 사람들을 밖으로 내보냈다.

운가는 말없이 허평군을 안아 주었다. 한참 후 허평군은 차차 평정을 되찾고, 자신의 걱정과 두려움을 하나하나 운가에게 털어놓은 후 물었다.

"운가, 맹 오라버니가 나와 병이를 도와줄 것 같니?"

운가는 잠시 생각해 본 후 반문했다.

"폐하께서는 어떻게 생각하신대요?"

허평군의 안색이 살짝 나빠졌다.

"폐하는 맹 오라버니를 완전히 믿지 않으셔. 우리 집 사람들을 등용해서 나중에 호의 힘이 될 수 있게 하려고 애쓰시면서, 한편으로는 우리 집 여자들 중에서 사람을 골라 맹 오라버니와 혼인이라도 시키려고 하셔."

그렇게 말하면서 자신도 민망한지 얼굴이 빨개졌다. 하지만 운가는 아무 반응도 없이 담담하게 말했다.

"좋은 방법이긴 해요. 사돈을 맺는 것은 대대로 가장 좋은 결맹 방식이잖아요."

"허씨 집안 남자들이 어떤지는 내가 누구보다 잘 알아. 폐하께서는 위청이나 곽거병의 반만이라도 닮은 사람이 나오길 기대하시지만, 말 그대로 꿈이야! 나는 온전히 맹 오라버니에게 희망을 걸었어. 이유는 모르지만 나는 맹 오라버니를 믿어. 그가 있으면 반드시 호의 목숨을 지킬 수 있어. 강산을 얻을 수 있는지는 다른 일이지만."

운가는 전반부의 이야기에서는 뭔가 생각난 듯 눈을 찡그리고 생각에 잠겼다가, 곧 본래 표정으로 돌아와 나머지 이야기를 차분히 들었다.

"널 부른 건 폐하께서 맹 오라버니에게 혼인을 명하시더라도, 네가 반대하면 나도 절대 폐하의 뜻대로 하지 않겠다는 걸 알려 주고, 또 곽성군 쪽을 어떻게 해야 좋을지 네 의견을 듣고 싶어서야. 태자를 세우는 큰일에 그녀는 오히려 아무 움직임이 없어. 무서워서 죽을 것 같아."

"오라버니의 성격상 언니가 반대한다고 그만두지는 않을 거예요. 하물며 이젠 황제가 되셨으니 높은 자리에 점점 더 익숙해져 다른 사람이 자기 결정에 끼어드는 것을 좋아하지 않을 거예요. 그러니 언니도 나 때문에 굳이 오라버니 성질을 건드릴 필요 없어요. 곽성군의 일은 내게 맡겨요. 내가 언니를 도와서 곽성군을 처리할게요."

허평군은 아연했다. 너무 걱정스럽고 두려운 나머지 누군가에게 거리낌 없이 속마음을 털어놓고 싶었을 뿐이었지, 정말 해결 방법을 찾으리라고는 기대하지 않았기 때문이다. 그런데 뜻밖에도 운가는 마치 곽성군을 상대할 방법을 미리 생각해 둔 듯 딱 잘라 승낙했다.

운가는 허평군의 멍청한 표정을 보자 입을 오므리며 웃었다.

"폐하께서는 내일 저녁에 온 천하가 태자 전하를 축하하는 자리를 만드시겠다고 했잖아요. 그런 자리는 무척 복잡하겠죠! 언니도 어서 가서 준비해요! 난 이만 돌아갈게요."

허펑군은 한숨을 쉬며 운가를 문 앞까지 배웅했다. 마침 유석이 문 앞에서 머리를 쏙 내밀다가 어머니를 보자 달려들며 말했다.

"엄마, 부유가 못 들어가게 해요."

허펑군이 운가를 가리키며 유석에게 말했다.

"이분이 엄마가 늘 말하던 고모야. 어서 고모께 인사드려."

그러나 유석은 어머니의 손을 잡은 채 운가를 흘끔흘끔 바라보기만 할 뿐 선뜻 앞으로 나서지 않았다. 허펑군은 난감해서 얼른 운가에게 말했다.

"낯이 설어서 그래."

말하고 나니 이런 해명은 안 하느니만 못한 것 같아서 민망해 유석을 재촉했다.

"어서 고모라고 불러 봐! 고모는 어떤 사람이냐고 늘 묻지 않았니?"

뜻밖에도 유석은 아예 허펑군 뒤로 숨어서 머리만 배꼼 내밀고 운가를 살폈다. 허펑군이 끌어내려고 하자 운가는 눈짓을 하더니, 생글생글 웃으며 몸을 웅크려 앉은 다음 오른손에 든 지폐를 유석에게 보여 주었다. 이어서 두 손을 맞잡았다가 재빨리 펼치자 손에 있던 지폐가 사라졌다.

유석이 눈을 동그랗게 뜨며 "이야!" 하고 소리를 지르더니 운가 앞으로 달려 나왔다. 운가가 다시 손을 맞잡았다가 펼치자 지폐가 다시 나타났다. 유석은 지폐가 맞는지 손가락을 대보았다.

운가가 다시 손을 맞잡았다 펼치자 지폐가 또 사라졌다. 유석은 킥킥 웃음을 터트리더니 그녀의 오른손을 가리키며 말했다.

"알았어요! 여기 있죠?"

운가가 웃으면서 오른손을 펴 보였지만 아무것도 없었다. 유석은 멍하니 그녀를 바라보다가 그녀의 두 손을 자세히 살폈다. 하지만 지폐는 보이지 않았다.

운가는 웃으면서 오른손을 유석의 귓가에 가져가 손가락을 튕겨 '딱' 소리를 냈다. 지폐가 그녀의 손가락 사이에 나타났다. 눈 하나 깜빡이지 않고 보고 있던 유석이 운가를 존경스럽다는 듯이 바라보더니 손뼉을 치면서 졸랐다.

"한 번 더, 한 번 더요!"

운가가 웃으며 물었다.

"내가 누구라고 했지? 뭐라고 불러야 할까?"

유석은 운가의 손을 잡아 흔들어 대면서 외쳤다.

"고모, 고모! 한 번 더 해 주세요!"

작은 손은 따뜻하고 부드러웠지만 운가는 순간 심장이 떨려 넋을 잃고, 웃으며 소리치는 유석을 바라보았다. 이 모습을 본 허평군이 그녀의 마음을 눈치채고, 황급히 부유를 불러 유석을 데려가라고 일렀다.

유석은 말을 듣지 않고 두 손으로 운가를 꼭 잡았다. 당장이라도 울음을 터트릴 것 같은 얼굴이었다. 운가는 억지로 마음의 고통을 눌러 참으며, 유석에게 다시 한 번 지폐 감추기를 보여 준 후 지폐를 선물했다. 유석은 그제야 계속 고개를 돌리면서도 부유를 따라 떠나갔다.

허평군은 운가를 위로하려고 했으나, 무슨 말로 그 아픔을 달랠 수 있을지 생각이 나지 않아 그녀의 손을 꼭 잡은 채 재삼 당부했다.

"몸 잘 챙겨야 해."

운가는 억지로 웃어 보였다.

"그만 돌아갈게요. 언니도 조심해요."

허평군은 고개를 끄덕였고, 운가는 돌아서서 궁을 나갔다.

운가는 마차에 앉아 계속 생각했다.

'그가 아내를 얻어 아기를 낳는다! 그의 인생은 이렇듯 무사태평하게, 아무 일 없었던 것처럼 계속 진행되는 걸까?'

곽부에 도착하자 마침 친정에 왔다가 궁으로 돌아가는 곽성군과 딱 마주쳤다. 운가가 언니고 곽성군이 동생이기 때문에 예전에는 곽성군이 운가에게 문안 인사를 했지만, 지금은 곽성군이 군주고 운가는 신하기 때문에 운가가 예를 차려야 했다. 하지만 운가는 허리도 숙이지 않고 곧장 곽성군 앞으로 걸어갔다.

"할 말이 있어."

그러나 곽성군은 코웃음을 치며 걸음조차 멈추지 않고 운가 곁을 스쳐 지나갔다.

"마마도 맹각의 혼사 때문에 친정에 왔겠군!"

운가의 말에 곽성군이 걸음을 멈추고 소청을 바라보았다. 소청이 사람들을 물러가게 하자 곽성군이 웃으며 운가에게 말했다.

"맞아! 폐하께서는 맹각과 허씨 가문 여자를 혼인시키려 하시지만, 아버지께서는 맹각을 곽씨와 사돈을 맺게 할 생각이셔. 방금 가족 중에서 나이가 적당하고 믿을 만한 여자가 누군지 의논했어."

"나는 어때?"

운가가 웃으며 한 말에 곽성군은 잠시 어리둥절한 얼굴이었지만, 곧 그녀를 노려보며 이를 악물었다.

"꿈도 꾸지 마!"

"마마는 맹각이 혼인을 하고, 아이를 낳고, 탄탄대로를 걸으며 대대손손 평화롭게 살기를 바라? 그가 어떤 사람인지는 마마도 잘 알 텐데. 보통 여자는 그의 곁에 가면 자신의 출신이 무언지 순식간에 잊어버릴 거야. 그렇게 되면, 그녀가 마마를 돕기는커녕 그와 함께 마마를 쓰러뜨리려 하지 않는 것만도 고마워해야 할걸?"

곽성군의 얼굴이 새파랗게 질렸다.

"그래도 네가 나설 일은 아니야."

운가는 곽성군이 어쩌다 이렇게 멍청해졌는지 모르겠다는 듯 웃으면서 고개를 설레설레 저었다.

"정말 그를 증오하고 나를 증오한다면 날 그와 혼인하게 하는 게 맞아. 힘 하나 들이지 않고 증오하는 두 사람이 서로 괴롭히는 걸 지켜볼 수 있으니, 그보다 더 즐거운 일이 어디 있겠어?"

곽성군은 화가 싹 가신 얼굴로 멍하니 그녀를 바라보았다. 운가가 담담하게 이어 말했다.

"그는 정말 그런 짓을 해 놓고도, 아무 일도 없었다는 듯 편안히 자기 갈 길을 갈 수 있다고 생각할까? 난 절대로 그가 혼인하고, 아기를 낳고, 대대손손 행복하게 살도록 놔둘 수 없어."

아직 한여름인데도 곽성군은 온몸에서 오싹 한기를 느꼈다. 잠시 후, 그녀는 냉소를 지으며 대꾸했다.

"좋아! 본 궁이 네가 원하는 대로 해 주겠다!"

소청은 곽성군이 다시 저택으로 돌아오는 것을 보고 황급히 달려가 물었다.

"마마, 환궁하시지 않고요?"

곽성군이 얼음장 같은 얼굴로 말했다.

"아버지께 드릴 말씀이 있다. 넌 입구에서 기다려."

소청은 소름이 끼쳐 재빨리 물러났다.

곽성군이 다시 저택을 나왔을 때, 운가는 그녀의 마차에 올라탄 채 웃으며 거리 풍경을 바라보고 있었다. 무척 흡족한 표정이었다. 반대로, 한쪽에 비켜선 소청은 잔뜩 화난 얼굴이지만 감히 아무것도 하지 못하고 있었다.

"내려!"

곽성군이 마차로 다가가 꾸짖었지만 운가는 꼼짝도 하지 않고 물었다.

"어떻게 됐어?"

곽성군은 마차에 올라 그녀 옆에 앉으며 소리 죽여 말했다.

"아버지께서는 너를 무척 아끼시기 때문에 처음 말을 꺼냈을 때는 결사반대하셨어. 하지만 이게 네 뜻이라고 했더니 승낙하셨지. 곽운가, 한 가지만 말해 두겠어. 네 몸 속에는 곽씨의 피가 흐르고 있다는 걸 잊지 마! 너와 나의 원한은 우리 둘만의 문제야. 가족에게 해를 입히는 짓을 하면 곽씨의 조상들이 널 용서하지 않을 거야!"

운가는 웃으며 그녀를 흘끗 바라보더니 마차에서 뛰어내렸다. 곽성군은 차가운 얼굴로 분부했다.

"환궁하자!"

다그닥거리는 말발굽 소리가 점점 멀어지자 운가의 웃음도 점점 사라졌다. 먼 곳을 바라보는 그녀의 표정은 아득했다. 석양의 잔광이 거리를 새빨갛게 물들였다. 따뜻한 빛 속에 그녀의 그림자가 유난히 가냘파 보였다.

마차 한 대가 청석 길을 따라 달려왔다. 소리를 듣고 고개를 돌려 보니 마차에 탄 우안이 보였다. 아련하던 그녀의 눈동자에서 기쁨이 솟아났다. 하지만 마차를 똑바로 살펴본 순간 기쁨의 빛은 꺼지고 뼈에 사무치는 슬픔이 미간에 떠올랐다. 우안은 차마 그 모습을 볼 수가 없어 고개를 숙이고 말했다.

"아가씨, 마차가 준비되었습니다. 어디로 가시겠습니까?"

운가는 잠시 멍하니 서 있다가 정신을 차린 듯 살짝 웃더니 마차에 올랐다.

"태자태부 대인께 축하하러 가요!"

요 이틀 간 맹각에게 축하하러 오는 사람이 끊이지 않았다. 저택 문 앞에는 멈춰 선 마차 때문에 지나기가 무척 어려워, 종종 마차들이 길 가운데에서 얽혀 꼼짝도 못하게 되곤 했다.

다행히 우안은 마차를 모는 솜씨가 훌륭했고, 또 마차에 '곽'이라는 글자가 쓰여 있어서 모두들 보자마자 알아서 길을 터주었기 때문에 원활하게 맹각의 저택 앞에 도착할 수 있었다.

하인 몇 명이 문 앞에서 손님을 맞아들이거나 막고 있었다. 그중 한 명이 운가를 보더니 황급히 옆에 있는 사람에게 뭐라고 속삭인 다음 달려와 길을 안내했다.

"운 낭자……."

"내 성은 곽이야. 운가는 이름이고."

운가가 웃으며 정정해 주자 하인이 재빨리 말을 고쳤다.

"곽 낭자, 소인이 벌써 사람을 시켜 농영 누님께 알렸습니다."

그렇게 말하는 사이 어느새 삼월이 달려왔다. 그녀가 웃으며 말했다.

"말을 듣고도 믿지 않았는데, 정말 낭자군요!"

"맹 대인께서 손님을 만나실 시간이 있을까요?"

운가가 웃으며 묻자 삼월이 재빨리 대구했다.

"그럼요, 당연하죠!"

그녀는 운가를 꽃밭 쪽으로 안내했다.

"요즘 대청이든 서재든 온통 사람들로 시끌시끌해요. 꽃밭은 아직 조용하고 여러 가지 예쁜 꽃도 많이 피어 있으니, 그곳에서 좀 기다리세요! 사제를 시켜 공자께 소식을 전했으니 곧 오실 거예요."

운가는 웃으며 고개를 끄덕였다.

"고마워요."

삼월이 운가에게 어디에 앉고 싶으냐고 묻자 운가는 아무 곳이나 상관없다고 대답했다. 삼월은 자등화 시렁 아래에 상비죽으로 만든 돗자리를 깔고, 녹나무 탁자를 갖다 놓고 운무산 차를 끓였다. 그녀는 운가가 편안하게 있을 수 있도록 해 놓고서야 물러갔다.

운가는 무덤덤하게 사방을 둘러보았다. 멀지 않은 곳에 작약이 흐드러지게 피어 있었다. 그 꽃을 보자 운가의 머릿속에 나른하게 작약꽃 위에 누워 있던 어떤 사람의 모습이 홀연히 떠올랐다.

우안이 맹각을 보고 인사를 한 후 살그머니 물러갔다. 맹각은 꽃 그림자 속에 서서 자등화 시렁 아래에 앉은 사람을 응시했다. 무슨 생각을 하는지 그녀는 입가에 미소를 띠었다가 다시 소리 없이 한숨을 쉬었다. 하지만 웃을 때나 한숨을 쉴 때나 미간과 눈가에는 헤아릴 수 없는 애수가 묻어 있었다.

한참 시간이 흘러서야 그는 그녀 쪽으로 다가갔다. 걸어가면서 그의 얼굴에는 습관적인 미소가 떠올랐다.

작약을 넋 놓고 바라보던 운가는 맹각이 곁에 올 때까지도 전혀 눈치채지 못했다가 빨갛고 하얀 작약이 갑자기 파란 장포에 가리자 겨우 정신을 차렸다.

'더없이 아름답던 광경이 비바람에 흩어지고 말았다!'

운가는 속으로 장탄식을 하며 천천히 고개를 들었다. 맹각과 시선이 마주쳤을 때 그녀 역시 봄바람처럼 웃고 있었다.

"축하드려요, 맹 대인."

맹각은 그녀 앞에 앉으며, 미소 띤 얼굴로 들고 있던 작은 나무 상자를 내밀었다.

"이것 때문에 왔겠지."

상자 안에는 비단 천 위에 작은 자기 병이 놓여 있었다. 운가가 병을 열어 뒤집자 알약 하나가 떨어졌다. 그녀는 알약을 살피며 물었다.

"어떻게 사용하는 거죠?"

"비단 위에 사용 방법이 상세히 쓰여 있소. 물에 녹으니 조심해서 보관하시오."

운가는 곧장 알약을 찻잔에 넣더니 입가로 가져갔다.

"독특한 향이 나요! 내가 원하는 건 무색무취에 귀신도 알아채지 못하는 약이라고요."

"시간이 부족해서 그 정도밖에는 만들 수 없었소. 마음에 들지 않으면 돌려주시오."

운가는 자기 병을 주머니에 넣었다.

"그냥 쓸래요."

"당신이 필요한 것을 주었으니, 이제는 당신과 곽광이 무슨 관계인지 내게 말해 줘야겠소."

운가는 맹각의 눈앞으로 얼굴을 내밀더니 턱을 살짝 치켜들고 피식 웃었다.

"말해 주면 분명 밤에 잠을 못 이룰 정도로 후회할 거예요."

맹각은 뒤로 살짝 물러나 운가와 거리를 둔 후 담담하게 말했다.

"경청하겠소."

운가는 다시 자리에 앉았다.

"사실 나와 곽광이 무슨 관계인지는 한마디로 설명할 수 있어요. 우리 아버지는 오래전에 '곽거병'이라는 이름을 쓰셨죠."

맹각의 웃는 얼굴은 한참 동안 굳어 있다가 겨우 본래대로 돌아왔다. 운가는 느릿느릿 말했다.

"그걸 이용해 곽광을 상대할 생각은 말아요. 첫째, 세월이 많이 흘러 증인도 없고 물증도 없어요. 당신이 말해 봤자 아무도 믿지 않을 거예요. 둘째, 곽광과 병이 오라버니는 아무 관계도 없지만 우리 아버지와 병이 오라버니는 둘 다 위씨의 핏줄이죠. 오라버니가 속으로 어떻게 생각할지는 당신도 짐작하지 못할 거예요."

그녀는 치마 위로 떨어진 꽃을 툭툭 쳐 내며 일어났다.

"이번 협력 건은 참 즐겁군요. 고마워요."

말을 마친 그녀는 돌아서서 떠나려다가 문득 다시 고개를 돌려 눈으로 생긋 웃었다.

"며칠 안에 내가 보낸 큰 선물을 받게 될 거예요. 너무 싫은 티는 내지 말아요!"

그러고는 까르르 웃으며 경쾌한 발걸음으로 꽃밭을 나갔다.

태자 책봉을 축하하기 위해 미앙궁 전전을 새롭게 단장했다. 유순이 즉위하던 때 못지않은 모습이었다.

유순과 허평군이 나란히 금란전金鑾殿에 앉았고, 곽 첩여와 공손 장사, 그리고 새로 입궁한 장 양인은 각자의 신분에 따라 자리를 잡았다. 백관과 그 부인들 역시 품계에 따라 앉았다. 맹각은 장래 천자의 스승이었으므로 자연히 가장 앞에서 곽광과 동석했다.

유순은 오늘 저녁 진심으로 즐거워하며 계속 웃었다. 관원들 중에는 진심으로 기뻐하는 사람도 있고 거짓으로 기쁜 척하는 사람도 있었지만, 진심이든 거짓이든 웃음소리만큼은 아끼지 않아, 다들 끊임없이 유순과 함께 웃어 댔다.

맹각은 내내 마음이 불안했다. 유순과 곽광의 웃음 속에 뭔가 숨겨진 뜻이 있는 것 같았지만, 아무리 생각해 봐도 짐작할 수 없었다. 오늘 같은 날 그들이 무슨 일을 할 수 있을지 알 수가 없었던 것이다.

노래와 춤 속에서 사람들이 차례차례 태자 전하에게 축하 인사를 했다. 그리고 맹각에게도 축하 인사를 했다. 태자에 대한 축하는 가짜였지만 맹각에 대한 축하는 진짜였다. 태자는 아직 어려 아무것도 모르니, 줄을 대는 것도 나중의 일이었다.

지금은 맹각과 좋은 관계를 맺는 것이 중요했다.

연회에 참석한 장안세가 "맹 태부는 혼사를 정하셨소?"라고 말을 꺼내자, 마침 술을 따르던 몇몇 사람들은 귀를 쫑긋 세우며 속으로 탄식했다.

'끝났군! 늦었어! 장씨 쪽에서 선수를 쳤구나!'

제 뺨이라도 때리고 싶은 심정이었다. 하지만 상대는 정1품이고 자신은 종2품밖에 되지 않으니 차이가 너무 났다!

맹각도 어떻게 된 일인지 눈치채고 손을 내저으며 이 화제를 피하려고 했지만, 유순이 웃으며 나섰다.

"짐과 맹 태부는 힘들 때 만난 친구라 서로에 대해 잘 알고 있소. 그는 아직 종신대사를 결정하지 않았으니, 장 장군이 좋은 사람을 알고 있거든 짐에게 알려 주시오."

장하가 일어나 시원하게 웃으며 말했다.

"신은 중매 서는 것을 무척 좋아합니다. 폐하와 황후 마마도 신이 중매를 섰지요. 당시 허 부인께서는 좋아하지 않으셨지만, 보십시오! 얼마나 사이가 좋으십니까! 허 부인, 이제는 저를 원망하지 않으시겠지요?"

허평군의 어머니는 쥐구멍에라도 숨고 싶은 기분이었지만, 허평군의 아버지는 그저 웃으며 맞장구를 쳤다.

"무슨 말씀을요!"

대전에 한바탕 웃음이 터졌다. 장하가 웃으며 말했다.

"오늘은 신이 맹 대인께 중매를 서고자 합니다. 이번에도 허씨네 아가씨지요. 황후 마마의 사촌 동생으로, 집안이나 외모가 뛰어나고 성격도 무척 좋습니다. 절대 맹 대인에게 손해가 아닐 겁니다."

유순은 맹각이 말하기 전에 웃으며 대꾸했다.

"짐도 본 적이 있소. 확실히 훌륭한 혼사군."

유순의 뜻은 명확했다. 모두들 이번 혼사가 맹씨와 허씨의 이익을 함께하기 위한 것임을 알 수 있었다.

황제가 한 말이니 모든 것이 이루어진 것이나 다름없는데, 갑자기 곽광이 웃으며 나섰다.

"신도 분위기를 맞춰야겠군요. 신도 괜찮은 아가씨를 알고 있는데, 맹 태부와 썩 잘 어울리는 아가씨입니다. 최고라고 할 수는 없지만, 장안성에서 이보다 더 좋은 사람을 찾아내기란 쉽지 않을 겁니다!"

비록 자기가 내세우는 사람을 칭찬하려는 것이지만, 구구절절 허씨가 내세운 사람을 흠집 내는 말이었다. 곽광은 늘 신중하고 공손하여 보통 사람에게도 예의를 차리곤 했는데, 뜻밖에도 오늘은 사람들 앞에서 허씨들을 난처하게 만들고 있었다.

대전은 잠시 조용해졌다가 다시 웃음이 터져 나왔다. 하지만 이번 웃음소리는 누가 봐도 억지스러웠다. 장하가 따지려 들었지만, 장안세가 탁자 밑에서 힘껏 붙잡은 덕에 입을 다물고 불만스럽게 곽광을 노려보았다. 유순이 웃으며 말했다.

"곽 대인이 말하는 사람이 누구요? 정말 그렇게 좋은 사람이 있다면 짐과 황후도 만나 보고 싶구려."

장하가 작은 소리로 중얼거렸다.

"그러게! 길고 짧은 것은 대봐야 아는 일, 말로만 해서야 누가 알아!"

곽광이 웃으며 말했다.

"신이 맹 태부에게 소개하고 싶은 아가씨는 폐하와 황후께서도 잘 아시는 사람입니다. 바로 신의 양녀인 곽운가입니다."

유순과 허평군은 기괴한 표정을 지으며 그 자리에 얼어붙었다. 맹각은 고개를 홱 들고 운가를 바라보았지만, 그녀는 몹시 부끄러운 듯 고개를 푹 숙이고 있어서 표정을 볼 수가 없었다.

장하는 운가를 바라보며 입을 떡 벌린 채 아무 말도 하지 못했다. 장안세는 그런 형님을 보고, 왜 갑자기 조용해졌는지 이상하게 생각했다.

연회가 시작된 후부터 지금까지 한 마디도 없던 허평군이 문득 입을 열었다.

"곽 대인께서는 운가의 의견을 물어보셨나요? 그녀가 원하는 일인가요?"

곽광은 말이 없었지만 곽성군이 웃으며 대답했다.

"맹 태부께서는 재능이 출중하시니 신첩의 언니도 당연히 마음에 들어 합니다. 폐하, 이 혼사를 허락해 주시지요!"

운가가 고개를 들어 의문 가득한 허평군의 시선을 마주 보더니 고개를 끄덕였다.

유순은 뭐라고 대답하지 못하고 머뭇거리며 운가만 바라보았다. 허평군은 알 수 없다는 눈길로 잠시 운가를 바라보더니 갑자기 벌떡 일어나 유순 앞에 무릎을 꿇고 청했다.

"폐하, 신첩도 성격이나 용모로 볼 때, 운가가 맹 태부와 훨씬 잘 어울린다고 생각합니다. 부디 곽 대인의 중매를 허락해 주십시오!"

곽성군도 무릎을 꿇고 간절한 얼굴로 함께 청했다. 이것이 허평군과 곽성군이 처음이자, 어쩌면 마지막으로 의견 일치를 보인 일이었다.

전각 안의 백관들은 바보가 된 기분이었다. 그들은 어디에 장단을 맞춰야 할지 몰라 전각 위의 두 마마들이 곽씨를 위해 함께 혼사를 청하는 모습을 소리 죽여 바라보기만 했다.

유순이 억지로 웃으며 말했다.

"이 일은 나중에……."

갑자기 맹각이 무릎을 꿇고 머리를 조아리며 말했다.

"외로운 신에게 곽 소저는 좋은 배필입니다. 혼사를 허락해 주십시오, 폐하!"

곽광도 싱글싱글 웃으며 말했다.

"신도 양녀를 대신해 폐하께 허락을 청합니다!"

지금 상황은 이미 활시위를 떠난 화살이었다. 유순은 여전히 바닥에 무릎을 꿇은 허평군과 곽성군을 바라보더니, 어쩔 수 없이 양손을 내밀어 한 명씩 일으키며 시원스레 웃었다.

"경사가 겹쳤으니 축하할 일이군! 정말 축하할 일이오! 곽운가는 맑고 깨끗하며 아름답고 운치가 있고, 허향란許香蘭은 천성이 부드럽고 착하니 특별히 태자태부 맹각에게 혼사를 허락하겠소. 곽씨에게는 정1품 부인 칭호를, 허씨에게는 종1품 부인 칭호를 하사하오."

한쪽에서는 사관이 벌써 유순의 말을 일일이 기록하여 윤색하고 정리한 다음 성지로 만들었다. 곽광은 웃으며 유순에게 감사 인사를 하고, 불쾌한 기분은 가슴속에 깊이 묻었다. 반대로 맹각은 여전히 꿇어앉은 채 아무런 반응이 없었다.

곽성군이 운가의 얼굴을 훑어보더니 다시 맹각에게로 향했다. 그녀가 웃으며 말했다.

"폐하께서는 정말 맹 태부를 아끼시는군요! 한집에 1품의 부인이 둘이나 있다니. 축하해요, 맹 태부!"

맹각은 정신을 차리고 황급히 머리를 조아렸다.

"신, 폐하의 은혜에 감사드립니다."

전각 안에서는 곧 왁자지껄, 축하의 말이 쏟아졌다.

유순은 손을 들어 맹각을 일으켜 세운 후, 탁자에 놓인 술잔을 들어 마시려고 했다. 하지만 술잔은 이미 비어 있었다. 칠희가 황급히 술병을 가져와 술을 따랐지만, 유순은 술잔이 채워지기도 전에 견디지 못하고 물었다.

"가무는 어떻게 되었느냐?"

시중을 드는 환관이 즉시 연주를 하게 했다. 태자 책봉식이니 음악은 흥겨웠고, 전각 안에 가득한 사람들도 기쁨에 겨운 듯했다. 유순은 웃으며 가무를 감상하면서, 천천히 술잔을 들어 한 모금씩 마셨다.

운가는 두 곡이 끝나기를 기다렸다가 자신을 향한 사람들의 시선이 사라지자 옷을 갈아입는다는 핑계로 살그머니 연회석을 빠져나왔다. 익숙한 길이어서 별로 힘들이지 않고 선실전에 도착할 수 있었다.

무슨 일이냐고 물으려고 다가온 환관이 그녀를 알아보고는 물었다.

"낭자께서 어떻게 여기 계십니까?"

하지만 운가에게는 낯선 얼굴이었다.

"선실전에서 당직을 서느냐?"

"예! 폐하께서 즉위하신 후 소인에게 여산에서 이곳으로 옮기라 하셨습니다."

그렇다면 병이 오라버니가 그를 믿는다는 뜻이었다.

"내 대신 폐하께 말을 전해 줘. 내가 조용히 뵙고 싶어 한다고."

"걱정 마십시오. 소인이 곧 사람을 시켜 칠희 총관에게 말을 전하겠습니다."

운가는 고개를 끄덕였다. 그러는 동안에도 그녀의 시선은 내내 전각 안을 바라보고 있었다. 환관이 그녀에게 안으로 들어가 기다리라고 했지만 그녀는 말없이 고개를 저었다. 그래도 조금 있다가 전각 쪽으로 다가가더니 몇 걸음 못 가 다시 우뚝 멈춰 섰다.

물러나고 싶지만 들어가고 싶기도 해서 몇 번이나 망설인 끝에 그녀는 머뭇머뭇 전각 문 안으로 들어섰다. 환관이 그녀를 대청으로 안내한 후 웃으며 물었다.

"낭자, 무슨 차를 드시겠습니까?"

뒤에서 아무 기척이 없어 그가 고개를 돌려 보니, 운가는 어느새 걸음을 멈추고 정원 안에 멍하니 서 있었다. 환관이 종종 걸음으로 그녀에게 달려갔다. 그녀는 정원 안의 풀과 나무를 하나하나 살펴보는 것 같았지만, 눈에는 초점이 없었다. 환관도 어렴풋이 그 이유를 짐작하고 조용히 말했다.

"필요하시면 소인을 부르십시오."

운가가 듣지 못할 것을 알면서도 그렇게 말한 환관은 조용히 물러갔다.

유순이 들어왔을 때, 운가는 고개를 숙인 채 유홍초 시렁 아래에 서서 한 손으로는 대나무 시렁을 받치고 다른 손으로는 잎을 어루만지고 있었다. 드문드문 피어난 초록 잎 사이로 보이는 그녀의 모습이 마치 푸른 망사에 가린 것 같았다.

유순 뒤에 선 환관이 운가에게 무릎을 꿇고 어가를 맞으라고 말하려는 것을, 유순이 손을 내저어 만류하고 내보냈다. 그리고 조용히 시렁 앞으로 다가가 나지막하게 말했다.

"늦었어. 꽃이 필 시기는 막 지났다."

운가는 고개를 들어 초록색 잎을 바라보았다. 칠흑같이 새까만 눈동자가 별처럼 반짝이며, 그녀의 춥고 어두운 미로를 환하게 밝히는 것 같았다. 그녀가 웃음을 터트렸다.

"유홍초와 여자의 덩굴은 송백에 뿌리내리기 때문에 정원에서 키우기는 어렵다고 했죠. 하지만 난 키워 냈어요."

꿈이 깰까 봐 두려운지 무척 조용한 목소리였지만, 기쁨은 온 세상과 그녀의 눈 속에 가득했다. 운가는 가까이 다가가 손으로 그를 만지려고 하다가, 갑자기 무슨 생각이 났는지 손을 거두었다.

"손대면 예전처럼 가 버릴 거잖아요. 내가 움직이지도 않고 아무 말도 하지 않으면 나와 좀 더 있어 주겠죠. 좀 더."

그녀의 눈빛은 차분하면서도 미련이 가득했다. 세상이 제아무리 번잡하고 시간이 제아무리 덧없이 흘러도, 그녀의 눈에는 오로지 그뿐이었다!

유순은 갑자기 흠뻑 취한 느낌이었다. 그 꿈속에서 시간은 과거와 현재를 완벽하게 결합한 것 같았다. 그는 부드럽게 그녀를 응시하며 얼굴을 가렸던 등나무 잎을 걷으며 조용히 말했다.

"운가, 난 사라지지 않아."

운가는 멍하니 그를 바라보았다. 눈동자가 뿌옇게 흐려지며 그녀를 가리고 먼 곳으로 보내 버렸다. 유순이 손을 내밀어 잡으려고 했지만, 마침 운가가 뒤로 한 걸음 물러서며 허리를 굽혀 인사했다.

"폐하, 소녀가 무례했습니다."

유순은 허공에 내밀었던 손을 재빨리 등나무 잎 쪽으로 방향을 바꾸었다. 마치 본래부터 그 잎을 만지려던 것처럼.

"운가, 아직도 나와 군신 놀이를 할 생각이야?"

그러자 그녀가 웃으며 허리를 폈다.

"그럼 뭐라고 불러야 하죠? 여전히 오라버니라고 할까요?"

유순은 시렁을 지나 그녀 앞에 섰다.

"그래."

환관 한 명이 상비죽 돗자리를 들고 와 시렁 앞에 펼쳤다. 칠희가 작은 탁자를 가져왔는데, 그 위에는 막 끓인 차 두 잔이 놓여 있었다. 유순이 빙그레 웃으며 말했다.

"짐에게는 술을 다오."

칠희가 재빨리 술병을 가져왔다. 유순은 술잔도 마다하고 병째로 술을 마셨다. 운가는 그가 무슨 일로 찾았느냐고 묻기를 기다렸지만, 유순은 아예 그 이야기는 꺼내지도 않고 시렁 아래 앉은 채 웃으며 술만 마셨다.

운가는 고개를 숙이고 손에 든 찻잔을 만지작거렸다. 몇 번이나 입을 열려다가 뭐라고 해야 할지 알 수도 없었고, 마음도 혼란스럽고 불안했다. 그녀는 이리저리 생각했다.

'정말 할 수 있을까? 오라버니가 허락할까?'

"기억해? 언젠가 우리, 이렇게 아무 말 없이 정원에 앉아 있었던 적이 있었지."

낮은 목소리가 어둠 속에서 갑작스레 울리자 운가는 어리둥절하다가 진심으로 미소를 지었다.

"그래요! 위 황후를 보러 갔었잖아요. 그때 난 그분이……. 사실 나도 그분께 절을 올렸어야 했어요. 오라버니가 위 황후의 능묘를 다시 만들고 있다는 걸 알아요. 이장이 끝나면 가서 절을 올릴게요."

어린 환관이 총총히 달려와 등롱 하나를 유순에게 바쳤다.

그리고 머리를 조아리더니 곧 물러갔다. 유순은 말없이 그 등롱을 운가에게 내밀었다. 그러나 운가는 그것이 무슨 뜻인지 몰라 받지 않았다.

"내게 주려고요?"

잠시 등롱을 살펴보던 그녀의 머릿속에 지난 상원절이 떠올랐다. 마음에 들었지만 얻지 못했던 그 등롱이었다. 하지만 그것을 보자 기쁘기는커녕 도리어 가슴이 쓰라려 왔다. 그녀는 등롱을 받아 옆에 내려놓았지만 유순의 호의를 모르는 척할 수가 없어 억지로 웃으며 말했다.

"고마워요, 오라버니!"

유순이 허리를 숙여 운가를 똑바로 바라보며 물었다.

"정말 맹각에게 시집가고 싶니? 네가 원치 않는다면……."

"정말 제 생각이었어요."

"그럼 난?"

"네?"

운가는 도저히 이해할 수가 없었다.

"난 뭐지?"

"오라버니, 취했어요?

운가는 유순을 피하려고 뒤로 물러났다. 유순이 그런 그녀의 팔목을 와락 붙잡았다.

"내가 감옥에 있을 때, 단지 내가 밤에는 담요를 덮고 낮에는 밥 한 그릇 먹을 수 있게 해 주려는 마음만으로 큰돈 들여 옥졸을 매수한 사람이 누구였지? 전당포 주인에게 애원해서,

맡긴 옥패를 거금을 들여 찾아온 사람이 누구였지? 곽광에게 도움을 청하기 위해 요리 솜씨로 장안을 떠들썩하게 하고, 당시 권세가 하늘을 찌르던 상관 가문에 죄를 짓는 것도 마다하지 않았던 사람이 누구였지?"

운가는 고개를 흔들며 급히 말했다.

"오라버니, 오해예요!"

"오해?"

유순은 웃음을 터트렸다.

"운가, 내 눈을 봐. 난 오해한 게 아냐! 물론 넌 항상 숨어서 내가 바라볼 때면 피하곤 했지만, 난 다 알고 있었어. 하지만 그때는, 그때는 어쩔 수가 없었어. 내 목숨이 오늘내일하는 상황인데 무슨 수로 너를 얻을 수 있겠어? 그러니 모르는 척할 수밖에. 운가, 그건 뭐였어? 네 눈동자에 넘쳐흐르던 그거 말이야. 왜 사라졌지? 네가 방금 그랬던 것처럼 날 바라봐 주길 원해. 이젠 네게……."

"오라버니! 그만 하세요! 그 일은 제 실수였어요! 이제 오라버니에게는 세상에서 가장 좋은 아내가 있고, 후궁에는 장 양인과 공손 장사가 있어요. 지난 일은 생각하지 마세요. 그 일은 정말 오해였어요."

뜻밖에도 그녀는 지난 모든 것을 없었던 일로 치부하려 했다. 마치 그것들을 모두 그가 상상해 내기라도 한 것처럼. 유순은 상처받고 화가 났다.

"오해라고? 내가 직접 보고 직접 들은 것이 오해였다고는 믿지 않아! 네 마음에는 맹각보다 내가 먼저였어. 내가 어쩔 수 없이 양보하지 않았다면, 맹각에게 기회가 있었을 것 같아? 운가, 맹각에게 시집가지 마! 지금 내 어디가 맹각보다 못하니?"

그는 운가를 끌어안으려고 했지만, 운가가 몸을 틀어 피했다. 유순은 취해서 그 훌륭한 무예의 겨우 6할 내지 7할밖에 쓰지 못했지만, 운가로서는 겨우 대등하게 맞설 수 있을 정도였다.

두 사람이 잡아당기고 피하는 바람에 유홍초 시렁이 떨리기 시작했다. 술병과 찻잔, 등롱이 쨍그랑 우당탕 하며 바닥에 떨어졌지만 아무도 들어오지 않았다. 선실전에는 두 사람만 있는 것 같았다.

티격태격하다가 유순이 승기를 잡아 운가의 두 손을 꽉 붙잡고 움직이지 못하게 했다. 그가 운가의 뺨을 부드럽게 쓰다듬으며 중얼거렸다.

"운가, 나는 바라면서도 손 내밀지 못하던 것들을 모두 얻었어. 남은 건 너뿐이야……"

그의 손가락이 입술에 닿는 순간, 운가가 갑자기 그의 손바닥을 힘껏 깨물었다. 갑작스런 공격이었기 때문에 유순도 속수무책이었다. 극심한 고통에 그는 자기 보호 본능이 발동해 운가의 두 손을 붙잡았던 손을 놓고 휘둘렀다.

순간, 장풍이 운가의 관자놀이로 밀려들었다. 운가는 피할 방법이 없어 고개를 들고 그를 바라볼 뿐이었다. 그 두 눈동자에 담긴 맑고 차가운 빛을 보는 순간 유순은 갑작스레 소름이 끼쳤다. 그는 술이 반쯤 깨어 억지로 장풍을 멈추었다.

운가는 그가 멍해진 틈을 타 재빨리 뒤로 물러나며 자기 옷자락을 꽉 잡았다. 그리고 멀리 꽃 시렁 끝에 앉았다.

"내, 내가……."

유순은 자기 손을 보며 말을 잇지 못했다.

"오라버니, 예전에 오라버니가 보고 들은 것은 모두 사실이에요. 하지만 그건 내가 오라버니가 누군지 잘못 알았기 때문이었어요. 나는 어렸을 때 릉 오빠와 혼약을 했어요. 장안에 온 것도 릉 오빠를 찾기 위해서였고요. 오라버니는 릉 오빠와 닮았고, 똑같은 옥패까지 갖고 있어서 난 오라버니가 릉 오빠인 줄 알았어요. 오라버니가 보고 들은 내 모습은 사실은 오라버니가 아니라 릉 오빠를 향한 것이었어요."

운가는 꽃그늘 속에 숨어 옷매무새를 정리했다. 목소리가 흐릿했기 때문인지 아니면 그가 처음부터 들을 생각이 없었기 때문인지, 그녀의 말은 산산조각이 나 이해하기 어려웠다. 그 말이 그의 심장에 닿자 심장이 무엇에 찔린 듯 날카로운 통증이 밀려왔다.

"오라버니, 미안해요! 그때의 행동이 이렇게 큰 오해를 불러 일으킬 줄은 몰랐어요. 부디 용서해 주세요. 허 언니는 오라버니에게 정이 깊어요. 오라버니도 항상 허 언니를 아끼고 보호해 왔으니, 두 사람은 반드시 행복해야 해요."

유순은 완전히 정신을 차린 듯 장포를 정리하고 소매를 털며 일어났다. 그가 미소를 지으며 말했다.

"그녀는 확실히 내게 정이 깊지!"

'정이 깊다'는 말을 이상하리만치 힘주어 말했다.

옷매무새를 가다듬은 운가가 걸어 나왔다. 얼굴은 여전히 발그레했지만 태도는 훨씬 자연스러웠다.

"알고 있으니 됐어요. 언니를 아껴 주세요. 오라버니는 황제니 아름답고 온화한 여자들을 많이 찾을 수 있을 거예요. 하지만 세상에서 허 언니만큼 오라버니에게 잘해 주는 사람은 없을 거예요."

유순은 미소를 지었다. 어딘지 멀고 차갑게 느껴지는 미소였다.

"무슨 일로 날 만나자고 했지?"

운가는 입술을 살짝 깨물더니 용기를 내 물었다.

"오라버니, 곽성군이 아이를 낳아 주었으면 좋겠어요?"

유순은 운가를 똑바로 바라볼 뿐 아무 대답도 하지 않았다.

"오라버니, 솔직히 말해 주세요! 어쩌면 내가 오라버니를 도울 수 있을지도 몰라요."

유순이 눈을 내리떴다.

"그녀에게 아이가 생기면 호가 위험해져. 아마 이번 생에 아이들을 많이 갖게 될지도 모르지만, 호야말로 내가 가장 사랑하는 아이야."

그는 입술 끝으로 미소를 지으며 말을 이었다.

"내 손으로 요람을 만들어 주고, 내 손으로 목마를 만들어 주고, 내 손으로 기저귀를 빨았어. 지금도 바닥에 엎드리는 한

이 있어도 호를 등에 태우고 말타기 놀이를 해 주고 싶어. 호는 영원히 내 아들이지만, 다른 아이들은 태어나는 순간부터 나의 신하라는 또 다른 신분을 갖게 되지. 그러니 아무리 총명해도 호에게 주었던 것들을 줄 수는 없어."

운가는 허리를 숙이고 뭔가를 찾는 듯 바닥을 뒤졌다. 잠시 후, 그녀가 바닥에 굴러다니는 작은 도자기 병을 주워 유순에게 내밀었다. 그것을 받은 유순이 뚜껑을 열어 보았다.

"이게 뭐지?"

"곽성군과 잠자리를 하기 전에 한 알씩 먹이세요. 그러면 아이를 갖지 못하게 돼요."

'그런 약이 있다니?'

유순의 눈에서 기쁨이 솟구쳤다. 그는 황급히 약 한 알을 꺼내 입가로 가져가 맛보았다.

"이상한 맛이 강해. 곽성군은 보통 여자가 아니야. 어려서부터 궁궐을 출입했으니 이 방면에서는 늘 조심하고 있어."

"나도 시험해 봤어요. 이 약은 물에 넣으면 녹는데, 당귀와 녹용을 넣고 끓인 꿩 탕에 넣으면 이상한 맛이 사라져요. 오라버니가 핑계를 만들어 항상 곽성군과 함께 마시세요. 당귀와 녹용은 남자에게는 신장을 튼튼하게 만들어서 좋고, 여자에게는 피를 맑게 해 주어서 좋아요. 설령 곽성군이 태의를 불러 조사한다 해도 그때 마신 그릇만 치워 버리면 아무 일도 없을 거예요. 오히려 오라버니의 은총에 기뻐할 거예요."

유순은 운가의 눈빛이 이상하게 반짝이는 것을 보고 가타부

타 대답을 망설였다. 운가는 불안해서 조용히 속삭였다.

"오라버니는 황제고, 곽성군은 오라버니의 비예요. 이야기를 나누는 동안 손쉽게 탕 그릇에 약을 넣을 수 있어요. 아무리 눈치가 빠른 태의나 궁녀도 이상한 점을 알아차리지 못할 거예요."

유순은 빙그레 미소를 짓더니 도자기 병을 품에 갈무리했다. 그가 밖으로 걸어가며 말했다.

"운가, 너 변했구나."

운가도 긴장을 풀고 그의 뒤를 따라 대전을 나가면서 생긋 웃었다.

"오라버니도 많이 변했잖아요?"

유순은 입을 꾹 다문 채 아무 말도 하지 않았다.

어두운 밤이라 두 사람의 옷자락이 스치는 소리 외에 다른 소리는 전혀 없었다. 지난날 잡초가 무릎까지 자란 무덤들 사이에서는 웃음소리가 울려 퍼졌건만, 이 웅장하고 화려한 궁전에는 침묵만이 가득했다.

유순은 황홀경에서 귓가에 웃음소리가 들리는 것 같아 휙 고개를 돌려 보았지만, 운가의 쌀쌀한 옆얼굴밖에 보이지 않았다. 그 황폐한 무덤에서 들었던 웃음소리는 점점 멀리 흩어지고 있었다. 점점 더 멀리…….

그때, 군관 차림을 한 사람이 궁궐 담벼락 뒤로 사라지는 것을 발견한 운가가 갑자기 그 뒤를 쫓았다. 그림자도 그녀를 발견하자 걸음을 서둘렀다.

"운가, 어쩌려는 거야? 빨리 돌아와!"

유순이 외쳤지만 그녀는 듣지 못한 듯 미친 사람처럼 그림자의 뒤를 쫓았다. 유순도 어쩔 수 없이 그녀를 쫓아갔다. 그림자는 점점 더 외진 곳으로 달려갔다. 운가가 한 번도 가 본 적이 없는 곳들이었다. 시위 한 명이 그녀를 발견하고 꾸짖었다.

"지엄한 황궁에서 함부로 뛰어다니다니! 당장 멈춰라!"

운가는 그림자가 궁궐 담장의 그늘 속으로 숨어드는 것을 보고, 급한 마음에 앞뒤 가리지 않고 달려들었다. 시위가 칼을 뽑아 그녀 앞을 막았다. 칼을 휘두르려는 순간, 뒤따르던 유순이 외쳤다.

"멈춰라!"

시위들도 나타난 사람을 알아보고 황급히 무릎을 꿇었다. 운가는 복도 기둥과 전각의 문 사이를 빠르게 달려갔지만 그림자는 찾을 수가 없었다. 유순이 물었다.

"대체 뭘 찾는 거냐? 말해 보아라. 짐이 사람을 시켜 찾아보라고 하마."

"검은 군관 복장을 한 사람이에요. 방금 처마 밑으로 지나갔어요."

꿇어앉은 시위들은 서로를 바라보다가 일제히 고개를 저었다.

"신들은 뛰어오는 낭자밖에 보지 못했습니다."

운가는 포기하지 못하고 안팎을 샅샅이 뒤졌지만 아무 단서도 발견할 수 없었다. 유순이 권했다.

"돌아가자! 이렇게 오랫동안 나타나지 않으니 네 의부가 초조해하고 있을 거야. 들고양이를 사람으로 잘못 보았을 수도 있다."

쫓던 사람을 찾지 못한 운가도 일단 돌아가는 수밖에 없었다. 말없이 얼마쯤 걷던 그녀가 불쑥 말했다.

"그 사람이 말다를 죽였어요. 절대 잘못 봤을 리 없어요! 반드시 그자를 찾아낼 거예요."

"이곳 시위들은 모두 곽광의 사람들이야. 찾아낸들 어쩌겠어? 어차피 곽광을 용서하고 의부로 삼은 이상, 그런 일들은 차라리 잊어버리는 게 나아!"

그러나 운가는 고집을 피웠다.

"찾을 거예요. 이건 내가 말다에게 진 빚이에요."

유순은 어쩔 수 없다는 듯이 탄식했다.

"힘껏 찾아보라고 명령해 둘게."

"고마워요, 오라버니."

운가의 살짝 웃는 얼굴에서 익숙하고, 그가 원했던 것들이 드러났다. 하지만 그는 차마 그것을 오래 볼 수 없어 바삐 시선을 옮겼다.

전전에 가까워지자 두 사람은 따로 걸었다. 같이 있었다는 혐의를 받지 않기 위해 시간 간격을 두고 연회장으로 들어갔지만, 떠나 있었던 시간이 길어서 두 사람을 주의 깊게 살핀 사람들은 이미 갖가지 예측을 하고 있었다.

운가를 본 허평군은 안색이 싹 변했지만 곧 다시 웃으며 고
개를 설레설레 젓더니 태연하게 호에게 반찬을 집어 주었다.
그러나 곽성군은 얼굴이 새파래져서 유순을 쳐다보다가 생글
거리며 맹각을 돌아보았다.

맹각은 겉으로는 아무 표정 없이 한동안 운가를 바라보더니
고개를 돌렸다. 고독하면서도 거만한 자세로 꼿꼿이 등을 세운
그의 모습은 마치 어두운 밤과 혼연일체가 된 것 같았다.

연회장에서 벌어지는 일에 관심조차 없는 운가는 머릿속에
말다의 모습이 계속 맴돌아 술잔을 들고 단숨에 들이켰다. 옆
에 있던 궁녀가 그녀에게 술을 따라 주는 척하며 속삭였다.

"자리를 옮겨서 머리를 정리하세요!"

운가의 얼굴이 순식간에 빨개졌다. 그녀는 벌떡 일어나 황
급히 연회장에서 나갔다. 어느새 궁녀들이 분합과 거울을 들고
와 다시 머리를 빗겨 주었다.

머리 모양은 조금 헐거워졌을 뿐 완전히 흐트러진 것은 아
니었다. 하지만 비녀에 꽂힌 초록색 유홍초 잎사귀가 새까만
머리칼 사이에서 도드라져 보였다. 비취 귀고리도 하나만 남고
다른 하나는 어디론가 사라졌다.

궁녀가 머리를 새로 빗겨 주고, 똑같은 것을 구하지 못한 귀
고리는 남은 하나를 아예 빼 버렸다. 모든 정리가 끝나자 궁녀
가 웃으며 말했다.

"곽 소저, 소인은 이만 물러가겠습니다."

운가는 분합 앞에 얼굴을 묻었다. 너무 민망해서 연회장으

로 돌아가고 싶지 않았다. 사람들은 어떻게 그녀와 유순이 그런 일을 했다고 생각하는 걸까?

'아 참, 허 언니!'

운가는 벌떡 일어나 황급히 달려갔다.

허평군은 운가가 돌아오면 가장 먼저 자신을 찾으리라는 걸 알고 있었던 것 같았다. 운가가 들어오자 그녀는 운가를 향해 재빨리 눈짓을 하고 곱게 웃어 보였다. 순간 운가는 마음이 따뜻해졌다. 그녀도 생긋 웃었지만, 유순을 보는 순간 약간 화가 났다.

유순은 오른손을 소매 속에 넣고, 왼손으로 술잔을 든 채 맹각과 술을 마시고 있었다. 새끼손가락에 걸린 비취 귀고리가 하얀 백옥 술잔 덕분에 눈에 확 띄었다. 바로 운가가 떨어뜨린 귀고리였다.

시선을 느꼈는지 유순이 고개를 돌려 그녀를 쳐다보았다. 하지만 그는 운가의 기분을 모르는 듯 오히려 웃는 듯 마는 듯 입꼬리를 올리며 계속 그녀를 응시했다.

운가는 시선을 이리저리 돌리며 곽성군과 맹각을 훑어보았다. 문득 그녀의 입술이 살짝 휘어졌다. 그녀는 화가 나고 부끄러운 척하며 유순을 흘끗 바라본 후 고개를 숙였다.

전각 안에는 사람들이 가득했고, 시끄러운 춤과 노래에 웃음소리도 요란해서 대부분은 운가가 나갔다 들어왔다는 것은 알아차리지도 못했다. 더욱이 황제의 손가락에 작은 반지가 끼워져 있다는 것을 알아챈 사람은 전혀 없었다. 그러나 이상한 낌새를 챈 몇몇 사람들은 입을 다물기 시작했다.

연회 내내 두 사람을 주시하고 있었던 장하조차 알 듯 모를 듯하여 믿을 수 없다는 목소리로 아우에게 물었다.

"폐하께서는…… 운가와 사이가 조금 틀어지지 않았느냐?"

장안세는 탄식을 하고 나지막이 말했다.

"운가란 여자는 정말 명불허전의 요녀로군요."

장하는 몹시 화가 나 얼굴까지 새파래졌다.

"폐하께서 어떻게, 어떻게 그러실 수가? 조금 전에 사람들 앞에서 혼인을 허락하셔 놓고 보란 듯이…… 남의 아내 될 사람을……. 모욕이 너무 심하지 않느냐."

장안세가 진지하게 말했다.

"형님, 지금 높은 자리에 앉은 사람은 군주고 형님은 신하일 뿐입니다. 불경스러운 말은 한 마디도 하시면 안 됩니다. 아무리 예전에 형님께서 저분을 몇 번이나 구해 주셨다 해도, 잘못하면 우리 가문마저 형님 일에 연루될 겁니다. 이번 일에는 절대 나서지 마십시오."

장하의 얼굴에 슬픈 기색이 떠올랐다.

"내가 쓸데없는 일에 나서는 사람이냐? 맹각은 옛 친구의 아들이고, 또 폐하와는 같은 배를 탄 형제다. 허씨 쪽에 중매를 설 때도 두 사람이 혼인을 통해 가족이 되기를 바라서였다."

장안세가 의아한 듯 물었다.

"맹각이 누구의 아들입니까?"

장하는 울적하게 말을 이었다.

"내 생각에는······. 휴! 폐하의 혼례식에서 그를 본 후 몇 번 떠보았지만 인정하지 않더구나. 자기 성이 맹씨라고만 하면서."

형님이 의리가 강한 성격인 것을 잘 아는 장안세지만, 그런 성격은 조정에서는 통하지 않았다. 그렇기 때문에 형님은 평생 뜻을 펴지 못하고 낮은 관직에 머물러 있었던 것이다.

"형님, 형님 생각처럼 간단하지 않습니다. 사돈이 된다고 다 가까워지는 것은 아니지요. 옛 친구를 생각하는 마음은 반대하지 않습니다. 다른 부분에서는 원하시는 대로 맹각을 도우십시오. 그렇지만 조정 일에는 더 이상 나서지 마십시오. 우리 가문의 남녀노소를 위해서 좀 더 깊이 생각해 보십시오. 폐하께서는 옛 은혜를 잊지 않았다는 것을 보여 주기 위해 분명 나중에 형님의 관직을 높여 주려 하실 겁니다. 하지만 반드시 거절하셔야 합니다."

본래는 유순이 즉위하면 전력을 다해 보좌하여 역사에 충신이라는 이름을 남기고자 했던 장하지만, 조정은 여전히 자신이 이해할 수 없는 곳이라는 것과, 저 높은 곳에 앉은 사람이 그가 생각하던 유병이가 아니라는 것을 이제는 깨달았다.

"알았다. 나는 미앙궁에서 한직이나 맡으며 지금까지처럼 나의 '망나니 친구들'과 술잔을 나누면서 백성들의 억울한 일이나 들어주련다."

장안세는 가슴을 짓누르던 큰 바위가 드디어 사라진 것 같았다.

"감사합니다, 형님!"

장하는 웃음을 터트리며 아우의 어깨를 두드렸다.

"이 쓸모없는 형님이 네게 고마워해야지. 아버지께서 옥중에서 돌아가신 후로 네가 없었다면 우리 장씨 집안은 벌써 무너졌을 게다! 네 얼굴 좀 봐라. 나보다 어린 데도 백발이 더 많지 않느냐."

그렇게 말하는 장하의 목소리가 잠겼다. 그는 재빨리 술잔을 비웠다.

장안세도 형님의 등을 두드리고, 미소를 띤 채 술잔을 들어 형님과 건배했다. 아무리 힘들어도 형님이 이해해 준다면 그것으로 족했다!

연회가 파하자 운가는 마차에 올랐다. 그러나 얼마 가지 않아 낮은 목소리가 들려왔다.

"모두 물러가라."

곽부의 하인들은 아가씨의 새신랑을 발견하고는 키득키득 웃으며 말했다.

"아가씨, 먼저 물러가겠습니다."

그들은 운가가 대답이 없자 승낙한 것으로 알고 웃으면서 자리를 피했다.

맹각이 가리개를 걷는 순간 바람에 실린 술 냄새가 확 끼쳤다. 운가는 코를 막으며 뒤로 물러났다. 맹각이 그녀를 똑바로 노려보았다.

"날 자극하기 위해 스스로를 망칠 필요는 없었소. 자기 자신은 물론이고 나까지 너무 과대평가했군! 내 마음속에서 당신은 아무것도 아니오. 사랑에 미친 공자 역할은 해 본 적도 없고!"

운가가 싸늘하게 비웃었다.

"내가 스스로를 망쳤는지 아닌지 당신이 어떻게 알아요?"

그리고 잠시 뜸을 들였다가 천천히 말을 이었다.

"그의 눈빛은 룽 오빠와 똑같아요. 특히 어둠 속에서 가까이 있으면 다른 곳은 못 보고 눈만 볼 수 있거든요."

그녀는 맹각을 바라보며 생긋 웃었다.

"망치다뇨? 아뇨! 난 무척 즐거워요!"

맹각의 얼굴이 창백해졌다. 지금까지만 해도 그는 그것이 진실이라고 믿지 않았다. 유순은 마음이 있었을지 몰라도 운가는 결단코 유순에게 마음이 없었다. 하지만 이제는 믿게 되었다. 운가는 유순이 아니라 유불릉을 그리워했던 것이니까.

"미쳤소? 그는 당신의……."

"한인이나 하는 말은 그만둬요! 흉노나 서역에서는 아들이 아버지의 처를 맞아들이고, 아우가 형님의 처를 맞아들이는 게 무척 정상적인 일이에요. 하물며 한인인 혜제도 자기의 친조카와 혼인하지 않았나요? 그에 비하면 나와 유순의 관계는 아무 것도 아니죠."

맹각은 새하얗게 질린 얼굴로 한 걸음 한 걸음 뒤로 물러났다. 취기 때문인지 다른 이유 때문인지, 그의 몸은 곧 쓰러질 것처럼 비틀거렸다.

"운가, 대체 어디까지 갈 생각이오?"

운가는 한 마디도 하지 않고 그를 노려보았다. 그런 그녀의 눈동자는 만년설처럼 차가웠다.

갑자기 맹각이 홱 몸을 돌리더니 웃으면서 술병을 입에 대더니 비틀비틀 떠나가기 시작했다. 달밤에 비친 그의 그림자가 이리 비틀, 저리 비틀했다.

운가는 마음의 부담을 견디지 못해 힘없이 마차 벽에 기댔다. 누군가를 미워한다는 것이 이렇게나 힘들고 용기가 필요한 일일 줄이야!

9장
마음을 바친 것도 헛되이

사흘 후가 길일이어서 혼례는 그날 올리기로 했다.

유순의 성지에 따라 곽씨의 딸과 허씨의 딸이 동시에 한 남자와 혼인을 하게 됐다. 한 명은 대장군 곽광의 딸이고, 다른 한 명은 황후의 사촌 동생이니 결코 소홀하게 준비할 수는 없었다. 맹각의 저택 총관은 모든 것을 완벽하게 하기 위해 심혈을 기울이며, 부디 어느 쪽에든 밉보이지 않고 무사히 넘어가기만을 바랐다.

맹각은 그 모든 일에 유난히 무관심했다. 어떤 일이든 의견을 물으면 "네가 알아서 처리해라."라거나 "아무거나."라는 대답뿐이었다.

"두 부인과 함께 맞절을 할까요, 아니면 따로 할까요?"

"아무거나."

"당일 밤에는 어느 부인과 잠자리에 드실 건지요? 이치대로라면 큰 부인과 함께하시는 게 맞겠지요. 폐하께서 정1품으로 봉하신 분이니까요. 하지만 공자께서 둘째 부인과 합방을 원하신다면 소인이 그렇게 준비할 수도 있습니다. 공자께서는 어떻게……."

"네가 알아서 처리해라."

거참, 이런 것까지 알아서 하라니! 총관은 맹각이 혼례에 아무 관심이 없다는 것을 뼈저리게 느꼈다.

"두 부인의 거처는 어디로 정할까요? 소인이 보기에는 죽헌竹軒과 계원桂園이 좋을 것 같습니다. 다만 공자의 거처와는 조금 멉니다."

총관은 이번에도 '아무거나'라는 대답을 들을 줄 알고 다음 질문을 준비했다. 그런데 뜻밖에도 맹각은 잠시 침묵하더니 대답했다.

"큰 부인의 거처는 먼 곳에 정해라. 멀수록 좋다."

"알겠습니다."

혼례 당일에는 백관들이 모두 축하를 하러 왔다. 환관이 와서 성지를 전하고 수많은 금은보화를 하사했다. 그리고 황제가 직접 축하하러 온다는 말도 전했다. 맹각의 저택은 말 그대로 축복의 도가니였다.

두 개의 꽃가마가 좌우로 나란히 도착했다. 빨간 비단 두 개가 준비되어, 한쪽은 가마를 탄 신부의 손에, 다른 한쪽은 맹각의 손에 쥐어졌다. 두 여자는 맹각이 이끄는 대로 저택 안으로 들어가 천지와 조상을 향해 절을 올리게 되어 있었다.

그런데 저택에 들어서자마자 큰 부인이 갑자기 휘청거리더니 바닥에 쓰러지며, 신랑 신부의 인연을 의미하는 빨간 비단을 놓치고 말았다. 옆에 있던 하녀들이 다급히 그녀를 부축해 일으켰지만, 그녀는 혼례용 빨간 면사로 얼굴을 가린 채, 어지럽고 힘이 빠져서 일어날 수가 없다고 말했다.

혼례 도우미들은 초조해서 발을 동동 구르며, 아무리 힘들어도 꼭 참고 예식장에 들어가 배례를 해야 한다고 우겼다. 천지와 조상에 절을 올리지도 않고 혼인하는 법이 어디 있단 말인가?

여러 사람들이 조금만 참으라고 운가를 달랬지만, 맹각은 입가에 미소를 머금은 채 태연한 눈길로 빨간 면사를 쓴 사람을 응시하기만 했다. 면사를 쓴 사람도 그의 태도를 눈치챘는지, 살짝 고개를 들고 그를 바라보았다. 눈동자에 조소가 어려 있었다.

두 사람 사이에 흐르는 이상한 분위기에 사람들은 입을 다물고 양쪽을 번갈아 바라보았다. 하지만 여전히 영문을 알 수가 없었다.

갑자기 맹각이 돌아서며 말했다.

"부인을 방으로 모셔 쉬게 해라."

평소답지 않게 쌀쌀한 목소리여서, 마치 오늘의 즐거움과 기쁨을 저 멀리 밀어내려는 것 같았다.

빨간 비단 두 줄 중 하나만 한 여자를 예식장으로 이끌었다. 다른 하나는 쓸쓸히 바닥에 늘어졌다. 큰 소리로 웃고 떠들던 하례객들도 그것을 보자 순식간에 조용해졌다.

곽광이 당황해하자 하인이 우물쭈물하며 신부가 병이 났다고 설명했다. 곽광은 재빨리 딸을 대신해 맹각에게 사과했다. 옆에 있던 장안세도 좋은 말로 해명한 덕에 하례객들도 순순히 즐거운 곡을 따라 다시 웃고 떠들기 시작했다. 소란한 소리에 불안감을 숨긴 채, 모든 것은 기쁨 넘치는 경사가 되었다.

새빨간 등롱과 비단, 새빨간 기둥, 주변이 온통 빨갰다. 운가는 삼월을 따라가면서 끝없이 펼쳐져 있는 것 같은 빨강을 말없이 바라보았다.

죽헌 앞에 도착한 삼월이 화를 꾹꾹 참으며 말했다.

"큰 부인, 앞으로는 여기서 묵으시게 됩니다. 부인의 모습을 보니 의원을 부를 필요는 없겠군요."

운가는 빙그레 웃은 다음 알아서 문을 열고 들어갔다. 그리고 제일 뒤에 따르던 우안에게 말했다.

"방 안 물건을 모두 치우고 곽부에서 가져온 것들로 바꿔요."

삼월은 화가 치밀었다. 그녀는 당장 방으로 들어가 침대 위의 빨간 덮개와 원앙 침구를 싸 들고 밖으로 나오면서 불손한 말이 나오지 않도록 입술을 꽉 깨물었다.

우안은 묵묵히 곽부에서 데려온 하녀 둘을 데리고 방 안의 장식을 모두 걷어 냈다. 얼마 후 죽헌은 전혀 신혼 방 같지 않은 모습이 되었다.

운가는 어느새 빨간 신부복을 벗어 버리고 입던 옷으로 갈아입은 채 창가에 기대 조용히 하늘을 바라보고 있었다. 손에는 옥통소를 들고 있었지만, 불지 않고 그저 무의식적으로 쓰다듬기만 했다. 그 통소를 본 우안이 소리 없이 길게 탄식하더니 권했다.

"아가씨, 하루 종일 바쁘셨으니 피곤하실 겁니다. 별다른 일이 없으시면 일찍 쉬시지요!"

운가는 미소를 지었다.

"먼저 가서 쉬어요! 난 혼자 좀 더 있겠어요."

맹각 저택 사람들은 우안이 궁궐의 환관이라는 사실을 몰랐기 때문에, 남자인 그를 여자 숙소에 둘 수는 없어서 따로 거처를 마련해 주었다. 우안은 묵묵히 방에서 물러갔다. 그는 한참 걸어가다가 결국 참지 못하고 고개를 돌려 보았다.

창가에서 하늘을 올려다보는 그림자가 무척 익숙하게 느껴졌다. 저 고집스러운 자세, 저 쓸쓸한 고독을 그는 미앙궁에서 수없이 보아 왔다. 십 년째 그런 모습을 보았지만 그때 그 사람에게는 최소한 일말의 기대라도 있었다.

죽헌 안은 조용하고 어두워 초승달이 유난히 환하고 투명해 보였다. 그러나 죽헌 밖은 등불이 휘황찬란하고 사람들이 북적거려, 초승달은 손톱만 한 밀랍처럼 전혀 반짝이지 않는 것 같았다.

유순이 편복을 입고 친히 맹각을 축하하러 오자 잔치 분위기가 더욱 무르익었다. 사람들이 유순에게 절을 하고 술을 올리면 그는 웃으며 거절했다.

"오늘의 주인공은 새신랑이오. 짐은 축하하러 왔을 뿐이오."

그렇게 말한 그는 술을 따라 맹각에게 건넸다. 그의 새끼손가락에는 비취 귀고리가 끼어져 있었다. 그 새파란 빛깔이 맹각의 눈을 찔렀다. 그러나 그는 미소를 지으며 술잔을 받아 단숨에 마셨다. 사람들이 손뼉을 치며 웃어 대고는 맹각에게 술을 권해 흥을 돋웠다.

유순은 잠시 신하들과 함께 앉아 있다가, 일어나서 떠났다. 사람들이 배웅하려 하자 그가 말했다.

"술들이나 마시오. 맹 태부만 배웅해 주면 되오."

맹각은 유순과 함께 밖으로 나왔다. 환관들은 눈치를 채고 멀리서 뒤를 따랐다. 유순이 웃으며 말했다.

"짐이 혼인하던 날이 엊그제 같은데, 가만 보니 벌써 몇 년 전의 일이군. 그날 경이 엄청난 선물을 보내 차마 받기가 민망했는데 운가가 웃으면서, 경이 혼인할 때 똑같이 엄청난 선물을 주면 된다고 말했소. 평군은 자네가 혼인할 때 짐이 그만한 물건을 마련하지 못할까 봐 늘 걱정했소."

맹각이 허리를 굽혀 예를 차렸다.

"폐하께서 하사하신 물건은 신이 드린 선물의 천 배, 만 배는 될 것입니다. 폐하의 큰 은혜에 감사드립니다."

유순이 맹각의 손을 잡고 그를 일으켜 세웠다.

"운가는 괴팍한 데가 있지만 이해해 주시오."

새끼손가락의 비취 귀고리가 뼈가 시릴 정도로 차갑게 느껴지고, 그 차가움이 심장까지 전해졌다. 맹각은 뱀에 물린 사람처럼 재빨리 손을 잡아 뺐다. 그러고는 황급히 읍을 하는 척하며 당황함을 감추었다. 그는 웃으며 말했다.

"이제 신의 아내가 되었으니, 신이 보살피겠습니다."

유순이 웃었다. 어쩐지 비웃는 것 같기도 하고 난처한 것 같기도 한 표정이었다. 한참 후 그가 다시 말했다.

"어쨌거나 짐의 얼굴을 봐서라도, 그 애가 원치 않는 일은 강요하지 마시오. 배웅은 여기까지면 됐으니 그만 돌아가시오!"

맹각은 미소를 지으며 연회장으로 돌아갔다.

그가 황제와 나란히 걷고 편히 이야기를 나누는 것을 본 사람들은, 대단한 성은이라고 생각하고 웃으면서 축하를 건넸다. 맹각도 웃으며 사람들과 함께 술을 마셨다.

그는 주량이 센 편이지만, 술을 권하는 사람이 너무 많은 데다 거절할 수도 없어서 주는 대로 잔을 비웠다. 게다가 보통 사람들은 취할수록 말을 많이 했지만 그는 취할수록 말수가 적어져 그저 미소만 지었다. 그러다 나중에는 누구든 다가오면 말할 기회도 주지 않고 웃으면서 술부터 마셨다.

사실 그는 진작 취해서 인사불성인 상태였지만, 겉으로는 취기를 전혀 느낄 수가 없었기 때문에 사람들은 계속 술을 권했다.

유순이 온 후로 내내 맹각을 눈여겨보던 장하도 차츰 이상한 것을 깨달았다.

'아! 저 아이는 술이 취한 상태에서도 마음을 놓지 못하고 잔 뜩 경계를 하고 있구나. 십여 년 간 대체 어떤 나날을 보냈던 걸까?'

또 한 사람이 술을 권하자, 장하가 맹각의 손에서 술잔을 빼앗아 대신 마시고는 웃으며 말했다.

"신방에 있는 신부가 기다리다 지쳐 화가 났겠소. 여러분, 그만 신랑을 놓아주고 신부에게 보내 줍시다!"

사람들은 큰 소리로 웃음을 터트렸다. 장안세가 웃으면서 맹각에게 작별을 했다. 그 모습을 본 사람들도 차례차례 작별 인사를 했다.

사람들이 모두 물러가자 장하는 맹각의 어깨를 두드리며 입을 열었다. 하지만 무슨 말을 해야 좋을지 몰라 그저 길게 한숨을 쉬며 몸을 돌렸다.

다년간 맹각을 따른 삼월은 한눈에 그가 취한 것을 알아채고 팔월에게 속삭였다.

"공자는 술버릇도 좋으셔. 떠들지도 않으시고 소란을 피우시지도 않아. 그저 웃기만 하시지. 그렇지만 이런 모습을 오래 봤더니 이상하고 차가운 사람 같아."

사저의 수다를 당해 낼 재간이 없는 팔월이 말을 돌렸다.

"어서 공자를 방으로 모셔서 쉬시게 해요!"

그러자 옆에 있던 총관이 작은 소리로 말했다.

"부인들께서는 가리개도 안 벗으셨습니다! 신부는 가리개를 쓴 채로는 잠들 수가 없어요. 부인들을 밤새 앉아 계시게 할 수는 없지 않겠습니까?"

삼월도 총관의 말이 일리가 있다고 생각했다. 곽 소저야 공자가 가리개를 벗겨 주든 말든 잘 쉬고 있겠지만, 허씨네 아가씨는 내내 기다리고 있을 것이다. 그녀는 주방에 해장탕을 만들게 해서 맹각에게 먹였다. 그런 다음 그를 부축해서 계원으로 향했다.

방 안에 있던 도우미들과 하녀들은 맹각을 보자 환하게 웃으면서, 절을 하고 기쁜 모습으로 물러갔다. 삼월이 저울대를 맹각의 손에 쥐어 주었다.

"공자, 이걸로 가리개를 벗기세요."

흐릿한 붉은 촛불 그림자 아래 신부복을 입은 사람의 우아한 자태가 어렴풋이 보였다. 어지러운 와중에도 맹각은 갑자기 가슴이 쿵쿵 뛰었다. 마치 이 순간을 오랫동안 기다려 온 것 같았다. 평생, 더 이상은 기다릴 수 없을 만큼 오랫동안.

그는 저울대를 힘주어 잡고 떨리는 손을 내밀었다. 그러나 가리개를 걷는 순간, 갑자기 알 수 없는 공포가 밀려와 다시 손을 거두려고 했다. 그 모습을 본 삼월이 재빨리 맹각의 팔을 잡고 가리개를 걷게 했다. 부끄러움과 두려움을 머금은 고운 얼굴이 촛불 아래로 드러났다.

'그녀가 아냐! 그녀가 아냐!'

갑자기 맹각이 뒤로 물러났다.

'그녀는, 그녀는 어디 있지? 틀렸어, 다 틀렸어! 이러면 안 돼!'

삼월이 붙잡으려 했지만 그는 어느새 비틀거리며 방에서 달려 나갔다.

"공자! 공자!"

삼월이 뒤에서 외쳤지만 맹각은 힘껏 달려가기만 했다. 삼월이 답답한 듯 팔월에게 말했다.

"해장탕을 먹이는 게 아니었어! 반쯤 인사불성이었는데, 또 뭐가 마음에 걸리셨담."

맹각이 잔뜩 취했다는 소식을 들은 죽헌의 하녀들은, 그가 오지 않을 거라 생각해서 문을 닫아걸던 참이었다. 그런데 신랑이 나타났다. 하녀들이 재빨리 웃으면서 인사했지만, 맹각은 그녀들을 밀치며 고함을 쳤다.

"운가, 운가! 당신에게…… 할 말이, 할 말이 무척 많소!"

무언가를 잃어버리고 고집스레 찾고 있는 사람처럼 초조하고 어쩔 줄 모르는 표정이었다. 하녀들이 어떻게 해야 좋을지 몰라 망설이자 삼월이 억지로 웃으며 말했다.

"누이들, 잠시 자리를 비켜 줘. 공자께서 운 낭…… 아니, 곽소…… 아니, 부인께 조용히 할 말이 있으시대."

침대에 누웠던 운가가 그 소리를 듣고 말했다.

"가서 농영과 함께 야식이라도 먹어."

그리고 옷을 걸치며 일어났지만, 옷을 다 입기도 전에 맹각이 문을 열고 들어왔다.

"무슨 말을 하고 싶어요?"

녹색의 구름무늬 망사 휘장 안에 있던 운가가 휘장을 살짝 걷으며 차갑게 물었다. 휘장을 잡은 새하얀 손목에서 비취 팔찌가 그녀의 동작에 따라 이리저리 흔들렸다. 촛불에 비친 비취 빛깔이 너무도 푸르러 맹각은 눈이 찔린 것처럼 따가웠다. 순간, 몇 년 동안 마음속에 숨겨 두었던 말은, 그 고통과 분노로 순식간에 산산이 부서지고 말았다.

그는 웃음을 터트리더니 그녀에게 다가가며 말했다.

"신혼 첫날밤에 나더러…… 무슨 말을 하고 싶으냐고?"

운가는 그의 몸에서 나는 술 냄새를 맡고 눈을 찌푸리며 몸을 피했다.

"왜 그렇게 화를 내죠? 나랑 혼인하라고 강요한 것도 아닌데."

맹각은 웃으면서 그녀의 손목을 잡았다.

"나도 시집오라고 강요한 적 없소. 하지만 어차피 시집왔으니 아내가 할 일은 다해야지."

잡힌 손목이 참을 수 없이 아팠고, 그의 표정도 평소와는 달라 운가는 긴장하기 시작했다.

"맹각! 술주정은 그만 부려요!"

그는 웃으면서 운가가 덮고 있는 옷을 잡아 바닥에 팽개쳤다.

"당신도 미쳤고 나도 미쳤으니, 이게 딱 좋겠지."

그가 그렇게 말하며 운가를 품에 안았다. 운가는 연신 발길질을 하며 맹각을 밀어내려 했지만 그는 끝내 그녀를 안으려고 했다. 두 사람은 무예 기술도 잊고 어린아이처럼 툭탁거렸다.

완력을 쓰기 시작하자 침대가 엉망이 되었다. 운가가 걸친 홑옷도 발버둥 치는 사이 점점 풀어졌다. 코끝에는 그녀의 체취가 감돌고, 피부에는 그녀의 체온이 느껴졌다. 맹각의 호흡이 점점 거칠어졌다. 그는 자신이 화가 난 것인지 아니면 욕망을 느끼고 있는 것인지 분간하기 어려워졌다. 운가는 금세 그의 신체적 변화를 느끼고 소리쳤다.

"뻔뻔하군요!"

그 말을 듣는 순간, 맹각의 눈앞에 어른거리던 녹색이 갑자기 폭발했다. 그는 더 이상 아무것도 들리지 않았다.

"내가? 그러는 당신은?"

그는 운가의 옷깃을 잡아 반쯤 찢어발겼다. 거의 반평생을 지켜 주었건만 결국 그녀는 점점 멀어지기만 했다. 그를 증오하기 때문에 혼인했다는 것을 알면서도 그는 신경 쓰지 않았다. 그녀가 혼인하겠다고 결심만 하면 더없이 진실한 마음으로 그녀를 맞아들일 생각이었다. 그러나 그녀는 유순에게 몸을 바칠망정…….

'찍' 소리와 함께 운가의 속옷이 찢겨 나갔다. 순간, 눈앞에 비친 모습에 미쳐 날뛰던 그조차 믿을 수 없어 동작을 우뚝 멈추었다. 가슴 가득 치밀어 오르던 분노의 불꽃도 연기가 되어 사라졌다.

백옥처럼 흠 하나 없어야 할 등에는 채찍 자국이 어지럽게 나 있었다. 운가가 울면서 벗어나려고 발버둥 치자, 채찍 자국이 징그러운 벌레처럼 그녀의 등 위에서 꿈틀거렸다.

맹각은 손을 뻗어 흉터를 만졌다. 자국이 생긴 지 시간이 좀 지난 것 같았다. 다치자마자 잘 치료했다면 흉터는 남지 않았을 텐데, 지금은 아무리 좋은 약으로도 이 징그러운 흉터를 지울 수가 없었다. 그녀는 평생 이것들을 짊어지고 살아야 했다.

"누구 짓이오?"

운가는 울면서 침대 위에서 몸을 웅크린 채, 보호해 줄 것을 찾는 듯 양 손을 더듬었다. 우연히 이불이 손에 잡히자 그녀는 재빨리 그것을 몸 앞으로 끌어당겨, 보루처럼 자신과 맹각 사이에 쌓았다.

"누구 짓이오?"

운가는 숨을 헐떡였다. 오랜 병이 재발하여 기침이 났다. 어찌나 심하게 기침을 하는지, 얼굴이 새빨개지고 이불을 움켜쥔 손끝은 새하얗게 변했다. 맹각이 숨 쉬는 것을 도와주려고 손을 뻗었지만, 그녀는 몹시 두려워하며 필사적으로 벽에 바짝 붙었다. 그 바람에 기침이 더 심해지자 맹각도 재빨리 손을 거뒀다.

그는 멍하니 그녀를 바라보았다. 기침을 할 때마다 그녀의 몸이 부들부들 떨렸다. 등의 추한 흉터는 마치 교활하게 그를 비웃는 것 같았다. 대체 누가 속세의 티끌 하나 묻지 않은 정령을 이런 상처투성이로 만들었을까?

"운가!"

맹각은 허리를 숙여 침대 앞에 엎드렸다. 그는 거의 꿇어앉다시피 한 채 말했다.

"용서해 주시오!"

그의 목소리는 고통스러웠고 간절했다. 가능하다면 가진 모든 것을 쏟아부어서라도 새롭게 시작할 기회를 얻고 싶었다.

"꺼, 꺼져요!"

그녀의 얼굴에 떠오른 증오와 혐오감이 날카로운 검처럼 그의 마지막 남은 애원을 갈가리 찢었다. 그는 창백한 얼굴로 천천히 일어나 뒤로 물러섰다. 그러다 갑자기 크게 웃음을 터트렸다. 그는 큰 소리로 웃으며 몸을 돌려 비틀비틀 방을 나갔다.

유순은 태부 저택에서 나온 후 내내 입가에 미소를 띠고 있었다. 하지만 미간에는 말로 설명할 수 없는 쓸쓸함이 새겨져 있었다.

하소칠이 마차를 모는 사람들에게 궁으로 돌아가자고 하려는데, 유순이 손을 휘저었다.

"지금은 돌아가고 싶지 않다."

"어디로 가실 생각이십니까, 폐하?"

하소칠이 황급히 묻자 유순은 잠시 멍하니 있더니, 갑자기 기운이 난 듯 웃으며 말했다.

"흑자 일행을 찾아가 술이나 마시자."

하소칠도 웃었다.

"그 녀석들이라면 지금쯤 신나게 마시고 있을 겁니다!"

"어디에 있느냐?"

"폐하께서 그 녀석들에게 군에 들어가 훈련을 받으라고 하셨잖습니까? 모두 상림원에 있겠죠!"

유순은 그제야 정말 신이 났다. 그는 마차를 먼저 돌려보내고 하소칠과 함께 말을 타고 옛 형제들을 만나러 상림원으로 향했다.

그가 즐거워하는 것을 보자 하소칠은 흥을 돋우려고 말했다.

"폐하, 신에게 무엄한 부탁이 하나 있습니다."

"뭘 우물거리느냐? 말해 보아라!"

"폐하께서도 아시다시피 흑자 일행은 황주 세 잔만 마셔도 자기 이름마저 잊어버리는 놈들입니다. 함께 모여 있으니 분명⋯⋯."

하소칠은 주사위를 던지고 패구牌九[4]를 치는 흉내를 냈다. 유순은 옛 추억이 떠올라 웃으며 고개를 저었다.

"나도 무슨 뜻인지 알았다. 군영에서 도박은 금지되어 있으니 한 번은 봐주라는 말이구나."

하소칠은 그가 무의식적으로 '짐'에서 '나'라고 호칭을 바꾸자 마음이 편해져서 히죽거리며 고개를 끄덕였다.

"사실 신도 손이 근질근질합니다. 번 돈을 쓸 때는 도박에서 이길 때처럼 신나지는 않거든요. 딴 돈을 쓰면 남의 돈을 쓰는 것 같아서, 쓰면 쓸수록 즐겁지요!"

유순은 큰 소리로 웃음을 터트렸다.

"나중에 기술 몇 가지 가르쳐 주마. 그거면 분명 상대방의 바지까지 따낼 수 있을 거다."

---

4 패를 가지고 하는 놀이의 일종.

하소칠은 기쁜 나머지 말에서 떨어질 뻔했다.

"감사합니다, 형님! 감사합니다!"

하소칠의 요패 덕분에 두 사람은 순조롭게 상림원에 들어갈 수 있었다. 그러나 형제들의 행방은 꽤 공을 들인 후에야 찾아낼 수 있었다. 그들은 언덕에 숨어서 술을 마시고, 고기를 구워 먹고 있었다.

하소칠이 예상한 대로 흑자 일행은 정말 도박을 하고 있었다. 하지만 단순한 귀뚜라미 경주였다. 흑자의 얼굴이 벌겋게 달아오른 것을 보니 돈을 딴 모양이었다.

유순은 사람들이 조그만 곤충들을 둘러싼 채 소리 지르고 주먹을 휘두르며 눈을 부라리는 것을 보자 친근한 생각이 들어 저도 모르게 웃으면서 걸음을 멈추었다.

"이번 판이 끝난 후에 가서 잡아들이자."

하소칠도 킥킥거리며 고개를 끄덕였다. 그는 유순과 함께 나무 그늘에 숨어 형제들이 노는 모습을 지켜보았다.

결국 흑자 쪽이 졌다. 화가 난 흑자는 귀뚜라미를 고른 형제에게 욕을 퍼부었다. 이긴 사람이 딴 돈을 품에 넣으며 웃었다.

"흑자 형, 겨우 푼돈이잖소? 지금은 부자가 되셨으니 너무 궁색하게 굴지 마쇼! 형씨들이 황제의 오랜 친구란 건 모두가 다 아는 사실인데, 이 정도 돈쯤 잃으면 어떻소. 황제께서 상이라도 내리시면 모두 회복할 것을."

흑자가 대접에 술을 따라 몇 모금 마셨다.

"부자는 무슨! 우리 형님의 돈은 모두 창, 창생……."

하지만 하소칠이 했던 말이 정확히 기억나지 않자 그가 눈을 부릅뜨고 소리쳤다.

"아무튼 간에 형님 돈은 다 같이 잘살 수 있도록 가난하고 힘든 사람들에게 줄 돈이란 말이오."

유순이 웃으며 하소칠에게 눈짓했다.

"보아하니 네가 몰래 말을 낳이 하고 다녔구나."

하소칠이 황급히 고개를 숙였다.

"신은 형제들에게 폐하의 큰 뜻을 알리기 위해 최선을 다했습니다."

유순이 나서려고 하는데, 갑자기 상대 쪽 사람들이 흑자 일행에게 황제 이야기를 해 달라고 떠들었다.

평소 묻는 사람이 없어도 형님이 얼마나 대단한지 허풍을 치고 다니는 흑자인데, 누가 묻기까지 했으니 말할 것도 없었다. 그는 한 손으로 술잔을 든 채 다른 손을 마구 휘두르며 떠들어 댔다. 이에 유순은 걸음을 멈추고, 하소칠에게도 멈추라는 손짓을 했다.

"……귀뚜라미 경주만 해도 그렇소! 우리 형님께서 계셨다면, 빌어먹을, 형씨들이 이길 기회나 있었겠소? ……형님은 양무후가 되셨을 때도 말할 수 없을 만치 우리 형제들에게 잘해 주셨소. 우리 형제들은 형님을 위해 저택을 지킬 때도 얼마나 신났던지! 예전에 그렇게 으스대던 관리들이 우리들만 보면 고개를 숙이고 허리를 굽히며 대신 말 좀 잘해 달라고 빌어 댔소. 우리 형님은 아예 문을 걸어 잠그고 만나 주지도 않았지! 형님은 그런 관리들에게는 쌀쌀하게 굴었지만, 일반인들에게는 한 번도 거드름 피우지 않고 웃는 얼굴로 대했소. 어떤 촌사람이 급한 일로 형님을 찾아오자, 형님은 최선을 다해 도와주셨소. 진 노인이 소를 잃어버리고 울면서 저택을 찾아왔을 때도, 형님은 즉시 시위들을 보내 소를 찾게 했소. 진 노인의 버릇없는 태도가 눈에 거슬려서 몇 마디 불평을 늘어놨더니, 형님께선 오히려 날 혼내시면서, '소는 일가의 의식주다. 소가 없으면 땅이 있어도 경작을 할 수 없는데 어떻게 사람이 살겠느냐'라고 하셨소…….'"

흑자의 그릇이 비자 옆 사람이 곧 술을 가득 따라 주었다.

"흑자 형이 양무후 저택에서 일하는 동안 세상 물정을 많이 알게 되었구먼."

흑자는 만족스럽게 술을 두어 모금 마신 후, 침을 튀기며 이야기를 계속했다.

"……번왕도 장군도 이 몸이 다 만나 봤고, 온갖 이상한 사람도 다 만났지! 한 번은 흑의를 입은 사람들이 한밤중에 갑자기 저택에 들어와 형님을 뵙겠다고 한 일도 있었소……. 또 한 번은 어떤 서생이 등롱을 들고 와서 형님을 만나겠다고 했소. 내가 무시했더니 그 서생은 으스대면서 '나는 소, 소란을 피우러 온 게 아니라, 눈, 눈……. 숯이…….'"

중얼거리던 흑자가 다리를 탁 치면서 말했다.

"그렇지! 눈 오는 날 숯을 보낸다! 맞아! 그 말이었어. 난 그 서생이 하도 이상해 보여서 형님께 말씀드렸소."

처음에는 미소를 지으며 듣고 있던 유순도 이야기가 진행될수록 안색이 점점 어두워졌다. 하소칠도 깜짝 놀라 얼굴이 하얗게 질려, 결국 유순의 명령을 기다리지도 않고 수풀 속에서 뛰쳐나가 웃는 얼굴로 끼어들었다.

"흑자 형, 그 무슨 귀신 씨나락 까먹는 소리예요. 다 헛소립니다. 그때 그 주 공자는 눈 내린 밤에 매화나 보러 가자고 폐하를 찾아왔었잖아요. 그렇게 오래 저택에서 일해 놓고도 어찜 그렇게 풍류를 모르세요! 진흙은 담에 칠도 못 한다더니, 딱 그 짝이군요!"

흑자가 억울하다는 듯 벌떡 일어나 소매를 걷어붙이고는 하소칠에게 주먹을 들이댔다.

"어쭈, 너 많이 컸다? 빌어먹을! 콧물 줄줄 흘리며 이 어르신 뒤꽁무니만 졸졸 쫓아다니면서 '형님, 형님' 하던 녀석이! 그래, 그때 먹을 걸 달랄 때는 이 어르신에게 진흙이라고 욕한 적이나 있었냐? 글 좀 배웠다고 이 어르신 앞에서 잘난 척 좀 그만 해!"

형제들이 황급히 흑자를 붙잡고 말렸다. 다른 사람들은, 그들 모두 황제의 친구이기 때문에 함부로 한쪽을 도울 수가 없어 핑계를 대고 흩어졌다.

흑자는 여전히 하소칠을 손가락질하며 욕을 퍼부었다. 다른 형제들도 흑자를 잡고는 있지만 욕하는 것은 말리지 않았다. 하소칠은 본래 그들 중에서 배분이 낮은 편이었지만, 유순이 제후가 된 후로 특히 그를 아끼며 자주 데리고 다니다 보니 어느새 가장 높은 자리에 올라서게 되었다. 그는 무슨 일이든 참견하고, 무슨 일이든 신신당부했다. 심지어 형제들이 유순을 '형님'이라고 부르기만 해도 나서서 반나절이나 잔소리를 했다. 진작부터 하소칠의 행동이 눈꼴시었던 형제들은 흑자가 속 시원하게 욕을 하자 오히려 아무 말 없이 듣고만 있었던 것이다.

하소칠은 고개를 숙이고 흑자가 실컷 욕을 하도록 내버려 두었다. 다 듣고 난 그가 차가운 얼굴로 말했다.

"군영에서는 도박을 하면 안 된다는 걸 다들 알고 있을 겁니다. 이번이 마지막이에요. 다음에 또 무리를 지어 이런 짓을 하면 제가 아무리 보호해 드리고 싶어도 군법엔 사정 봐주는 일이 없어요!"

화가 난 흑자가 또 달려들려고 했으나 하소칠은 몸을 돌려 떠나 버렸다. 언덕을 내려가는 동안에도 뒤에서는 욕하는 소리가 계속 들려왔다.

산 아래 나무에 묶어 두었던 말 두 필 중 한 마리만 남은 것을 보니 유순은 벌써 떠난 모양이었다. 하소칠은 말에 올랐다. 조금 전 유순의 표정을 생각하자 오싹했다.

이원은 흉노의 왕자였다. 만약 한나라 황제가 흉노 왕자의 '눈 오는 날 따뜻한 숯'을 받았다는 것을 누가 알기라도 하면 어떻게 될까? 게다가 당시는 미묘한 시기였다. 곽광과 장안세, 맹각 같은 영리한 자들이 이걸 알면, 그 뒤 흉노가 관중으로 출병하고 오손에 내란이 일어났던 일을 떠올릴 것이다. 또 유순은 남몰래 군대를 훈련시키고 있었으니…….

하소칠은 몸을 부르르 떨었다. 이 일은 영원히 땅속에 묻어 두어야 했다.

그는 밤새 잠을 이루지 못했다. 머릿속에 온갖 생각이 떠올랐지만, 제대로 된 생각은 아무것도 없었다.

이튿날, 그는 조회가 끝날 때쯤 유순을 만나러 입궁했다. 그렇지만 만나도 무슨 말을 해야 할지 알 수가 없어 막막했다. 칠희가 그런 그를 보고 웃으며 말했다.

"대인께서는 과연 폐하의 마음을 잘 아시는군요. 폐하께서 방금 소인에게 대인과 맹 태부를 부르라고 하셨는데, 벌써 아시고 오셨군요."

하소칠은 고개를 들고 청량전의 문을 바라보았다. 그것은 마치 모든 것을 삼킬 듯이 입을 쩍 벌린 괴수 같았다. 그의 마음은 점점 더 무겁게 가라앉았다.

칠희는 하소칠이 청량전을 멍하니 바라만 보자 이상한 듯 그를 불렀다.

"대인?"

그러자 하소칠이 허리를 숙이고 겸손하게 말했다.

"총관께 안내 좀 부탁드립니다."

그와 유순이 정이 깊다는 것을 잘 아는 칠희는 거드름을 피우지 않고 겸손하게 대꾸했다.

"무슨 말씀을요! 이쪽으로 가시지요."

칠희는 전각 문 입구에서 걸음을 멈추더니 허리를 숙이며 살짝 뒤로 물러났다. 하소칠은 안으로 들어갔다. 전각 안은 조용하고 썰렁했다. 그곳에는 유순 혼자 있었는데, 밤새 잠을 못 잤는지 어둡고 지친 표정이었다.

하소칠이 그 앞에 무릎을 꿇었다.

"폐하, 만세."

유순은 한동안 묵묵히 그를 바라보다가 입을 열었다.

"네게 분부할 일이 있다. 거절해도 된다."

"예."

금박을 두른 박달나무 용상에 몸을 기댄 유순은 팔 한쪽을 아무렇게나 팔걸이에 걸치고, 손으로는 날아갈 것처럼 새겨진 용머리를 움켜쥐었다.

"장안에서 멀리 떨어진 곳에서 흑자 일행을 후하게 장사 지내도록 해라."

하소칠은 숨이 턱 막히는 것 같았다. 그는 간신히 온 힘을 쥐어짜 내 억지로 대답했다.

"명대로 하겠습니다."

전각 안의 어슴푸레한 빛 속에서 두 사람의 무거운 숨소리만 들려왔다.

"폐하, 맹 태부가 도착했습니다."

그때, 칠희의 목소리가 들렸다. 그 소리가 하소칠에게는 밤에 우는 갈까마귀 소리처럼 들려 그는 한기를 느꼈다. 하소칠이 물러나려고 했으나 유순이 만류하더니, 밖에 대고 큰 소리로 말했다.

"들라 하라."

맹각은 무릎을 꿇은 하소칠을 보더니, 유순에게 머리를 조아리며 예를 갖추었다. 유순은 용상에서 멀지 않은 곳에 놓인 의자를 가리키며 앉으라고 했다.

맹각의 안색도 썩 좋지 않았다. 눈에는 피로가 가득했고 표정은 냉랭했다. 평소 늘 짓는 미소도 없어서 아주 얼음장 같았다. 유순이 그런 그를 훑어보더니 미소를 지으며 말했다.

"짐이 경에게 부탁할 일이 있소. 짐이 운가를 데려오려고 사람을 보낸 적이 있었는데, 그때 부하들이 실수로 말다를 죽였소. 그런데 운가가 며칠 전 미앙궁에서 그 사람을 보았소. 운가의 성격상 분명 계속 조사하려고 할 거요. 경이 이 일을 운가에게 말하지 않은 것은 운가와 짐이 정면으로 충돌하는 것은 원치 않기 때문일 거요. 짐은 그 부하를 경에게 내주겠소."

맹각이 읍을 하며 담담하게 말했다.

"명을 받들겠습니다."

그러자 유순이 웃으며 하소칠을 가리켰다.

"여기 소칠에게도 일을 맡겼소. 서로 도와서 잘 처리하도록 하시오. 소칠, 맹 태부는 짐의 오른팔과 같은 대신이다. 맹 태부를 따르면서 잘 배우도록 해라."

하소칠은 마음속에 감춘 최후의 희망마저 사그라지는 것을 느꼈다. 어쩌면 유순이 너무 신중해서 그런 것일 수도 있고, 아니면 그가 술수를 부리려는 것을 눈치채고 미리 달아날 길들을 모두 틀어막은 것일 수도 있다. 그는 한 마디도 하지 못한 채 거친 숨을 가다듬으며 힘껏 머리를 조아렸다.

유순은 앞만 바라보며 무표정하게 말했다.

"모두 물러가시오!"

맹각과 하소칠이 전각에서 나가자, 유순이 잡고 있던 용머리가 퍽 하고 부서졌다. 부러진 나무가 그의 손바닥을 파고들었지만 유순은 아무 반응도 없이 꼼짝 않고 앞만 바라볼 뿐이었다. 울룩불룩 튀어나온 용무늬 조각을 따라 선혈이 흘러내려 용상 위로 떨어졌다. 그 선명한 붉은색은 어슴푸레한 대전에서 이상하리만치 아름답게 느껴졌다.

하소칠은 우선 유순의 명령이라며 흑자 일행에게 전갈을 전했다. 몰래 장안에서 나가, 진령산맥 취화산에서 곽광이 유순을 암살하려고 보낸 사람들을 죽이라는 전갈이었다.

흑자 일행은 형님이 위험하다는 말에 형제들을 불러 모아 변장을 하고, 행적을 숨긴 채 살그머니 장안을 빠져나가 형님을 도우러 갔다.

그들이 떠난 후 하소칠은 다시 유순의 밀명이라면서, 운가를 잡아들이기 위해 선제의 어전 시녀와 환관들을 죽인 관병들을 취화산에 소집시켰다. 그리고 도적 무리가 나타났으니 한 명도 살려 두지 말고 모조리 죽이라고 명령했다.

모든 준비가 끝나자 하소칠은 황급히 맹각을 찾아갔다. 그는 마차에 기대어 눈을 감고 쉬고 있는 맹각에게 보고했다.

"맹 대인, 분부하신 대로 처리했습니다. 양쪽 인마를 취화산으로 유인했으니, 이제 어쩌면 되겠습니까?"

맹각은 가리개를 걷고 마차 안으로 들어가 앉더니 다시 눈을 감고 피곤한 듯 말했다.

"마차가 취화산에 도착하면 깨워라."

하소칠은 멍하니 서 있다가, 마차에 올라 취화산으로 마차를 몰았다.

유순이 우림영에 대항할 목적으로 친히 훈련시킨 군대와 마주친다면, 흑자 일행의 결말은 말하지 않아도 알 만했다. 하소칠은 죽음을 마주할 각오를 단단히 해 두었지만, 산마루에 올라서 골짜기에 어지럽게 널브러진 목과 산산조각 난 사지를 보자, 문득 자신이 생각만큼 강하지 않다는 것을 깨달았다.

그는 맹각이 곁에 있다는 사실도, 그가 유순에게 자신의 반응을 보고할지 모른다는 것도 잊은 채 바닥에 엎드려 통곡했다. 그리고 울면서 먹은 것들을 다 토해 냈다.

어려서부터 고아였던 그는 밥 한 공기 얻어먹으려고 여기저기 구걸하며 살았고, 대부분은 형제들이 구걸한 것을 나눠 주었다. 추운 밤에는 함께 모여 따스함을 나누었고, 부잣집 개를 훔쳐 구워 먹기도 하고, 함께 아가씨들의 목욕 장면을 훔쳐보기도 했다…….

맹각은 뒷짐 지고 서서 차분하게 그 광경을 바라보더니, 그가 울음을 그치자 담담하게 말했다.

"다 울었으면 가서 수를 세 보아라. 폐하께서 물으시면 제대로 대답해야지."

하소칠이 고개를 홱 들고 증오 어린 눈빛으로 맹각을 쏘아보았다. 아무리 죽이기로 했다지만 꼭 이런 방법을 써야 했을까? 왜 좀 더 부드러운 방법을 쓰지 않았을까? 왜 저렇게 고통스럽게 죽어 가게 했을까?

맹각은 전혀 개의치 않는 듯 미소를 지으며, 약 가루 한 봉지를 그의 앞에 툭 던졌다.

"미약이다. 술에 섞어 먹이면 정신은 멀쩡한데 몸을 움직일 수 없게 된다."

말을 마친 그는 소매를 휘저으며 산을 내려가 버렸다. 마치 자기는 모든 일을 다 마쳤다는 듯이.

유순의 명령을 순조롭게 완수한 진건陳鍵은 하소칠의 말대로 숲에서 지시를 기다렸다. 하지만 두 시진이 지나고 태양이 산 아래로 떨어져도 아무도 나타나지 않았다.

사람들은 목이 바싹 마르고 배에서도 꼬르륵 소리가 났다. 멀지 않은 곳에 냇가와 산토끼가 있지만, 훈련을 받기 시작한 날부터 군기가 가장 중요하다고 배운 그들은 명령 없이는 함부로 움직일 수가 없어 숨도 죽인 채 꼿꼿이 서 있었다. 그런데 어디선가 술과 고기 냄새가 나더니 하소칠이 소가 끄는 수레를 몰고 나타났다.

"폐하께서 하사하신 음식이오. 돌아가면 폐하의 근신 시위가 되고, 각각 관작을 받을 것이오. 우선 음식부터 들고, 밤이 어두워지면 조용히 영지로 돌아가시오."

진건은 사람들에게 휴식을 취하게 한 후 술과 고기를 받았다. 하소칠은 먼저 그에게 술 한 잔을 권했다. 그리고 훗날 장군으로 봉해지면 자기를 잊지 말아 달라며, 웃으면서 당부했다. 진건은 평범한 사람이라 언변에는 능하지 못해서 그냥 웃으며 주는 술을 마셨다.

하소칠은 그가 술을 마시는 것을 지켜본 후 다시 술을 따라 다른 사람들에게도 주었다. 향 하나가 탈 시간이 지나자, 숲에는 더 이상 말소리도 웃음소리도 들리지 않게 되었다. 그저 바닥에 이리저리 쓰러진 수십 명의 흑의인뿐이었다.

하소칠이 주변을 둘러본 후 휘파람을 몇 번 불자, 십여 명의 사람들이 숲으로 뛰어들어 명령을 내려 달라는 듯 허리를 숙였다.

"구멍을 파서 저들을 모두 묻어라."

"예!"

구덩이를 깊이 판 후 시체를 매장하려고 들어 보니, 놀랍게도 아직 몸이 따뜻했다. 묻으려는 사람이 살아 있을 뿐 아니라, 약간 취한 눈에 공포를 담고 그들을 바라보고 있었다. 사람들은 깜짝 놀라 그 자리에 굳어 버렸지만, 하소칠이 차갑게 콧방귀를 뀌자 어쩔 수 없이 시킨 대로 움직였다.

삽으로 흙을 덮는 소리가 마치 칼날로 뼈를 바르는 소리 같았다. 흙 아래 묻힌 사람들은 멀쩡한 상태로 진흙이 몸 위로 떨어지는 것을 느끼고 있을까? 다른 사람들은 가여울 정도로 덜덜 떨고 있었지만, 하소칠은 자신의 원한과 고통이 점점 옅어지는 것을 느꼈다.

문득 그는 맹각이 잔인한 계략으로 흑자 일행을 죽인 것은, 하소칠 자신더러 더욱 잔인한 방법으로 흑의인들을 죽이게 만들기 위해서가 아닐까 하는 생각이 들었다.

부하들이 흑의인들을 다 묻자, 하소칠이 다시 분부했다.

"그 위에 풀과 나무를 옮겨 심어라."

눈앞의 무덤이 울창한 수풀로 변하자, 그제야 그가 웃으며 말했다.

"곧 날이 밝겠구나. 다들 돌아가서 쉬도록! 오늘 밤 있었던 일은 깨끗이 잊어버리는 것이 좋을 거야. 아니면……."

사람들은 즉시 무릎을 꿇고, 발설하지 않겠다고 하늘에 맹세했다. 하소칠이 손을 휘저어 그들을 보냈다.

그는 숲을 바라보며 바닥에 앉았다. 고요한 밤에 지하의 움직임을 낱낱이 들으려는 사람처럼, 아니면 날 밝은 후 무엇을 해야 할지 고민이라도 하는 사람처럼.

동쪽 하늘이 희끄무레 밝아 올 때쯤, 맹각의 저택 앞에는 맹각이 조정 일을 위해 입궁할 수 있도록 마차가 준비되었다. 그가 저택을 나오자, 어디서 나타났는지 하소칠이 다가와 읍을 했다.

"맹 대인의 마차를 좀 얻어 타도 되겠습니까?"

맹각은 여전히 피로에 지친 얼굴로 고개를 끄덕이고는 마차에 올랐다. 하소칠은 아랫자리에 앉았다. 하지만 눈을 감고 비스듬히 마차 벽에 기대 있는 맹각은 아무 말도 하고 싶지 않은 것 같았다. 하소칠이 웃으며 말했다.

"제가 부인을 해친 자들을 모두 산 채로 매장시켰습니다. 맹대인께서도 이런 처벌에 만족하실 거라 생각합니다."

맹각이 입꼬리를 올리며 미소 지었다.

"어차피 거절할 용기가 없다면, 들고양이처럼 이리저리 할퀴어 댈 필요 없다. 아무도 널 탓하지 않을 테니까."

하소칠이 억지로 가장한 차분함도 맹각의 한마디에 산산조각 났다. 꼿꼿하던 몸도 갑자기 반쯤 오그라든 것 같았다. 그가 이를 갈며 말했다.

"대인께선 나중 일은 생각 안 해 보셨습니까? 자신이 너무 많은 것을 알고 있다는 생각은요?"

맹각이 눈을 뜨고는 웃는 얼굴로 하소칠을 바라보았다. 그의 시선은 온화했지만, 하소칠은 감히 마주할 용기가 없어 황급히 고개를 돌려 피했다. 그러나 마음속에 꾹꾹 숨긴 무력감과 당황함은 고스란히 그의 얼굴에 드러났다.

맹각은 다시 눈을 감았다.

"어쩔 수 없이 믿고 의지할 물건이라면, 쓰다가 손을 다친다 해도 버리지 못하지."

하소칠은 맹각의 말을 곰곰이 생각해 보았다. 그의 표정이 점점 더 나빠졌다. 앞으로 10년 정도 지나면 그 역시 곽광이나 맹각 같은 사람이 될 수도 있었다. 하지만 지금은 1년 후의 목숨도 장담할 수 없었다.

맹각은 그를 무시한 채 눈을 감고 명상에 잠겼다.

마차가 거의 미앙궁에 도착할 무렵, 하소칠이 불쑥 물었다.

"폐하께서는 왜 이런 일을 장나 준불의 같은 사람에게 시키지 않으실까요? 왜 꼭 제게 이런 일을 시키시는 걸까요?"

맹각은 모르는 척했지만, 하소칠은 혼자 묻고 혼자 대답했다.

"그 사람들은 군자기 때문이겠죠. 그래서 폐하께서도 그들 앞에서는 군자인 척하시는 겁니다. 그들은 현명한 군주와 훌륭한 신하로 역사에 기록되어 후세의 추앙을 받겠죠. 하지만 저는 영원히 장 대인이나 준 대인 같은 사람은 못 될 겁니다. 그저 어두운 곳에 숨어서, 폐하께서 영원히 남들에게 알리고 싶지 않은 일을 대신 처리하겠지요."

그의 안색은 창백했고, 목소리에는 자신의 운명에 대한 절망이 묻어났다.

마차가 천천히 멈추자 맹각이 마차에서 내렸다. 하지만 하소칠은 여전히 멍하니 마차 안에 앉아 있었다.

조회가 끝나자, 맹각은 태자를 가르치러 갔다. 수업이 끝났을 때는 이미 저녁 시간이었다. 석거각에서 나와 보니, 환관 몇 사람이 괴이쩍은 얼굴로 수군거리다가 그가 오는 것을 보고 입을 다물었다. 마침 태자를 마중하러 온 부유가 보여 맹각은 그를 불러 세웠다.

"궁에 무슨 일이라도 생겼느냐?"

부유도 괴이한 표정으로 주변을 둘러보더니, 아무도 없다는 걸 확인한 후 소리 낮춰 말했다.

"소인도 방금 오는 길에 들었습니다. 어전에 총관 환관이 한 명 늘었는데, 바로 하소칠 대인이라지 뭡니까. 어떻게 된 일인지, 갑자기 거세를 하고 입궁하여 폐하를 모시겠다고 우기시더랍니다. 폐하께서 허락하지 않으시면 차라리 머리를 박고 죽겠노라 하셔서, 폐하께서도 말리시다 못해 결국 허락하셨습니다. 하 대인께서는 입궁하자마자 칠희 총관 버금가는 자리에 오르셨습니다. 그래서 궁 안의 환관들이 부럽기도 하고 알 수 없기도 해서 저렇게들 떠들어 대는 겁니다. 어째서 편안한 벼슬길도 마다하고 대가 끊기는 환관이 되겠다고 하는지 알 수가 있어야죠."

맹각은 빙그레 웃었다. 죽음의 문턱에서 살아날 유일한 방법을 떠올리다니, 과연 하소칠은 그를 실망시키지 않았다.

저택으로 돌아가자 삼월이 나와 언제 저녁 식사를 하겠느냐고 물었다. 맹각은 배가 고프니 옷만 갈아입고 바로 먹겠다고 대답했다. 그러자 삼월이 작은 소리로 혼례날 밤 맹각의 황당한 행각을 떠벌리기 시작했다.

"······공자께선 신부의 가리개를 벗기기 무섭게 도망치셨어요. 마치 신부가 못난이라서 깜짝 놀라기라도 한 것처럼요. 허 낭자는 상심해서 밤새도록 울었어요. 오늘도 울고 계시는 걸 보니 너무 가엾어서, 요리를 좀 해서 저녁에 공자와 함께 식사하시면 어떻겠냐고 했더니, 그제야 눈물을 그치시더군요. 공자, 제 생각에 둘째 부인께선 참 좋은 분이에요. 어쨌거나 그때 일에 대해서 사과는 하셔야 해요."

맹각은 한 마디도 하지 않았지만 삼월이 나지막이 속삭였다.

"그냥 같이 식사만 하는 거예요. 어쨌거나 앞으로 같은 저택에서 살아야 하는 처지인데, 제대로 얼굴은 봐야죠! 공자께서는 부인이 어떤 모습인지도 제대로 못 보셨는데, 우연히 마주쳤을 때 알아보긴 해야 하잖아요?"

"계원으로 가자."

삼월은 속으로 환호성을 지르며, 즐겁게 맹각의 뒤를 따라갔다. 계원의 하녀들도 기뻐하며 마중을 나왔다. 허향란은 고개를 숙이고 맹각에게 인사했고, 맹각도 겸손하게 그녀를 일으켜 세웠다.

허향란은 몰래 맹각을 훑어보았다. 과연 사촌 언니 말대로 옥을 깎아 놓은 것처럼 잘생긴 공자였다. 가슴이 콩콩 뛰고, 기쁘면서도 걱정스러운 기분이 들어 저도 모르게 얼굴이 빨개졌다.

두 사람만 먹을 식사인데도 허향란은 요리를 열 가지나 준비해 식탁이 꽉 찼다. 삼월이 부인은 재주도 좋다며 칭찬을 건네자 허향란의 하녀 혜아惠兒가 웃으며 말했다.

"부인께서 출가하시기 전에, 나리께서 일부러 선생을 불러 부인께 요리를 가르치셨어요. 이 요리들은 우리 아가씨께서 가장 자신 있어 하는 것들이에요. 나리께선 아가씨가 만든 요리를 드신 후, 어떤 공자든 우리 아가씨를 데려가면 복이 터진 거라고 말씀하셨다니까요!"

혜아의 말에 다른 의미가 담겨 있는 것을 깨달은 삼월이 민망한 듯 웃으며, 그녀의 손을 잡고 맹각과 허향란에게 물러가겠다고 청했다.

맹각은 아무 말도 없이 밥을 먹었고, 허향란도 말을 꺼내기가 부끄러워 두 사람은 침묵 속에서 저녁 식사를 끝냈다. 허향란은 마음이 불안하고, 맹각이 자기가 만든 요리를 마음에 들어 할지 걱정스러워 음식이 코로 들어가는지 입으로 들어가는지도 알 수가 없었다.

하녀들이 음식을 치우고 차를 가져다 놓자 허향란은 용기를 내어 더듬거리며 물었다.

"상공, 음식은 입에 맞으시던가요? 안 맞으시면……."

맹각이 미소를 지었다.

"무척 맛있었소."

허향란은 그 다음에 무슨 말을 해야 할지 몰라 입을 다물었다.

맹각이 늦게 귀가했기 때문에 저녁을 먹고 나자 밖이 벌써 어두워졌다. 허향란은 내심 그가 여기서 묵고 가기를 기대했다. 머릿속에 시중드는 아주머니들이 가르쳐 준 남편을 즐겁게 해 줄 방법들이 하나하나 스쳐 갔지만, 지금 앞에 있는 이 사람에게 쓸 수 있는 방법은 하나도 없었다. 그의 미소는 너무나 완벽해서, 세상에 그 어떤 것도 그를 감동시키지 못할 것 같았다.

갑자기 방 밖에서 음악 소리가 들려와 허향란은 저도 모르게 귀를 기울였다. 사촌 언니가 황후가 된 후 가족들은 선생을 구해 집안 여자들에게 금 타는 법을 가르쳤다. 그래서 유명한 곡 몇 곡 정도는 그녀도 알고 있었다.

지금 들리는 노래는《시경》에 나오는〈채미〉가 분명했다. 선생은 그녀에게 이 곡을 들려주며, 이것은 슬픈 노래여서 세상의 쓴맛을 겪어 본 사람만이 연주할 수 있다고 했다. 하지만 그녀는 선생의 금 소리에서 슬픔은 전혀 느낄 수 없었다. 그러나 지금은, 선생이 가르쳐 준 '산천은 의구한데 사람만 예전 같지 않다'는 깊고 깊은 슬픔이 무엇인지 진정으로 느낄 수 있었다.

'누가 그렇게 슬퍼서 깊은 밤에 이렇게 슬픈 곡을 연주하고 있을까?'

옛날 이곳 지날 때 버드나무 가지 휘날리더니

오늘 이곳 와 보니 눈비가 몰아친다

갈증과 배고픔에 걸음도 느리다

내 마음은 슬프건만 알아주는 사람 없구나

갑자기 맹각의 얼굴에서 미소가 사라졌다. 그는 굳은 듯이 그 자리에 앉아 있었지만 마치 벗어나려고 발버둥을 치는 것 같았다.

마침내 그가 찻잔을 내려놓고 밖으로 나갔다. 허향란이 황급히 일어나 영문을 알 수 없는 목소리로 외쳤다.

"상공······."

맹각은 못 들은 것처럼 바삐 밖으로 달려 나갔다. 허향란도 그의 뒤를 쫓아 계원을 나갔다.

달빛 아래 새까만 머리칼을 치렁치렁 늘어뜨린 녹색 옷의 여자가 계수나무 아래 앉아 통소를 불고 있었다. 발소리를 들은 그녀는 고개를 돌려 이쪽을 바라보더니 생긋 웃고는, 몸을 돌려 나는 듯이 계수나무 숲 속으로 사라졌다.

눈앞에 펼쳐진 광경이 너무도 이상해서, 허향란은 꽃의 정령이라도 만난 게 아닌가 싶었다. 하지만 맹각은 계수나무 숲으로 달려가며 외쳤다.

"운가, 대체 뭘 하려는 거요?"

웃음기 어린 목소리가 숲 속 깊은 곳에서 울려 퍼졌다. 아직도 잔가지 사이를 뛰어다니고 있는지 목소리가 가물가물했다.

"아무것도 아니에요. 당신이 오늘 밤 여기서 묵는다면, 난 여기서 〈채미〉를 불겠어요. 맹 공자께서 아무리 낯짝이 두껍고 비열하고 뻔뻔하다지만, 풍류만큼은 잘 아는 호방한 공자시니, 이런 음악 속에서 미인을 안지는 못할 거예요."

간드러진 목소리에 웃음기까지 담겨 있었지만, 말하는 내용은 신랄했다. 허향란은 당황했다.

'저 사람은 누구지? 어째서 맹각 앞에서 저렇게 방자하게 구는 거야? 운가, 운가라고? 아, 그녀로구나!'

맹각이 계수나무 숲으로 뛰어들자 허향란도 황급히 쫓아갔다. 하지만 맹각의 그림자는 곧 계수나무 사이로 사라져 버렸다. 허향란은 그가 어느 방향으로 갔는지조차 알 수가 없었다.

운가는 나무에서 뛰어내렸다. 고개를 들어 보니 어느새 맹각이 그녀 앞에 서 있었다. 그녀는 퉁소를 쥐고 조심스레 몇 걸음 물러났다. 그가 화가 나서 무슨 짓이라도 할까 봐 두려운지 잔뜩 경계하는 눈빛이었다.

맹각의 눈동자에는 애통함이 가득했다. 지난날 장안성의 달빛 아래에서 이 곡을 연주할 때, 그가 친히 가르쳐 준 〈채미〉를 그녀가 이렇게 보답할 줄은 상상조차 하지 못했다.

"운가, 이럴 필요 없소."

운가는 미소를 지었다.

"매일매일 이럴 거예요! 허 낭자는 좋은 사람이니, 다른 사람을 만나도록 가능한 한 빨리 놓아줘요. 그런 짓을 해 놓고, 좋은 아내를 얻어 자식을 낳을 수 있다고 생각했어요? 꿈 깨요!"

맹각의 장삼이 바람에 가볍게 흔들렸다. 그는 달을 향해 손을 들고 한 자 한 자 힘주어 맹세했다.

"이생에서 곽운가에게 자녀가 없는 한, 맹각 역시 자녀를 얻지 못할 것이오! 이 맹세를 어기면 대대손손 니라야泥囉耶에 떨어질 것이오."

운가는 당황했다. 맹각이 저렇게 무서운 맹세를 할 줄이야! 니라야는 서역의 전설 중 악귀가 모여 있는 곳으로, 사람의 영혼이 그곳에 떨어지면 평생 기쁨과 평안을 얻지 못한다고 했다. 하지만 맹각은 도리어 웃음을 터뜨렸다.

"돌아가서 쉬시오! 계속 소란을 피울 것 없소. 나도 가서 허 낭자에게 사과하고 방으로 돌아가 쉬겠소."

운가는 의심스러운 눈길로 그를 응시했다. 맹각은 몇 걸음

가다 말고 뭔가 생각난 듯 다시 돌아섰다.

"운가, 말다를 죽인 사람은 그만 찾으시오."

"왜요?"

"그자는 이미 내 손에 죽었소."

운가는 무거운 짐을 내려놓은 것 같으면서도 조금 화가 났다.

"누가 당신더러 나서래요?"

"나도 이유가 있었소. 당신 일도 있고 해서 겸사겸사 그자를 죽였을 뿐이오."

"무슨 이유죠?"

맹각은 미소를 지었다.

"뭐가 걱정이오? 나처럼 뻔뻔한 사람이 일부러 당신의 복수를 도와주었을 것 같소?"

운가는 아무 말도 없이 그를 노려보기만 했다. 맹각은 잠시 생각해 본 후 설명했다.

"그자가 죽은 건 이미 내재되어 있던 모순 때문이었소. 어쩌면 훗날 조정의 양대 세력도 응어리가 커져 서로 원수처럼 죽이려 들지도 모르오."

운가는 고개를 저으며 빙글 돌아섰다.

"한 사람의 죽음까지도 당신에겐 그저 바둑돌일 뿐이군요!"

맹각은 빙그레 웃었다. 분명 죽음은 바둑돌이었다. 다만 한 사람이 아닐 뿐.

10장
내 몸으로 그대 고통을 대신하리

유석은 자라면서 남자아이답게 장난꾸러기가 되어 갔다. 그 때문에 초방전은 늘 어지러웠다.

그는 궁녀들에게 담요를 말아 침대처럼 만들게 한 후, 양쪽 끝을 각각 잡고 흔들게 했다. 그 위에 누워 자니 과연 편안했다. 그는 즐거워서 깔깔거렸다.

앵무새의 다리에 줄을 묶은 후 날개를 펄럭이며 날아오르려고 할 때 갑자기 줄을 당겨 앵무새가 비명을 지르면서 떨어지는 것을 지켜보기도 했다. 앵무새가 날아오르다가 떨어지는 것을 볼 때마다 유석은 "하하!" 소리를 내며 큰 소리로 웃었다.

어떤 궁녀가 예쁜지, 어떤 궁녀가 못생겼는지도 눈치채기 시작해서, 예쁜 궁녀에게만 보살핌을 받으려고 했다. 그는 예쁜 것들만 좋아했고, 그래야 자신도 예뻐진다고 생각했다.

유석의 행동은 허평군의 눈에는 그저 남자아이의 장난일 뿐이었다. 민간의 남자아이들도 새둥지를 뒤져 갓 태어난 새끼 새를 가지고 놀거나 하지 않는가? 침대에서 자지 않고 궁녀들이 흔드는 담요에서 자는 것도, 조금 성가시긴 하지만 별로 대수로운 일은 아니었다.

하지만 글줄깨나 읽은 대신들은 유석의 행동에 점점 당황했다. 《사기》에 따르면, 상나라 주왕紂王은 어렸을 때 궁녀들 품에서 잠드는 것을 좋아했고, 아름다운 궁녀를 아끼고 못생긴 사람은 싫어했으며, 동물을 학살했다고 했다.

'세 살 버릇 여든까지 간다'는 속담도 있으니, 유석의 행동은 많은 대신들을 두렵게 만들고 걱정시켰다. 한나라의 천하를 저런 사람에게 맡겨야 하는가? 지금 그 잘못을 따지지 않는다면, 언젠가는 그들도 심장을 뽑힌 비간比干[5]처럼 되는 게 아닐까?

유순이 상황을 눈치챘을 무렵에는, 조정의 공포와 우려는 큰 파도가 되어 있었다. 수십 명의 관리들이 태자 문제를 심사숙고해 달라는 글을 올렸다. 그중에는 유순이 의지하고 신뢰하는 준불의까지 있었다. 이 관리들은, 적장자를 세우는 것이 원칙이지만 역사적으로도 현명한 사람이 있으면 어린 아들을 세운 적이 적지 않다고 주장하며, 황제가 아직 한창때라 나중에

---

5 상나라 주왕의 숙부로, 주왕에게 간언하다가 미움을 샀음. 주왕은 그 충심을 확인해야 겠다며 심장을 꺼내어 죽임.

는 자손이 번성할 것이니 이렇게 일찍 태자를 결정할 필요는 없다고 권했다.

이런 대신들 앞에서는 유순도 어쩔 도리가 없었다. 이 대신들은 권모술수를 부리는 자들이 아니었다. 어쩌면 고루하고 융통성은 없을지 몰라도, 진정으로 황제의 권력을 신봉하고, 한나라 황실에 충성하는 신하들이었다. 최고의 동량지재라 할 수는 없어도, 한나라 조정을 받치는 든든한 초석이었다.

권신이나 간신들이라면 권모술수를 쓰거나 겁을 줘서 해결할 수도 있지만 이런 대신들을 상대할 방법은 알 수가 없었다. 무시한다? 그것은 임시방편에 불과했다. 저들의 옹고집은 그의 무시만으로 없어지지 않을 것이다. 거기다 곽광까지 끼어든다면……!

처벌한다? 그랬다간 충신들을 불안하게 만들 수도 있었다. 그러나 처벌하지 않는다면, 그들의 상소를 받아들여야 하나?

십여 명의 상소에 이어 곽광의 사람들도 연이어 상소를 올리기 시작했다. 때맞춰 처리하지 않으면 나중에는 어쩔 수 없이 상소를 받아들여야 할 수도 있었다.

준불의는 두 번째 상소에서 '현명한 자만 써야 한다'는 논지를 펼쳤다. 유순은 당당하게 말하는 그를 보며 속으로는 답답했지만, 겉으로는 겸허하게 듣는 척했다. 조금이라도 시간을 끌고 싶었다.

하지만 곽광은 그에게 미적거릴 시간을 주지 않으려는 게 분명했다. 대사농 전광명이 무릎을 꿇고 준불의의 상소를 거들었다. 전광명은 곽광과 대신들에게 혼군인 유하를 폐하고 명군인 유순을 세울 것을 적극 권했던 사람이었다. 그 일로 유순에게 '공신'이라는 표창을 받았고, 조야에서도 '사람 보는 눈이 있다'는 명성을 얻었다. 그런데 그의 입으로 '현명한 신하'라고 불렀던 사람이 이렇게나 빨리 새로운 사람을 평가하게 될 줄이야!

다른 대신들도 속속 엎드려 태자 책봉 문제를 다시 생각해 달라고 간청했다. 유순은 장안세를 쳐다보았지만, 장안세는 고개를 숙이고 그의 눈을 피했다. 유순은 속으로 한숨을 쉬며 시선을 돌렸다. 그는 아래쪽에서 쉼 없이 머리를 조아리는 신하들을 바라보며, 멍하니 생각에 잠겼다.

황제는 하고 싶은 대로 할 수 있다고 누가 그랬던가? 이 자리에 앉은 사람은 하지 말아야 할 것이 너무 많았다. 하고 싶은 일을 하지 못하는 것은 물론이고, 곳곳에 제약이 있었다.

신하들이 우둔한 자를 폐하고 현명한 자를 세운 옛 사례를 떠들어 대고 있을 때, 갑자기 맹각이 자책감에 빠진 얼굴로 바닥에 엎드리며 크게 외쳤다.

"신의 죄입니다!"

그 '죄'라는 말에 유순의 마음이 겨우 가라앉았다. 그가 물었다.

"태부는 입조한 후로 현명하다는 평만 들었고, 소홀한 점이 있다는 말은 들어 보지 못했소. 그런데 죄라니?"

맹각이 머리를 조아리며 아뢰었다.

"신이 스승으로서 제자를 잘못 가르쳤습니다. 신의 제자가 일반인이라면 기껏해야 조정을 위해 일할 인재 하나가 줄어들 뿐이지만, 태자라면 천하에 그 화가 미칠 것입니다. 신의 죄는 단순한 죄가 아니라 죽을죄입니다."

"그게 무슨 말이오? 태자의 공부에 대해서는 짐이 다른 대신들과 함께 살펴보았소. 태부는 매우 잘 가르쳐 주었소."

준불의 등도 고개를 끄덕였다. 유석은 경서에 대한 이해도나 시문 방면에서는 매우 뛰어났다.

"언젠가 신이 태자께 현군과 폭군의 이야기를 해 드리면서, 현군을 따르고 폭군을 미워해야 한다고 가르친 적이 있습니다. 신은 현군 이야기를 먼저 하고 그 다음에 상나라 주왕의 어린 시절 이야기를 해 주었습니다. 어려서의 선함과 악함이 어른이 되었을 때 현명함과 어리석음에 영향을 미친다는 것을 깨달으시길 바랐기 때문입니다. 신이 옛이야기만 하고 주왕을 제대로 비평하기 전에, 갑자기 몸이 불편해졌습니다. 그대로 있다가는 전하께 해를 끼칠까 두려워 황급히 물러 나왔습니다. 이튿날 이야기를 계속할 생각이었으나 신이, 신이 그만 잊어버리고 말았습니다. 주왕의 고사를 절반만 이야기하고, 또 현군의 고사와 섞어 말하다 보니, 아직 연소하신 전하께서 둘을 분간하지 못하시고, 스승이 이야기해 준 것을 따라 하신 것입니다. 신이 죽을죄를 지었습니다!"

그렇게 말한 맹각은 쿵쿵 소리까지 내며 머리를 조아렸다. 몇몇 대신들은 그제야 무거운 짐을 벗어던진 듯 안도의 숨을 쉬었다. 유석이 본래 잔인하고 포악한 성격은 아니었던 것이다.

장안세도 무릎을 꿇고 머리를 조아리며 태자의 좋은 점을 늘어놓았다. 대신들에게 공손하고 예의가 바르며, 자기 자신에게는 엄격하지만 남들에게는 관대하며, 어린 나이에도 매일 장락궁을 찾아 태황태후께 문안 인사를 드린다며, 그런 행동을 하는 사람의 본성이 잔인하고 포악할 수 있겠느냐고 되물었다.

유순도 아버지의 입장에서 평소 선량하고 후덕한 유석의 행동거지를 칭찬했다. 그러자 준불의 등은 모두 조용해졌다. 이 모습을 본 유순은 몇 마디만 덧붙이면 이번 일은 잠시 마무리지을 수 있겠다고 생각했다. 그런데 전광명은 포기하지 않았다. 태자의 악행을 탄핵하지는 않았지만, 대신 맹각에게 창끝을 겨누었다.

"맹 태부의 자책에 일리가 있습니다. 태자의 스승은 천하 만민의 안녕과 관계가 있습니다. 한데 맹 태부께서 그렇게 경솔한 행동을 하시다니요! 다행히 이번에는 일찍 발견했으니 태자를 잘 가르치고 바로잡을 수 있겠지만, 다음에는 어쩌시겠습니까? 맹 태부께서 또 뭔가를 잊어버리시면요? 우리가 발견했을 때 이미 크게 그르친 후라면 후회해도 늦지 않겠습니까? 그때는 대인께서도 죽음을 면치 못하실 겁니다! 신은 맹 대인께서 태자의 스승이라는 직책을 맡기 어렵다고 생각합니다. 바라건대 폐하께서는 강산과 사직을 위해 맹각을 엄히 벌하시고, 다른 현량한 인재를 태자의 스승으로 삼으십시오."

죄인의 몸인 맹각은 한 마디도 못 한 채 엎드려 처결을 기다릴 뿐이었다.

맹각은 곽광의 사위기 때문에, 사람들은 곽광이 맹각을 도
와 처벌을 면하게 해 줄 것이라 생각했다. 하지만 예상외로 곽
광은 고개를 숙이고 시선을 내린 채, 자신과는 아무 상관 없는
일처럼 가만히 앉아만 있었다.

장하가 무릎을 꿇었지만, 장안세가 형님이 말하기 전에 서
둘러 맹각을 대신해 해명하고 용서를 청했다. 하지만 전광명의
혀는 날카로웠다. 본디 맹각의 실책이었기 때문에 장안세의 해
명의 목소리는 점점 약해져 갔다. 전광명은 점점 더 몰아붙이
며, 맹각이 죽어야만 천하에 사죄할 수 있다는 것처럼 굴었다.

갑자기 유순이 탁자를 내리쳐 말다툼을 중지시켰다. 그가
큰 소리로 분부했다.

"맹각은 태자의 스승으로서 교육의 책임을 다하지 못했으니
엄한 처벌을 받아야 하오. 하지만 평소 자제심과 책임감이 강
했으니 일단은 관용을 베풀어 정장廷杖 40대를 내리겠소. 벌을
받은 후에도 자리는 보존하여, 개선의 여지가 있는지 지켜보
겠소."

전광명은 여전히 불만스럽고 화가 난 표정이었지만, 유순이
성지를 내려 맹각을 처벌하라는 자신의 주청을 받아들인 이상
계속 우길 수는 없었다. 그래서 머리를 조아리며 높이 외쳤다.

"폐하께서는 영명하십니다!"

'정장'이라는 벌은 문무백관 앞에서 매를 맞는 것이다. 다른
벌에 비하면, 정장의 진짜 의미는 벌이 아니라 치욕이었다. 하
지만 맹각은 악질적인 죄를 저질렀으므로 이 형벌은 치욕이기

도 하고 벌이기도 했다.

백관들은 조용히 전전 광장에 모여 형벌 집행을 지켜보았다. 법전에 따라 사례감이 사람을 시켜 맹각의 두 손을 묶고, 옷을 허리까지 벗긴 다음 등을 드러냈다. 그리고 대전을 향해 무릎 꿇게 한 후, 전문적으로 훈련받은 건장한 사내에게 등을 때리게 했다. 사내는 길이 5척, 폭이 1촌, 두께 반 촌인 평평한 대나무를 들고 와서, 사례감의 명령이 떨어지자 힘껏 매질을 했다.

보통 사람은 형을 받을 때 고통을 참지 못하고 비명을 지르거나 다른 데로 신경을 분산시켜 통증을 완화시키려고 한다. 하지만 맹각은 태연자약한 얼굴로 눈을 살짝 감고, 마치 차를 맛보듯 차분하게 고통을 느꼈다.

'짝, 짝' 하는 소리가 울려 퍼지는 가운데, 남의 고통을 즐기듯 눈을 게슴츠레 뜨고 그 모습을 자세히 바라보는 사람도 있고, 조정의 예측하기 힘든 풍파 속에 훗날 자신이 맹각이 될지도 모른다며 불안해하는 사람도 있었다.

40대의 매질이 끝나자 맹각의 등은 피부가 찢기고 살이 터져 선혈이 낭자했다. 하지만 맹각 본인은 여전히 고상하고 여전히 우아했다. 정신도 멀쩡해 보였다.

칠희가 총총히 달려와 손을 묶은 밧줄을 풀어 주고 옷을 입혀 준 다음, 사람을 불러 저택까지 안내하라고 일렀다.

집에 도착했을 때는 맹각도 정신이 흐려지고 있었다. 저택 사람들은 그의 모습을 보고 자지러졌다. 소식을 들은 허향란이 급히 달려와 그의 상태를 살피더니, 등의 핏자국을 보자 울음을 터트렸다.

삼월이 이제 막 흐느끼는 하녀들을 쫓아낸 참인데, 또 우는 사람이 나타난 데다, 이번에는 쫓아 버릴 수도 없었다. 그녀는 어쩔 수 없이 위로했다.

"둘째 부인, 너무 걱정 마세요. 공자께서는 외상을 조금 입으셨을 뿐입니다."

허향란은 삼월이 맹각의 옷을 벗기고 몸을 닦은 후 약을 발라야 한다고 하자, 울음을 참고 도와주러 나섰다. 하지만 평범하게 살아온 그녀가 이런 장면을 본 적이 있을 리 만무했다. 옷을 벗기는 순간, 찢어지고 터진 살이 눈에 들어오자 그녀는 깜짝 놀랐다. 그 바람에 힘을 조절하지 못하고 상처를 건드리자 맹각이 나지막이 신음하더니 얼굴이 창백해졌다. 삼월은 대뜸 허향란을 밀어냈지만, 곧 실수했다는 것을 깨닫고 웃으며 말했다.

"부인께서는 나가 계시는 게 좋겠어요. 이런 일은 제가 할게요."

삼월은 상처를 닦으면서 의아함을 억누를 수가 없었다. 보통 사람이라면 매질 40대에 이렇게 되는 것이 이상하지 않지만, 공자는 수년 간 무예를 익혔으니 내력으로 매의 힘을 와해시킬 수 있었다. 그런데 오늘은 고스란히 매를 맞은 것 같았다.

삼월이 보관해 둔 비약을 가져와 상처에 바르려고 할 때, 맹각이 약 냄새를 맡고 정신을 차리더니 낮게 말했다.

"바를 필요 없다."

삼월은 맹각이 더 좋은 약을 가져오라는 줄 알고 허리를 숙이며 무엇인지 물었다. 그런데 뜻밖에도 맹각은 눈을 감으며 말했다.

"상처를 깨끗이 씻고 잘 싸매기만 하면 된다."

삼월은 어리둥절했다. 아무래도 잘못 들은 것 같았다.

"공자, 상처가 깊어요! 약을 바르지 않으면 아무는 데도 시간이 걸리고, 흉터까지 남아요. 이만한 고통을 받았으면 됐지, 밤낮 고생까지……."

맹각이 눈을 뜨고 그녀를 바라보자, 삼월은 가슴이 덜컹해서 입을 다물었다. 그녀는 입술을 깨물고 대답했다.

"그러죠!"

그러고는 약을 바닥에 내팽개쳤다.

약을 바르지 않아 통증이 계속되었기 때문에, 삼월은 맹각의 상처를 싸맬 때 피가 나도록 입술을 깨물고 나서야 손을 떨지 않을 수 있었다. 상처를 다 싸매고 나자 삼월이 작은 소리로 말했다.

"공자, 많이 아프시죠?"

맹각은 울적한 표정이었다. 그의 눈동자에는 삼월로서는 이해할 수 없는 것들이 맴돌고 있었다. 잠시 후, 그는 아무 말 없이 눈을 감았다. 삼월도 묵묵히 인사를 하고 물러 나왔다.

저녁때쯤 부유가 황궁의 보양재를 들고 맹각을 찾아왔다.

그를 본 부유가 머리를 조아리자, 맹각이 급히 사람을 시켜 그를 일으켜 세웠다. 그래도 부유는 억지로 세 번 머리를 조아린 다음 일어났다.

"황후 마마께서 소인더러 태자 전하를 대신해 대인께 절을 올리라고 하셨습니다."

"돌아가거든 황후 마마께 전하를 탓하지 마시고, 자책은 더욱더 하지 마시라고 전하게."

부유의 눈시울이 약간 빨갰다.

"폐하께서 마마께, 어머니가 되어서 뭘 했느냐고 불같이 화를 내셨습니다. 아들이 주왕을 따라 하게 내버려 두었다고 말이죠. 노기가 풀리신 다음에는 마마를 위로하고 달래셨지만, 마마께서는 모두 당신의 잘못이라고 생각하십니다. 소인들이 뭐라고 말씀드려도 아무 소용이 없습니다."

맹각은 잠시 생각한 후 말했다.

"괜찮다면 운가를 데리고 가서 황후 마마를 만나게 해 주게."

부유는 곧 무슨 뜻인지 깨닫고 고개를 끄덕였다.

운가가 초방전에 들어서자 허평군은 눈물을 닦고 있었고, 유석은 벽 한쪽에 무릎을 꿇고 벌을 받고 있었다. 꽤 오래 꿇어앉아 있었는지 어린아이의 얼굴은 창백했고, 몸도 비틀거렸다. 하지만 끝내 입을 삐죽 내민 채, 잘못했다는 말은 절대 하지 않았다.

운가가 허평군 앞에 앉았다.

"밤새 벌을 세울 거예요?"

허평군의 눈에서 다시 눈물이 쏟아졌다.

"사실 벌을 받아야 할 사람은 나야. 내가 잘못 가르친 탓이야. 잘못하는 것을 보고도 몇 번 야단만 쳤지, 엄하게 교육을 시키지 않았어."

운가는 유석에게 이리 오라며 손을 흔들었다.

"호야, 고모에게 오렴. 고모가 이야기해 줄게."

유석은 어머니를 바라보았다. 허평군이 그런 아이를 노려보며 말했다.

"왜 이제 와서 내 말을 듣는 것처럼 굴어? 지금까지는 뭐 하고?"

그러나 아이의 창백한 얼굴을 보자 끝내 참지 못하고 차갑게 말했다.

"이리 와!"

유석은 일어나려고 했지만, 다리가 마비되어 비틀거렸다. 부유가 급히 허리를 숙여 그를 안다시피 부축해 운가 곁으로 데려갔다. 운가는 아이를 품에 안고 다리를 문질러 주면서 웃는 얼굴로 이야기를 했다.

"사실은 고모도 어렸을 때 새를 잡곤 했어."

유석은 어머니를 흘끗 보더니 운가의 팔을 꼭 끌어안았다.

"고모의 엄마는 야단 안 쳤어요?"

운가는 웃었다.

"새 잡는 것도 어머니가 가르쳐 주신걸. 그런 어머니가 날

야단치셨을까? 그리고 아버지는 커다란 매 두 마리를 잡아서 데리고 놀라며 선물로 주셨단다!"

유석은 부러운 눈으로 운가를 쳐다보았다.

"고모의 엄마는 참 좋아요!"

"참, 넌 새를 갖고 노는 걸 어디서 배웠니?"

"첩여 마마가⋯⋯."

유석이 말을 하다 말고 입을 다물었다. 소양전에 사는 첩여 마마는 그에게는 비밀이었다. 어머니는 늘 소양전 가까이 가지 말라고 했지만, 어머니가 그럴수록 호기심은 점점 강해졌다. 그 안에는 어떤 괴물이 살고 있을까? 사람을 잡아먹는 괴물일까?

그러나 소양전에 사는 사람이 괴물이 아니라 아름답고 부드러운 마마라는 것을 알았을 때, 그 사람이 그를 잡아먹지도 않고 오히려 여러 가지 재미있는 것들을 가르쳐 주었을 때, 그는 점점 더 소양전의 첩여 마마와 노는 것이 좋아졌다.

어머니는 항상 '이러지 마라, 저러지 마라'고 하지만 첩여 마마는 따스하게 웃으며 무엇이든 하고 싶은 대로 하라고 했다. 첩여 마마는 이것이 두 사람만의 비밀이라고 했다. 사내대장부라면 반드시 약속을 지켜 누구에게도 말하지 않아야 한다고!

허평군의 안색이 싹 변했다. 운가는 그녀에게 눈짓하며 계속 웃으며 말했다.

"궁녀가 흔들어 주는 담요에서 자는 것도 편안하지만, 고모는 더 재미있는 방법을 알고 있어."

유석은 어머니와 고모가 자신의 말실수를 모르는 척하자 안심하고 운가에게 재촉했다.

"어떤 방법인데요? 네? 고모, 빨리 말해 주세요."

"이 방법은 말이야, 사실 첩여 마마도 알고 계셔. 왜 안 가르쳐 주셨을까? 벌써 가르쳐 준 줄 알았는데."

유석이 입을 삐죽였다.

"거짓말! 첩여 마마는 날 제일 좋아하니까, 숨기고 안 가르쳐 주는 건 없어요!"

운가는 고개를 저으며 믿기지 않는다는 듯이 말했다.

"하지만 정말 마마가 그 방법을 알고 있어! 못 믿겠으면 물어봐."

"좋아요! 내일 소양전에 가서 물어볼게요."

허평군이 아들을 노려보았다. 얼굴이 새파래져서 때리려고 손을 드는 것을, 운가가 그 손을 붙잡으며 부유에게 말했다.

"전하를 데려가서 뜨거운 물로 목욕시키고, 다리를 주물러 줘."

태자가 나가자마자 허평군이 울음을 터뜨렸다.

"왜 막고 그래? 저 불효막심한 녀석이 적을 친구처럼 여기잖아! 소양전에는 가지 말라고 몇 번이나 말했는데 내 말은 듣지도 않았어. 친엄마는 모르는 척하고 그 여자를 싸고도는 것 좀봐! 오늘 애 아빠가 나한테 화를 낼 때도, 보고 있으면서 한 마디도 하지 않았단 말이야."

운가가 어쩔 수 없다는 듯 말했다.

"왜 사람은 다 크고 나면 어렸을 때 자기 모습을 잊어버리는 걸까요? 언니도 어렸을 때 부모님께서 하지 말라는 일을 굳이 한 적 있지 않아요? 심지어 부모님께서 막으면 막을수록 더 하고 싶지 않던가요? 설마 언니는 어렸을 때 무슨 일이든 다 부모님께 말씀드린 건 아니죠? 언니에겐 자신만의 비밀이 없었어요? 하지만 전 있었어요."

허평군은 멈칫했다. 왜 없었을까? 어머니가 병이와는 놀지 말라며 필사적으로 말려도 그녀는 몰래 병이를 찾아갔다. 어머니가 빨간 꽃은 꽂지 말라고 하면, 항상 밖으로 나간 후 빨간 꽃을 머리에 꽂고 돌아올 때는 살그머니 뽑아서 숨겼다.

"언니, 호와 곽성군을 만나지 못하게 하는 건 불가능해요. 미앙궁에 같이 살고 있으니, 곽성군이 마음만 먹으면 언제든 기회가 있어요. 더욱이 언니가 막으면 막을수록 호는 점점 더 곽성군과 가까워질 거예요."

"그럼 방법이 없단 말이야?"

"있죠! 언니와 곽성군의 은원을 호에게 알려 주는 거예요. 언니는 호의 엄마니, 곽성군이 엄마를 괴롭힌 사람이라는 것을 알면, 아무리 곽성군이 잘해 줘도 멀리하고 경계하게 돼요."

허평군은 동의하지 않았다.

"아직 어린 애가 뭘 알겠어? 게다가 난 그 애가 이렇게 일찍 그런 더러운 것을 알게 하고 싶지 않아."

"어린아이는 어른들 생각보다 훨씬 이해력이 좋아요. 언니가 어렸을 때를 잘 생각해 보세요. 아마 아주 어린 나이에 세상인심이 어떤지 깨달았을 거예요."

확실히 운가의 말대로였다. 어머니가 그녀를 아무것도 모르는 어린아이로 생각했을 때도 그녀는 어머니가 자신을 싫어한다는 걸 알고 있었다. 심지어 지금까지도 세 살이 되던 날 새해 첫날을 기억하고 있었다.

어머니가 주방에서 고기를 굽는 동안 그녀와 오빠들은 밖에서 까치발을 하고 기다리고 있었다. 고기를 다 굽자 그들은 탄성을 지르며 주방으로 달려들었다. 어머니는 고기를 오빠들의 그릇에 나눠 주고, 그녀에게는 국물만 주었다. 그 후로 어머니가 고기를 구울 때, 그녀는 다시는 밖에서 기다리지 않았다.

허평군은 탄식했다.

"호는 나와는 달라. 그 애에게는 이렇게 사랑해 주는 가족이 있잖아."

운가가 무척 진지하게 말했다.

"언니, 언니가 황후가 된 후부터 호는 더 이상 보통 아이가 아니에요. 그 애에게 많은 사람들의 운명이 달려 있어요. 맹각과 장하는 말할 것도 없고, 허씨네 가족만 해도 몇 명이에요? 하나가 잘되면 다 잘되고, 하나가 무너지면 다 무너져요. 만약 호가……. 그럼 허씨 가족들도 모두 연루될 거예요."

운가는 가볍게 탄식했다.

"언니의 마음은 나도 잘 알아요. 자식이 근심 걱정 없이, 즐겁게 자라기를 바라지 않는 엄마가 어디 있겠어요? 하지만 호는 보통 아이들처럼 자랄 수가 없어요. 보통 아이들처럼 즐겁고 천진난만했다간 남들이 그 애를 해칠 무기가 될 뿐이에요. 언니가 그 애를 아낀다면 오히려 가능한 한 빨리 그 애가 처한 환경을 알려 주어야 해요."

허평군은 멍하니 운가를 바라보더니, 한참 후에야 입을 열었다.

"호를 가졌을 때 내가 갖지 못했던 모든 것을 주겠다고 생각했어. 그럼 세상에서 가장 행복하고 즐거운 아이가 될 거라고 생각했지. 그런데 어쩌다 이렇게 됐을까?"

운가는 허평군의 손을 잡고 빙그레 웃었다. 그러나 그 웃는 얼굴 밑에는 슬픔이 가득했다.

"그 애는 황제가 되어야 하니까요. 하늘은 이 세상을 그 애에게 준 대신, 그 애의 모든 인생을 가져갔어요."

허평군은 운가의 어깨에 기대 소리 없이 눈물을 흘렸다. 운가가 비단 손수건을 그녀의 손에 쥐어 주었다.

"언니, 호가 자기 자신을 지키는 법을 배우기 전까지는, 이 미앙궁에서 언니야말로 그 애가 의지할 유일한 사람이에요."

허평군은 눈물을 닦았다.

"알았어. 요즘은 눈물만 많아지고, 하는 일이 너무 없네."

유석은 며칠 만에 부쩍 자란 것 같았다. 남들을 볼 때의 호기심 어린 눈빛은 탐색으로 바뀌었고, 행동도 나이에 맞지 않게 신중해졌다.

예전에는 궁궐을 이리저리 뛰어다니는 것을 좋아하고, 비밀을 캐내기 바빴다. 전각이 그렇게나 많은 미앙궁이 그에게는 커다란 놀이터였다. 하지만 이제는 사람들을 피하고 조용히 앉아 묵묵히 책을 읽었다. 그러다 지치면 턱을 괴고 먼 곳을 바라보았다.

그가 자그마한 눈으로 대체 무슨 생각을 하는지, 아무도 알지 못했다. 예전에는 유순이 오랫동안 초방전을 찾아오지 않으면 아버지를 만나러 가서 곁에서 장난을 치곤 했다. 선실전에서 그럴 때도 있었고, 다른 후궁들의 전각에서 그럴 때도 있었다. 그러나 지금은 부황의 손을 잡고 초방전을 나가는 것을 좋아했다. 그리고 부황에게 이것저것 가르쳐 달라고 했다.

예전에는 맹각을 공손하게는 대해도 가까이하지는 않았다. 맹각은 한 번도 다른 친척 어른들처럼 그를 안아 주지 않았고, 그를 웃게 하거나 같이 놀아 주지도 않았기 때문이었다. 맹각은 그저 따스하게 웃을 뿐이었는데, 그 웃음이 무척 멀게 느껴졌던 것이다.

하지만 이제는 맹각에게 공손하면서도 친밀하게 굴었다. 그 친밀감은 그 팔을 끌어안고 응석을 부리는 친밀감이 아니라, 마음속 깊은 곳에 자리한 아낌없는 신뢰와 존경이었다.

"석아, 왜 책을 들고 멍하니 있니? 왜 이렇게 오랫동안 놀러 오지 않았어?"

곽성군이 생글생글 웃으며 유석의 맞은편에 앉았다. 유석은 가을의 찬란한 햇빛이 완전히 차단되는 느낌을 받았지만 얼른 일어나 곽성군에게 인사를 하며 말했다.

"스승님이 숙제를 많이 내 주셔서 매일 공부를 해야 했어요."

곽성군은 그의 머리 위에 떨어진 낙엽을 보고는, 털어 주려고 아이를 끌어당기려 했지만 유석이 재빨리 뒤로 물러났다. 아무래도 나이가 어리다 보니, 행동에서 마음속 생각이 고스란히 드러났다.

곽성군의 웃는 얼굴이 굳어졌다. 그녀는 미소를 지으며 손을 거둔 후, 탐색하는 눈길로 유석을 응시했다.

장 양인과 공손 장사가 기분 전환 삼아 함께 어화원으로 왔다. 두 사람은 조용한 것을 좋아했고 단둘이 할 이야기도 있었기 때문에 일부러 외진 곳을 골라 걸었다. 그런데 뜻밖에도 곽 첩여와 태자 전하가 나무 아래 함께 앉아 있는 것이 보였다. 피하기에는 늦었기 때문에 두 사람은 가까이 다가가 곽 첩여에게 인사했다.

곽 첩여는 웃으면서 살짝 불러 오는 공손 장사의 배를 바라보았다. 심장이 찢어지는 것 같았다. 유순은 그녀에게 총애를 쏟아부었지만 그녀의 배는 아무 반응이 없었다. 그런데 몇 달 만에 한 번 찾아갔을 뿐인 공손 장사는 덜컥 임신을 했다.

"앉아! 아이를 가진 몸이니 그렇게 예의 차릴 것 없어."

공손 장사는 차마 앉지 못하고 안절부절못하면서 서 있었다. 그러자 곽성군의 눈에 은근히 멸시하는 빛이 어렸다. 그녀는 옆에 있는 장 양인을 보며 웃는 얼굴로 앉으라고 말했다.

"이제 황궁에는 익숙해졌어?"

세력가 출신인 장 양인은 행동이 좀 더 대범했다. 그녀가 웃으면서 공손 장사를 부축해 앉힌 후 자신도 옆에 앉았다.

"네, 마마. 모두 익숙해졌습니다. 집에 있을 때처럼 자유롭지는 않지만요."

그녀는 이렇게 말하며 먼저 웃음을 터트렸다. 곽성군도 웃으며 고개를 끄덕였다. 그녀는 장 양인과 처녀 때의 추억들을 이야기했다. 하지만 귀족 아가씨들의 소일거리에 대해서는 전혀 모르는 공손 장사는 대화에 끼어들 수가 없어 조용히 앉아만 있었다.

유석이 가끔 그녀의 배를 흘끔거리자, 그녀는 조금 부끄러워 두 손을 배 위에 얹었다.

곽성군이 웃으며 유석에게 물었다.

"곧 동생이 생길 텐데, 좋겠구나?"

유석이 공손 장사를 바라보며 물었다.

"남동생이에요?"

"몰라요. 하지만 딸이었으면 해요. 예쁘게 꾸며서 같이 놀 수 있으니까요."

공손 장사가 웃으며 한 대답에 유석은 신이 났다.

"여동생이면 마마를 닮아서 무척 예쁠 거예요. 나도 동생을 데리고 놀래요."

공손 장사도 기뻐하며 웃었다.

"덕담 감사합니다, 전하."

나이 든 궁녀 두 사람이 찬합을 들고 나타났다. 그들은 비빈들에게 인사한 후 장 양인에게 말했다.

"마마, 한참 찾아다녔습니다! 어화원을 다 뒤졌어요."

장 양인이 일어나 찬합을 받았다.

"주방에 일러 친정에서 하던 방식대로 간식을 좀 만들게 했어요."

그때 어린 환관 한 명이 다가오자 유석이 일어나 그만 가 보겠다고 했다. 곽성군이 웃으며 그를 붙잡았다.

"같이 간식 좀 먹고 나서 공부하면 되잖니."

"수업에 들어가 봐야 해요."

"간식 몇 개 먹는다고 늦지는 않아. 어서 오렴!"

장 양인도 웃으며 말했다.

"아주 맛있어요. 전하께서도 한번 드셔 보세요!"

그러자 유석이 낮은 소리로 환관에게 일렀다.

"가서 스승님을 모셔 와."

그런 다음 돌아서서 그녀들에게 다가갔다.

장 양인이 손수 가장 맛있어 보이는 간식을 골라 유석에게 건넸다. 유석은 간식을 받아 든 채로, 공손 장사가 몇 입 만에 살구떡을 먹어 치우는 모습을 바라보았다. 그러자 공손 장사가 조금 민망한지 웃으며 변명했다.

"요즘 가리는 게 많아져서요. 얼마 전에 장 양인이 만들어

온 간식을 두 개 먹고 났더니 그 맛을 잊을 수가 없었어요. 그래서 장 양인께서 특별히 제게 주려고 주방에 시킨 거예요.”

“이제 보니 우리가 공손 장사 덕분에 호강하는 것이었군.”

곽성군은 도수桃酥[6] 과자를 입에 넣고, 자연스럽게 장 양인에게도 하나 건넸다. 살구떡을 먹으려던 장 양인은 앞으로 내민 곽성군의 손을 보자, 잡았던 것을 내려놓고 웃으며 도수 과자를 받았다.

“고른 게 마음에 안 드니? 그럼 다른 걸 먹으렴.”

곽성군은 살구떡 하나를 유석에게 내밀었다. 유석은 이번에도 받기만 하고 먹지 않았다. 곽성군이 웃으며 말했다.

“먹어 보라니까!”

살구떡을 두 개째 먹어 치운 공손 장사도 웃으며 권했다.

“전하, 아주 맛있어요.”

유석은 간식을 꽉 쥐었다. 점점 마음이 급해졌다.

“태자 전하!”

꾸짖음 가득한 목소리가 들려오자 그는 곧 마음이 편해졌다. 유석은 간식을 내팽개치고 맹각에게 달려가더니, 갑자기 걸음을 멈추고 공손하게 인사를 올렸다.

“스승님.”

맹각이 불쾌한 얼굴로 물었다.

“숙제는 다 하셨습니까?”

---

6 밀가루에 설탕 등을 넣어 튀긴 과자.

"아직 못 했습니다."

"그런데도 여기서 놀고 계십니까?"

장 양인이 황급히 사과했다.

"모두 본 궁의 잘못입니다. 맹 대인, 부디 전하를 탓하지 마세요."

맹각은 아무 말도 하지 않고, 미소를 지은 채 인사한 후 유석을 데리고 물러갔다. 두 사람의 뒷모습을 바라보는 곽성군의 손에서 도수 과자가 박살났다.

스승과 제자 두 사람이 석거각으로 돌아온 후, 맹각이 미소를 지으며 물었다.

"누가 이렇게 하라고 알려 주셨습니까?"

밑도 끝도 없는 질문이었지만 유석은 금방 알아듣고 대답했다.

"태황태후께서요. 언젠가 태황태후께서 떡을 주시기에 그냥 먹었습니다. 그랬더니 무척 싫어하시며, 무슨 일이 있어도 다른 마마들이 주는 것은 절대 먹지 않겠다고 맹세를 시키셨어요. 나중에 어머니께 말씀드렸더니, 어머니께서는 태황태후께 직접 수놓은 신발을 보내 드렸습니다."

맹각은 별로 놀라지도 않고 살짝 고개를 끄덕였다.

"오늘 일은 다시는 꺼내지 마십시오. 내일 태황태후를 뵙고 인사할 때 한 번 더 절을 하십시오."

유석은 맹각의 말을 이해하지 못한 채 건성으로 "예." 하고 대답한 후, 책상 앞으로 달려가 죽간을 펼치고 소리 내어 읽기 시작했다.

한밤중에 유석이 단잠에 빠져 있을 때, 밖에서 요란한 소리가 들려왔다. 그가 벌떡 일어나 창문 앞으로 달려가 보니 어머니가 황급히 옷을 입고 있었다. 궁녀 한 명이 문 앞에 엎드려 울면서 보고했다.

"장사 마마께서는 편안히 잠드셨는데, 한밤중에 갑자기 배가 아프다고 하시더니, 이제는 피가 멈추지 않습니다."

"폐하께서는 아시느냐?"

"폐하께서는 소양전에 계십니다. 소양전 총관은 폐하께서 이미 잠드셨으니, 놀라게 해 드리면 안 된다고 소인을 들여보내지 않았습니다."

궁녀는 그렇게 말하며 어머니에게 연신 머리를 조아렸다.

"황후 마마, 부디 장사 마마를 살려 주십시오. 소인이 소나 말이 되어서라도 은혜를……."

어머니는 그녀의 말을 잘랐다.

"쓸데없는 말 말고 어서 돌아가서 공손 장사를 지켜라."

그런 후 부유에게 말했다.

"본 궁의 명령이니 즉시 태의에게 입궁하라고 전해. 조금이라도 미적거리면 본 궁이 엄벌에 처하겠다!"

부유가 홱 몸을 돌려 아랫사람들을 부르자 어머니가 무서운 목소리로 말했다.

"네가 직접 해!"

"예."

부유가 다급히 초방전을 달려 나갔다.

어머니는 준비를 끝낸 후 사람들을 데리고 옥당전으로 갔다. 초방전은 조용해졌다. 당직 궁녀 몇 명만이 전각 문 앞에 서서 속닥이고 있을 뿐이었다.

유석은 침대로 돌아가 이불을 머리끝까지 뒤집어썼다.

아침이 밝자, 그는 어머니가 깨우러 오기도 전에 일어나 씻고 초방전을 나섰다. 그리고 제일 먼저 태황태후에게 문안 인사를 올리기 위해 장락궁에 갔다.

태황태후가 아직 일어나시지 않아, 그는 전각 밖에서 '콩콩' 소리가 나도록 머리를 세 번 조아렸다. 그 모습에, 궁녀 등아가 입을 가리고 쿡쿡 웃었다.

"전하, 오늘은 정말 제대로 절을 하시네요!"

그는 평소처럼 웃으며 대꾸하지도 않고, 후다닥 일어나 석거각으로 달려갔다. 그리고 맹각이 내 준 숙제를 위해 책을 펼치고 큰 소리로 낭독했다.

"공자 왈 '인자하지 못한 사람은 빈곤한 곳에 오래 살지 못하고, 즐거운 곳에 오래 머물지 못한다. 인자한 사람은 인자함을 편안히 하고, 지혜로운 사람은 인자함을 이용한다.' 공자 왈 '인자한 사람만이 호인好人이 될 수도 있고 악인이 될 수도 있다.' 공자 왈 '인자함에 뜻을 두면 악행을 하지 않는다.' 공자 왈

'부와 귀함은 누구나 바라지만 도道로써 얻지 않았다면 가지지 말라. 가난함과 천함은 누구나 싫어하지만 도道로써 얻지 않았다면 뿌리치지 말라. 군자가 인자함을 잃어버리면 어찌 이름을 얻을 수 있겠는가? 군자는 밥을 먹는 동안에도 인자함을 잃지 않으며, 급할 때도 힘들 때도 반드시 인자함을 가져야 한다.' 공자 왈 '나는 가장 인자한 사람을 보지 못했고, 가장 인자하지 못한 사람도 보지 못했노라. 가장 인자한 사람은 절정에 이르러 더 할 것이 없고, 가장 인자하지 못한 사람은 자신에게 인자하지 못하다는 이름을 더하지 못해 인자함을 행한다. 단 하루라도 힘을 인자함에 쏟을 수 있는가? 그 힘이 부족한 사람은 보지 못했노라. 그런 사람이 있다 한들 나는 보지 못했노라.' 공자 왈……."

계속 반복해 낭독하는 동안, 반복되는 '공자 왈'이라는 말 속에서 그는 믿을 수 있고 추구할 수 있는 무엇인가를 찾으려고 애썼다.

"스승님?"

유석은 황급히 눈가에 맺힌 눈물을 닦고 일어섰다. 당황스럽고 부끄러웠다. 스승은 언제 왔는지 그를 부르지도 않고 창가에 조용히 서서 그의 낭독 소리를 듣고 있었던 것이다.

맹각은 못 본 척하고 미소를 지으며 말했다.

"오늘은 책을 공부하지 말고, 책 밖의 풍경을 보러 산에 오르시지요."

"네."

유석은 책을 덮고 맹각의 뒤를 따랐다. 걷다가 뛰다가 하면서 산꼭대기에 이르자 마침내 유석이 참지 못하고 물었다.

"스승님, 부황께서는 총명하시지요?"

"무척 총명하십니다."

"부황께서는…… 부황께서는 책에 나오는 황제들처럼 한 후궁을 무척 아끼고 좋아하시겠지요?"

"아닙니다."

스승의 더할 나위 없이 확고한 말투에 유석은 무거운 짐을 내려놓은 것 같았다. 그는 어린 나이에 걸맞지 않게 먼 곳을 바라보며 길게 한숨을 내쉬었다.

11장
인생은 바람에 날리는 솜털 같은 것,
기뻐 무엇하고, 슬퍼 무엇하리

허평군의 부름을 받았을 때, 운가는 마침 의학서에 나온 약초의 약성을 외우던 중이었다. 허평군이 공손 장사와 장 양인의 일 때문에 자신을 찾는다는 것을 짐작한 그녀는 급히 들고 있던 약초를 내려놓고 입궁했다.

운가를 보자 허평군은 미소를 지었지만, 그것도 잠시, 곧 웃음기가 사라졌다.

"널 보고 싶어 하는 사람이 있는데, 직접 찾아가기가 뭐해서 내게 도움을 청했어. 만나 볼래?"

"누군데요?"

"태황태후."

운가는 눈을 내리깔았다. 표정은 볼 수가 없었지만 눈썹이 가볍게 떨리는 것이 보였다.

"아무 일도 없는데 날 찾지는 않았겠죠. 안내해 주세요!"

운가가 승낙하자, 허평군은 그녀의 손을 잡고 나란히 장락궁으로 향했다. 허평군은 지난날의 성격과는 딴판으로, 마치 아무 일도 없었던 것처럼 차분한 얼굴이었다. 운가가 가볍게 물었다.

"공손 장사의 일이 장 양인의 짓이에요?"

허평군이 빙그레 웃었다.

"장 양인이 했든 안 했든 상관없어. 폐하께서는 이 일을 덮기로 결심하시고 조사도 하지 않으셨어. 황실 요리사를 비롯해서 이 일에 관련된 사람들은 벌써 비밀리에 다 죽었어."

운가는 입을 다물었다. 유순이 어떤 식으로 처리할지 진작 예상했지만, 정말 그랬다고 들으니 가슴이 서늘했다. 장 양인 뒤에는 우장군 장안세와 장씨 가문이 버티고 있었다. 유순도 장씨 가문을 잃을 수는 없었다. 하지만 무고한 아기는?

어느새 장락궁에 도착했다. 등아와 육순이 문 앞에 서 있다가 두 사람이 오는 것을 보자 기뻐하며 마중 나왔다. 육순은 황후에게 인사를 올린 후, 운가에게는 예의도 갖추지 않고 물었다.

"아가씨, 괜찮으세요?"

운가는 빙그레 웃으며 무척 평온하게 대답했다.

"앞으로는 맹 부인이라고 불러. 난 괜찮아."

육순이 황급히 무릎을 꿇고 사죄했으나, 운가는 그를 무시한 채 전각 안으로 들어갔다.

상관소매는 전각 안에 서 있었다. 두꺼운 비단 바람막이를 두른 모습을 보니 밖으로 나갈 모양이었다. 허평군은 의아했다. 운가를 만나자고 해 놓고 왜 나가려는 걸까?

"안 좋을 때 왔군. 나는 나가서 좀 걸어야겠으니 다음에 다시 오시오!"

허평군이 눈치를 채고 공손히 말했다.

"마침 시간도 많으니 제가 시중들겠습니다. 비록 우둔한 사람이지만, 궁녀들보다 성의가 있을 겁니다."

상관소매는 무표정한 얼굴로 고개를 끄덕이더니 문 밖으로 나갔다. 허평군이 황급히 종종걸음으로 따라갔다. 운가는 고개를 숙이고 그들의 뒤를 따랐다.

상관소매는 주변을 몇 바퀴 돈 다음 장락궁을 나가 건장궁 방향으로 걸어갔다. 허평군과 운가는 그녀가 대체 무슨 생각인지 짐작이 가지 않아 내내 묵묵히 따르기만 했다.

육순이 무슨 수를 썼는지, 가는 동안 궁녀나 환관 한 명 마주치지 않았다. 건장궁 깊은 곳에 자리한 어떤 뜰에 이르자, 상관소매가 걸음을 멈추고 말했다.

"나는 들어갈 수 없으니, 운가 당신이 무슨 수를 쓰든 들어가서 보고 와."

운가는 시위들이 주변을 에워싸고 삼엄하게 지키는 모습을 보자, 무슨 일인가 싶어 잠시 생각에 잠겼다가 갑자기 깨달은 바가 있어 허평군에게 조용히 부탁했다.

"언니, 좀 도와줘요."

"그는 네 친구일 뿐 아니라 내 친구기도 해. 같이 들어가자!"

황후가 친히 방문한 것을 보자 시위는 막아야 할지 어떨지 몰라 망설였다. 그사이 허평군이 뜰 안으로 들어섰다.

사월이 뜰 안 오동나무 아래에서 낙엽을 쓸고 있다가, 고개를 들고 들어오는 사람을 바라보았다. 그녀가 들고 있던 빗자루가 땅으로 툭 떨어지며 가볍게 먼지가 날렸다.

"대공자는 어디 있어?"

운가의 물음에 사월은 어두운 표정으로 뒤쪽 방을 가리켰다.

허평군과 운가가 나무로 된 문을 열자 술 냄새와 쉰내가 코를 찔렀다. 크고 작은 술병이 널려 있어서 발 디딜 틈도 없어 보이는 그 방 안에, 산발을 한 남자가 나무 상자 하나를 끌어안고 쿨쿨 자고 있었다. 그의 장포는 술 자국과 기름때로 인해 원래 색을 알 수 없을 정도였고, 얼굴에는 잡초 같은 수염에 머리칼까지 달라붙어 눈, 코, 입을 구분할 수도 없었다.

허평군이 소리쳤다.

"대공자! 대공자! 유하! 유하……."

나무 상자를 안은 사람이 혼잣말을 중얼거렸다.

"흥……. 흥……."

그러다가 갑자기 웃음을 터트리며 큰 소리로 외쳤다.

"둘째, 이건 우리의 축하주야! 다시 건배!"

운가가 홱 돌아서서 밖으로 나가더니, 하늘을 쳐다보며 크게 숨을 들이쉬었다. 허평군도 똑바로 서 있을 수가 없었는지

문틈을 붙잡았다. 그렇게 호방하고 풍류를 알던 남자가 어쩌다 이 모양이 되었을까?

잠시 후, 그녀는 겨우 정신을 가다듬고 사월에게 물었다.

"왜 저렇게 취하게 내버려 뒀어?"

그러자 사월이 허평군을 노려보며 냉소를 터트렸다. 그녀는 웃으며 빠른 걸음으로 뜰을 한 바퀴 돌았다.

"그럼 술 취하는 것 말고 뭘 하실 수 있겠어요? 멀쩡하게 산책이라도 할까요? 하루에 천 번쯤? 1년이면 몇 번이나 해야 할까요?"

그렇게 말하면서 그녀는 몇 번이나 뜰을 돌았다. 허평군은 좁고 답답한 뜰을 바라보고는 할 말을 잃었다. 이 모든 것이 그녀의 남편이 한 짓이었다. 사월의 날카로운 눈앞에서 그녀는 고개를 들 용기조차 없었다.

운가가 사월 앞으로 다가가 힘주어 말했다.

"내가 구해 내겠어. 네가 할 일은 저 사람을 깨우는 거야!"

사월은 두 눈을 동그랗게 뜨고 운가를 바라보았다. 한참 후, 그녀가 힘껏 고개를 끄덕였다.

"좋아요!"

운가는 재빨리 그곳을 벗어났다. 허평군은 그 뒤를 바짝 따랐다. 어쩔 생각이냐고 묻고 싶지만 차마 물을 수가 없었다.

운가를 본 상관소매가 물었다.

"아직 살아 있어?"

"죽을 때가 머지않았어. 나더러 어쩌라는 거야? 곽광에게 부탁하라는 거야, 유순에게 부탁하라는 거야?"

상관소매가 유유히 웃음을 지었다.

"곽광은 몇 번이나 황제에게 유하를 죽이라고 암시했어. 죄목도 이미 다 만들어 놓았지. 천 개는 넘을걸! 황제가 조서만 내리면 되는데, 황제는 계속 어물거리며 모르는 척하고 있어. 곽광은 이번에도 내 손을 빌려 그를 죽이려 했지만, 나는 무서운 척 엉엉 울면서 거절했지."

허평군이 기쁜 목소리로 말했다.

"그 사람도 분명 옛정을 생각하고 있는 거야. 그러니 내가 풀어 달라고 부탁해 볼게."

그러자 상관소매가 예리한 칼날 같은 시선으로 허평군의 기쁨을 무참히 찢어 버렸다.

"황제는 유하를 죽이고 싶지 않은 게 아니라 죽일 용기가 없는 거야. 효소 황제가 그에게 성지를 내려 유하를 건드리지 않겠다는 약속을 받았으니까. 그렇지 않았다면 유하는 벌써……."

상관소매는 냉소를 지었다.

"황제가 지금 가장 바라는 것은 곽광이 알아서 유하를 죽여 주는 거야. 하지만 곽광도 폐제를 죽였다는 악명을 뒤집어쓸 생각은 없지. 그도 황제가 유하를 죽여 주기를 바라."

허평군은 창백한 얼굴로 고개를 푹 숙였다.

"성지는 어디 있어?"

운가가 묻자 상관소매는 고개를 저었다.

"나도 몰라. 나도 이 문제에 대해서 수없이 생각해 봤지만,

황제는 더 많이 생각했을 거야. 처음에는 내가 가지고 있을 거라 생각했는지, 내가 초방전에서 장락궁으로 옮기는 틈을 타내 물건을 샅샅이 뒤졌어. 하지만 결과는 실망스러웠지."

운가는 상관소매가 자신을 바라보는 것을 알고 대답했다.

"나도 없어. 난 그 사실도 이제 알았어."

상관소매의 시선이 그녀를 지나쳐 먼 곳으로 옮겨 갔다.

"그는 당신이 이런 아수라장에 연루되는 걸 원치 않았던 거야. 유순도 그의 마음을 잘 알았기 때문에 아예 당신 쪽은 생각도 하지 않았고."

운가의 몸이 떨렸다. 잠시 후, 그녀가 잠긴 소리로 물었다.

"왜 이제야 날 찾았지?"

상관소매가 허평군을 흘낏 바라보았다.

"너무 서두르면 당신 혼자서는 역부족이고, 너무 늦으면 시기를 놓치니까 지금이 딱 좋은 때야. 변경에 소란이 벌어져 황제와 곽광도 잠시 동안은 유하를 신경 쓰지 못하겠지. 하지만 둘 중 한 사람은 유하의 황위를 빼앗았고, 다른 한 사람은 유하를 폐위시켰으니 완전히 안심하지는 못할 거야."

상관소매는 운가를 보며 미소를 지었다.

"곽 소저, 아니 맹 부인. 그의 마음속에서 유하는 친구였고, 유하 역시 그를 친구로 존중했어. 그렇지 않았다면 유하같이 영리한 사람이 저런 지경까지 되지는 않았을 거야. 내 생각에 그는 유하의 저런 모습을 보고 싶어 하지 않을 거야. 유하의 일은 당신에게 맡기겠어."

말을 마친 그녀는 큰 짐을 내려놓은 사람처럼 편안하고 가벼운 발걸음으로 떠나갔다.

시위들이 단단히 지키고 있는 뜰을 바라보는 운가는 망연했다. 사월에게 약속했지만, 어떻게 그 약속을 지켜야 할지는 알 수가 없었다.

❀

서재에서는 맹각이 정신을 집중하며 붓을 놀리고 있었다. 서예를 하면서 잠시 동안이나마 평화를 찾는 것이었다.

찬란한 구름, 하늘에 가득하다
일월의 빛은 날마다 대지를 비추고⋯⋯

삼월이 가볍게 문을 두드렸다.

"부인께서 공자를 뵙겠다고 하십니다."

맹각은 불쾌한 듯 눈을 찌푸렸지만, 목소리는 여전히 예의 바르고 부드러웠다.

"지금은 바쁘니 돌아가시라고 해."

"어머, 이러시면⋯⋯."

삼월의 외침이 끝나기도 전에 운가가 문을 열고 들어섰다.

"시간 많이 뺏지 않아요. 내 물건을 돌려받아야겠어요."

삼월은 불만스런 얼굴이었지만, 맹각이 눈짓하자 곧 마음을 들킨 사람처럼 고개를 숙이고 급히 물러나 문을 닫았다.

맹각은 감정이 드러나지 않는 얼굴로 쓰다 만 족자를 접었다.

"무슨 물건 말이오?"

"풍 아저씨께서 내게 준 거자령鉅子令 말이에요."

맹각은 한동안 침묵하더니, 숨겨진 공간에서 거자령을 꺼내 운가에게 주었다. 운가가 돌아서서 나가려 하자 그가 물었다.

"어떻게 쓰는지 아시오?"

풍 아저씨는 그녀에게 도와줄 사람을 찾으라고 했지만, 그 사람이 어디 있는지는 알려 주지 않았다. 운가는 걸음을 멈추었지만 돌아보지는 않았다.

"일품거의 주인을 찾아가 거자령을 보여 주시오. 그러면 거자들은 섶을 지고 불 속으로 뛰어들라고 해도 마다하지 않을 거요."

운가는 깜짝 놀랐다. 일품거가 풍 아저씨의 사업이었다고?

그녀는 차갑게 비웃었다.

"칠리향도 사실은 당신 것이라고 해도 아마 놀라지 않을 것 같군요."

맹각은 대답하지 않았다. 하지만 운가 역시 그에게 대답할 시간을 주지 않고, 말을 하자마자 밖으로 나가 버렸다.

"삼월!"

맹각이 큰 소리로 부르자 삼월은 주저하며 안으로 들어왔다. 맹각은 그녀를 바라보며 아무 말도 하지 않았다. 그러나 삼월은 점점 얼굴이 하얘지더니 마침내 무릎을 꿇었다.

"잘못했습니다. 다시는 그렇지 않겠습니다."

맹각은 시선을 돌리고 분부했다.

"사람을 보내 몰래 운가를 지켜보고, 며칠 동안 무슨 일을 하는지 자세히 조사해라."

튀어나올 뻔하던 삼월의 심장이 가라앉고 안색도 정상을 되찾았다. 그녀는 머리를 조아린 후 일어났다.

"알겠습니다."

삼월이 나가 보니 허향란이 조심조심 탕 그릇을 들고 오는 것이 보였다. 그녀는 쓴웃음을 지으며 다가가 인사했다.

"둘째 부인, 일단 돌아가시지요! 공자께서 지금 바쁘십니다."

허향란은 실망한 눈빛으로 억지웃음을 지었다.

"알겠다. 그럼 방해하지 말아야지."

곁에 있던 하녀가 억울한 듯 투덜거렸다.

"오후 내내 솥 옆을 지키면서 고았는데! 그제도 바쁘고, 어제도 바쁘고, 오늘도 또 바쁘시다뇨! 탕 한 그릇 마실 시간도 없으시대요?"

허향란이 야단치듯 하녀를 노려보더니, 삼월에게 미안한 듯 웃어 보였다. 그리고 탕을 들고 느릿느릿 물러갔다. 삼월은 한숨을 쉴 수밖에 없었다.

❀

운가는 유하를 구하기 위해 조정의 상황을 세심하게 조사하고 분석했다.

유하를 구해 내는 길은 단 하나, 그를 창읍으로 돌려보내는 것뿐이었다. 창읍은 무제 유철이 봉한 번국藩國이므로, 번왕의 목숨을 거두고 봉지를 몰수할 수 있는 것은 황제의 조서뿐이었다. 하지만 유순은 선제와 한 약속 때문에라도, 손수 쓴 성지를 불태워 버리지 않는 이상 대놓고 조서를 내려 유하를 죽이지는 못할 것이다.

하지만 유하를 창읍으로 돌려보내는 것이 말처럼 쉬울까?

우선 유하를 건장궁에서 구해 낸 다음 장안성에서 내보내고, 창읍까지 호송해야 한다. 건장궁을 지키는 우림영은 호랑이처럼 용맹했고, 오로지 곽씨의 명령만 따랐다. 아무리 무예가 뛰어난 사람이라도 우림영의 날카로운 감시 속에서 유하를 구출해 낼 수는 없었다.

설령 구해 낸다 해도 무슨 수로 장안성에서 벗어날 것인가? 경성의 치안과 성문을 지키는 책임자는 준불의였다. 공평무사한 성격에 황제만 따르는 그가 성문을 닫아걸라는 명령을 내리면, 날개가 돋아나도 달아나기 어려웠다.

마지막으로, 창읍까지 호송하는 일도 물론 쉽지 않았다. 유순의 능력이라면, 강호인들을 움직여 유하를 암살할 것이 분명했다. 하지만 결코 이루지 못할 앞의 일들에 비하면 마지막 일은 오히려 가장 쉬운 편이었다.

비록 희망은 조금도 보이지 않았지만 운가는 쉽게 포기하지 않는 성격이었다. 하물며 이 일은 유불릉의 바람이니, 무슨 어려움이 있어도 해내야 했다.

마지막 일이 가장 쉽다면, 그것부터 먼저 준비하기로 했다. 가장 간단한 일부터 시작해서 차차 앞의 두 가지 일을 생각해 보는 것이다.

운가는 유하를 구해 낼 실마리를 얻기를 바라며, 조정의 상황 변화를 가만히 관찰했다.

❀

한나라 조정은 가을에 정식으로 출병을 결정했다. 겨울이 되자 관중의 대군은 흉노 우곡려왕을 대패시키고, 서북의 대군은 직접 오손의 내전에 참여하지는 않았지만 조충국 장군이 남몰래 도운 덕에 승리를 눈앞에 두고 있었다. 덕분에 유순과 곽광의 찡그려졌던 눈도 조금 펴졌고, 여러 관리들도 즐거운 새해를 맞을 수 있겠다며 기뻐했다.

사람들이 축하의 술을 마시고 있을 때, 유순이 아끼던 소망지의 잘못된 결정으로 오손 내전의 승부가 갑자기 뒤집어졌다. 반란군 왕인 니미泥靡는 흉노의 도움을 받아 해우 공주를 크게 물리치고 순조롭게 왕위에 올랐다. 해우 공주는 한나라의 백년 서역 경영을 물거품으로 만들지 않기 위해서 의연하게 니미의 비妃가 되기로 결정했다.

한나라 조정에 이 소식이 전해지자 늘 차분하고 감정을 드러내지 않는 곽광조차 그 자리에서 까무러치고 말았다. 유순도 어쩔 도리가 없어, 성지를 내려 니미가 오손의 왕이 된 것을 승인했다. 내심 화나고 부끄러웠지만 겉으로는 억지로 평온한 척했다. 하지만 노기가 쌓여 항상 건강하던 그도 감기 한 번에 자리보전을 하게 되었다.

태의는 그에게 잠시 일에서 손을 떼고, 온천궁으로 가서 얼마간 휴양하며 온천으로 몸조리를 하라고 권했다. 유순은 그 건의를 받아들여 여산 온천궁으로 옮길 준비를 했다. 황후와 곽 첩여, 태자, 태부 및 몇몇 대신들에게 수행하라는 명령이 떨어졌다.

갑작스러운 명령에 맹각 저택 사람들은 떠날 준비를 하느라 부산을 떨었다. 허향란은 온천궁 요리사 솜씨가 맹각 입에 맞지 않을까 봐, 특별히 간식을 많이 만들어 삼월을 시켜 맹각에게 가져가라고 일렀다.

한 무리 사람들이 문 앞까지 나가 전송했고, 맹각은 사람들과 웃으며 작별 인사를 나누었다. 허향란 앞에 섰을 때에도 다른 사람들에게 하는 것과 똑같이, 웃으며 몸조심하라는 말을 한 후 돌아서서 마차에 올랐다.

허향란은 억지로 웃어 보였지만 속으로는 무척 섭섭했다. 여러 대신들이 가족들도 데려간다고 하는데, 맹각은 그녀의 의사를 물어보지도 않았다. 그나마 위로가 되는 것은, 최소한 그녀에게는 따뜻하고 예의를 갖춘다는 것이었다. 맹각은 큰 부인에게는 차갑고 무관심했다.

"잠깐!"

맑고 차가운 목소리였다. 그 소리를 들은 맹각이 걸음을 멈추었다. 운가가 짐 보따리를 들고 바삐 달려왔다.

"나도 같이 가요."

곽광이 몸져누운 후로 큰 부인은 곽부에 가서 며칠 동안 돌아오지 않다가 지금 갑자기 나타난 것이다. 모두들 소리를 죽이고 맹각의 반응을 살폈다.

뜻밖에도 맹각은 마치 생각해 볼 가치도 없는 사소한 일이라도 되는 것처럼 미소를 지으며 고개를 끄덕였다. 운가는 고맙다는 말 한 마디 없이 마차에 올랐다. 덕분에 마차를 타야 할 맹각이 끝채에 앉게 되었다. 마부는 한동안 어리둥절했지만, 곧 정신을 차리고 채찍을 휘둘러 마차를 몰아 떠났다.

온천궁에 도착하자마자 운가는 모습을 감추었다. 삼월은 운가가 길을 잃었을까 봐 걱정스러웠지만, 맹각이 담담하게 말했다.

"그녀가 온천궁에서 길을 잃을 리는 없다. 걱정 말고 네 할일이나 해라."

허평군이 옷을 정리하고 있는데 부유가 "맹 부인!" 하고 부르는 소리가 들렸다. 잘못 들었나 싶으면서도 밖으로 나가 보니 정말 운가였다. 그녀는 기뻐서 운가의 손을 꼭 잡았다.

"어떻게 왔어? 춥지는 않았니? 손난로라도 가져오라고 할까?"

운가는 웃으며 고개를 저었다.

"내내 두꺼운 담요를 덮고 마차에 웅크리고 있었는걸요. 전혀 춥지 않아요."

허평군은 의외의 만남에 기뻐하며 말했다.

"맹 오라버니가 널 데려온 거야?"

그러자 운가의 미소가 살짝 굳었다.

"그 사람은 마차 밖에 있었죠. 언니, 단둘이 할 말이 있어요."

허평군은 그녀의 표정을 보고 속으로 한숨을 쉬고는 부유에게 나가서 밖을 지키라고 명했다.

"무슨 일이야?"

"대공자를 구해 낼 계획을 세웠어요. 하지만 한 가지 부족한 게 있어서 언니가 도와줬으면 해요."

"어떤 건데?"

"유하를 감시하는 시위들은 곽광의 사람들이에요. 그들을 끌어내 유하를 건장궁에서 구해 낼 방법이 있어요."

"곽씨에게 충성을 바치는 시위들을 무슨 수로 끌어내?"

운가가 품에서 우림영을 움직일 수 있는 영패를 꺼내 보이자 허평군의 안색이 싹 변했다.

"어디서 난 거야?"

그러나 운가가 손을 살짝 흔들자 영패가 사라졌다.

"곽산한테서 훔쳤어요. 곽광의 병이 무거워서 아들과 조카들이 매일 밤 돌아가면서 간호하고 있어요. 곽산이 침대 앞에서 하룻밤을 새우고 정신이 멍해 보이기에, 일부러 신비롭고 이상한 얘기를 해서 머리를 어지럽혔어요. 그리고 방심한 사이 영패를 훔쳤죠."

그렇게 말하는 운가의 안색이 조금 어두웠다.

"곽부는 지금 난리예요. 숙부…… 곽광의 병이 빨리 나으면 좋을 텐데."

허평군은 운가가 어떤 것을 도와 달라는지 깨닫고, 무척 난감한 듯 물었다.

"나더러 성문을 통과할 때 쓰는 영패를 폐하한테서 빼앗아 달라는 거지? 준불의가 대공자를 놓아줄 수 있도록?"

운가가 고개를 끄덕였다.

"폐하는 경성을 떠나기 전에 특별히 준불의에게 성문을 엄중히 지키라고 당부하셨어요. 준불의는 쇠심줄처럼 고집스러워서 황명이 아니면 무슨 짓을 해도 절대 보내 주지 않을 거예요. 가능한 한 서둘러야 해요. 곽산이 영패가 사라진 것을 알면, 이 천재일우의 기회는 다시 오지 않을 거예요."

허평군은 몸을 돌리고 옷을 층층이 쌓으면서 아무 말도 하지 않았다. 한참 후, 그녀가 쉰 목소리로 말했다.

"그가 대공자를 죽이는 건 원치 않아. 하지만 그는 내 남편이야. 나더러 영패를 훔치라는 건 그를 배반하라는 것과 같아. 난…… 난 못 해! 운가, 미안해!"

운가는 공들여 세운 계획이 갑자기 물거품이 되자 어리벙벙한 얼굴로 허평군을 바라보았다. 상관소매는 허평군이 유순의 행동에 실망하리라 생각했지만, 그녀는 유순을 향한 허평군의 감정을 너무 과소평가했던 것이다. 그리고 운가 자신은 유하에 대한 허평군의 우의를 너무 높이 샀다.

"운가, 미안해! 난……."

운가가 허평군의 손을 잡았다.

"언니, 오라버니가 영패를 어디 두는지만 알려 줘요. 영패를 숨긴 기관만 내게 알려 주면 돼요. 그건 오라버니를 배반하는 게 아니잖아요. 만약 내가 훔쳐 낼 수 있다면 하늘이 대공자 편이라는 뜻이고, 그렇지 못하면 그것도 운명이니 나와 대공자도 운명을 따를 거예요."

허평군은 눈을 찌푸리고 생각에 잠겼다. 운가가 그녀의 품으로 뛰어들며 말했다.

"언니, 언니! 제발! 폐하 곁에는 고수들이 즐비하고, 폐하 자신도 고수잖아요. 설령 그곳을 알려 준다 해도 내가 훔쳐 낸다는 보장은 없어요. 언니, 홍의를 잊었어요? 대공자가 계속 저렇게 유폐되어 있다간, 폐하나 곽광이 그의 목을 치기도 전에 술에 취해 죽을 거예요. 그럼 지하에 있는 홍의가 얼마나 슬퍼하겠어요."

운가가 계속 말하려는데 허평군이 그 말을 잘랐다.

"알았어."

"고마워요, 착한 언니."

운가가 그녀를 끌어안고 입을 맞추자 허평군은 쓴웃음을 지었다.

"일단 돌아가! 화장 좀 하고 폐하를 뵈러 가야지. 정보를 얻으면 부유를 통해서 네게 전해 줄게."

운가는 연신 알겠다고 대답하고 나왔다. 걸으면서 후 아저씨가 가르쳐 준 기술들을 계속 떠올려 보았지만, 답답해서 한숨이 나왔다. 유순은 곽산 같은 바보도 아니고, 밤을 새우고 흐리멍덩하게 그녀에게 당할 리도 없었다. 하물며 유순은 분명 영패를 몸에 지니지 않고 비밀 장소에 숨겨 두었을 것이다.

숙소 문 앞에 도착하자 마침 삼월이 맞으러 나왔다. 그녀를 본 운가가 갑자기 웃음을 터트렸다.

"삼월, 요즘 뭐가 그리 바빠?"

삼월은 갑자기 친한 척하는 운가가 당황스러운지 알 수 없다는 눈빛으로 그녀를 바라보았다. 운가는 삼월 옆을 지나치는 척하며 그녀의 물건을 훔치려고 했다. 삼월은 곧 눈치를 채고 운가의 손을 붙잡으며 이해할 수 없다는 얼굴로 물었다.

"뭐 하시는 거예요?"

운가는 걱정스레 그녀의 손을 뿌리쳤다.

"그냥 장난이야."

말을 마친 운가는 통통 뛰어 그 자리를 벗어났다.

창가에 서 있던 맹각은 그 모습을 모두 지켜보았다. 그는 잠시 생각에 잠겨 있다가 곧 운가를 찾아갔다.

운가는 어지러운 돌무더기 위에 앉아 산비탈 아래의 고목과 잡초를 내려다보고 있었다. 그런 그녀의 미간에는 웃음기가 어려 있었다.

한동안 멍하니 있던 그녀가 옥퉁소를 꺼내 불기 시작했다. 평화롭고 즐거운 곡이었지만, 스산한 숲의 자욱한 안개 속에서 들으니 뿌리칠 수 없는 애수가 느껴졌다.

그런데 어디서 왔는지 갑자기 원숭이 두 마리가 튀어나와 운가 앞에서 소리를 질러 대며 팔짝팔짝 뛰었다. 원숭이들은 고개를 갸웃거리며 운가를 쳐다보고, 이어서 아무도 없는 그녀의 옆자리를 쳐다보더니 알 수 없다는 듯이 눈동자를 데굴데굴 굴렸다. 그러자 운가는 미소를 지으며 원숭이들에게 말했다.

"그 사람은 다른 곳으로 갔어. 이제 퉁소를 불어 줄 사람은 나밖에 없어."

원숭이들은 운가의 말을 알아들었는지 아닌지, 그녀의 양옆에 쪼그려 앉아 이상하리만큼 조용히 퉁소 소리를 들었다.

뒤에서 한동안 그 소리를 듣고 있던 맹각이 무거운 걸음으로 앞으로 나왔다. 원숭이들이 곧 알아채고 끽끽 하고 소리를 지르며 펄쩍 뛰었다. 녀석들은 일부러 그를 노려보고 공격적인 자세를 취하며, 뒤로 물러나라고 경고했다.

운가는 고개를 돌려 그를 보더니, 무시하고 다시 먼 곳을 바라보았다. 맹각은 원숭이들을 어떻게 해야 좋을지 알 수 없었다. 계속 앞으로 가려면 이 원숭이들과 싸우는 수밖에 없었다.

원숭이들은 한참 그를 노려보더니, 갑자기 머리를 긁적이며 그를 향해 이를 드러냈다. 웃는 건지 위협하는 건지 알 수는 없지만, 어쨌든 그에게는 더 이상 관심이 없는 듯 끽끽거리며 운가 곁으로 돌아가 앉았다.

맹각은 상자를 들고 운가 앞으로 갔다. 상자를 열자 그 안에는 각종 기관들의 도안이 들어 있었다. 맹각은 각 기관들을 어떻게 여는지 하나씩 보여 주었다.

무관심해 보이던 운가가 집중하기 시작했다. 원숭이들이 끽끽대며 맹각의 뒤로 다가갔다. 그러더니 맹각과 나란히 서서 그가 하는 것을 흉내 내기 시작했다. 맹각이 움직이면 틀린 구석 하나 없이 똑같이 따라 했다. 게다가 맹각의 태도까지 따라하려고 했다. 맹각의 우아하고 초연한 행동거지도 원숭이들이 따라 하자 괴상하고 우스웠다.

사람 한 명과 원숭이 두 마리가 나란히 서서 똑같은 동작을 하는 모습은 괴이하다면 괴이하고, 익살스럽다면 익살스러웠다. 운가의 굳었던 얼굴도 억지로 웃음을 참는 표정으로 변하더니, 마침내 그녀는 참지 못하고 "푸하하!" 웃음을 터트리고 말았다.

그 소리를 듣자 맹각은 순간적으로 숨이 멈추는 것 같고, 몸이 얼어붙어 꼼짝도 할 수가 없었다. 원숭이 두 마리는 곧장 그를 흉내 냈다. 상반신을 앞으로 살짝 기울인 채 두 손을 허공에 내민 다음, 잠시 굳었다가 천천히 고개를 돌려 운가를 바라보았다.

다시 굳은 얼굴을 하고 있던 운가도 사람과 원숭이가 함께 스르르 고개를 돌리는 모습에, 무릎을 얼굴에 묻고 "크크큭!" 하며 소리 죽여 웃어 댔다. 그런 운가를 바라보는 맹각의 눈에 미칠 것 같은 기쁨과 함께 슬픔이 떠올랐다.

원숭이 두 마리는 한참 기다렸지만, 맹각이 계속 똑같은 자세를 하고 있는 것을 보자 흥미를 잃었는지 털썩 앉아 버렸다.

그러고는 눈을 데굴데굴 굴리며 운가와 맹각을 번갈아 쳐다보았다.

웃음소리가 점점 잦아들었다. 다시 고개를 든 운가는 조금 전과는 딴사람처럼 차가운 목소리로 물었다.

"왜 내게 이런 걸 보여 주는 거죠?"

맹각의 눈빛도 다시 감정 없는 까만색으로 돌아왔다.

"당신도 반은 후 스승님의 제자니, 스승 대신 기술을 전수해 주는 거라고 생각하시오."

운가는 망설이는 듯이 시선을 내려 바닥을 바라보았다. 바로 그때 부유가 헐떡거리며 달려왔다.

"아이고, 아가씨! 한참 찾았잖아요! 산을 온통 뒤졌어요."

운가가 벌떡 일어나 기쁜 눈길로 부유를 바라보았다. 하지만 부유는 맹각을 발견하고는 입을 다물었다.

"허 언니가 시킨 일 때문이라면 말해도 돼!"

부유가 품에서 조심스레 하얀 비단을 꺼내 운가에게 내밀었다.

"황후 마마께서 다 보신 후 태워 버리라고 하셨어요."

운가가 그것을 받아 들고 펼쳐 보니 과연 영패를 숨긴 비밀 장소의 도안이었다. 그녀가 기쁜 목소리로 말했다.

"돌아가서 허 언니께 전해 줘. 언니는 아무것도 모르고, 아무것도 하지 않았다고."

"예."

돌아서서 가려던 부유가 주저하며 말했다.

"아가씨, 부디 몸조심하세요."

운가는 미소를 지으며 고개를 끄덕였다. 부유는 슬픈 눈빛을 지었지만, 인사하고 물러날 수밖에 없었다.

운가는 말없이 비단을 펼쳐 바닥에 놓았다. 맹각이 다가와 살펴보더니, 운가에게 여는 방법을 알려 주었다. 두 마리의 원숭이들도 여전히 그의 뒤에서 동작을 따라 했다.

비밀 기관이 아무리 복잡해도, 물건을 쉽게 넣었다 뺐다 하기 위해 여는 방법 자체는 무척 간단했다. 여는 법을 정확히 알게 되자, 운가는 먼 곳을 향해 절을 했다.

"감사합니다, 후 아저씨."

맹각은 한 마디도 하지 않고 떠나갔다. 그가 그곳에서 한참 멀어진 후 퉁소 소리가 다시 들리기 시작했다. 뿌연 안개 사이로 어렴풋이 들리는 퉁소 소리는 주위를 온통 뒤덮은 것 같았고, 마치 귓가에서 흐느끼며 매달리는 듯했다.

관 넘어 산 넘어 끊어진 난간에 기대니 임의 그림자 간데없다

기쁘도다, 마침내 서로 만났네!

손잡고 누대에 오르니 웃는 눈 서로 마주친다

서로에게 기댈 때 바람 불어 꽃이 지고 꿈은 깼구나

깨어나니 그 누대도 꿈과 함께 사라졌네

서쪽 창 희뿌연데 적적한 달빛만 뜰의 배꽃 외로이 비춘다

얼굴이 서늘해지는 것 같아 고개를 들어 보니, 광활한 천지

에 부는 차가운 바람이 하늘 가득 내리는 눈송이를 휘말아 느릿느릿 춤을 추고 있었다.

눈발은 점점 강해졌다. 밤새 내린 눈이 산속 매화에게, 가파른 절벽으로 나와 엄동설한의 아름다움을 맞이하라고 재촉했다. 유순은 그 단단하고 고결한 자태를 탐내는 듯 한 시진 넘게 눈 속에 서서 매화를 감상했다. 칠희와 하소칠이 몇 번 권했지만 유순에게 핀잔만 듣고 쫓겨났다.

유순은 실컷 감상한 다음에야 돌아섰다. 몇 걸음 걷다 보니, 빨간 옷을 입은 사람이 눈을 맞으며 절벽을 타고 올라 낭떠러지 끝에서 매화를 꺾으려고 손을 뻗는 것이 보였다. 순간, 유순은 우연히 그의 품에 들어왔던 부드럽고 그윽한 향이 떠올라 마음이 동했다. 그는 저도 모르게 걸음을 멈추고 멀리서 그 모습을 바라보았다.

눈보라 속에서 꽃과 사람이 떨어질 듯이 흔들렸다. 유순의 심장도 흔들리기 시작했다. 그 사람이 순조롭게 매화를 꺾자, 유순도 이유 없이 즐거워졌다. 마치 자신이 어떤 일을 이룩한 것 같았다. 그 사람이 산을 내려오자 유순도 그쪽으로 걸음을 옮겼다.

칠희와 하소칠은 서로를 바라보며 씨익 웃었다. 망토의 색으로 보아 여자인 것 같았다. 어느 집 아가씨인지, 어느 전각의 궁녀인지 모르지만, 눈 속에서 꺾은 꽃이 어마어마한 부를 가져다주리라곤 그녀 자신도 생각지 못했을 것이다.

유순이 산길로 내려갔을 때 그녀도 꽃을 들고 절벽에서 내려왔다. 뿌연 눈발 속에 새빨간 그림자가 점점 멀어져 갔다. 유순은 황급히 걸음을 놀리며 외쳤다.

"낭자, 낭자……."

여자가 그 소리를 듣고 걸음을 멈추더니, 꽃을 든 채 고개를 돌렸다. 꽃 그림자와 면사를 드리운 모자 때문에 그녀의 얼굴은 마치 안개가 낀 듯 희미하게만 보였다.

유순은 서둘러 다가가 그녀 앞에 섰다. 병이 나은 지 얼마 되지 않아 호흡이 고르지 못했다. 그는 숨을 고르느라 바로 말을 걸지 못하고 눈앞에 서 있는 사람을 바라보기만 했다. 은방울같이 가벼운 웃음소리가 바람 속에 울려 퍼졌다. 그 소리와 함께 여자가 눈이 들어오는 것을 막기 위한 모자의 면사를 걷었다.

"폐하, 왜 그렇게 멍하니 보세요?"

유순은 순간적으로 기쁜지 슬픈지 분간할 수 없어 바보처럼 운가를 바라보았다. 운가가 그의 눈앞에서 손을 흔들었다.

"폐하, 돌아가시는 길이세요? 마침 저도 그런데, 같이 가요."

유순은 급히 웃어 보였다.

"그래."

그가 말하며 운가가 든 매화를 받아 주려고 손을 내밀었다.

"내가 대신 들어 주마!"

운가는 그에게 매화를 건네고 말없이 그의 옆에서 걸었다. 두 사람은 눈보라 속을 함께 가면서 서로 한 마디도 하지 않았다.

여자의 부드러운 말과 애교 어린 목소리도 물론 사람을 기쁘게 하지만, 적당할 때의 침묵은 그보다 더 귀했다. 어지럽던 유순의 기분도 차차 평정을 되찾아, 평화롭고 안정된 기분이 들었다.

온천궁에 들어가서도 유순은 매화를 운가에게 돌려주기를 미루다가, 헤어지기 전에야 아쉬운 듯이 내밀었다.

"좋은 꽃에는 좋은 꽃병이 필요하지. 칠희를 시켜 꽃병을 구해 보내마."

운가는 꽃을 받지 않고 미소를 지었다.

"폐하께서 들고 오셨으니 폐하께 드릴게요."

뜻밖의 말에 유순은 기뻐하며 웃었다.

"마침 내 방에 새 꽃병이 들어왔다. 매화를 꽂아 두기에 딱 좋은 꽃병이지."

"모양이 어떤데요?"

운가가 물었다. 두 사람은 그런 이야기를 나누며 나란히 대전으로 들어갔다. 하소칠이 따라 들어가려 했으나, 칠희가 붙잡으며 고개를 저었다. 그는 저 멀리 전각 안에 있는 환관들에게도 손짓해서 모두 밖으로 나오게 했다.

하소칠은 한동안 어리둥절한 채 서 있다가 칠희에게 조용히 물었다.

"처음이 아니오?"

칠희는 그를 흘끗 바라보더니 아무 말도 하지 않았다. 하소칠도 실수를 깨닫고 급히 고개를 숙였지만, 입가에는 어두운 비웃음이 떠올랐다.

운가는 방에 들어가자마자 웃으며 말했다.

"약 냄새가 많이 나는군요."

그러자 유순이 탄식했다.

"병은 이제 다 나았는데, 다들 날 환자 취급하지."

"오라버니가 춥지 않다면 숨 좀 쉬게 창문 좀 열게요."

유순이 동의하자 운가는 안방의 창문을 모두 열었다. 그리고 탁자 위에 놓인 옥으로 된 꽃병을 바깥 전각으로 옮기며 말했다.

"오라버니가 말한 게 이 꽃병이죠?"

"맞아."

운가는 꽃병을 전각 문 맞은편 탁자 위에 올린 후, 망토를 벗고 그 앞에 무릎을 꿇고 앉았다. 유순은 매화를 건네주고 그녀 옆에 앉아, 그녀가 꽃가지를 손질하는 것을 바라보았다.

때때로 두 사람의 시선이 마주쳤다. 그때마다 운가는 환하게 웃기도 하고 고개를 숙이기도 했다. 유순은 짙은 꽃향기에 취할 것 같았다.

꽃꽂이를 끝내자, 운가는 마치 보물이라도 바치듯 꽃병을 유순에게 내밀었다.

"마음에 들어요?"

"그래."

유순의 목소리가 무척 무거웠다. 운가는 고개를 돌리며 생긋 웃었다.

갑자기 유순이 손을 뻗어 빨간 매화 속에서 유난히 눈에 띄는 하얀 손목을 잡으려고 했다. 하지만 운가가 때맞춰 손을 거두는 바람에 두 사람의 손은 살짝 스치기만 했다. 운가가 허리춤에서 옥퉁소를 꺼내더니 고개를 숙이며 말했다.

"오라버니에게 한 곡 불어 주고 싶은데, 괜찮을까요?"

유순이 고개를 끄덕였다. 운가는 탁자에 기대고, 퉁소를 살짝 쥐며 느릿느릿 불기 시작했다. 나른하고 편안하면서도 어딘지 모르게 아름다운 모습이었다.

이런 광경이 뜻밖에도 손 닿는 곳에 펼쳐져 있었다. 유순의 비범한 강산에는 유독 이런 아름다움이 없었다. 유순은 황홀경 속에서 무한한 기쁨을 느꼈다.

한 곡을 마친 운가는 고개를 숙이고 가만히 앉아만 있었다. 마치 무언가에 귀를 기울이는 것 같기도 하고, 부끄러워 할 말을 잃은 것 같기도 했다.

일순, 그녀가 유순 쪽으로 살짝 몸을 기울였다가 일어나서 나가려 했다. 유순이 황급히 손을 뻗은 덕에 겨우 치맛자락을 붙잡을 수 있었다. 운가가 그를 돌아보았다. 반짝이는 눈동자가 약간 꾸짖는 것 같아서 유순은 재빨리 치마를 놓았다.

"그게…… . 내일 나와 산책이라도 할까? 태의가 매일 적당한 운동을 하라고 했어."

운가는 잠시 그를 응시하더니 갑자기 생긋 웃었다.

"오라버니가 내일도 날 만나고 싶다면, 같이 산책할게요."

유순은 기쁜 듯이 대답했다.

"그럼 됐어. 내일 꼭 만나자!"

운가는 웃으며 떠났다.

문을 나서는 순간, 그녀는 걸음을 빨리했다. 숲을 향해 가며 휘파람을 불자, 숲 속 깊은 곳에서 끽끽거리는 원숭이들의 소리가 들려왔다.

운가는 숲 속으로 달려갔다. 원숭이 한 마리는 나무에 매달려 있고, 다른 한 마리는 상자를 들고 있다가 운가에게 건넸다. 운가는 원숭이의 머리를 쓰다듬었다.

"잘했어. 답례는 나중에 할게. 어서 산으로 돌아가. 며칠 동안 절대 나오지 말고 잘 숨어 있어!"

운가는 상자를 열고 자기가 원했던 영패를 품에 넣었다. 그리고 차분한 표정을 가장하며 궁 밖으로 나갔다.

온천궁에서 나와 약속한 장소에 도착하자, 어두운 곳에 숨어 그녀를 기다리고 있던 사람이 즉각 맞으러 나왔다. 운가는 영패 두 개를 그의 손에 건넸다.

"이건 건장궁을 나갈 때, 그리고 이건 성문을 나갈 때 쓰세요. 황제가 오늘 안에 영패를 도둑맞은 것을 알게 될 수도 있으니 서둘러야 해요! 반드시 황제가 준불의에게 사람을 보내기 전에 장안성에서 나가야 해요. 안 그러면……. 꼭 서두르세요!"

운가는 몹시 미안했다. 실패하면 이 일에 참여한 사람들에게는 죽음밖에 없었다.

영패를 받은 사람은 곧 몸을 날려 눈보라 속으로 사라지며 외쳤다.

"반드시 최선을 다하겠습니다!"

운가의 심장이 쿵쿵 뛰었다. 이 순간부터 많은 사람들의 목숨이 이 소소한 계획에 달려 있었다. 그러나 그녀는 기다리는 것밖에 할 수 없었다.

유순은 전각 문을 나서는 운가를 눈으로 배웅한 다음, 한참 후에야 시선을 거두고 탁자 위에 놓인 매화를 바라보았다. 코 끝에서부터 심장까지 향기가 감도는 것 같았다. 그는 온천궁에 있는 것이 아니라 아주 오래전 소년 시절로 돌아간 것 같았다.

청춘 시절, 버드나무 가지는 연기처럼 가벼웠고 갓 싹튼 풀 위에는 말발굽 자국도 없었다. 비단 옷을 입은 소년이 무늬 새긴 안장을 얹은 귀한 말을 타고, 꾀꼬리의 어여쁜 노랫소리 속에서 고귀하고 우아한 미녀를 보호하며 담소를 나누면서 다가왔다.

그러나 그들은 그의 손이 닿을 수 없을 만큼 너무 높이 있었다. 낡은 옷을 입은 그의 곁을 지나면서 그들은 오만한 태도로 그를 본척만척하거나 비키라며 꾸짖었다. 하지만 그렇게 무시하던 사람이 이제 그들보다 높은 곳에 있게 될 줄은 몰랐을 것이다.

주위를 맴도는 매화 향기 속에서 과거와 현재가 어지럽게 뒤섞였다. 낡은 옷을 입은 소년은 어지러운 꾀꼬리 소리를 들으며 봄을 구경하고, 매화를 꺾어 가인에게 선물했다. 그리고 그의 곁을 스쳐 간 사람들은 모두 다시 고개를 돌려 그를 바라 보았다.

유순은 미소를 지은 채 한참 동안 앉아 있다가, 칠희에게 상 소문을 가져오게 해서 정무를 처리할 준비를 했다. 태의가 유 순에게 온천궁으로 가라고 한 것은 정무에서 벗어나 몸과 마음 을 휴식하라는 의미였지만, 유순은 여전히 정무를 게을리하지 않고 매일 이곳으로 보내져 온 공문과 상소문을 꼼꼼히 읽고 지시를 내렸다.

읽기만 해도 되는 상소문이 있는 반면, 인장을 찍어야 하는 상소문도 있었다. 그래서 그는 칠희가 상소문을 챙기는 사이 직접 일어나 방으로 들어갔다. 인장과 영패를 숨겨 둔 비밀 기 관을 열어 인장을 꺼내기 위해서였다.

비밀 기관에 손을 대고 정해진 방법대로 비밀 기관을 작동 했다. 곧 인장과 영패가 모두 그의 눈앞에 드러날 참이었다.

운가는 계속해서 스스로에게 물었다.

'난 정말 기다리기만 해야 할까? 아니! 그들을 도울 일이 분 명 있을 거야. 분명히! 그들이 홀로 싸우게 하지 않으려면 난 뭘 해야 할까? 무얼 할 수 있을까? 유순을 잡아 둘 수만 있다 면, 그가 영패가 사라진 걸 조금이라도 늦게 발견하게 한다면 모든 사람들에게 좀 더 희망이 생길 거야. 하지만 무슨 수로 잡 아 두지? 다시 찾아가? 아니, 그건 절대 안 돼! 유순은 무척 영 리해서 내가 평소와 다른 행동을 하면 의심할 거야. 뭔가 수상하다는 생각이 들면 오히려 일을 망칠 수 있어. 대체 어떻게 해야 유순이 남들이 일부러 자신을 방해한다고 느끼지 않고, 스스로 하게끔 만들 수 있을까?'

돌연 그녀가 홱 몸을 돌려 미친 듯이 달리기 시작했다.

운가가 헐떡거리며 서재에 나타나자 맹각의 눈빛이 어두워졌다. 반면에 유석은 기쁜 듯이 일어났다.

"고모."

그러나 곧 맹각을 흘끗 보더니 주저하며 고쳐 불렀다.

"사모님."

운가는 유석에게 다가가 허리를 숙였다.

"눈싸움할래?"

유석은 웃으며 맹각을 바라보았다. 그리고 말없이 고개만 살짝 끄덕였다.

운가가 맹각을 바라보자 그도 고개를 끄덕여 동의했다. 운가는 재빨리 유석의 손을 잡고 밖으로 나갔다. 그리고 어린 환관을 시켜 황후를 불러오게 했다.

그녀와 유석은 눈을 뭉쳐 쥐고 몰래 나무 뒤에 숨었다. 허평군이 도착하자 두 사람은 동시에 눈덩이를 힘껏 던졌다. 눈덩이에 맞은 허평군은 펄쩍 뛰며 소리를 질렀다.

유석은 어머니의 낭패한 모습을 보자 배꼽을 잡고 웃어 댔다. 허평군도 아들의 그런 모습에 마음이 짠했다.

'저런 게 어린아이다운 모습이야!'

그녀는 얼굴에 묻은 눈을 대충 닦아 내고 재빨리 눈을 뭉치면서 곁에 있던 궁녀에게 외쳤다.

"저 두 사람이 날 괴롭혔으니, 너도 어서 도와!"

궁녀들도 그녀가 운가에게 당하고도 전혀 탓하지 않는 것을 보자 대담하게 전투에 뛰어들었다. 궁녀들은 황후를 도와 운가와 태자를 공격해 댔다. 양쪽의 싸움은 점점 더 격렬해졌다. 흥분한 사람들은 신분도 잊고, 소리 지르고 웃으며 끊임없이 눈싸움을 했다.

유순이 비밀 기관을 연 순간, 창밖에서 비명 소리와 웃음소리가 들려왔다. 유순은 눈살을 찌푸리고 바깥을 바라보았다. 한두 번이 끝인 줄 알았는데, 뜻밖에도 시끄러운 소리가 계속 들려왔다. 그는 절로 화가 치밀었다.

'누군데 저렇게 간이 크지? 감히 짐의 전각 밖에서 떠들어 대다니? 칠희는 대체 뭘 하기에 저런 방자한 것들을 내버려 두는 거지?'

그는 비밀 기관을 닫고 불쾌한 기분을 숨긴 채 밖으로 성큼성큼 걸어 나갔다. 그가 전각 밖으로 나가기도 전에 칠희가 황급히 안으로 뛰어 들어왔다.

"폐하, 소인이 방금 사람을 시켜 살펴보았는데, 황후 마마와 태자 전하, 그리고 맹 부인께서 눈싸움을 하고 계시답니다. 소인이 감히 나설 수가 없어 먼저 폐하께 말씀드리러 왔습니다. 폐하께서는……."

찡그려졌던 유순의 눈썹이 스르르 펴지더니, 그가 웃음을 터트렸다.

"다들 즐길 줄 아는군. 어디 가서 보자!"

"예."

칠희가 웃으며 대답했다. 그는 재빨리 망토를 가져와서 유순을 모시고 떠들썩한 놀이를 구경하러 갔다.

황후와 궁녀 몇 명이 한편이고, 운가와 유석이 한편이었다. 사람이 적은 쪽이 힘이 약해서, 반격할 힘도 없을 만큼 두드려 맞고 겨우 바위와 나무 뒤에 숨어 피하고 있었다. 하지만 아쉽게도 두 사람에게는 눈이 네 개뿐이어서 완전히 피할 수도 없었다.

높은 곳에서 얼마 동안 그 모습을 바라보던 유순이 소리쳤다.

"양각사羊角士."

운가는 금방 그 의미를 깨달았다. 그녀가 유석을 툭툭 치더니 구궁九宮[7]의 위쪽 방향을 가리켰다. 유석이 들고 있던 눈덩이를 그쪽으로 힘껏 던지자 "아얏!" 하는 소리와 함께 슬금슬금 다가오던 궁녀가 눈을 맞고 즉시 물러섰다.

"화십상花十象."

운가가 뭐라고 속삭이자, 유석은 그녀와 좌우로 나뉘어 각자 공격했다. 양쪽 끝에서 공격하러 오던 궁녀들이 눈덩이에 맞았다.

---

7 고대 중국 천문학에서 하늘 자리를 아홉 개 구역으로 나눈 것.

"늑도肋道."

유순이 사용한 것은 장기 용어였다. 허평군 쪽도 그의 말을 들을 수는 있지만, 대체 어느 방향을 말하는지, 어떤 전술인지 알지 못했기 때문에 들어도 소용이 없었다.

유순의 지휘 아래, 운가와 유석은 적이 움직이지 않으면 기다렸다가 적이 움직이는 순간 정확히 공격해서 제압할 수 있었다.

"폐하, 군자는 옆에서 훈수를 두지 않는 법이에요!"

허평군의 말에 다급해진 유석이 머리를 쏙 내밀며 외쳤다.

"부황께서 협객답게 약자를 도우시는 거예요!"

운가가 그의 머리를 잡아 눌렀지만 이미 늦었다. 눈덩이가 빙글빙글 날아와 그의 머리를 때렸다. 유순이 큰 소리로 웃음을 터트렸다.

"이런 멍청한 녀석을 보았나! 뱀을 굴에서 끌어내는 네 어머니의 계책에 당했구나."

허평군의 모습은 볼 수 없었지만, 즐거운 웃음소리가 숲 속에 가득 울려 퍼졌다. 부모의 그런 모습을 보자 유석은 더욱 신이 나서 웃음을 터트렸고, 눈싸움도 더욱 열심히 했다.

눈 속의 '전투'는 저녁 식사 시간이 되어서야 끝났다. 유순도 더 놀고 싶었는지, 아예 주방에 저녁 연회를 준비하라고 일렀다. 그리고 수행하러 온 대신들과 그 가족들을 불러 눈 구경을 하며 술을 마시고, 매화에 대한 시를 읊게 했다.

군신들은 밤이 깊을 때까지 놀다가 기분 좋게 헤어졌다. 맹각과 운가도 차례대로 방으로 돌아가 각자 쉬었다.

운가는 무척 피곤했지만 잠이 오지 않았다. 그녀는 방 안에서 왔다 갔다 하다가 가끔 기침을 했다.

맹각도 잠들지 않고 있었다. 건넛방에서 들려오는 기침 소리에 그는 창가로 다가가 창문을 활짝 열었다. 그리고 찬바람이 얼굴을 때리게 내버려 둔 채 아득한 달빛을 바라보았다.

일경이 되자 삼월이 총총히 나타났다. 그녀가 창가로 다가와 나지막하게 말했다.

"방금 사제의 비합전서를 받았습니다. 대공자께서 장안성을 나가셨다고 합니다. 공자께서 대공자께 보내라고 하신 선물도 사제가 전달했습니다."

맹각이 고개를 끄덕이자 삼월은 조용히 물러났다.

맹각은 운가의 방 문을 두드렸다.

"누구냐?"

"나요. 할 말이 있소."

운가가 문을 열고 귀찮은 듯 물었다.

"무슨 일이에요?"

"유하가 장안성을 나갔소."

바짝 긴장해 있던 운가의 등에서 힘이 쭉 빠졌다. 그녀는 똑바로 서 있기도 힘든 듯 문틀에 기댔다.

"어떻게 알았죠?"

"사월도 내 사람이라고 할 수 있소. 설마 그녀가 죽음의 길로 들어가는 것을 내가 가만히 앉아서 보고만 있을 거라 생각했소? 뒷일은 걱정할 필요 없소. 유하의 무예와 지혜도 유순보다 못하지 않으니까. 그가 유순보다 못한 건 결단력과 독한 마음뿐이오."

"지금의 유하는 예전의 유하가 아니에요. 지금 그가 취했는지 깨어 있는지도 모르겠어요."

운가가 울적한 표정으로 말하자 맹각이 담담하게 말했다.

"사람을 시켜 홍의의 관을 유하에게 전달했소. 그러니 술독에 빠져 죽었다 해도 기어 나올 거요."

운가는 유하가 그렇게 변한 이유를 어렴풋이 짐작했다. 가여운 마음이 들면서도, 맹각의 추측이 옳다고 생각했다.

'맞아! 유하는 반드시, 더 이상 누구도 홍의를 건드리지 못하게 할 거야!'

운가가 냉랭하게 말했다.

"당신 앞에 펼쳐진 탄탄대로를 망가뜨리고 싶지 않다면 돌아가서 이불을 뒤집어쓰고 자는 게 좋을 거예요."

그러고는 쾅 소리가 나도록 문을 닫아 버렸다. 서두르면 두 시진 정도는 잘 수 있다는 생각에 그녀는 곧 침대로 향했다. 내일 어떻게 될지는 모르지만 하늘이 무너진다고 해도 일단 원기를 회복해야 했다.

맹각은 한동안 가만히 서 있다가 방으로 돌아갔다.

한밤중에 유순이 단잠에 빠져 있는데, 하소칠이 허둥지둥 침전으로 들어왔다. 유순은 곧 잠에서 깨어나 낮은 소리로 물었다.

"무슨 일이냐?"

하소칠이 머리를 조아리며 보고했다.

"준불의 대인께서 글을 보내셨는데…… 유하를 장안에서 내보내 줬다고 합니다."

"뭐라고?"

유순이 벌떡 일어나 앉았다. 그가 휘장을 걷고 화난 눈으로 하소칠을 쏘아보았다. 하소칠은 할 수 없이 다시 한 번 준불의의 말을 전했다.

유순이 맨발로 침대에서 내려와 한쪽 벽 앞으로 갔다. 비밀 기관을 열어 보니 영패를 보관한 상자가 보이지 않았다. 그의 얼굴이 시퍼렇게 변하고, 눈동자에는 슬픔과 증오가 떠올랐다.

"유하의 머리를 가져와라."

뼈를 엘 듯 차가운 목소리였다.

"예."

하소칠은 머리를 조아린 후 벌떡 일어나 급히 밖으로 나갔다. 유순은 슬픔과 분노가 교차함을 느꼈다.

결국 그녀마저 그의 믿음을 배신했다! 이런 일은 결코 그녀 혼자 할 수 있는 일이 아니었다. 그렇다면…… 맹각! 분명 맹각이 그녀에게 시켰을 것이다. 하지만…… 맹각이 어떻게 영패와 인장이 숨겨진 곳을 알았을까? 게다가 기관을 여는 법까지?

운가가 알 리 없다! 즉위한 뒤로 그는 미앙궁과 온천궁의 모든 비밀 기관을 새로 설치했다. 설령 운가가 예전에 기관들을 보았다 해도 소용이 없었다.

곁에서 부리는 환관들도 아니었다. 그들은 그렇게 간이 크지 않았다! 그렇다면 누굴까? 누구일까? 그 사람은 분명 그와 가깝고, 그가 믿는 사람일 것이다.

유순은 돌아서서 침대 옆에 놓인 매화를 바라보았다. 나뭇가지 끝에 피어난 아름다움은 무정한 비웃음으로 바뀌었다.

그가 갑자기 꽃병을 들어 힘껏 바닥에 내던졌다. 꽝음과 함께 향기가 흩어지고 꽃병도 깨어졌다. 차가운 물이 짓이겨진 꽃들을 씻고 천천히 그의 발 아래로 흘러들었다. 하지만 그는 꼼짝도 하지 않고 서 있었다.

12장
그때 잃은 것, 지금에야 그 정을 저버린 것을 깨닫다

운가가 눈을 떴을 때 날은 이미 환했다. 믿을 수 없어 눈을 비벼 봤지만, 확실히 한낮이었다. 기껏해야 한밤중까지만 자고 깰 줄 알았는데, 날이 밝을 때까지 이렇게 편안히 잠들 줄이야.

하지만 상관없다! 이렇게 된 이상 상황을 보아 대처할 뿐이었다.

씻고 뜰로 나가자 시위들이 왔다 갔다 하며 웃고 떠드는 것이 보였다. 그중 한 명을 붙잡고 이유를 물었더니, 시위가 웃으며 대답했다.

"폐하께서 사냥을 나가신답니다. 상금이 금 백 냥이라고 합니다."

'그랬구나. 그럼 저렇게 신이 난 것도 당연하지. 상금은 차치하고, 사냥터에서 유순의 눈에 들면 훗날 제후나 장군에 봉해

질 수도 있으니까. 그런데…… 유순이 사냥을 할 기분일까?'

운가는 고맙다고 인사한 후 허평군을 찾아갔다.

유석도 황후의 방에 있었다. 허평군은 유석의 사냥복을 정리하던 중이었다. 유순이 아들까지 데려간다는 사실에 운가의 불안했던 마음이 조금 안정되었다. 어쩌면 유순은 아직도 영패가 사라진 걸 눈치채지 못했는지도 모른다.

유석은 작은 활을 들고 장군들의 걷는 모습을 흉내 내며 운가 앞에서 왔다 갔다 하더니, 활로 독수리를 겨누는 자세를 취했다. 유석의 생김새는 허평군을 닮아 곱상하고 연약해 보였지만, 이렇게 차리니 별안간 유순의 용맹함도 느껴졌다.

운가가 웃으며 두 손을 모았다.

"장군님, 제게 토끼 두 마리 잡아다 주세요."

유석이 펄쩍 뛰었다.

"누가 토끼 잡으러 간대요? 난 호랑이를 잡을 거라고요!"

허평군이 웃으며 그를 문밖으로 떠밀었다.

"어서 부황과 스승님께 가 봐. 기다리고 계실 거야."

하지만 유석이 나가는 것을 보자 마음이 불안한지, 문 앞까지 따라 나가며 당부했다.

"마음대로 다니지 말고 부황과 스승님만 따라가!"

유석은 한숨을 푹 내쉬고는 고개를 설레설레 저었다.

"여자들이란!"

허평군은 기가 차서 웃으며 방으로 돌아왔다. 얼굴이 환한 걸보니 미앙궁에 있는 동안 쌓였던 우울함이 싹 가신 것 같았다.

"호는 미앙궁에 있을 때보다 훨씬 활발해졌어요."

운가의 말에 허평군이 고개를 끄덕였다.

"저런 모습을 보니 나도 기뻐."

"언니, 오늘 폐하의 기분은 어떠세요? 나에 대해 묻지 않으셨어요?"

"기분은 아주 좋으셔! 네 얘기는 하지 않으셨어. 대신들과 사냥 이야기만 하시더라."

"그렇군요!"

"왜 그래? 아직도 영패를 훔치는 걸로 고민이야? 언제 유하를 구할 생각이니?"

"아뇨, 아니에요! 언니, 절대, 다시는 그 이야기를 꺼내지 말아요. 아침은 드셨어요? 난 너무 늦게 일어나서 아직 아무것도 못 먹었어요."

허평군은 얼른 사람을 불러 음식을 준비하게 한 후, 운가에게 끊임없이 잔소리를 늘어놓았다. 운가는 차분하게 웃으면서 듣고 있기만 했다.

두 사람은 함께 한담을 나누며 웃고, 같이 식사도 했다. 마치 구속받는 것 없던 예전의 소녀 시절로 돌아간 것 같았다.

정오가 되자 두 사람은 함께 산을 올랐다. 누가 먼저 꼭대기에 도착하는지 내기도 했다. 운가는 제일 먼저 산꼭대기에 올랐다. 정상에서 곱게 치장한 산들을 바라보자 기분이 더없이 울적했다. 강산은 그대로인데 사람은 예전 같지 않았다!

허평군이 부르는 소리에 퍼뜩 정신이 든 운가는 웃으며 뒤를 돌아보았다. 허평군은 안에 봉황이 그려진 빨간 비단 옷을 입고, 그 위에 작금구雀金裘[8] 망토를 걸치고 있었다. 단정한 자태와 점잖은 태도로 운가의 뒤를 사뿐사뿐 따라오는 모습에, 새하얀 세상도 그녀의 화려함을 받쳐 주는 배경색처럼 느껴졌다.

"왜 그렇게 날 쳐다봐?"

운가 앞까지 온 그녀가 숨을 고르며 묻자 운가는 미소를 지으며 먼 곳으로 시선을 돌렸다.

"우리는 이제 옛날의 우리가 아니군요."

허평군이 웃으며 그녀를 안았다.

"이런 것들만 변하지 않으면 돼!"

운가도 그녀의 어깨에 기대며 가볍게 미소 지었다.

산을 내려오니 벌써 저녁이었다. 하지만 사냥을 나간 사람들은 아직 돌아오지 않았다. 허평군이 걱정하자 부유가 달랬다.

"폐하께서는 여산에서 사냥하시는 게 아니라, 사람들을 데리고 진령산맥으로 가셨습니다. 깊은 산에 들어가야 큰 짐승들을 잡을 수 있기 때문이지요. 효무 황제께서도 젊은 시절에 한 번 사냥을 나가시면 한 달이나 두 달이 지나서야 돌아오시곤 했다고 들었습니다. 폐하께서는 그렇게 멀리까지 가지는 않으셨지만, 이삼 일은 걸릴 겁니다."

유석이 '주왕'을 흉내 낸 후로 열심히 역사서를 읽은 허평군도

---

8 공작 깃털 같은 모양에 금실을 장식한 털옷.

부유의 말이 거짓이 아니라는 건 알고 있었다. 보호해 주는 사람들이 많고, 곽씨 쪽의 음모도 없으니, 그녀가 과하게 걱정하는 것은 확실했다. 그래도 아들 걱정은 내려놓을 수가 없었다.

"운가, 밤에 나와 같이 자자. 모두 가 버리니 어쩐지 쓸쓸해."

운가는 망설였다.

"부유와 다른 사람들도 있잖아요! 나는 잠버릇이 심해서 언니를 깨울지도 몰라요."

허평군은 꽁한 투로 말했다.

"같이 자자면 자는 거지, 무슨 핑계가 그렇게 많아?"

운가는 어쩔 수 없이 짐을 가져와 그녀와 함께 자기로 했다.

밤이 되자 허평군은 꿈결에 운가의 기침 소리를 듣고 깨어났다. 그제야 운가가 한 말의 의미를 깨달은 그녀는 벌떡 일어나 운가에게 물을 따라 주었다.

"매일 밤 이러니?"

운가가 미안한 듯 말했다.

"조금 있으면 괜찮아져요. 며칠 날씨가 춥더니 심해졌어요."

"맹 오라버니가……."

운가가 눈을 찌푸리는 바람에 허평군도 더 이상 말할 수가 없었다.

운가는 물을 마신 후 다시 누웠다. 허평군은 눈을 감고 꼼짝도 하지 않는 그녀를 보자 하고 싶었던 말을 덮어 둘 수밖에 없었다. 그녀는 곰곰이 생각하다가 피로를 견디지 못하고 잠에 빠졌다.

날이 희끄무레 밝을 무렵, 밖에서 시끄러운 소리가 들렸다. 허평군과 운가는 즉시 일어나 앉았다. 밖에서 부유가 말했다.

"폐하께서 사람을 보내 '황후 마마와 첩여 및 온천궁에 있는 모든 사람들은 즉시 장안으로 돌아가라'고 명령하셨습니다."

허평군은 옷을 입으며 물었다.

"무엇 때문이냐?"

"잘 모르겠습니다. 명을 전하러 온 사람이 애매하게 말을 돌렸는데, 폐하께서 산을 봉쇄하시려는 것 같습니다."

"폐하께서는 어디 계시냐?"

"다른 길을 택해 장안성으로 돌아가시고 계실 겁니다."

밖에서 곽성군의 목소리가 들려왔다.

"황후 마마와 맹 부인은 아직 주무시느냐? 본 궁이 맹 부인을 찾아갔더니 이곳에 있다던데……."

허평군이 이를 갈며 말했다.

"까마귀 같은 것! 며칠 편히 쉬나 싶었는데 또 나타났어. 저 여자가 떠들어 대면 좋은 일이 생긴 적이 없다니까!"

운가는 옷매무새를 가다듬고 웃는 얼굴로 가리개를 걷었다.

"마마께서 참 일찍도 일어나셨네!"

곽성군이 웃으며 운가 앞으로 다가오더니, 자매처럼 친밀하게 손을 잡았다. 하지만 목소리는 뼈를 엘 듯 쌀쌀했다.

"언니에게 빨리 축하하고 싶어서 말이야!"

운가가 웃으며 물었다.

"축하라니? 마마가 죽을병이라도 걸린 건 아니겠지?"

곽성군의 눈이 이상하리만치 반짝였다.

"나? 꿈 깨시지! 난 틀림없이 언니보다 오래, 잘 살 거야! 하지만 언니의 또 다른 원수가 세상을 떠났으니 기뻐해야 하잖아?"

운가의 손이 싸늘하게 식었다. 그녀가 억지웃음을 지으며 말했다.

"무슨 말인지 모르겠군."

곽성군이 그녀의 손을 꽉 잡았다. 마치 독사가 팔목을 무는 것 같았다.

"소식을 들었는데, 맹각 대인께서 사냥 중에 실수로 높은 절벽에서 떨어지셨대. 샅샅이 뒤졌지만 시신을 찾지 못했다네. 폐하께서는 너무 비통하신 나머지 시신을 찾기 위해 산을 봉쇄하셨어. 서둘러 장안으로 돌아가신 것도 장례 준비를 위해서야."

허평군이 와락 달려들어 곽성군의 손을 떼어 냈다. 그녀가 문 쪽을 가리키며 무섭게 외쳤다.

"당장 꺼져!"

곽성군은 대로하여 허평군을 노려보았다.

"네가 뭐라고……."

허평군이 외쳤다.

"나는 황후다. 본 궁의 말도 듣지 않겠다고? 본 궁이 후궁의 규칙대로 다스려야겠느냐? 부유, 장형 환관을 불러라."

"예!"

부유가 낭랑하게 대답했다. 곽성군은 화가 나 몸을 부르르 떨었지만, 억지로 숨을 들이쉬어 냉정을 찾은 후 허리를 숙여 예를 갖추었다.

"노여워 마십시오, 황후 마마. 신첩이 잘못했습니다!"

말을 마치기 무섭게 그녀는 방에서 나갔다. 허평군은 얼굴에 핏기 하나 없는 운가를 흔들었다.

"저 여자의 헛소리를 왜 믿니? 맹 오라버니가 절벽에서 떨어질 리 있겠어?"

"물론 스스로 떨어지진 않겠죠. 하지만 폐하께서 밀었다면요?"

허평군의 안색이 창백해지는가 싶더니 그녀가 사나운 목소리로 외쳤다.

"그럴 리 없어! 지금은 폐하께서 맹 오라버니를 건드릴 리 없어. 맹 오라버니가 폐하를 도와 호를 보호해 주길 바라시니까."

운가가 중얼거렸다.

"지금은 건드릴 리 없다고요? 보아하니 유순은 벌써부터 맹각을 죽일 생각이었군요."

허평군은 자기가 한 말에 놀라 굳어졌다. 어쩌면 가슴속 깊은 곳에서는 그녀도 이미 알고 있었던 게 아닐까? 다만 똑바로 보기를 거부했을 뿐이었다.

"폐하께서는……. 그분은……. 맹 오라버니는 늘 신중했고, 호에게도 은혜가 있어. 폐하께서 그를 죽이려고 하실 이유가 없어. 어쩌면 무슨 사고가 생겼을지도 몰라. 폭설이 와서 산길이 미끄러웠거나, 아니면 맹수가……. 폐하께서 그럴 리 없어.

그럴 리 없어……."

운가의 눈이 맑게 빛났다. 순간, 상황을 이렇게 몰고 온 이유가 확실해졌다.

"유순은 맹각에게 오랫동안 불만을 갖고 있었어요. 그런데 내가 유하를 구해 내자 그는 분명 나 혼자서는 이런 일을 꾸밀 수 없다고 생각하고, 배후에서 계획을 세운 건 맹각이라고 짐작했을 거예요. 그래서 화가 폭발해 그를 죽이려고 한 거라고요."

운가는 황급히 짐을 쌌다. 싸는 김에 탁자 위에 있던 간식과 과일도 함께 챙긴 후, 망토를 뒤집어쓰고 밖으로 달려 나갔다. 허평군이 그녀를 쫓으며 불렀다.

"운가! 운가!"

운가의 창백한 얼굴은 절망으로 가득했다.

"나는 맹각을 증오해요. 그렇기 때문에 그의 은혜를 입을 수는 없어요. 그가 나 때문에 죽게 할 수는 없다고요!"

운가의 모습은 눈보라 속으로 순식간에 멀어져 갔다. 허평군은 눈물로 눈앞이 흐렸다. 바로 이 순간, 그녀의 인생에서 가장 소중한 것들이 모두 멀어지고 사라지는 것 같았다. 그녀가 애써 믿으려고 했던 것, 지키려고 했던 것들이 모두 부서지려고 했다.

"운가, 돌아와! 우선 장안으로 가서 방법을 생각해 보자! 군대를 파견하거나……."

눈보라 속의 그림자는 벌써 흐려지고 있었다. 멀리서 희미하게 대답하는 소리가 들려왔다.

"언니, 날 돕고 싶으면 곧장 장안으로 돌아가요. 곽광을 찾아가, 내가 남편을 찾기 위해 산으로 들어갔다고 전해 줘요. 혹시 그가 아직…… 걱정하면…… 나를 구하러 병사를 보내 줄지도……."

그녀의 모습과 목소리가 완전히 사라지고 북풍만이 횡횡 불어왔다. 눈발이 점점 더 거세져, 얼마 지나지 않아 허평군의 몸도 눈도 뒤덮였다.

"마마, 황후 마마!"

부유가 불렀지만 허평군은 그 소리를 듣지 못한 것 같았다. 부유가 눈물을 글썽이며 말했다.

"마마, 지금 장안성에서 운가 아가씨를 도울 사람은 마마밖에 없습니다. 반드시 구해 주셔야 합니다!"

허평군이 중얼거렸다.

"내가 할 수 있을까?"

"할 수 있습니다! 운가 아가씨에게 가족은 마마 한 분뿐이십니다. 마마는 아가씨가 의지하는 유일한 사람입니다."

흐리멍덩하던 허평군의 표정이 침착해졌다.

"내게도 가족은 저 애밖에 없어. 부유, 마차를 치워라. 말을 타고 장안으로 가자!"

여산은 진령산맥 북쪽의 수려하고 가파른 산으로, 동서로 사십여 리나 이어져 있었다.

산세가 웅장한 진령산맥은 관중 땅을 동서로 횡단하듯 펼쳐져 있었고, 벌의 허리 모양을 하고 있었다. 그리고 동쪽과 서쪽의 양 날개 쪽에는 여러 산들이 뻗어 있었다. 서쪽에는 대산령, 봉령, 자백산이, 동쪽에는 화산, 망영산, 유령, 신개령, 그리고 가운데에는 태백산과 오산, 수양산, 종남산, 초련령이 있었다. 그 외에도 취화산이나 남오대 같은 작은 산봉우리들도 수없이 많았다.

운가는 유순이 봉쇄한 구역을 알아본 후 곧장 그곳으로 달려갔다. 가는 길에 지키고 있는 시위들을 만났지만 그녀가 먼저 교묘하게 속이며, 유순이 사냥을 한 곳이 대략 어디쯤이냐고 물어본 다음 강행 돌파했다. 그러면서 그들이 가진 칼도 훔쳐 갔다. 산은 지형이 복잡했고, 폭설까지 내려 시위들은 금방 그녀의 행적을 놓쳤다.

산봉우리를 연달아 두 개나 오른 운가는 이제 세 번째 봉우리에 올랐다. 이 산도 아니면 또 다른 산을 계속 뒤져야 했다. 산꼭대기는 스산했다. 눈이 모든 것을 덮어 온통 새하얀 빛만 남아 있었다.

운가는 손에 든 칼을 휘둘러 나뭇가지 위의 눈을 털었다. 그러다 보니 점점 이상한 느낌이 들었다. 수많은 나뭇가지에 잘린 지 얼마 되지 않은 흔적이 보였던 것이다. 심장이 떨리며 제대로 찾았다는 것을 깨달았다. 황급히 소매로 나뭇가지를 닦아 보니 새로 난 칼자국이 눈앞에 드러났다.

운가의 눈앞에 어떤 장면들이 은은하게 떠올랐다. 맹각은 이곳까지 유인당했고, 잘못된 것을 알고 피하려 했을 때는 이미 늦었다. 검을 들고 대항했지만 삼면으로 많은 병사들에게 포위되었다. 포위망은 점점 좁혀 와 그를 절벽 쪽으로 밀어붙였다…….

아니다! 이곳의 칼자국이 경미한 것으로 보아 칼을 휘두르던 사람들에게는 살의가 별로 없었던 것 같다. 아무래도 유순은 맹각을 당장 죽일 생각은 없었던 모양이다. 생포할 생각이었을까? 어째서…….

어쩌면 맹각에게 그가 원하는 물건이 있었을 수도 있고, 아니면 다른 껄끄러운 일이나 이유가 있었을 수도 있다. 그렇다면 그가 맹각을 이리로 유인한 것이 아니라, 맹각이 그의 의도를 읽고 스스로 절벽 가까이 갔을 수도 있다. 몸이 산산조각 나 죽을망정 유순의 손에 좌지우지되고 싶지 않았던 것이다!

운가는 나뭇가지를 잡고 크게 숨을 쉬었다. 약간 마음이 가라앉자 조심조심 절벽 쪽으로 걸음을 옮겨 아래를 내려다보았다. 천 길 낭떠러지가 깎아지른 듯 뻗어 있었다. 그녀는 현기증이 나 곧장 뒤로 물러섰다.

'이런 곳에서 떨어져도 살 수 있을까?'

운가는 몸에서 힘이 빠져 바닥에 털썩 앉았다. 눈송이가 몸 위로 송이송이 떨어졌다. 머릿속에도 폭설이 몰아치는 것 같았고, 세상은 온통 처량하고 희뿌옇고 차갑게 느껴졌다.

부연 눈발 속에서 비단 옷을 입은 남자가 초라한 국수집에 들어와 쓰고 있던 검은 죽립을 천천히 벗는 것이 보였다. 그때가 첫 만남이었고, 모든 것이 들꽃처럼 아름다웠다.

"나는 맹각이오. 맹자의 '맹', 옥 자에 왕 자를 더한 옥 중의 왕, '각'이오."

"당신이 지상의 별을 선물해 줬으니, 그 답례로 손바닥에 올려놓을 수 있는 눈을 주는 거요."

"앉아서 천천히 얘기합시다. 날이 밝으려면 아직 몇 시진 남았소."

"밤은 길고, 나는 참을성이 많소."

"운가, 조금만 기다리시오! 내가 가겠소!"

무엇 때문인지 몰라도 눈물이 터진 둑처럼 쏟아졌다. 운가는 울면서 칼로 땅을 짚고 일어났다. 그리고 춤추듯이 칼을 휘두르며 미친 듯이 주변의 나무들을 베었다.

"죽으면 안 돼! 내가 허락하지 않아! 당신 은혜는 입고 싶지 않다고! 내가 한 일은 내가 책임질……."

훌쩍거리며 휘두르는 칼은 천 근처럼 무거워, 점점 속도가 느려지다 마침내 쩡그랑 하고 바닥에 떨어졌다. 그녀도 힘없이 바닥에 쓰러져 큰 소리로 엉엉 울었다.

"저기 누가 있다!"

산골짜기에서 누군가가 소리쳤다.

운가는 여전히 눈물을 흘리고 있었다. 세상이 망망해서 뭐가 어찌 되어도 상관이 없었다. 점점 가까워지는 발소리에, 어떤 생각이 번개처럼 그녀의 머리를 스쳤다.

'만약 맹각이 죽었다는 것을 유순이 확신했다면 이렇게 많은

사람을 보내 산을 봉쇄할 필요가 있을까?'

울음소리가 멈추었다. 그녀는 눈물을 닦을 새도 없이 칼을 주워 들고 수풀 속으로 몸을 숨겼다.

옆에서 절벽을 자세히 살펴보니, 절벽 위로 오래된 소나무와 측백나무에 덩굴들이 적잖이 자라 있었다. 떨어질 때 미리계획을 했다면, 잔가지들의 도움으로 추락 속도를 크게 줄일수 있었을 것이다. 그리고 요행히, 튀어나온 돌부리에 부딪히지 않았다면 천만분의 일이라도 살아날 가망성이 있을지도 모른다.

그녀는 칼을 몸에 묶고 골짜기로 내려갈 준비를 했다. 아래에서 위로 올라올 수 있는지 확인해 보아야 했다. 어쩌면 맹각은 지금 절벽의 나뭇가지에 걸려 사경을 헤매고 있을지도 모른다.

'하지만 어쩌면 벌써……'

그녀는 즉시 생각을 멈추고, 발을 구르고 손을 비볐다.

'출발하자!'

산골짜기로 내려가 산을 올려다보았을 때에야 이 산이 얼마나 큰지 알 수 있었다. 좌우로는 그 끝을 볼 수도 없을 정도였다. 이곳을 속속들이 뒤지는 데 얼마나 걸릴까?

하지만 얼마나 걸리든 살아 있다면 만나야 했고, 죽었다면 시신이라도 찾아야 했다!

운가는 심호흡을 한 후, 손발을 동원해 절벽을 타고 오르기 시작했다. 소나무와 측백나무, 등나무 덩굴, 관목들이 서로 얽혀 있었다. 눈이 두껍게 쌓여 식물의 본모습을 알아볼 수 없는 곳도 있어서, 손으로 잡아 본 후에야 가시가 있는 것을 알 수 있었다. 운가는 두꺼운 장갑을 끼고 있었는데도 날카로운 가시에 손바닥을 찔렸다.

갑자기 미약한 새 울음소리가 들려왔다. 운가는 개의치 않고 오로지 산을 오르는 데만 전념했다. 그러다 다시 새소리가 들려오자 움직임을 멈추고 귀를 기울였다. 잠시 후 또 새소리가 들렸다.

처음 들었을 때는 확실히 새소리라고 생각했지만, 앞뒤의 소리를 함께 생각해 보니 '궁, 상, 각'의 세 음으로 나누어진 것을 알 수 있었다. 운가는 두 눈을 감고 추측 반, 기도 반인 심정으로 중얼거렸다.

"치음! 치음으로!"

다시 들려온 새소리는 과연 한 음계 높아져 있었다. 운가의 눈에 눈물이 어렸다. 그녀는 즉시 새소리가 나는 쪽으로 올라갔다.

빽빽하게 늘어진 등나무 덩굴을 억지로 걷어 내자, 맹각이 절벽에 기댄 채 미소 지으며 그녀를 바라보고 있었다. 그 표정이 무척 차분하고 따뜻해서, 마치 오랫동안 헤어져 있다가 아름다운 들꽃 속에서 다시 만난 것 같았다. 그는 전혀 피곤하거나 기가 죽은 것 같지 않았다.

"나 때문에 이런 위험에 처했으니, 내가 구해 주면 우린 서로 빚진 게 없어요!"

운가의 차가운 얼굴과는 대조적으로 맹각은 여전히 미소 지었다.

"좋소."

운가는 핏자국이 묻은 그의 너덜너덜한 옷을 바라보았다.

"많이 다쳤어요? 걸을 수는 있어요?"

"못 걸을 것 같소."

운가는 등을 돌렸다.

"우선 내가 당신을 업고 내려갈게요."

그의 두 손이 마치 다친 사람이 그녀라도 되는 양 조심스레 그녀의 어깨 위에 올라왔다. 코끝과 귓가에 익숙하면서도 낯선 숨결이 느껴지자, 두 사람 다 멍해져서 아무도 말이 없었다.

운가는 등나무 덩굴을 베어 밧줄을 만들고, 그를 자신의 등에 묶은 후 산을 내려갔다.

그녀가 비록 무예를 익혔지만, 아무래도 등에 커다란 남자를 업고 있고, 절벽도 가팔라 움직이기가 쉽지 않았다. 가끔 발을 디딘 돌부리가 뽑혀 나가기도 하고, 튼튼해 보이던 덩굴이 갑자기 끊어지기도 해서 두 사람은 몇 번이나 떨어질 뻔했다. 운가는 아무 소리도 내지 않았지만 이마에는 식은땀이 가득했다.

맹각은 말없이 그녀를 안은 채, 위험이 닥칠 때마다 숨까지 멈추었다. 갑자기 운가는 걱정이 되었다.

'혹시 기절한 건 아닐까?'

마침 튼튼한 버팀목을 디딘 틈을 타 고개를 돌려 보니, 그는 미소를 지은 채 그녀를 응시하고 있었다. 그의 눈동자에 평화와 기쁨이 담겨 있는 것을 보자 운가는 당황해서 아무 생각이 없이 내뱉었다.

"떨어져서 머리라도 다쳤어요?"

그래도 맹각은 말없이 웃을 뿐이었다. 운가는 무시무시한 눈길로 그를 노려본 후 확 고개를 돌렸다.

어렵사리 골짜기로 내려오자 운가는 길게 숨을 내쉬며 그를 내려놓았다. 그리고 그가 쉴 수 있게 나무에 기대게 한 후, 품에 넣어 두었던 간식과 과일을 손 닿는 곳에 놓아 주었다. 벌써 짓이겨져 엉망이었지만 배불리 먹을 수는 있는 양이었다.

"평평한 나무판을 좀 패 주시오. 다리뼈가 부러져서 접골을 해야겠소."

운가가 칼로 나무를 잘라 오자, 맹각은 접골하는 방법을 알려 주며 당부했다.

"내가 기절하면 차가운 눈으로 깨우시오."

운가가 고개를 끄덕이자 맹각은 시작하라는 눈짓을 했다. 운가는 그가 가르쳐 준 방법대로 어긋난 다리뼈를 힘껏 당겼다가 눌렀다. 뚜둑 하는 소리와 함께 맹각의 얼굴이 하얗게 변했고, 이마에 콩알만 한 땀방울이 잔뜩 맺혔다.

"좀 쉴래요, 아니면 다른 쪽도 맞출까요?"

운가가 고개를 들고 그를 바라보며 묻자 맹각이 잇새로 대답했다.

"계속하시오."

운가도 이를 악물고 고개를 숙여 다른 쪽 다리의 상처를 처리했다. 우선 나무 가시를 깨끗이 뽑아 낸 다음 갑작스레 다리 뼈를 당겼다.

극심한 고통에 맹각은 기혈이 위로 솟구치는 것을 느꼈다. 재빨리 팔을 들고 소매로 얼굴을 가리자, 입에서 새빨간 피가 터져 나와 소맷자락을 적셨다. 그러나 운가는 고개를 숙이고 접골하는 데만 정신을 집중하고 있어 그의 행동을 눈치채지 못했다.

접골이 끝나자 그녀는 그의 다리에 나무판자를 대고 등나무 덩굴로 단단히 묶었다.

"또 다친 데는 없어요?"

운가가 소매로 이마의 땀을 닦으며 묻자 맹각은 미소를 지었다.

"다른 곳은 별로 심각하지 않소."

운가는 그제야 그를 쳐다보았는데, 그는 내내 웃고 있었다. 그 웃음은 평소 늘 그의 얼굴에 걸려 있던 것과는 달랐지만, 어디가 어떻게 다른지는 설명할 수가 없었다. 그녀는 퉁명스레 말했다.

"이런 상황에서도 웃음이 나와요? 구해 줄 사람이 없을까 봐 걱정되지 않았어요? 새소리를 흉내 내어 구원을 청하다뇨? 당신이 정말 똑똑한 줄 알죠? 병사들이 대부분 무식해서 음률을 아는 사람이 별로 없었던 게 다행이에요. 아니면 구원병은커녕 적에게 발각되었을 거라고요."

맹각은 미소를 지은 채 아무 말도 하지 않았다. 그녀가 절벽 위에서 엉엉 우는 소리가 산골짜기에 메아리쳤으니, 그는 말할 것도 없고 다른 산에 있던 사람들도 들었을 것이다. 그가 새소리를 낸 것은 그녀에게 들려주기 위해서였다.

운가는 그가 미소만 짓는 것을 보자 표독스럽게 말했다.

"유순이 사람을 보내 밖을 겹겹이 에워싸고 있어요. 말로는 당신을 애도하기 위해 산을 봉쇄한 거라고 하지만, 사실은 당신이 만에 하나라도 살아 있을까 봐 산을 수색해서 당신을 죽이려는 거예요. 지금 당신 꼴이 도마 위의 생선과 뭐가 달라요?"

맹각이 웃으며 물었다.

"곽광이 당신을 구하러 올 것 같소?"

"모르겠어요. 그 사람의 생각은 짐작할 수가 없어요. 내가 유하를 구했으니 곽광도 유순 못지않게 화가 났겠죠. 하지만 내게는 늘 잘해 주었으니……."

골짜기에서 어렴풋이 말소리가 들리자 운가는 즉시 맹각을 업고 숨을 곳을 찾았다. 다행히 병사들은 벌써 이 골짜기를 대여섯 번이나 수색했기 때문에 별로 신경 써서 수색하지 않았다. 그들은 변덕스러운 날씨를 원망하며 대충 주변을 둘러보다가 곧 지나갔다.

병사들이 사라진 후 맹각이 말했다.

"이제 두 가지 방법이 있소. 당신이 아무거나 선택하시오. 첫째, 곽광이 당신을 구하러 올 수도 있소. 유순에게는 딸을 구하겠다는 곽광을 막을 만한 이유가 없소. 곽광이 강경하게 나오면 유순도 반드시 병사를 물릴 거요. 그럼 우리는 이 산골짜기에서 기다리면 되오. 이곳은 내가 떨어진 곳이라 유순이 병사들을 시켜 몇 번이나 수색했으니, 한동안은 병사들도 이곳을 대충 살필 거요. 둘째, 곽광이 오지 않을 수도 있소. 내 시신을 찾지 못하면 유순의 성격상 병력을 늘릴 게 분명하오. 병사들은 다시 이곳으로 돌아와 내 흔적을 찾으려고 할 거요. 그러니 우리는 전력을 다해 이곳을 떠나야 하오. 유순이 병사들을 물리게 할 방법은 있지만, 시간이 필요하오. 다행히 이 산은 숲이 울창하고 봉우리도 많아, 꼭꼭 숨으면 쉽게 발각되지 않을 거요."

운가는 궁금한 것이 많았지만, 맹각이 방법이 있다고 한 이상 반드시 방법이 있을 거라 생각했다. 그녀는 고개를 숙이고 꽤 오랫동안 생각에 잠겼다가 마침내 고개를 들어 그를 바라보았다.

"감옥에 갇혀 있을 때 친구들을 사귀었어요. 항상 그들에게 고마웠다고 말하고 싶었는데, 내가 갇혀 있던 곳이 어딘지 알아내지 못했어요. 나중에 들으니 그해 어떤 감옥에 큰불이 나서 안에 있던 사람들이 모두 타 죽었다고 하더군요. 그들이 내가 알던 사람들인가요? 곽광이 그런 짓을 한 거예요?"

맹각은 운가의 눈동자에 담긴 깊은 슬픔을 보자, 그녀의 자책감과 슬픔을 덜어 주기 위해 부인하고 싶었다. 하지만 그는 이미 아무것도 할 수가 없어 고개만 끄덕일 뿐이었다.

운가는 등을 돌려 그를 업으며 말했다.

"이곳을 떠나요!"

드넓은 숲 속은 안개가 끼어 있어, 마치 세상에 그들 두 사람만 남은 것처럼 고요했다. 운가는 말없이 맹각을 업고 눈보라 속을 걸었다. 길이 험해서 걸음이 점점 느려졌지만, 끝까지 그를 업고 갔다.

숨바꼭질에 정통한 운가는 가는 동안 가짜 흔적을 만들었다. 일부러 반대 방향의 나뭇가지를 꺾어 그쪽으로 간 것처럼 보이게 하거나, 칼로 갈림길의 나무를 베어 눈 위에 흔적을 남겨 마치 다른 방향으로 간 것처럼 보이게 했다. 그리고 진짜 흔적은 계속 내리는 눈으로 자연스럽게 지워지게 했다.

눈은 펑펑 내리다가 약해지기를 반복하더니 밤이 되자 뚝 그쳤다. 운가가 지치고 힘이 다한 것을 눈치챈 맹각이 말했다.

"하룻밤 쉴 곳을 찾읍시다! 눈이 그쳤으니, 아무리 멀리 가도 흔적이 남아 적들이 쉽게 쫓아올 거요."

운가는 동굴을 찾아볼 생각이었지만 동굴은 전혀 보이지 않았다. 그래서 커다란 나무가 바람을 막아 주는 곳을 골라 바람을 등지고, 소나무 가지를 층층이 쌓아 눈의 차가움을 최대한 막을 수 있도록 했다. 그런 다음 망토를 벗어 나무 더미 위에 깔고 맹각을 그곳에 앉혔다. 맹각이 뭐라고 말하려고 했으나, 운가가 경고하듯 노려보자 입을 다물고 시키는 대로 따랐다.

어두운 밤에는 불빛이 표적이 되기 때문에, 두 사람은 부싯돌을 가지고 있으면서도 차마 불을 피울 수가 없어 그저 어둠 속에 조용히 앉아만 있었다. 그때 갑자기 꾸르륵 하는 소리가 났다. 무척 작은 소리였지만 사방이 쥐 죽은 듯 고요해서 무척 크게 들렸다. 운가가 민망한 듯 고개를 돌렸다.

맹각이 간식거리를 꺼내 그녀에게 내밀자, 운가는 황급히 받아 입에 넣었다. 몇 입 먹고 나서 정신을 차린 그녀가 놀란 목소리로 물었다.

"어떻게 다 안 먹고 남겼죠? 오랫동안 아무것도 못 먹었잖아요?"

맹각은 피식 웃었다.

"허기를 겪어 본 사람은 최소한의 음식으로 최대한 오래 버티는 법을 알고 있소. 때로 음식은 허기를 해결해 주기도 하지만, 굶어 죽지 않도록 버티게 해 주기도 하지."

운가는 손수건 위에 얼마 남지 않은 음식을 바라보았다. 더는 먹을 수가 없었다.

"난 배불러요. 남은 건 당신이 먹어요."

맹각도 더 권하지 않고 수건을 잘 싸서 다시 품에 넣었다.

한동안 묵묵히 앉아만 있던 운가가 물었다.

"숲 속에 동물들이 많이 있을 텐데, 사냥을 하면 어떨까요?"

맹각이 웃음을 터트렸다.

"이럴 때는 동물들과 마주치지 않기를 비는 게 최선이오. 폭설로 산길이 막혔으니 음식을 비축해 둔 동물들은 밖으로 나오지 않을 거요. 눈보라를 무릅쓰고 먹을 것을 구하러 나오는 것은 굶주린 호랑이나 표범 같은 동물이지. 나는 움직일 수가 없어 내 한 몸 지킬 수도 없는데, 칼 한 자루로 뭘 할 수 있겠소?"

"난 덫을 만들 줄 알아요. 더구나 이제 무예도 많이 늘어서 예전처럼 사냥개도 상대하지 못할 정도는 아니라고요."

맹각은 미소를 지으며 그녀를 응시하더니 부드럽게 말했다.

"알겠소. 날이 밝거든 덫을 놓아 새라도 잡을 수 있는지 한 번 봅시다."

"좋아요!"

낙담했던 운가의 기분이 조금 나아졌다. 그녀는 나무에 기대어 눈을 감고 잠에 빠져들었다. 너무 피곤해서, 춥고 배가 고픈 데도 깊이 잠들 수 있었다. 맹각은 줄곧 그런 그녀를 바라보다가, 그녀가 깊이 잠들자 천천히 몸을 움직여 입고 있던 여우털 망토를 벗어 그녀에게 덮어 주었다.

운가는 꿈속을 헤매면서도 편안히 쉬지 못하고 끊임없이 기침을 했다. 맹각은 어두운 표정으로 살며시 그녀의 손목을 잡아 맥을 짚었다. 그리고 기침의 빈도와 기침하는 시간을 마음에 새겼다.

한밤중에 다시 눈이 내리기 시작하면서 날씨는 점점 더 추워졌다. 한기를 느낀 운가는 날이 채 밝기 전에 일어났다. 눈을 뜨자마자 그녀는 맹각을 노려보았다. 맹각이 미소 지으며 말했다.

"나도 방금 일어났소. 당신이 몸을 움츠리고 있기에 옷을…… 이렇게 빨리 깰 줄 몰랐소. 쓸데없는 짓을 했군."

"앞으로는 쓸데없는 짓 말아요! 날 화나게 하면 호랑이 밥이 되라고 눈 속에 버려두고 갈 거예요!"

운가는 그렇게 경고한 후 눈을 퍼서 얼굴을 씻었다. 이가 딱딱 부딪힐 만큼 추웠지만 정신은 번쩍 들었다.

"계속 가요. 가면서 작은 동물도 찾고 동굴도 찾는 거예요. 부싯돌이 있으니 동굴만 찾으면 고기를 구워 먹을 수 있어요."

폭설에 동물들이 모두 실종된 것 같았다. 가면서 계속 주위를 살폈지만 운가는 동물의 종적을 전혀 찾을 수가 없었다. 하지만 맹각의 지시에 따라 나무 위로 올라갔다가 다람쥐 집을 몇 개 찾아냈다. 다람쥐는 잡지 못했지만 솔방울과 밤 한 줌을 얻어 겨우 허기를 때울 수 있었다.

불쌍할 정도로 적은 양이었지만, 맹각은 굳이 솔방울 두 개를 남겼다.

"남겨서 뭐 하게요?"

운가의 물음에 맹각이 웃으며 솔방울을 품에 넣었다.

"때가 되면 당신도 알게 될 거요."

잠시 생각한 운가는 곧 이유를 깨달았다. 그녀는 자기 머리를 힘껏 때린 뒤 맹각을 업고 걷기 시작했다. 맹각이 웃으며 말했다.

"당신이 멍청해서 모르는 게 아니오. 처음부터 잘하는 사람이 어디 있소? 나도 살기 위해서 조금씩 배운 거요."

운가는 한참 동안 묵묵히 걷기만 하더니 불쑥 물었다.

"어렸을 때 늘 이렇게 음식을 찾아 다녔어요? 다람쥐의 밥까지…… 먹을 정도로요."

맹각은 아무렇지도 않게 대답했다.

"한동안 그랬소."

운가는 황무지를 지나고, 초원을 지나고, 눈 덮인 산을 오르고, 험한 고개를 넘었다. 그녀에게 있어 야생이란 낯익고 친절했으며 즐거움으로 가득한 곳이었다. 하지만 지금은 자신이 이 잔혹한 세상을 진정으로 알지 못했다는 것을 새삼 느꼈다. 부모님과 오빠들의 보살핌 덕에 잔혹한 일들은 모두 가려지고 즐겁고 재미있는 면만 보았던 것이다.

메마른 덤불숲을 지날 때, 갑자기 맹각이 운가의 귀에 조용히 속삭였다.

"멈추시오. 천천히 엎드려요."

운가는 무슨 일인지 몰라 잔뜩 긴장했다. 그래서 숨까지 참으며 천천히 몸을 숙여 눈 덮인 땅 위에 엎드렸다. 그러자 맹각이 준비한 솔방울을 가까운 곳과 먼 곳에 하나씩 던진 다음, 가까이 오라는 듯이 운가에게 손짓을 했다.

운가는 급히 그에게 머리를 가져갔다. 할 말이 있나 보다 생각했지만, 그는 그녀의 귀에서 옥 귀고리를 빼냈다. 운가도 곧 알아차리고 남은 귀고리까지 빼내 맹각에게 건넸다.

한참 기다렸지만 아무런 동정도 없었다. 솔방울이 눈에 덮이는 것을 바라보던 운가가 의아한 듯 맹각을 돌아보았다. 그러나 그가 고개를 끄덕이자, 운가는 다시 정신을 집중하여 앞쪽을 바라보았다.

이렇게 추운 날씨에, 몸이 얼고 배고픈 상태로 눈 위에 엎드려 꼼짝도 하지 않는다는 것은 혹형酷刑보다 더 괴로운 일이었다. 하물며 맹각은 상처까지 입은 몸이었다. 하지만 맹각과 운가는 보통 사람이 아니었기 때문에 참을성 있게 조용히 기다렸다. 계속 내리는 눈에 두 사람의 모습이 점점 가려졌다.

그때, 꿩 한 마리가 덤불 속에서 튀어나왔다. 머리를 쑥 내밀고 주위를 둘러본 녀석은 조심조심 눈을 파헤치고 그 속에 파묻힌 솔방울을 찾기 시작했다.

처음에는 솔방울을 먹는 동안에도 잔뜩 경계하며 주변을 둘러보았지만, 별다른 이상이 없자 꿩은 점차 경계를 풀었다.

폭설이 먹을거리를 모두 땅에 묻어 버린 덕에 오랫동안 굶은 꿩은, 더 이상 허기를 참지 못하고 두 번째 솔방울을 찾기 위해 재빨리 눈을 파헤쳤다. 순간, 맹각은 숨을 참고 손목에 힘을 준 다음 운가의 귀고리를 튕겼다.

귀고리 두 개가 연달아 날아가 꿩의 머리를 맞히자 꿩은 짧고 슬픈 비명을 지르더니 눈 위에 쓰러졌다. 운가가 "와아!" 하고 환호를 지르며 눈 속에서 펄쩍 뛰어올랐다. 너무 오래 엎드려 있어 팔다리가 마비되었지만, 그녀는 비틀거리면서도 달려가 꿩을 주웠다.

어려서부터 사냥을 수없이 해 왔고, 진귀한 동물도 잡아 본 그녀지만, 지금은 이 작은 꿩 한 마리야말로 무척 흥분되는 사냥감이었다. 운가는 꿩을 들고 무척 기쁜 듯이 웃으며 맹각에게 말했다.

"당신 사냥 솜씨는 셋째 오빠보다 낫군요. 누구한테 배웠어요?"

운가가 웃으며 자신에게 말을 거는 모습을 오랫동안 보지 못했던 맹각은 넋이 나가 한순간 황홀해졌다. 하지만 곧 정신을 차리고 말했다.

"사람도 본래는 짐승이오. 사냥은 본능이지. 배가 고프면 살아남기 위해서 저절로 배우게 되오."

운가는 멈칫했다. 어쩐지 말로 표현하기 힘든 기분이었다.

그녀가 맹각을 부축해 일으키자, 맹각은 초췌해진 그녀의 얼굴을 보고 말했다.

"마침 여기 고목들도 있고 지금은 낮이니, 불을 피워도 눈에 띄지 않을 거요. 여기서 꿩을 구워 먹고 다시 출발합시다."

운가는 고개를 끄덕였다. 그녀는 눈보라를 약간 피할 수 있는 나무 아래 맹각을 앉혀 자세를 편안하게 해 준 다음, 꿩을 손질하기 시작했다. 깨끗이 씻은 꿩을 옆에 내려놓고 모닥불을 피우려고 마른 고목들을 줍는데, 갑자기 발소리와 말소리가 들려왔다. 그녀는 깜짝 놀라 장작을 팽개치고 맹각에게 달려갔다.

"병사들이 나타났어요."

그녀는 맹각을 업고 달리기 시작했다. 하지만 몇 걸음 못 가 꿩이 생각났다. 돌아가서 챙겨 오고 싶었지만 병사들의 모습이 숲에 어른거리는 것을 보니, 돌아가면 발각될 것이 분명했다. 운가는 진퇴양난에 빠졌다. 떠나자니 아무리 생각해도 꿩이 아깝고, 돌아가자니 맹각을 업은 상태에서는 무척 위험했다. 그녀는 달리면서도 계속 뒤를 돌아보았다.

갑자기 맹각이 웃음을 터트렸다.

"꿩은 잊어요. 지금은 달아나는 게 중요하오!"

운가는 울상이 된 채 고개를 똑바로 하고 힘껏 달리기 시작했다. 달리면서도 마음이 아파 입으로는 계속 병사들을 저주하고, 하늘과 유순에게 욕을 퍼부었다. 그러다 나중에는 조금만 빨리 나와서 잡혀 주지 않은 꿩이 나쁘다고 원망했다.

갑자기 맹각이 쿡쿡 웃는 소리가 들려와 그녀는 무척 화가 났다.

"웃긴 왜 웃어요! 얼마나 공들여 잡은 꿩인데 지금 웃음이 나와요?"

맹각은 헛기침을 한 후 말했다.

"서역 사람들이, 요의 누이동생이 꿩 한 마리를 이렇게 아까워하는 것을 알면 아마 설산의 선녀가 내려왔다는 말을 더욱 굳게 믿을 것 같아서 웃었소."

운가는 어리둥절했다. 이 황당무계한 이야기에 처음에는 슬펐지만 곧 웃음이 났다.

'맞아! 그래 봤자 비쩍 마른 꿩일 뿐이잖아!'

맹각을 업고 달리는 그녀의 입가에 슬며시 웃음이 떠올랐다. 맹각도 그녀의 웃음소리를 듣자 미소를 지으며 생각했다.

'이게 바로 운가지!'

뒤에서는 수많은 병사들이 쫓아오고 있었고, 배는 텅텅 비었지만 두 사람은 웃으면서 달아났다.

맹각과 운가. 한 사람은 지옥에 다녀온 고독한 늑대고, 한 사람은 어려서부터 산과 들을 뛰어놀던 정령이었다. 체력은 추격병들이 더 좋았지만, 산에서는 이 두 사람을 어찌할 수가 없었다. 운가와 맹각은 곧 그들을 따돌렸다.

하지만 오랫동안 아무것도 먹지 않아서, 날이 어두워지기도 전에 운가는 더 이상 움직일 수가 없게 되었다. 추격병들이 아직 가까이 있다는 것은 알지만, 두 사람은 일찍 쉴 수밖에 없었다.

운가가 맹각을 내려놓을 때 그의 머리칼이 그녀의 뺨을 스쳤다. 운가는 멈칫하며 그의 머리칼을 잡았다.

"당신 머리칼이……."

맹각의 머리칼은 색이 바랜 비단처럼 새까만 가운데 여기저기 은빛이 섞여 있었다.

"일곱 살쯤에 머리가 반백이 되었소. 의부께서도 나를 백발의 소년이라고 하셨지."

그렇게 말하는 맹각의 표정은 무척 태연했지만 운가를 응시하는 두 눈동자에는 어렴풋한 기대와 긴장감이 어려 있었다. 그러나 운가는 아무 반응 없이 그의 머리칼을 놓고, 나뭇가지를 꺾으면서 말했다.

"당신 의부님의 약 만드는 솜씨는 정말 훌륭하군요. 당신 머리칼이 흰색인 줄은 전혀 눈치채지 못했어요."

맹각의 눈에서 희망이 사라졌다. 그가 시선을 내리고 빙그레 웃었다. 한참 후, 그가 불쑥 물었다.

"운가, 사막에서 처음으로 유불릉을 만났을 때 그가 처음 한 말이 뭐였소?"

운가는 일순 몸을 굳혔지만, 곧 고개를 돌리며 웃었다. 그녀의 얼굴 위로 더없이 부드러운 표정이 떠올랐다.

"'조롱'이라는 두 글자였죠. 말하는 걸 별로 좋아하지 않았어요!"

맹각은 미소를 지으며 눈을 감았다. 모든 괴로움과 비통함은 아무렇지도 않게 가슴속에 가두고, 속이 문드러지고 피가 철철 흘러도 겉으로는 전혀 개의치 않는 것처럼 미소를 지었다.

운가는 그가 피곤해하는 줄 알고, 소나무 가지를 잘 쌓은 뒤 그를 그 위에 눕히고 망토를 덮어 주었다. 그리고 자신도 몸을 웅크리고 잠들었다.

한밤중이 되자, 몽롱하게 잠들었던 운가는 갑자기 이상한 느낌이 들어 손을 더듬었다. 망토가 몸 위에 덮여 있었다. 그녀는 잔뜩 화가 나서 벌떡 일어나 앉았다. 맹각에게 소리를 치려고 고개를 돌려 보니, 그의 얼굴이 이상하리만치 빨갛게 달아올라 있었다. 황급히 만져 보니 불처럼 뜨거웠다.

"맹각! 맹각!"

그가 혼미한 상태로 중얼거렸다.

"목이 말라……."

운가는 황급히 깨끗한 눈을 퍼서 손바닥의 온도로 천천히 녹인 후 그의 입술 사이로 물을 흘려 넣었다. 그런 뒤 맹각의 맥을 짚어 본 그녀의 표정이 싹 변했다. 손을 뻗어 몸을 만져 보았지만 그러면 그럴수록 표정이 점점 더 안 좋아졌다.

절벽에서 떨어질 때, 맹각은 일부러 등으로 떨어져 추락 속도를 줄이려고 했을 것이다. 그래서 심한 내상을 입었고, 제때 치료하고 쉬지 못해 매우 위급한 상태였다.

그는 신음 소리 한 번 내지 않았지만 무척 추운 듯 계속 몸을 떨었다. 운가는 망토로 그를 단단히 감쌌다. 그러고는 똑바로 누워 있는 것이 최대한 상처를 악화시키지 않는 방법이라는 생각에, 추격병들에게 발각되기 전에 칼로 나무와 덩굴을 베어 나무 들것을 만들고, 그 위에 맹각을 눕혔다.

맹각이 희미하게 깨어났다. 눈을 떠 보니 구름이 잔뜩 낀 하늘이 움직이고 있었다. 순간적으로 얼떨떨했지만, 곧 하늘이 아니라 자기가 움직이고 있다는 것을 깨달았다.

운가는 썰매를 끄는 개처럼 들것을 끌고 눈 위를 가고 있었다. 아무래도 그가 내상을 입었다는 것을 알아챈 모양이었다.

"운가, 조금 쉬시오."

"들것을 만들 때 사람 소리를 들었어요. 그들이 벌써 쫓아오고 있을 거예요. 빨리 숨을 곳을 찾아야 해요."

들것이 천천히 앞으로 나아가는 동안 맹각은 몸이 점점 추워지는 것을 느꼈다. 어두운 하늘은 점점 더 가라앉고, 그의 생각은 아주 오래전으로 비틀거리며 되돌아가는 것 같았다.

그때도 이렇게 추웠고, 이렇게 배가 고팠다. 그때 그의 뒤에는 늑대 한 마리뿐이었으나 이번에는 수없이 많은 '늑대'들이 있었다. 그때 그는 자기 힘으로 달릴 수 있었으나 이번에는 중상을 입었다. 하지만 지금 그는 화가 나지도, 절망스럽지도, 두렵지도 않았다. 날씨가 아무리 추워도 그의 마음속은 따뜻했고, 평온하고 즐겁게 잠들 수 있었다…….

"맹각! 맹각!"

그는 억지로 눈을 떴다. 운가가 공포에 질린 눈으로 그를 바라보고 있었다.

"맹각, 잠들면 안 돼요!"

그가 희미하게 웃었다.

"자는 게 아니오."

그러자 운가가 부드럽게 말했다.

"곧 동굴을 찾아낼 거예요. 그럼 불을 잔뜩 피우고 토끼 한 마리를 잡아 올 거예요. 하지만 잠들면 당신 몫은 없어요. 그러니 잠들지 말아요, 약속해요!"

맹각은 탐욕스러우리만치 그녀의 따스함을 응시했다.

"약속하오."

운가는 들것을 끌고 계속 앞으로 나아갔다. 가면서 그녀는 계속 말을 했다. 무슨 방법을 써서든 그의 정신을 붙잡아 두려는 것이었다.

"맹각, 옛날이야기 해 줘요, 네?"

"그러지."

그러나 한참 기다려도 뒤쪽은 고요했다.

"이야기하라니까요! 왜 아무 말도 없어요? 잠든 건 아니죠?"

운가의 목소리가 불안해졌다.

"아니오."

뒤에서 미약하지만 또렷한 목소리가 들려왔다.

"어떻게 시작해야 할지 생각하던 중이었소."

"무슨 이야기인데요?"

"한 남자아이와 한 여자아이의 이야기요."

"그럼 제일 처음부터 이야기해 봐요."

"아주아주 오래전에, 무척 행복하고 부유한 가정이 있었소. 아버지는 아주 높지는 않지만 적당한 관직에 있는 관리였고, 어머니는 아름다운 이민족 여자였소. 그 집에는 두 형제가 있었는데 서로 무척 사이가 좋았소. 그런데 어느 날, 아버지의 주인이 역적으로 몰렸소. 병사들이 그들을 잡아들이려고 하자 어머니는 두 형제를 데리고 급히 달아났소."

"아버지는요?"

"아버지는 주인을 보호하러 갔소."

"아내와 아이들을 보호하지 않고요?"

"그는 무척 충성스러운 사람이었으니까. 그의 마음속에서는 나라가 첫 번째고 가족은 두 번째였소. 그에게는 주인이 가장 중요했지."

"그래서 어떻게 됐어요?"

"나중에 이민족 여자는 어린 두 아들을 데리고 남편을 찾아갔소. 위험천만했지만 가족들이 다시 모이자 그녀는 기뻤소."

"어려움을 겪고 다시 만났으니 기뻐하는 게 당연해요."

"아버지의 주인에게는 손자가 한 명 있었소. 나이는 형제 중 동생과 비슷했지. 아버지는 주인의 손자를 구하기 위해 아이를 바꾸기로 결심했소. 자신의 막내아들을 상대방에게 넘기기로 한 거요. 주인의 손자는 살아났지만, 그의 아들은 감옥에서 죽었소. 아이의 어머니는 분노하고 절망해 큰아들을 데리고 아버지 곁을 떠났소. 오래지 않아 아버지는 주인을 보호하기 위해 죽고, 궁지에 몰린 주인도 자결했다는 소식이 전해졌소."

"그래서요? 큰아들은 어떻게 됐죠? 그리고 그 어머니는요?"

"주인은 죽었지만, 많은 사람들은 불씨가 다시 커질까 봐 남몰래 그 주인의 부하들을 쫓아가 죽였소. 그중 한 무리가 그들을 쫓아왔지. 군센 이민족 여인은 아들을 보호하기 위해 스스로 적을 유인했소. 그녀는 떠나기 전에 비수와 남은 음식을 모두 아들의 손에 쥐어 주며 말했소. '네가 내 아들이라면 이 말을 기억해라. 오늘 날 구하려 하지 말고, 훗날 나를 위해 복수하면 돼!', '꼭 기억해! 음식을 먹어야 해! 먹고 살아남아서 내 복수를 해 줘!' 적들은 주인과 아버지와 관련된 모든 것들을 알아내기 위해 잔인한 형벌로 그녀에게 자백을 강요했지만, 그녀는 한 마디도 하지 않았소. 그 여자는 가장 잔인한 방법으로 하루 동안 시달림을 당하다가 결국 죽었소. 그녀의 아들은 멀지 않은 곳에 있는 커다란 나무 위에 숨어 그 모든 것을 목격했소. 적들이 떠난 후, 그는 어머니의 시신 앞에 무릎을 꿇고 어머니가 준 음식을 하나하나 삼켰소. 그 덕분에 그는 어머니를 묻을 힘이 생겼소. 그는 울지 않았소. 눈물은 벌써 말라 버렸으니까. 하지만 그 후로 그는 미각을 잃어버려 다시는 맛을 느끼지 못하게 되었소."

운가가 잔뜩 잠겨 알아들을 수 없는 목소리로 말했다.

"나중에 그 남자아이는 아주 좋은 사람을 만나게 되었군요. 그 사람은 그 남자아이를 양자로 거둬 주고, 의술과 무예를 가르쳤어요. 훗날 남자아이는 장안으로 돌아갔겠죠. 자기가 태어난 그곳으로……."

맹각은 웃으려고 했지만 미미한 숨소리밖에 나오지 않았다.

"아직 그 얘기를 할 때가 아니오. 그 남자아이는 온갖 어려움을 겪으면서 어머니의 고향까지 달아났소. 큰길로 갈 수는 없어서 외지고 황폐한 들로만 다녀야 했소. 그러다 보니 며칠동안 아무것도 먹지 못할 때가 많았소. 한두 달 동안 소금 한 숟갈 먹지 못하고, 매일매일 두려움에 떨었기 때문에 그의 머리칼은 차차 하얗게 변해 가기 시작했소."

맹각은 잠시 말을 멈추었다. 운가는 그의 이야기에 너무 놀란 나머지 숨이 턱 막혀 한 마디도 할 수가 없었다.

"죽는 것이 사는 것보다 훨씬, 훨씬 쉬울 때가 너무도 많았지!"

그의 목소리에는 깊은 탄식이 섞여 있었다.

"몇 번이나 모든 것을 포기하고 죽어 버리고 싶었지만, 어머니의 말이 계속 귓가에 어른거렸소. 그는 어머니가 시킨 일을 완수하지 못했기 때문에 그때마다 발버둥을 치며 살아남았소. 마침내 그가 어머니의 고향에 도착했을 때, 그는 그곳 사람들이 자기를 '잡종'이라고 부른다는 것을 알게 되었소. 난투 끝에 그는 어머니의 고향을 떠나 세상을 떠돌기 시작했소. 어느 날, 도박꾼이 돈을 따고 기분이 좋아 그에게 몇 푼 쥐어 주었는데, 거지들이 불만을 품고 그를 숲으로 끌고 가서 마구 때렸소. 맞는 것에는 이골이 나 있던 그는 반항하면 더 많이 맞는다는 것을 알고 차라리 가만히 있었소. 그들도 때리다 지치면 그만두겠거니 했던 거지. 그때, 그는 맑은 목소리를 들었소. 마치 초원의 종달새 같은 목소리였지. 종달새는 거지들에게 남자아이를 그만 때리라고 했소. 거지들은 당연히 그 말을 무시했지. 그러자 종달새는 갑자기 늑대로 변했고, 거지들은 겁을 먹고 달아났소. 그리고……."

맹각은 수년 간 가슴속 깊이 묻어 두었던 이야기들을 꺼냈다. 항상 마음속에 새겨 두었던 일을 드디어 하고 나자 정신이 풀어지며, 눈꺼풀이 천근만근처럼 느껴져 당장이라도 눈이 감길 것 같았다.

"그리고…… 그는 녹색의 종달새를 보았소. 그 녹색 종달새는 그에게 진주가 박힌 꽃신을 주었지. 그는 신발을 내던져 버렸지만 다시 주웠소. 종달새는…… 말했소. '꼭 의원한테 가야 해요'. 하지만 그는 굶어 죽을 뻔할 때에도 그 진주 꽃신을 팔지 않았소. 그는 그 이유를 종달새의 적선을 받기 싫어서, 언젠가 직접 그녀에게 꽃신을 던져 주기 위해서라고 생각했소. 하지만 그게 아니었소……. 운가, 너무 피곤해서 더 말할 수가 없소. 난, 난 좀 쉬어야겠소."

운가의 눈물이 방울방울, 뺨을 타고 흘러내렸다.

"더 듣고 싶어요. 계속 말해 봐요. 곧 산골짜기를 벗어날 거예요. 절벽이 보여요. 저기에 분명 동굴이 있을 거예요."

맹각은 이미 너무나 지쳤지만, 그의 운가가 계속 듣고 싶어 했다.

"그에게는 의를 맺은 형이 생겼소. 그리고 아주아주 좋은 의부도 만나 여러 가지를 배웠소. 그리고 우연히…… 의부가 작은 종달새를 안다는 것을 알게 되었소. 그는 조심스럽게, 조심스럽게 종달새의 소식을 탐문했소. 하지만 종달새의 마음속에는 단 한 번도 그가 있은 적이 없었소. 아니, 종달새는 그의 존재조차도 몰랐소."

맹각이 약하게 웃음을 터트렸다.

"하지만 그는 종달새가 날아갔던 곳을 모두 알고 있었소……. 그는 종달새의 집에 청혼을 했소. 스스로 아무렇지도 않다고 하면서도 사실은 무척 긴장했지. 자기가 부족해서 종달새의 마음에 들지 않을까 봐……. 그런데 종달새는 그를 만나 보려 하지도 않고 날아가 버렸소……. 그래서 그는 종달새를 쫓아……."

어지러움 속에서 생각이 점점 뒤엉켰다. 모든 것이 검은 안개로 변해 그를 둘둘 말아 어둠 속으로 떨어뜨리는 것 같았다.

"맹각! 맹각! 자지 않겠다고 약속했잖아요!"

운가가 힘껏 그의 머리를 흔들고, 얼음처럼 차가운 물을 그의 얼굴에 한 방울씩 떨어뜨렸다. 검은 안개가 갑자기 흩어졌다.

"자지 않아, 난 자지 않아, 자지 않……."

그는 계속해서 스스로에게 중얼거렸지만 아무리 해도 눈이 떠지지 않았다. 그의 몸은 얼음장 같았고 머리는 불처럼 뜨거웠다. 먹을 것도 없고 약도 없어서, 그의 몸에는 더 이상 추위와 상처에 대항할 힘이 없었다.

운가는 그를 업고 산을 타고 올랐다. 동굴은 찾지 못했지만 다행히 커다란 바위 몇 개가 겹쳐져 좁은 구멍을 만들어 놓은 곳이 보였다. 이곳에서는 삼면의 바람을 막을 수 있었다. 그녀는 맹각을 그 구멍 안에 넣고 황급히 마른 가지를 구하러 나갔다. 잠시 후, 그녀는 고목과 마른 가지를 들고 와서 불을 피우며 끊임없이 말했다.

"맹각, 방금 나뭇가지를 벨 때 눈 밑에 밤이 잔뜩 있는 것을 발견했어요. 모두 쓸어 왔으니 조금 있다가 구워 먹어요."

불이 타오르자 운가는 그를 품에 안았다.

"맹각, 입을 벌리고 이걸 좀 먹어요."

그녀가 밤을 하나씩 그의 입에 밀어 넣었다. 그의 입술이 미약하게 떨렸지만 씹어 삼킬 힘조차 없었다. 그저 들릴 듯 말 듯 중얼거릴 뿐이었다.

"자지…… 않아……."

운가는 그의 맥을 짚어 보았다. 맥박이 약해지고 있었다.

끝없는 우주처럼, 주위는 빛 하나 없고 오로지 추위와 칠흑

같은 어둠뿐이었다. 자욱한 검은 안개가 모든 것을 삼켜 버릴 듯이 빙빙 돌았다. 맹각은 이제 오로지 간절한 의지만으로 영혼의 마지막 빛을 유지하고 있었다. 하지만 검은 안개는 점점 빠르게 회전했다. 마지막 남은 빛도 곧 산산조각 나 어둠 속으로 빨려 들어갈 것이다.

그때, 따뜻한 열기가 검은 안개에 부딪히더니 마지막 빛을 부드럽게 보호했다. 사방은 여전히 춥고 어두웠지만, 이 따뜻한 열기는 조그만 보루처럼 추위와 어둠을 차단했다. 그리고 자그마한 목소리가 열기를 따라 그의 의식으로 들어와 계속 울려 퍼졌다.

"맹각, 죽으면 안 돼요! 나 혼자 남겨 두면 안 돼요! 약속을 지켜야죠. 이번에도 날 버리고 가면 영원히 당신을 믿지 않을 거예요."

그는 점차 코끝에서 나는 피비린내를 맡을 수 있었다. 따뜻한 액체가 입 속으로 흘러드는 느낌도 났다. 힘껏 눈을 떠 보니 누군가의 모습이 희미하게 보이다가 점점 또렷해졌다. 그녀의 손목에는 칼자국이 나 있었고, 새빨간 액체가 그녀의 손목에서 그의 입으로 방울방울 떨어지고 있었다.

그는 그녀를 밀어내고 싶었지만 힘이 없어 그저 새빨간 방울이 그녀의 따스함을 담은 채 그의 몸으로 흘러드는 것을 보고 있을 수밖에 없었다. 그녀의 눈물이 그의 얼굴 위로, 그의 입술 위로 뚝뚝 떨어졌다.

그의 눈에도 천천히 눈물이 맺혔다. 첫 번째 눈물방울이 소리 없이 떨어질 때, 그것은 마치 반고盤古[9]가 우주를 가른 거대한 도끼처럼 그의 머리를 어지러울 정도로 때렸다. 순간, 입 안에서 각양각색의 이상한 맛들이 잔뜩 느껴졌다.

'이건…… 이건…… 단맛이야! 비, 비린 맛……. 짠 눈물……. 그리고…… 떫은 맛!'

10년 넘게 아무것도 느끼지 못하던 혀가 한순간 인생의 모든 맛을 배운 것 같았다.

"운가, 됐소!"

눈물투성이의 운가가 그 목소리를 듣고 환하게 웃었다. 하지만 곧 몸을 홱 돌리며 눈물을 닦더니 수건으로 상처를 싸맸다.

그녀는 껍질을 깐 밤을 맹각에게 먹여 주었지만, 내내 그와 시선을 마주치지 않고 피했다. 하지만 맹각은 눈 하나 깜빡하지 않고 그녀를 응시했다. 밤의 맑은 향기가 입 안에 가득해서, 온몸이 따뜻해지는 것 같았다.

군밤을 다 먹고 나자 그녀는 나뭇가지를 주워 들고 불 속에 있는 밤을 꺼내 눈 위로 굴렸다. 그리고 그를 등진 채 말했다.

"식으면 까 줄게요."

"운가."

맹각이 그녀를 불렀지만 그녀는 돌아보지 않고 고개를 숙인 채 밤을 식히는 데만 전념했다.

"어머니께서 떠나시기 전에 한 말씀 때문에 나는 어머니께

---

9 세상을 만들었다는 중국 고대의 신.

서 내가 복수해 주기를 바라시는 줄 알았소. 하지만……. 내 손으로 당신 어깨를 흔들며 내게 복수하러 오라고 말했을 때 깨달았소. 어머니는 내가 살기를 바라셨을 뿐이라는 걸. 어머니는 내게 절망 속에서도 살아갈 수 있는 이유를 주신 거라는 걸. 돌아가실 때 고향 방향을 가리킨 것이 어머니의 진짜 바람이었소. 그분은 아들이 푸른 하늘과 초록 풀 속에서 마음껏 달리며 즐겁게 살기를 바라셨소. 아마도 아들이 복수에 얽매여 사는 것은 결코 바라지 않으셨을 거요."

운가는 깐 밤을 수건으로 싸서 그의 손 옆에 내려놓았다.

"왜 내게 그런 말을 하죠? 난 관심 없어요!"

맹각이 그녀의 손을 잡았다.

"당신이 날 찾아와 의부님을 청해 선제의 병을 치료해 달라고 했을 때 내가 단번에 거절한 것은, 싫었기 때문이 아니라 의부님께서 이미 몇 년 전에 세상을 떠나셨기 때문이었소. 그러니 당신 부탁을 들어줄 수가 없었지. 선제의 병을 치료할 때 나는 전력을 다했소. 양심을 두고 말하지만, 의부님께서 살아 계셨더라도 의술만 따져 보면 나보다 더 잘하지 못하셨을 거요. 내가 잘못한 일도 있소. 하지만 내 마음은 당신이 용서해 주기를 바랄 뿐이오."

운가가 손을 뺐다. 맹각은 놓아주지 않으려고 했지만 힘이 너무 약해서, 운가의 손이 자기 손바닥에서 빠져나가는 것을 바라볼 수밖에 없었다.

"그 일은 말할 필요 없어요. 당신을 미워하지만, 당신이 진심으로 그를 치료해 준 것은 아직 감사하고 있어요."

운가는 구멍의 입구에 앉아 무릎을 끌어안고 밖을 내다보았다. 덕분에 맹각에게는 차가운 뒷모습만 보였다.

언제부터인가 눈이 다시 내리기 시작했다. 북풍이 불어와 모닥불이 흔들렸다.

"곽광은 유하를 황제로 세웠다가 다시 유순을 즉위시켰소. 그러니 만일 유불릉에게 아들이 있다면 그는 음모로 제위를 찬탈한 역적이 되는 셈이오. 무슨 일이 있어도 그는 그 아이를 살려 둘 수 없었소. 그때 나는 당신과 곽광의 관계를 전혀 몰랐소. 설령 알았다 해도 무슨 방법이 있었겠소? 대국에 관계된 일만 아니면 곽광도 당신이 원하는 대로 해 주고 보살펴 주었겠지만, 그렇게 중차대한 문제에서는 결코 마음이 약해지지 않을 것이오. 당신이 곽광을 믿는다면 우리가 지금 여기 와 있겠소? 당신 오빠가 아무리 무예가 뛰어나도, 수십만 명이나 되는 우림영과 금군을 물리칠 수 있겠소? 아이와 당신 중에서 나는 당신을 선택할 수밖에 없었소! 그 일은 후회하지 않소. 다시 한 번 선택하라고 해도 나는 당신을 선택할 거요. 하지만 운가, 부디 내 선택을 용서해 주시오. 당신의 몸에 난 흉터를 지워 줄 수는 없지만, 내가 당신이 잃어버린 웃음을 되찾아 줄 수 있도록 한 번만 기회를 주시오."

절망의 구렁텅이에 빠지고 구사일생으로 살아나도 여전히 고집스럽게 하늘을 비웃던 그였다. 그런 그가 평생 처음으로, 속세의 먼지 위에 떨어진 마음으로 간절히 말하고 있는 것이었다. 하지만 그에 대한 대답은 말없고 쌀쌀한 뒷모습뿐이었다.

그의 마음은 절망 속에서 먼지가 되었다. 오장육부가 갈가리 찢기는 것처럼 아프고 기침이 잇달아 터져 나왔다. 입 속으로 짙은 피비린내가 솟아올랐다.

바람이 씽씽 불고 눈은 더욱 세게 내렸다. 윙윙거리는 북풍이 거위 깃털처럼 가벼운 눈을 휘몰아 숲 속에 이리저리 부딪혔다. 운가는 칼을 들고 눈보라 속으로 들어갔다.

"밤을 먹고 있어요. 눈이 심해지기 전에 장작을 더 구해 올게요."

"조금 전 내가 죽었다면 날 용서했을 거요?"

그러자 그가 평생 손 닿을 수 없는 곳에서부터 차가운 목소리가 들려왔다.

"당신이 죽었다면 평생 동안 당신을 증오하고, 내세에도 당신을 증오했을 거예요."

운가는 나간 지 얼마 되지 않아 칼을 들고 다시 달려왔다.

"병사들이 눈을 무릅쓰고 쫓아왔어요."

맹각은 재빨리 눈을 덮어 모닥불을 껐다. 치지직 하는 소리와 함께 순식간에 세상이 까매졌다.

"얼마나 가까이 왔소?"

"바로 이 산비탈 아래예요. 우리가 버린 나무 들것을 발견하고 주위를 포위했어요."

운가의 목소리에는 자책감이 가득했다. 하지만 그 당시에는 맹각이 숨이 넘어가기 직전이었기 때문에 여유롭게 들것을 숨겨 놓을 시간이 없었다.

"이리 오시오."

맹각이 미소를 지으며 부드럽게 말하자 운가는 어리둥절했지만, 그의 곁으로 다가가 웅크려 앉았다. 그러자 그가 부드러운 무엇인가를 그녀 손 위에 내려놓았다.

"조금 있다가 내가 그들의 주의를 끌면 당신은 떠나시오. 내가 없으면 당신 실력으로 충분히 그들을 따돌릴 수 있을 것이오."

운가는 그가 준 물건을 보지도 않고 그에게 집어 던지더니, 칼을 들고 입구에 앉았다.

"운가, 내 말을 들으시오! 당신은 날 구해 여기까지 데려왔소. 그러니 이제 우리 두 사람 사이에 빚은 없소."

그러나 그가 무슨 말을 하든 운가는 아무 대답이 없었다.

눈보라 속에서 병사들이 서로 부르는 소리가 똑똑히 들려왔다. 이제는 운가가 떠나고 싶어도 갈 수가 없었다.

맹각이 억지로 그녀를 향해 기어오자 운가가 화를 냈다.

"뭐 하는 거예요? 돌아가요!"

그러자 그가 그녀의 팔을 붙잡았다. 그의 두 눈이 어둠 속에서 보석처럼 찬란하게 반짝였다.

"운가!"

운가는 몸을 뒤틀었지만 뜻밖에도 그의 손을 뿌리칠 수가 없었다.

"나 때문에 손에 피를 묻힐 필요 없소."

그의 다른 쪽 손에는 조그마한 녹색 진주 꽃신이 들려 있었다. 꽃신 위에 박힌 커다란 진주가 어둠 속에서 영롱한 빛을 뿜었다. 운가는 멍하니 그 꽃신을 바라보았다. 이미 잊어버렸던 기억들이 흐릿하게 눈앞에 떠올랐다.

맹각이 털모자를 벗어 던지자, 은빛이 수없이 섞인 긴 머리칼이 흘러내려 사납고 고집스럽게 바람 속에서 휘날렸다.

"운가, 장안성에서의 우연은 만남을 위해서가 아니라 재회를 위해서였소!"

지난 일들 하나하나가 그녀의 마음속에서 말로 표현하기 힘든 슬픔과 괴로움으로 떠올랐다.

사람들의 목소리가 점점 가까워졌다. 한 병사가 외쳤다.

"저쪽에 커다란 바위들이 있다! 저쪽을 살펴보자!"

맹각은 운가의 손에서 칼을 빼앗아 손에 쥐고 억지로 몸을 일으켰다. 그리고 운가와 나란히 앉아서 바깥을 바라보았다.

북풍이 윙윙 소리를 내며 슬피 울면서, 어지럽게 솟은 바위들을 미친 듯이 때려 댔다. 마치 커다란 바위를 쓰러뜨리기라도 할 것 같았다.

거위 깃털처럼 큼직한 눈송이가 하늘이 무너진 후의 잔재라도 되는 것처럼 펑펑 쏟아졌다. 천지가 어지럽고 어둑어둑해지더니, 당장이라도 하늘이 무너지고 땅이 꺼질 것 같았다.

그러나 설령 하늘이 무너지고 땅이 꺼지더라도 상관없었다. 그녀가 그의 곁을 떠나지 않으니 그것으로 족했다!

13장
다정은 항상 무정 때문에 괴롭다

여산에서 장안으로 돌아온 허평군은 곧장 곽부를 찾았다.

곽부의 하인들은 갑작스런 황후의 방문에 허둥지둥했다. 그러나 허평군은 그들이 안에 전갈을 넣을 때까지 기다리지도 않고 곧장 곽광의 거처로 쳐들어갔다.

곽광은 여전히 침대에 누워 요양 중이었으나, 허평군을 보자 즉시 일어나 무릎을 꿇으려고 했다. 허평군이 단숨에 침대 앞으로 달려가 일어나려는 그를 붙잡았다. 옆에 선 하녀가 황급히 의자를 가져와 황후에게 자리를 권했다.

"곽 대인, 맹 대인 소식을 들으셨지요?"

곽광이 방 안에 있는 하녀를 쳐다보자 하녀들이 모두 밖으로 나갔다. 그러자 곽광이 탄식하며 말했다.

"들었습니다. 하늘이 인재를 질투하는 모양이지요. 정말 가슴 아픈 일입니다."

"운가가 맹 대인을 찾겠다고 홀로 산속으로 들어갔습니다."

그제야 곽광도 진짜 안색이 변했다.

"뭐라고요? 이렇게 눈이 오는데 혼자 산으로 가다니요? 죽고 싶다는 겁니까?"

"운가가 곽 대인에게 알려 주라고 본 궁에게 부탁했습니다. 이제 말은 다 전했군요."

이렇게 말한 허평군은 곧 자리에서 일어나 곽부를 떠났다.

곽광은 침대에 기댄 채 눈을 감고 깊이 생각에 잠겼다. 한참 후 그가 가볍게 한숨을 쉬더니 곽우와 곽산, 곽운을 불렀다.

"우야, 너희 셋이 폐하께 가서 글을 올려라. '갑자기 사위의 사고 소식에 이어 딸이 실종되었다는 말을 듣고 늙은 아버지께서는 슬픔이 끊이지 않아 병이 더욱 위중해졌습니다. 아들 된 몸으로 효를 다하는 것이 도리입니다. 아버지의 마음을 풀어 드리기 위해 폐하께 주청드립니다. 부디 신들이 산으로 들어가 누이를 찾을 수 있게 해 주십시오'라고. 폐하께서 거절하시면, 허락하실 때까지 무릎을 꿇고 기다려라."

그러자 곽운이 내키지 않은 목소리로 대꾸했다.

"지난번에 맹각을 봐준 것은 그자가 황제에게 붙을까 봐 그랬던 겁니다. 그런데 황제가 아직 젊다 보니 일시적인 노기를 참지 못하고 자멸하기 시작했습니다. 이건 우리에게 쉽게 오지 않는 기회입니다! 강 건너 불구경하듯 지켜보다가 어부지리를 얻는 것이 더 낫지 않습니까?"

곽산도 하기 싫은 표정이었다.

"운가 그 계집이 제 영패를 훔쳐 갔으니 혼을 내 줘도 모자란데, 그 계집을 위해 무릎을 꿇으라고요? 전 못 가겠습니다! 그 계집은 진짜 곽씨도 아니잖습니까."

"너희들……."

곽광이 기침을 하자 곽우가 황급히 아버지의 등을 두드려 주었다.

"걱정 마십시오, 아버지! 제가 아우들과 함께 당장 입궁해서 폐하를 만나겠습니다. 아버지께서는 마음 편히 쉬고 계세요. 운가의 일은 걱정 마십시오. 우리 세 명이 가면 황제도 허락할 수밖에 없을 겁니다."

곽광이 고개를 끄덕였다. 곽우 일행이 문을 나서려는데, 밖에서 곽성군의 목소리가 들려왔다.

"못 가요!"

그녀가 곽광의 침대 앞에 무릎을 꿇었다. 곽광이 황급히 피하며 말했다.

"성군, 네가 어찌 내 앞에서 무릎을 꿇느냐?"

이어서 그가 곽우 일행을 바라보며 말했다.

"어서 누이를 일으켜라."

그러나 곽성군은 일어나지 않겠다고 고집을 피웠다.

"운가와 저 중에서 한 명만 선택하세요. 아버지께서 운가를 구하신다면, 이제부터 저 같은 불효녀는 딸이 아니라고 생각하시면 돼요."

그 말에 방 안에 있던 사람들은 놀라 그 자리에 얼어붙었다. 곽광이 슬프고 화가 난 나머지 격렬하게 기침을 터트리자 곽우가 다급한 목소리로 외쳤다.

"성군!"

그러나 곽성군은 끓어앉은 채 꼼짝도 하지 않았다. 곽광이 가슴을 쓸며 말했다.

"저들은 운가가 누군지 모르지만 너는 알지 않느냐. 네겐 혈육의 정이 조금도 없느냐?"

"그럼 운가는요? 허평군과 제가 양립하지 못한다는 걸 알면서도 무슨 일이든 허평군 편만 들잖아요! 태자 자리가 우리 가문에 얼마나 중요한지 알면서도 유석을 싸고돌죠! 폐하께서 제 부군인 걸 알면서도 폐하와 부적절한 짓을 했어요! 유하와 우리 가문이 원한이 있다는 걸 알면서도 영패를 훔쳐 그를 풀어줬고요! 영패까지 훔치는 지경인데, 다음번에 또 무슨 짓을 할지 어떻게 알아요? 아버지, 더는 절 설득하려 하지 마세요. 전이미 마음을 정했어요. 오늘부터 곽씨 가문에는 운가가 남고 제가 없거나, 제가 남고 운가가 없거나 둘 중 하나예요!"

딸을 노려보는 곽광의 눈에 무시무시한 한광이 떠올랐다. 곽우 등 세 사람은 놀라 바닥에 엎드린 채 고개조차 들지 못했지만, 곽성군은 고개를 똑바로 들고 한 치의 양보도 없이 아버지를 바라보았다.

한참 후, 곽광이 곽성군을 향해 웃으며 고개를 끄덕였다.

"아비는 늙었고 너희들은 다 컸구나."

그가 몸을 돌려 벽을 향해 누웠다.

"모두 나가거라!"

갑자기 10년은 늙어 버린 듯한 목소리였다. 곽성군이 머리를 조아렸다.

"감사합니다, 아버지. 저는 궁으로 돌아가겠어요."

방을 나온 후 곽산이 웃으며 곽성군에게 말했다.

"운가가 대체 누구냐? 숙부님께서 밖에서 얻은 사생아는 아니겠지?"

곽성군이 빙그레 웃으며 대답했다.

"짐작도 잘하시네요, 오라버니. 누구면 어때요! 어쨌든 오늘부터 운가는 우리와 아무 관계도 없어요."

곽산이 고개를 끄덕이며 연신 알겠다고 대답했다.

"마마, 신은 여기까지만 배웅하고 이만 물러가겠습니다."

곽우가 차가운 얼굴로 말하자 곽성군이 섭섭하다는 듯이 말했다.

"오라버니, 운가와 우리의 원한이 얼마나 깊은지 모르는 것도 아니잖아요. 그래도 그 애를 도울 생각이세요?"

"운가의 생사에는 관심 없습니다. 하지만 아버지께서 와병 중이신데, 자식이 되어서 조금 전처럼 행동하는 것은 과했습니다!"

곽우는 큰 걸음으로 순식간에 사라졌다. 곽성군은 얼굴이 붉으락푸르락하더니, 휙 고개를 돌리고 곽부에서 달려 나갔다.

곽부를 나오자마자 시종이 그녀를 맞으러 왔다. 곽성군이 마차에 오르며 물었다.

"폐하께서 운가가 산으로 들어간 것을 아시느냐?"

"방금 아셨습니다."

곽성군은 움찔하며 숨을 죽였다. 그녀가 조용히 물었다.

"어떻게 반응하셨지?"

"폐하께서는 무척 애석해하시며, 맹 대인 부부가 정이 깊다며 감탄하셨습니다. 그리고 맹 부인이라도 찾을 수 있게 병력을 더 늘리셨습니다."

곽성군은 길게 안도의 숨을 내쉬며, 가벼운 마음으로 마차에 앉아 홀가분한 웃음을 터트렸다. 유순도 이번에는 정말 화가 났는지, 죽일 결심을 단단히 한 것 같았다. 운가는 이제 끝장이었다.

❀

허평군은 궁으로 돌아온 후 곧 사람을 불러 향기 나는 목욕물을 준비하게 했다. 그리고 황궁에서 최고로 솜씨 좋은 궁녀를 불러 가장 예뻐 보이도록 머리를 올렸다. 그런 다음 궁녀들에게 옷을 모두 가져오게 해서 그중 가장 아름다운 것을 골랐다. 적당히 화장을 하고 나자 궁녀들은 입을 모아 황후의 고운 자태를 칭찬했다.

거울에 비친 낯선 자신의 모습을 보며, 허평군은 자신도 사실은 이렇게 아름다웠구나 하고 생각했다.

그는 그녀의 남편이었다. 그녀는 그가 그녀에게 바라는 것은 어려울 때 작은 힘이나마 될 사람이라고 여겨 왔고, 자신이 '미색'을 이용해 일을 꾸미는 사람이 되리라고곤 단 한 번도 생각해 본 적이 없었다.

하늘하늘한 그림자가 하늘 가득 쏟아지는 눈보라 속을 지나고, 휘날리는 치마끈은 미묘하면서도 요염하게 춤을 추었다.

유순은 고개를 든 순간, 새하얀 세상이 갑자기 해질녘처럼 화려하게 변해 버린 것 같았다. 그 아름답고 고운 모습에서 눈을 돌릴 수가 없었다. 하지만 마음속으로는 무엇인지 모를 갑작스런 통증이 느껴졌다. 그것이 무엇인지 깊이 생각할 틈도 없이, 부드러운 몸이 추운 것처럼 그의 품으로 뛰어들었다.

"폐하, 춥지 않으세요?"

목욕한 다음의 산뜻함이 아직 남아 있어, 그는 저도 모르게 그녀의 목덜미에 얼굴을 묻고 향기를 깊이 들이켰다. 그녀가 간지러운 듯이 웃으며 피했다. 병을 앓은 후로 오랫동안 여자와의 잠자리를 금하고 있었던 그는, 저도 모르게 욕정이 끓어올라 냅다 그녀를 안아 들고 내전으로 들어갔다.

그물 휘장 안에서는 봄바람이 불고, 원앙 침구는 빨간 눈물로 젖었다. 그는 불같은 열정으로 달콤하게 사랑을 했고, 그녀는 자신의 뜻을 굽히고 부드럽게 그에게 맞추었다. 그녀는 그의 마음속 허전함을 꽉 채워 주었지만, 그는 그녀의 마음을 천천히 찢어발겼다.

운우는 서서히 가셨지만 풍류는 여전했다. 그녀는 그의 품에 안겨 부드럽게 속삭이며, 사소하고 즐거웠던 지난 일들로 그를 웃게 만들었다. 웃음소리만 들어도 그의 즐거움을 알 수 있었다.

옛이야기 속에 '운가'라는 두 글자를 살짝 섞어 넣었지만 그는 여전히 웃었다. 하지만 웃음은 감정을 숨기는 방법이기도 했다. 허평군이 눈물을 글썽이며 간청했다.

"폐하께서 사람을 보낸 것은 당연한 처사세요. 하지만 신첩은 정말이지 운가가 걱정돼요. 폐하, 준불의 대인을 보내 이 일을 처리하라고 해 주세요."

유순은 그녀를 응시하며 웃음을 터트리더니, 일어나서 옷을 입고 나가려고 했다. 허평군이 그의 옷자락을 잡고 비틀거리며 그의 발밑에 엎드렸다.

"폐하, 부탁드려요! 제발 부탁드려요! 지난날의 정을 생각해서라도 준불의 대인을 보내 운가를 찾게 해 주세요."

그녀의 낯선 아름다운 모습을 바라보던 유순이 내내 억누르고 있던 노기를 터트렸다.

'두 번은 용서 못 해! 운가가 짐을 우습게 본 것도 모자라, 그녀마저 감히 짐을 우롱하려고 하다니!'

"운가를 위해 비는 거요, 아니면 맹각을 위해 비는 거요?"

"신첩은……. 두 사람 다를 위해서예요."

유순이 힘껏 발을 잡아 빼 그녀의 손을 뿌리쳤다. 그리고 비웃는 투로 말했다.

"맹각과 당신은 정말 잘 맞는군."

허평군은 무슨 말인지 몰라 깜짝 놀랐지만, 어렴풋이 가슴이 서늘해지는 것 같았다. 그녀는 무릎걸음으로 다가가 다시 유순의 옷자락을 잡았다.

"맹각과 신첩은 좋은 친구예요. 맹각은 폐하와 알고 지낸 후로 항상 폐하를 친구로 생각해 왔습니다. 폐하께서도 그가 호에게 해 준 일들을 보셨잖아요. 그러니 부디 은혜를 베풀어 주세요!"

유순은 냉소를 지었다.

"짐이 본 일은 그것 말고도 많소. 짐이 멍청해졌을까 봐 걱정할 필요 없소! 맹각이 뒤에서 무슨 짓을 꾸몄는지 내가 모를 것 같소? 그는 나를 감옥에 집어넣고 내 목숨까지 앗아 갈 뻔해 놓고도 마치 내게 은혜를 베푼 척했지. 그리고 당신 약혼자였던 구후는 어떻게 죽었소? 짐이 검시관을 보내 당신 앞에서 시체를 다시 조사해 봐야겠소?"

허평군이 고개를 들고 그를 바라보았다. 그의 싸늘한 시선에 그녀의 얼굴이 점점 창백해졌다.

"그, 그는……. 저와…… 극성이 맞지 않아서 죽었어요."

유순이 큰 소리로 웃음을 터트렸다.

"하긴 당신과 극성이 맞지 않긴 했지. 그자는 당신을 아내로 삼겠다는 허망한 꿈은 꾸지 말았어야 했소. 그랬다면 독에 당해 급사하지는 않았을 텐데."

허평군이 몸을 덜덜 떨었다. 그녀는 마치 마지막 지푸라기라도 잡는 것처럼 그의 옷자락을 꽉 잡았다.

"그가…… 독으로 죽었다고요?"

유순이 미소를 지었다.

"그 일은 당신이 누구보다 잘 알고 있을 거요. 당신은 그에게 시집가기 싫어하지 않았소? 짐에게 물을 필요가 있소?"

그녀의 손이 그의 옷자락에서 미끄러졌다. 몸의 떨림은 점점 더 심해져서 그녀는 오들오들 떨며 몸을 웅크렸다. 순간 유순의 눈에 증오가 떠올랐다.

"짐은 늘 당신이 선량하고 솔직한 여자라고 생각해 왔소. 당신에게 나쁜 점이 아무리 많아도, 그것만으로 당신을 존중하고 보호할 가치가 있다고 생각했소. 그런데 당신은……. 처음에는 약혼자를 독살하고, 나중에는 혼사까지 꾸며 냈소."

그가 허리를 숙여 그녀를 잡아 일으키며 물었다.

"장하가 왜 갑자기 내게 혼담을 꺼냈겠소? 내가 하늘이 맺어 준 인연이라고 생각했던 것도 사실은 당신이 꾸며 낸 계략에 불과했던 거요! 날 뭐라고 생각하는 거요? 당신 마음대로 손아귀에 쥐고 흔들 수 있다고 생각했소? 유하의 일에 당신도 참여하지 않았소? 비록 당신이 그 전에 한 짓을 알고 있었지만, 그래도 짐에 대한 마음을 생각해서……."

유순의 가슴이 거칠게 뛰고 손에도 점점 힘이 들어갔다. 마치 허평군의 팔을 부러뜨리기라도 할 것 같았다.

"짐도 아무 말 하지 않고 있는데! 감히 당신이…… 당신이 맹각을 돕겠다고! 맹각을 위해 짐까지 배신해!"

허평군은 소리 없이 흐느끼며 바닥으로 힘없이 무너졌다.

유순은 그녀를 팽개쳤다. 그녀는 마른 나무처럼 아무런 생기도 느껴지지 않는 모습으로 쓰러졌다. 유순은 소매를 탁 털더니 돌아서서 밖으로 나갔다. 칠희가 바삐 마중 나왔다.

"폐하, 어디로……."

"소양전으로 가자!"

"예!"

얼마 후, 선실전은 텅 비었다. 넓고도 깊은 대전 안에는 오로지 차가운 금빛 벽돌 바닥에 엎드린 여자 한 명뿐이었다. 간간이 흐느낌 소리가 들려왔다.

하소칠은 조용히 전각 문 앞으로 가서 안에 있는 여자를 바라보았다. 그의 눈에 눈물이 비쳤다. 그는 그녀 곁으로 다가가 무릎을 꿇고, 망토를 덮어 주며 일으켰다.

"허 누님, 울지 마세요. 폐하께서는 떠나셨어요. 울면 누님 몸만 상해요."

허평군이 그를 보며 고개를 저었다. 여전히 눈물이 쏟아지고 있었다.

"왜 환관이 되기로 했는지 이젠 말해 줄 수 있어?"

하소칠도 더는 참지 못하고 눈물을 쏟았다. 그가 소매로 눈물을 훔치며 말했다.

"흑자 형님들이 모두 죽었어요. 이렇게 하지 않으면 언젠가는 저도……. 부인도 자식도 없이 이곳에 와서 저와 가족의 목숨을 폐하 손에 맡겼으니, 폐하께서도 이젠 제가 무슨 짓을 꾸밀까 봐 걱정하실 필요가 없으시겠죠."

허평군은 입을 떡 벌렸다. 믿을 수 없다는 듯 놀라고 두려운 눈빛이었다.

"황제는 황제예요. 이름은 유순이지만 우리 형님도 아니고, 누님이 알던 병이도 아니에요."

허평군의 눈에 어렸던 불신감도 차차 운명에 순응하는 믿음으로 바뀌어 갔다. 그녀는 멍하니 일어나 거울 앞에 앉았다. 그리고 천천히 머리를 빗고, 천천히 옷매무새를 가다듬었다.

"소칠, 곽광이 폐하께 사람을 보냈니?"

"아니오."

허평군의 눈에 그럴 줄 알았다는 듯이 절망이 떠올랐다. 그녀는 거울 속의 자신을 바라보다가 문득 입꼬리를 올리며 웃었다.

"소칠, 너 아니? 운가는 내게 무척 잘해 줬어. 뭐든 내게 양보하고, 날 보호했지. 사실 그녀도 병이에게 마음이 있었지만, 나 때문에 물러났어. 우리가 연왕에게 잡혔을 때, 운가는 날 먼저 도망치게 하려고, 나를 위해서 자기 목숨까지도 돌보지 않고 적들을 유인했어. 하지만 난 그녀에게 잘해 주지 못했어. 그녀가 병이를 좋아한다는 걸 알면서도 일부러 모르는 척했어. 그녀가 맹각 때문에 마음을 다쳤을 때, 옆에 있어 줄 누군가가 가장 필요했던 그때도 나는 이기심 때문에 그녀 혼자 장안을 떠나게 내버려 뒀어. 배웅해 주는 사람도 없이."

하소칠이 위로했다.

"이기심 없는 사람이 어디 있겠어요? 운가도 누님에게 아주

헌신적이기만 했다고는 할 수 없잖아요."

"모두들 그녀가 유순과 정을 통했다고 생각하겠지."

허평군이 미소를 지으며 말했다.

"하지만 나는 운가가 그러지 않았다는 걸 알아. 난 이 세상에서 내 남편은 믿을 수 없을지 몰라도, 운가는 믿어."

하소칠은 아연해져서 바보처럼 허평군을 바라보았다.

"나와 알고 나서부터 운가는 위험에 처할 때마다 제일 먼저 날 생각했어. 그리고 내게 어려운 일이 생길 때마다 나서서 도와줬지. 운가는 날 언니라고 불렀지만 사실은 그녀야말로 언니처럼 늘 나를 보살펴 줬어. 이번에는 나도 마침내 언니다운 일을 하게 됐어. 소칠, 네게 부탁 좀 해도 될까?"

"지난날의 친구들은 모두 사라지고 이제 누님과 저만 남았잖아요. 말씀하세요, 누님!"

허평군이 조용히 부탁을 전하자 하소칠이 경악하며 물었다.

"누님, 진심이세요?"

"그래!"

"알겠어요!"

허평군은 그의 대답을 들은 다음 전각 밖으로 나갔다. 그녀가 가는 방향을 보던 하소칠이 급히 쫓아 나와 물었다.

"마마, 초방전으로 돌아가시지 않고요?"

"소양전으로 가겠어. 모든 건 네게 맡길게."

소양전 밖에 도착한 허평군은 문을 마주한 채 무릎을 꿇었다. 전각 안이 곧 소란스러워졌다. 벌써 잠들었던 곽성군과 유순도 소리를 듣고 깨어났다. 곽성군이 불쾌한 듯 물었다.

"무슨 일이냐?"

시중을 드는 하 유모가 휘장 밖에서 아뢰었다.

"황후 마마께서 문을 마주 보고, 눈 위에 무릎을 꿇고 계십니다."

곽성군이 탄성을 지르며 유순의 품에서 빠져나와 일어나 앉았다.

"어서 옷을 가져와. 본 궁이……."

유순이 그녀를 다시 품에 안으며 말했다.

"잘 시간에는 잡시다. 무릎 꿇고 있는 게 좋으면 그러라고 하시오."

유순의 말에 사람들도 짚이는 데가 있는지 입을 다물고, 당직자는 당직을 서고, 잘 사람들은 자러 갔다. 곽성군은 부드럽게 웃으며 질투 어린 목소리로 말했다.

"폐하께서 나중에 화가 풀리신 후 마음 아파 하실까 봐 걱정이죠!"

유순이 웃으며 그녀의 허리를 끌어안았다.

"짐의 마음이 그대에게 있다는 걸 알면서도 질투를 하는군. '절요무곡' 한 번에 짐은 이미 그대에게 허리를 숙였소!"

곽성군은 눈을 감고 유순의 어깨에 머리를 기댄 뒤 생긋 웃었다.

하지만 무슨 이유 때문인지 마음은 그곳을 떠나 춥고 눈 쌓인 숲, 깎아지른 절벽으로 날아간 것처럼 먹먹했다.

'그가 정말 이렇게 떠나 버렸나?'

유순의 얼굴은 아무렇지도 않은 듯했지만 가슴속에서는 여전히 분노의 불길이 타올랐다. 덕분에 품속의 따뜻하고 향기로운 미인도, 가볍고 예쁜 웃음소리도, 그의 마음을 더욱더 텅 비게 만들 뿐이었다.

크지도 작지도 않은 눈송이가 솔솔 휘날렸다.

소양전 밖 처마 밑에는 등롱이 걸려 있었다. 등롱의 빛이 춤추는 눈송이 위로 쏟아져 어두운 밤 배경 위로 투명한 반짝임을 덧칠했다. 그 빛이 그려 낸 윤곽선이 유리 조각 같아서, 울룩불룩한 처마의 기복을 따라 유리 조각들이 올망졸망하게 허공에 떠 있는 것 같았다.

고개를 들고 멍하니 소양전을 바라보는 허평군의 눈에 저도 모르게 눈물이 솟구쳤다. 아무리 아름다운 광경이라도, 그와 함께 감상하지 않으면 무슨 소용이 있을까?

지난 일들이 띄엄띄엄 머릿속을 스쳤다. 세상이 이렇게 넓은데 남은 평생 갈 곳이 없는 느낌이었다.

구후의 죽음은 오로지 맹각 탓일까? 우연이라고 할 수 없는 일이었는데도 그녀는 단순히 자신의 운명 탓이라고 믿었다. 마음속 깊은 곳에서는 모르는 것도 아니면서, 그 깊은 곳의 어두운 부분을 보지 않으려 했다. 문득 장선인이 점을 봐 주며 했던 말이 떠올랐다.

"천지의 조화에 따라, 먹고 마시는 것까지 모두 전생의 연에 달려 있소."

의미심장한 말인 것 같아 천천히 곱씹어 보니, 순간적으로 세상의 이치에 통달한 것처럼 모든 것을 깨달았다.

깊은 밤이 아니고, 눈이 내리지 않고, 또 이곳에 무릎을 꿇지 않았다면, 이렇게 아름다운 경치를 볼 수 있었을까? 그때 그를 억지로 붙잡지 않았다면, 오늘 눈 위에 무릎 꿇을 일이 있었을까? 지금 받는 고통은 구후를 해친 죄에 비하면 아무것도 아니었다. 무슨 수를 쓰더라도 유병이에게 시집가고자 했던 그때, 그녀는 이미 오늘의 결과를 위한 씨를 심고 있었던 것이다.

인생에서 얻는 것이나 잃는 것이 우연히 일어나는 것 같아도, 사실은 모두 자기 손으로 만든 것이다. 그러니 어제의 일로 자책하기보다는 내일의 결과를 위해 수행하는 것이 낫다.

허평군은 빙그레 웃으며 머리에서 비녀를 뽑았다. 그리고 비녀를 붓 삼아 지금 눈앞에 펼쳐진 '설전야등도雪殿夜燈圖'를 눈 위에 그렸다. 그림을 그리면서, 꿈과 환상 같은 이 풍경에는 어떤 시가 어울릴지 곰곰이 생각했다.

아침이었다.

일어나 조회에 나가면서, 유순은 슬픔에 젖어 그가 마음을 돌리기만을 애원하는 사람을 보게 될 것이라 생각했다. 그러나 뜻밖에도 눈앞의 여자는 담담하고 평온한 모습이었고, 그를 보고도 머리를 깊이 숙이기만 했다. 공손하고 자신을 낮추는 태도였지만, 그는 그녀가 그 어깨에 쌓인 눈처럼 쌀쌀하고 깔끔하게 느껴졌다.

그는 다소 초조한 기분이 들어, 그녀가 계속 무릎을 꿇고 있게 놔두고 미소를 지으며 재빨리 지나갔다.

유순이 떠난 지 얼마 되지 않아 유석이 흑표범 털로 만든 망토를 쓰고 달려와 어머니 앞에 섰다. 눈에는 눈물이 글썽글썽했지만 울지 않으려고 입술을 꽉 깨문 그는 어머니의 머리와 몸에 묻은 눈을 털어 주었다.

"어머니, 춥죠?"

허평군은 미소를 지으며 고개를 저었다.

"고모가 스승님을 찾아 돌아 올까요? 그럴 거예요, 맞죠?"

허평군은 잠시 생각해 본 후 말했다.

"엄마도 '그래'라고 대답해 주고 싶단다. 하지만 네가 아직 어려도 철이 들었으니, 엄마가 달랠 필요는 없을 거야. 엄마도 잘 모르겠어."

유석은 한동안 그녀 앞에 묵묵히 서 있다가 말했다.

"어머니, 그만 갈게요."

"그래."

유석은 통통거리며 소양전으로 달려 들어갔다. 그를 본 곽성군이 곧 사람을 불러 그의 망토를 벗기고, 손난로를 쥐어 주고, 차와 간식을 갖다 주게 했다. 궁녀들은 시중을 드느라 정신

없이 유석의 주위를 맴돌았다.

"전하께서 어떻게 갑자기 시간이 났을까?"

곽성군의 눈동자에 의심의 빛이 어리자 유석이 그녀의 팔을 잡고 흔들며 말했다.

"마마, 마마께선 늘 호에게 잘해 주셨잖아요. 부탁이니 모후를 구해 주세요. 계속 저렇게 무릎을 꿇고 계시다간 병이 나실 거예요."

곽성군은 안도의 웃음을 터트렸다. 그녀가 귤을 까서 유석에게 먹이며 말했다.

"네 부황께서 화가 많이 나셨단다. 화가 가라앉으신 후에 같이 가서 좋은 말로 권해 보자꾸나. 그럼 부황께서도 분명 황후마마를 용서하실 거야."

유석은 한입에 귤을 삼키고는 걱정스레 물었다.

"정말이에요?"

"물론이지!"

그는 안심한 듯 웃음을 지었다. 그가 별 생각 없이 접시에 놓인 떡을 집어 들자, 곽성군이 따뜻한 우유를 따라 주었다.

"천천히 먹어! 아직 아침 식사 안 했지?"

유석이 고개를 끄덕였다.

"일어나자마자 어머니께서 눈 속에 꿇어앉아 계시다는 말을 듣고 바로 달려왔어요."

곽성군이 웃으며 물었다.

"네 모후께서 어쩐 일로 네가 날 만나러 가는 걸 허락하셨지?"

"모후께서는……."

유석이 고개를 숙이며 우물거렸다. 한참 후에야 그가 대답했다.

"제 마음대로 온 거예요. 부황께서 마마를 총애하신다는 걸 저도 알아요. 마마께서 말씀하시면 부황께서도 들어주실 거예요."

곽성군은 그의 모습을 가만히 보다가 문득 한숨을 쉬었다.

"훗날 내 아이도 전하의 반만큼만 효심이 있다면 더 바랄 게 없는데."

유석이 재빨리 말했다.

"그럼요. 동생도 반드시 그럴 거예요."

노인들은 어린아이가 하는 말이 잘 맞아떨어진다고 했기 때문에, 곽성군도 그 말에 기뻐서 웃음을 터트렸다.

"내게 아들이 생길 거라고 생각하니?"

"네!"

유석이 힘껏 고개를 끄덕이자 곽성군이 다시 그의 입에 귤을 넣어 주었다.

"조회가 끝나면 가서 네 모후를 위해 부탁드려 볼게."

유석은 곽성군에게 절을 하며 고맙다고 한 후, 신이 나서 물러났다.

❀

조당에서는 몇몇 대신들이 유순에게 민생 경제 상황을 보고 중이었다. 그러나 유순은 들으면 들을수록 화가 났다.

"곡식 가격이 폭등하다니? 올해는 풍년이 아니었소? 숯 한 근이 백 냥? 그게 숯이오, 금이오?"

한 대신이 덜덜 떨며 고개를 끄덕였다.

"예, 예. 폐하의 말씀이 옳습니다! 장안성의 보통 백성들뿐 아니라 신들조차 함부로 숯을 쓸 수가 없습니다. 숯을 아끼기 위해 신의 집에서는 벌써 작은 주방을 치우고 큰 주방만 쓰고 있습니다."

유순은 화가 난 나머지 꺼지라고 소리치고 싶었지만, 억지로 참고 그를 내보냈다.

"준불의, 말해 보시오. 어떻게 된 일이오?"

"올해는 풍년이었지만 며칠 동안 폭설이 내려 운송이 어려워졌습니다. 때문에 곡식 가격이 오르는 게 맞으나, 이렇게 폭등할 정도는 아닙니다. 신이 관찰해 보니, 곡식과 숯 외에 약재와 비단 가격도 폭등했습니다. 단지 이 두 가지는 당장 체감하기 힘들어 눈에 띄지 않은 것뿐이지요."

유순은 고개를 끄덕였다. 병이 나지 않은 사람이 약값에 관심을 가질 리 없고, 날마다 새 옷을 지어 입는 사람도 없었다.

"이 물건들이 서로 영향을 주어 가격이 계속 오르면, 백성들은 공황 상태가 되어 사재기를 하게 됩니다. 일단 사재기가 시작되면 물건 값은 더 높아질 겁니다. 그리고 결과적으로는 곡식과 숯이 필요 없는 사람의 곳간에는 물건이 가득 쌓이고, 진짜 필요한 사람은 사려 해도 살 수 없는 사태가 벌어집니다.

사천감의 예측에 따르면 올해 겨울은 무척 춥다고 합니다. 곡식과 숯이 부족하면 동사하거나 아사하는 사람들이 나타날 겁니다."

유순은 머리가 깨질 듯이 아팠다.

"방금 한 말은 짐도 알고 있소. 하지 않은 말까지 알 만하오. 동사하고 아사하는 사람들이 늘어나면 백성들은 짐을 무능하다고 원망하겠지. 짐이 알고 싶은 것은, 멀쩡하던 물건값이 어쩌다 폭등했느냐는 거요."

"본래 곡식이 풍족한 상태였으니, 신의 추측으로는 누군가 어부지리를 얻으려고 시장을 조종하는 것 같습니다."

준불의의 말에 대전 안이 웅성거리기 시작했다. 곧 두연년이 반박했다.

"상인들은 이익을 위해 사는 사람들이고, 물건을 풀지 않고 가격을 올리는 일도 처음 있는 일이 아닙니다. 하지만 이번에는 한나라 강토 전역의 곡식값이 뛰고 있습니다. 숯과 약재, 비단까지 말입니다. 어느 상인이 그만한 능력이 있겠습니까?"

전광명도 비웃었다.

"준 대인, 우리도 그 생각을 안 해 본 줄 아시오? 우리도 자세히 살펴보았으나 섣부른 말로 사람들을 놀라게 하지 않기로 한 것이오. 설마하니 한나라의 모든 상인들이 연합하기라도 했단 말이오? 그렇다면 지난날 진시황이 여섯 나라를 통일할 때 군대가 왜 필요했겠소?"

유순이 일갈했다.

"모두 입 다무시오. 준불의, 계속 말해 보시오."

"신도 생각해 보았지만, 모든 상인이 연합할 필요는 없습니다. 사람에게는 군중심리라는 것이 있습니다. 사재기도 그런 것이지요. 사재기를 하는 사람은 꼭 필요한 물건이 아니더라도 남들이 사는 것을 보고 따라 삽니다. 이 심리는 상인들에게도 통합니다. 업계의 대상인 몇 명이 가격을 올리기 시작하면, 눈치 빠른 상인들은 이익을 좇기 위해 자연히 물건을 꼭 쥐고 있다가 기회를 보게 됩니다. 수많은 소상인들도 대상인들이 하는 것을 보고 저절로 따라 하는 것입니다."

"짐이 곡식을 풀어 백성을 구휼하라는 명령을 내리면 곡식 가격이 떨어지겠소?"

"그것은 폐하께서 푸신 구휼미의 양과 그 대상인들의 자금력에 달려 있습니다. 만일 그들이 구휼미까지 모조리 사들이면, 폐하의 정책은 아무런 도움이 되지 않을 뿐 아니라 도리어 잠재된 위험을 일으키게 됩니다."

유순은 고개를 끄덕였다. 준불의가 그가 망설이는 원인을 지적한 것이다. 변방이 불안할 때 곡식과 마초가 부족하면 무척 위험했다. 속수무책인 그의 머릿속에 갑자기 잡다한 일들이 떠올랐다.

한때 그는 사람을 시켜 오랫동안 맹각의 뒤를 밟았다. 정탐꾼은 항상 맹각이 또 거리로 나가 상점을 돌아보았다, 아무것도 사지 않고 가격만 물었다, 파는 사람이나 사는 사람과 이야기를 나누었다고 보고했다. 그는 맹각이 일부러 한적한 척한다고 생각했으나, 바로 이 순간 '상점'과 '가격', '매매'의 중요성을 깨달았다.

'맹각!'

신하들은 별안간 유순의 안색이 시퍼레지고 눈빛이 날카로워지자 깜짝 놀라 바닥에 엎드렸다. 대전 안은 곧 쥐 죽은 듯이 조용해졌다. 모두들 조마조마한 마음으로 숨조차 크게 내쉬지 못하고 있는데, 밖에서 시끄러운 소리가 들려왔다.

"폐하, 폐하! 소인은 꼭 폐하를 뵈어야 합니다!"

환관이 어가를 뵙겠다고 소란을 떨어도, 시위는 끝내 그를 들여보내 주지 않았다. 대로한 유순이 외쳤다.

"끌고 가서 옷을 벗기고 채찍을 때려라!"

시위들이 곧장 부유를 끌고 나갔다. 부유가 발버둥 치며 외쳤다.

"폐하! 태자 전하께서 갑자기 혼절……. 폐하…….."

유순이 벌떡 일어나 몇 발짝 만에 대전에서 달려 나갔다.

"뭐라고?"

부유는 허겁지겁 유순 앞에 무릎을 꿇고 울며 말했다.

"폐하! 태자 전하께서 갑자기 혼절하셨는데, 아무리 불러도 깨어나지 않으십니다…….."

유순은 그의 말이 끝나기도 전에 번개처럼 초방전으로 달려 갔다. 칠희가 재빨리 말했다.

"황급히 이 태의와 오 태의를 불러라!"

태부가 떠난 지 얼마 되지 않았는데 태자가 병이라니? 대전에 있던 대신들은 서로만 바라볼 뿐 한 마디도 하지 못했다. 그들은 숨을 죽이고 고개를 푹 숙인 채 슬금슬금 대전에서 물러났다.

초방전에는 무릎을 꿇은 환관과 궁녀들이 잔뜩 있었다. 유석은 편안히 침대에 누워 있었는데, 얼굴이 검푸르고 작은 주먹을 꼭 쥔 채였다. 유순은 슬픔이 밀려와 매서운 목소리로 물었다.

"어제 저녁부터 오늘까지 누가 태자를 돌보았느냐?"

무리에서 궁녀 두 명과 환관 두 명이 기어 나왔다. 그들은 너무 떨어서 당장이라도 바닥에 쓰러질 것 같았고, 아래윗니가 딱딱 부딪혀 한 마디도 할 수가 없었다.

두 명의 태의가 급히 달려 들어왔다. 유순은 따지지 않고 자리를 비켜 주었다.

태의들은 맥을 짚어 보고, 은침으로 혈을 검사했다. 그러고는 두 사람이 암암리에 눈짓을 주고받았다. 의견 일치가 되자 그중 한 명이 떨리는 목소리로 보고했다.

"드시지 말아야 할 것을 드신 것 같습니다."

막 환관 두 명의 부축을 받고 도착한 허평군은, 아들의 모습을 보고 태의 말을 듣자 몸에서 힘이 풀려 그대로 주저앉고 말았다. 태의 한 명이 급히 황후의 상태를 살폈다.

그러나 유순의 안색은 도리어 정상으로 되돌아왔다. 그가 이상하리만치 차분하게 물었다.

"태자의 병을 치료할 수 있느냐?"

마침 바닥에 꿇어앉아 있던 태의는 황제의 손을 볼 수 있었다. 황제의 두 손은 내내 덜덜 떨리고 있었다. 태의의 몸도 그 손을 따라 부르르 떨렸다.

"최, 최선을 다하겠습니다!"

유순은 미소를 지었다.

"최선을 다하는 것이 좋을 것이다."

태의는 무릎걸음으로 유석에게 다가가 다시 한 번 맥을 짚어 보았다. 그러나 보기 딱할 정도로 손을 덜덜 떨어서 크게 심호흡을 몇 번 해야 했다. 황후를 살피던 태의가 작은 목소리로 말했다.

"장 태의가 진단이 어려운 증상을 잘 파악하는 데 뛰어납니다."

유불릉 재위 시절에도 장 태의는 태의원에서 제일가는 의원이었다. 하지만 유순은 그가 마음에 들지 않았는지 등극한 후로 재차 직급을 낮추었고, 그 바람에 장 태의는 지금 태의원에서 약재를 가는 잡일을 담당하고 있었다.

유순이 즉시 말했다.

"그를 불러라."

얼마 지나지 않아 장 태의가 도착했다. 병세를 살핀 그는 잠시 생각해 본 후 물었다.

"녹두탕이 있소?"

"그럼요! 있습니다!"

한 환관이 다급히 대답했다.

"당장 큰 솥 가득 퍼 와서 태자 전하의 입술을 열고 녹두탕을 흘려 넣으시오. 많을수록 좋소."

제대로 의견을 낼 줄 아는 사람이 생기자 아무 줏대도 없는 사람들은 각자 바빠졌다. 유순은 다소 안심이 되자 도리어 목소리에서 힘이 빠졌다.

"치료할 수 있겠느냐?"

장 태의가 공손히 대답했다.

"다행히 많이 드시지 않았고, 빨리 발견했기 때문에 병세가 악화되지 않았습니다. 우선 녹두탕을 흘려 넣고 약을 먹인 후, 며칠 휴양하면 크게 좋아지실 겁니다."

잔뜩 긴장했던 유순의 몸이 순식간에 느슨해졌다. 그는 힘이 쭉 빠진 것처럼 의자에 기댔으나 그것도 잠시, 다시 벌떡 일어나 칠희에게 분부했다.

"초방전의 모든 사람들과 주방장을 형방에 가두어라. 짐이 친히 심문하겠다."

심문은 하루 종일 이어졌다. 잡힌 사람들은 각자 자백을 하고 큰 형벌을 받았지만, 끝내 아무 의심스러운 점을 발견할 수 없었다. 유순은 냉소를 지었다.

"저들이 다 무고하다면, 설마하니 태자가 제 손으로 독을 먹었단 말이냐?"

칠희가 잔혹한 형벌을 준비하고 있을 때 부유가 갑자기 뭔가를 떠올렸다.

"오늘 아침 태자께서 일어나시자 소인이 식사를 갖다 드렸습니다. 그런데 갑자기 황후 마마께서 소양전 밖에 꿇어앉아 계신다는 소식이 들려, 태자께서 당장 나가시겠다고 고집을 피우셨습니다. 물론 소인은 가시면 안 된다고 말렸지요. 그러자 태자께서는 소인을 다른 곳으로 따돌리셨습니다. 소인이 돌아와 보니 이미 어디로 갔는지 보이지 않으셨습니다. 소인들은 즉시 길을 나누어 태자 전하를 찾았는데, 전하께서 소양전에서 나오시는 게 보였습니다. 손에 귤 조각을 들고 계셨던 것 같습니다……."

그렇게 말하는 부유의 목소리가 점점 낮아지다가 완전히 사라졌다. 유순은 꼼짝도 않고 앉아 있었고, 얼굴만 점점 시퍼레졌다. 얼마 후 그가 물었다.

"너 외에 누가 또 그 일을 알고 있느냐?"

부유는 고개를 저었다.

"소인뿐입니다."

궁녀와 환관들이 모두 잡혀 가는 바람에 초방전은 이상할 정도로 썰렁했다. 허평군은 아들의 단잠을 깨울까 봐 등잔도 하나만 켰다. 희미한 등잔불 아래에서, 그녀는 침대 옆에 앉아 수를 놓으며 아들 곁을 지켰다.

유순은 창밖에 서서 그 모습을 한참 동안 멍하니 바라보았다. 하루 종일 어지럽던 마음이 갑작스레 평온해졌다. 그는 안

으로 들어갔다.

"깨어났소?"

허평군은 곧장 무릎을 꿇고 공손히 말했다.

"아닙니다. 하지만 장 태의가, 독이 사라졌으니 곧 깨어날 거라고 했습니다."

영문을 알 수 없지만, 유순은 갑자기 초조해져 차가운 목소리로 말했다.

"엄마 노릇 참 잘하고 있구려!"

허평군의 안색이 창백해졌다. 그녀가 연신 머리를 조아리며 말했다.

"신첩의 죄는 죽어 마땅합니다."

유순은 혐오감이 치밀어 꾸짖었다.

"나가시오!"

허평군은 허리를 숙인 채 급히 대전 밖으로 나갔다. 유순은 아들 곁에 앉아 그의 얼굴을 살며시 쓰다듬으며 조용히 말했다.

"이 아버지를 놀래어 죽일 셈이니? 깨어나면 가르침을 명심하도록 한바탕 곤장을 때려 줘야겠구나. 다음에 또 아무거나 먹으면 묶어 놓고 때려 주마."

유석이 희미하게 정신을 차렸다. 그는 '묶어 놓고 때려 준다'는 아버지의 말을 듣고 놀라 울음이라도 터트릴 것 같은 얼굴이 되었다.

"부황, 저는……. 저는……. 잘못했어요……."

유순이 아들의 얼굴을 돌려놓으며 물었다.

"멍청한 녀석. 얌전히 아침 식사나 하지 않고 소양전에는 왜 갔니?"

"마마께…… 마마께 모후를 도와 달라고 부탁드렸어요."

"왜 내게 부탁하지 않고 그녀에게 부탁을 했지?"

"그건……. 다들 부황께서 마마를 가장 아끼신다고 해서요."

유순은 기가 차서 웃음이 났다.

"사람들이 하는 말을 다 믿니?"

"하지만…… 부황께서는 선실전에 계시지 않을 때면 소양전에 가시잖아요. 부황께서는 자주 마마가 보고 싶으신 게 분명해요."

유순은 해명하고 싶었지만, 어떻게 말해야 할지 알 수가 없어 결국 쓴웃음을 지었다.

"나중에 언젠가 네가 황제가 되면 알 수도 있겠지. 하지만 그런 고민은 할 필요 없을 게다. 이 아버지가 그런 사람들을 깨끗이 없애 줄 테니까."

유석은 알 듯 말 듯해서 그냥 "네." 하고 대답했다. 유순은 아들을 두고 떠나기가 아쉬워 이것저것 물었다. 공부는 어떤지, 평소 뭘 먹는지, 곁에 부리는 사람은 마음에 드는지, 잘 못해 주는 사람은 누군지 같은 질문에 유석도 자잘하게 대답했다.

어쩌다 장 양인 이야기가 나오자, 유석은 요즘 왜 그녀가 안 보이느냐고 물었다. 장 마마는 활발한 성격인데 최근에는 늘 전각 안에만 있고, 그녀와 사이가 좋았던 공손 마마도 그녀와

같이 놀지 않는 것 같다고 했다. 유순은 의아했다.

"공손 장사와 장 양인이 사이가 좋은 건 어떻게 알았니?"

유석이 웃으며, 어화원에서 있었던 일을 이야기했다. 유순의 얼굴이 점점 어두워졌다.

"곽 첩여가 도착하고 얼마나 지나서 장 양인과 공손 장사가 왔지?"

유석은 생각해 본 후 대답했다.

"조금 후였어요. 소양전 마마와 몇 마디밖에 안 나눴는데 장 마마와 공손 마마가 오셨어요."

"곽 첩여가 네게 간식을 먹으라고 했는데도 왜 안 먹었지?"

"공손 마마께서 배 안에 누이동생이 들어 있다고 하셔서 재미가 나, 공손 마마께서 드시는 것만 보느라 그랬어요. 막 먹으려고 보니 갑자기 스승님께서 나타나셔서 야단을 치시며 저를 데리고 그곳을 피하셨어요. 소양전 마마께서는 스승님께 화가 나신 것 같았어요. 그래서 더 이상 간식을 먹어 보라며 절 붙잡지 않고 보내 주셨어요. 나중에 스승님은 제게 벌로 글 베껴 쓰기를 시키고, 아무거나 먹으면 안 된다고 경고하셨어요. 그리고 군자는 부인네들을 멀리해야 한다며, 마마들을 찾아가 놀지 말고 책을 많이 읽고 부황 곁에서 많이 배워야 한다고 하셨어요."

유순의 눈에 복잡한 감정이 떠올랐다. 얼굴도 점점 어두워졌다. 그러자 유석은 고개를 숙이고 겁에 질린 듯 말했다.

"스승님께서는 무척 엄격하셨어요. 평소에는 보고 싶지 않은데, 스승님이 안 계시면 마음이 불안해요. 무슨 일을 해도 저 대신 뭔가를 결정해 주는 사람이 없어요. 오늘 아침에도 모후 의 그런 모습을 보고 급한 마음에 어쩔 수 없이 소양전 마마께 부탁했는데, 다음에는 안 그러겠어요. 부황, 아직 스승님을 못 찾으셨어요? 사람을 좀 더 보내 찾아봐 주세요, 네?"

유순은 떠나려는 듯이 일어났다.

"푹 쉬어라. 한 이틀 정도는 수업도 쉬고."

"네. 감사합니다, 부황."

유순이 허리를 숙여 유석의 팔을 이불 속으로 넣고, 이불을 잘 덮어 주었다. 그리고 그의 머리를 쓰다듬은 후 돌아섰다.

"아버지……."

갑자기 유석이 그렇게 부르자 유순이 돌아보았다.

"무슨 일이니?"

유석은 멍하니 그를 바라보더니 한참 후에야 말했다.

"아버지, 날이 어둡고 눈 때문에 길도 미끄러우니 조심하세 요."

순간 유순의 눈에 떠올랐던 어둠이 사라졌다. 그가 웃으며 말했다.

"오냐. 이 아버지가 너 같은 줄 아니? 자거라! 내일 또 보러 오마."

문 밖으로 나간 유순이 주변을 둘러보니, 누군가 어둠 속에 웅크리고 있는 것이 보였다. 그가 떠난 후에나 안으로 들어가 려고 기다리고 있는 모양이었다. 그가 차갑게 말했다.

"앞으로는 잘 지켜보시오. 또다시 실수가 있으면 짐이 제일 먼저 당신의 죄를 묻겠소."

그림자가 바닥에 엎드렸다. 그는 소매를 떨치며 밖으로 나갔다.

허평군은 그가 멀리 사라지자 그제야 일어나 문을 단단히 잠근 후 방 안으로 들어갔다. 어머니를 본 유석이 몸을 굴리며 일어나 앉았지만, 힘이 없어 뒤로 쓰러졌다. 허평군이 재빨리 그를 안아 앉혔다.

"함부로 움직이지 마. 이제 막 독이 빠져나갔으니 힘이 없을 거야!"

유석이 그녀의 소매를 잡아끌자 허평군은 신발과 버선을 벗고 침대 위로 올라갔다. 그러자 유석이 어머니의 품에 안기며 소리를 낮춰 물었다.

"부황께서 스승님과 고모를 용서하실까요?"

"그럴 거야. 일시적인 분노로 네 스승님을 죽이려고 했지만, 지금 상황은 곽광이 권력을 놓지 않는 한 네 스승님이 필요한 곳이 아직 많다는 것을 깨우쳐 주었으니까. 그러니 화를 내기보다는 참는 수밖에 없단다."

유석도 마침내 마음을 놓고 중얼거렸다.

"스승님께서도 절 용서해 주시면 좋겠어요."

"왜 그런 말을 하니, 호야? 넌 스승님과 고모를 구하기 위해 용감하게 독약을 먹었어. 소칠 아저씨에게 독약을 구해 오라고 했을 때도 네가 겁이 나서 못 먹을까 봐 걱정이었단다. 네가 이렇게 용감할 줄 몰랐어. 스승님이 네게 고마워하면 했지, 왜 탓하겠니?"

그러자 유석의 눈에 눈물이 고였다.

"부황께선 호랑이를 잡으러 간다고 하셨어요. 그런데…….
그런데 호랑이 사냥이 아니라 흑의인 한 무리가 스승님을 포위해서 공격하는 걸 봤어요. 막았어야 했는데 전 겁이 나서 숨어버렸어요. 스승님께서는 떨어지면서 저를 보셨어요. 너무 슬퍼보였어요. 분명 실망하셨을 거예요. 전 겁쟁이에요. 제 눈으로스승님께서 남들 손에 죽는 것을 보고도……. 밤에 꿈을 꾸면스승님께서 화를 내세요."

허평군이 그를 꼭 안으며 등을 두드려 주었다.

"아냐, 아니야! 네 스승님은 남들의 곤란한 점을 누구보다잘 이해하신단다. 엄마도 예전에 네 스승께 잘못을 했지만,그분은 한 번도 화를 내지 않았어. 그러니 이번에도 네게 화내지 않으실 거야. 넌 겁쟁이가 아니야. 아주 용감해. 우리 호는총명하고, 착하고, 용감해."

그녀는 가볍고 부드러운 목소리로 아들의 마음에 묻은 먼지를 털어 내려고 애썼다. 하지만 슬프게도 결국 그것을 완전히털어 낼 수 없다는 것을 깨달았다. 그는 직접 보고 직접 겪은모든 것을 영원히 마음에 새겨 둘 것이다.

"전 용감하지 않아요. 용감한 사람은 고모예요. 어머니, 대공자를 구해 주면 아버지께서 무척 화를 낼 거라는 걸 고모도알았나요?"

"물론 알았지."

"그런데도 전혀 두려워하지 않고 대공자를 구했잖아요!"

"맞아! 언젠가 엄마나 네가 위험에 처하더라도, 고모는 두려워하지 않고 우리를 구해 줄 거야."

유석의 얼굴에서 이상한 빛이 났다. 마치 폭설에 길을 잃은 사람이 어둠과 추위 속에서 갑자기 불빛을 발견한 것 같았다.

"책에 나온 말이 거짓말은 아니었군요! 어머니, 전 책에 나오는 이야기가 다 거짓말인 줄 알고 하나도 믿지 않았어요. 전 모든 책과 모든 사람들이 싫고 미워요. 인자함이 어떻고, 선량함이 어떻고, 모두 거짓이에요! 무엇보다 우스운 건 인자함과 선량함을 믿지도 않는 자들이 매일매일 제가 그걸 믿기를 바란다는 거예요! 하지만 이제 알았어요. 선현들의 말은 거짓말이 아니에요. 그들은 그것을 찾기 위해 노력했고, 동시에 세상 사람들도 그것을 찾으라고 설득하기 위해 노력했던 거예요."

그 말에 허평군은 간담이 서늘했다. 감정 없는 유석의 표정 아래 실망과 막막함이 가득했기 때문이었다. 평소 보는 것과 책에서 배운 내용이 완전히 달라서 그는 실망 속에서 길을 잃었고, 어린 나이에도 자신이 믿어야 하는 것이 무엇인지, 믿을 수 있는 것이 무엇인지도 알 수 없게 되었다. 허평군은 '믿음'이 없는 인생을 생각조차 할 수가 없었다.

유석은 마음속에 쌓인 실망과 막막함이 사라지자 온몸에서 힘이 탁 풀린 것처럼 피로가 밀려옴을 느꼈다. 그는 눈을 감고 몽롱하게 말했다.

"고모가 위험해지자 어머니는 아무것도 두려워하지 않고 고모를 구하려고 하셨어요. 심지어 부황을 잃는 것도 두려워하지 않으셨어요. 고모도 용감하고, 스승님도 용감하고, 어머니도 용감해요. 그리고 저도 용감해요⋯⋯."

입가에 달콤한 웃음을 떠올리며 그는 스르르 잠이 들었다. 그 모습을 바라보던 허평군은 아들의 이마에 살며시 입을 맞춘 다음 빙그레 웃었다.

'호야, 엄마는 부황을 잃는 걸 두려워하지 않는 게 아니야. 엄마가 좋아하던 사람은 이미 사라졌어. 네가 좀 더 크고 나면 엄마가 알던 병이가 어떤 사람이었는지, 엄마가 얼마나 멍청한 일을 했는지 네게 이야기해 줄게. 그리고 엄마와 병이, 운가, 맹각, 그리고 대공자가 사이좋게 웃으며 지냈던 이야기도 해 줄게. 시간은 이 세상의 많은 것을 바꿔 놓지만, 몇몇 사람과 몇몇 일들은, 네가 믿는 한 영원히 변하지 않는단다⋯⋯.'

❀

유순이 초방전에서 나오자 칠희가 즉시 맞으러 왔다.

"폐하, 선실전으로 돌아가시겠습니까?"

유순은 어두운 눈빛이었지만 얼굴에는 웃음이 떠올랐다.

"소양전으로 가자."

잠시 가던 그가 다시 분부했다.

"성지를 내려 장 양인에게 옥 여의 한 쌍을 하사하고, 내일

밤 어가를 맞을 준비를 하라고 일러라."

"예. 폐하, 가둔 환관과 궁녀들은 어떻게 처리할까요? 초방
전에는 시중들 사람이 필요합니다."

"태의의 진맥 결과를 들은 자들은 모두 죽이고, 나머지는 풀
어 주어라. 부유는……."

칠희는 조심스레 부유의 처결에 귀를 기울였다. 그러면서
초방전 총관 자리를 맡길 만한 환관이 누가 있을지 생각해 보
았지만, 한참을 생각해 봐도 마땅한 후임이 떠오르지 않았다.

"풀어 줘라."

"예."

칠희는 의외였지만 물어볼 용기가 없어 의아함을 마음속 깊
이 억누를 수밖에 없었다. 그는 속으로 앞으로 부유에게 좀 더
잘해야겠다고 생각했다.

궁녀들이 유순에게 인사하는 소리가 들리자, 곽성군은 의아
하면서도 기뻤다.

"폐하께서 어떻게?"

유순이 눈을 찌푸렸다.

"짐이 오는 게 싫소? 그럼 다른 전각에서 쉬겠소. 어가를……."

곽성군이 황급히 그를 붙잡으며 애교 섞인 목소리로 말했다.

"그런 뜻이 아니에요. 태자 전하께서 병이 나셨다기에 안 오
실 줄 알았지요. 신첩도 당연히 폐하께서 매일매일 오시기를
바란답니다."

그렇게 말하는 곽성군의 얼굴이 수줍은 듯 빨갛게 달아올랐다. 유순은 그녀를 품에 안고 부드럽게 웃었다. 곽성군은 그의 표정을 살피며 조심스레 탐문했다.

"폐하께서 초방전의 궁녀와 환관들을 모두 가두셨다고 들었습니다. 혹시 태자 전하의 병이……."

유순이 피곤한 기색으로 한숨을 쉬었다.

"큰 병은 아니오. 짐이 화가 난 것은, 태자를 잘 돌보지 못한 자들 때문이오. 그래서 화난 김에 모두 가두고 몇 명을 죽였는데, 지나고 보니 화가 과했던 것 같아 마음이 조금 불편하오."

곽성군은 속으로 질투가 나기도 하고 마음이 놓이기도 했다.

"폐하께서는 태자 전하를 너무 사랑하세요. 사랑하니 마음이 어지러우신 거지요. 그래 봤자 노예 몇 명에 불과하니, 따끔하게 경고했다 생각하시고 너무 마음 쓰지 마세요."

유순이 웃으며 말했다.

"짐은 아직 저녁 식사를 하지 못했소. 짐이 좋아하는 요리를 만들어 저녁상을 올리라고 하시오."

곁에 있던 궁녀가 황급히 저녁을 준비했다. 물론 유순이 좋아하는 꿩 탕도 빠지지 않았다. 유순은 세상에서 가장 다정한 남편처럼 직접 곽성군에게 반찬을 집어 주고, 탕도 퍼 주었다. 더구나 탕이 뜨거울까 봐 직접 한입 먹어 보기까지 했다. 곽성군도 세상에서 가장 상냥한 아내처럼 그의 손을 씻겨 주고, 요리를 덜어 주고, 행복하게 웃었다.

연꽃 장막 안은 기쁨이 넘쳤지만, 군왕의 봄은 짧았다. 유순

이 날이 밝기도 전에 일어나서 조회에 나갈 준비를 하자 곽성군이 몽롱한 목소리로 물었다.

"몇 시예요?"

어둠 속에서 유순의 목소리가 들려왔다. 이상하게 또렷한 목소리였다.

"더 자시오. 올해는 추위가 빨리 찾아왔소. 눈이 그치지 않으니 많은 사람들이 동사할까 봐 걱정이오. 짐도 미리 준비해서 가능한 한 동사하는 사람을 줄일 수 있는 방법이 있는지 살펴봐야겠소."

재미없는 이야기에 곽성군은 몸을 돌려 다시 잠들었다. 유순은 아무 미련도 없는 것처럼 소양전에서 나왔다. 대전으로 가면서 그가 분부했다.

"준불의와 장안세, 장하, 두연년을 불러라."

그들이 도착하자 유순이 제일 처음 한 말은 이랬다.

"경들에게 대책이 있소?"

모두들 침묵했다. 두연년이 작은 소리로 말했다.

"조회에 나오는 길에 벌써 동사한 사람을 보았습니다. 상황을 보니, 눈이 계속 내리면 이재민들이 속속 장안으로 몰려들 것입니다."

유순은 이를 갈았다.

"맹각!"

사람들은 그가 맹각이 뜻밖의 사고로 죽자 함께 어려움을 나눌 사람이 없다는 의미로 그 이름을 부른 줄 알고, 다 같이 무릎을 꿇었다.

"신들이 무능하여 그렇습니다."

"곽 대인의 병은 좀 나았소? 그에게는 대책이 있소?"

유순의 물음에 준불의가 대답했다.

"어제 저녁에 곽 대인의 상태를 알아보았는데, 아직 자리보전하고 쉬는 중이라 말로는 '조회에 나갈 수 없다'고 했습니다. 신이 이번 일을 꺼내며 대책을 물으니, 폐하께서 젊고 능력이 있으시니 적절한 해결법이 있으실 거라며, 신에게 걱정할 필요 없다고 했습니다."

유순은 눈을 감았다. 한동안 차분히 생각하던 그가 명령을 내렸다.

"관의 곡창 하나를 열어 아침저녁으로 한 번씩 구휼미를 푸시오. 이 일은 두연년 경에게 맡기겠소. 반드시 뜨거운 밥을 한 그릇 가득 주어야 한다는 것을 명심하시오! 누군가 짐을 기만한다는 것이 밝혀지면 경에게 죄를 묻겠소!"

두연년이 힘껏 머리를 조아렸다.

"신, 명을 받들겠습니다!"

장하가 자진해서 나섰다.

"폐하, 신도 두 대인을 돕겠습니다. 보는 눈이 많아지면 어부지리를 노리던 자들이 얻는 기회도 줄어들 것입니다."

유순은 다소 위안이 되어 장하의 요청을 들어주었다. 장하와 두연년은, 한 명은 호방하고 한 명은 꼼꼼해서 큰 효과를 볼 수 있었다.

"장 장군, 오늘부터 장군은 매일 한 번씩 곽 대인을 찾아가시오. 반드시 짐이 그를 걱정하고 그리워하고 있으며, 일찍 건강을 회복해서 조회에 나올 수 있기를 바란다고 전하시오."

장안세는 어쩔 수 없이 무릎을 꿇고 명령을 받았다. 곽광이 조회에 나오지 않은 뒤로 조정의 수많은 관리들이 꿀 먹은 벙어리가 되거나 반대만 외쳐 댔다. 정무에 대한 논의가 종종 말싸움으로 변하고, 하루 종일 논의만 하고 효과적인 제안 하나 내놓지 못하는 일도 허다했다. 정책을 추진하는 일은 말할 것도 없었다. 유순이 아무리 열의가 있어도 집행할 사람이 없으면 아무 소용이 없었다.

장안세와 장하, 두연년이 물러간 후 유순은 준불의에게 분부했다.

"사람들을 데리고 가서 맹 태부와 그의 부인을 찾아보시오. 가능한 한 많이 데려가서, 숨이라도 붙어 있다면 바로 구해 오시오."

일이 어딘지 괴상하게 흘러가는 것 같았지만 준불의는 언제나 황제의 명령에는, 이름 그대로 '의심이 없었다[不疑]'. 그가 공손히 대답했다.

"반드시 전력을 다하겠습니다."

14장
외로운 기러기 삼생의 약속

준불의는 맹각과 운가를 구출하여 저택으로 호송했다.

삼월은 맹각을 보자마자 방성통곡했고, 운가의 발밑에 엎드려 힘껏 머리를 조아렸다. 운가는 서릿발처럼 차가운 표정으로 살짝 옆으로 피했지만, 삼월은 아랑곳하지 않고 눈물을 닦으며 일어났다.

허향란은 맹각 앞에 사람들이 잔뜩 모여 있어 자신이 낄 자리가 없다는 것을 알았다. 맹각 역시 그녀에게는 눈길 한번 주지 않았다. 그녀는 슬프고 억울해서 고개를 숙인 채 말없이 눈물만 흘렸다.

운가가 자리를 피하려는데 하인이 와서 알렸다.

"황후 마마와 태자 전하께서 오셨습니다."

영접을 맡은 사람들은 가마를 맞을 준비를 하러 나가고, 상

관없는 사람들은 황급히 피했다. 얼마 지나지 않아 방이 텅 비고, 침대에 누운 맹각과 입구에 선 운가, 그리고 방 한구석에 서서 손수건으로 눈물을 닦는 허향란만 남았다.

허평군이 유석을 데리고 다급히 들어왔다. 그녀는 운가를 보자마자 와락 끌어안았다.

"결국 무사히 돌아왔구나!"

운가도 그녀를 힘껏 껴안았다.

"언니!"

운가는 홀로 설산雪山으로 뛰어들었고, 황후는 밤새 소양전 앞에 무릎을 꿇었다. 그간의 우여곡절을 말로 하지 않아도, 두 자매는 서로가 지옥 입구까지 갔다 왔다는 사실을 알 수 있었다.

허향란은 입을 살짝 벌리고 바보처럼 사촌 언니와 운가를 바라보았다. 두 사람 사이에는 말하지 않아도 통하는 것 같은 친밀감이 느껴졌다. 순간, 그녀의 머릿속에 단어 하나가 떠올랐다.

'간담상조肝膽相照.'

본래는 호기로운 남자들을 표현하는 단어였지만, 지금 이 순간, 허향란은 사촌 언니와 운가 사이에도 쓸 수 있다는 생각이 들었다.

허평군이 유석을 끌고 와 함께 맹각 앞에 무릎을 꿇었다. 맹각이 황급히 말했다.

"평군, 어서 일어나시오!"

허평군이 꼼짝하지 않자 그는 황급히 운가에게 도움을 청했다. 하지만 운가도 가만히 서 있다가 허평군이 절을 마친 후에야 부축해 일으켰다.

"위험했지만 다행히 이렇게 잘 살아 있어요. 그러니 언니도 너무 죄책감 갖지 말아요. 유순이……."

그녀는 유석을 보며 입을 다물었다. 그러자 허평군이 허향란에게 말했다.

"향란, 태자를 밖으로 데려가서 좀 놀아 줘."

어안이 벙벙해서 보고 있던 허향란은 멍하니 고개를 끄덕이고는, 태자를 데리고 나갔다.

두 사람이 나가자 운가가 말을 이었다.

"유순이 한 일로 언니가 죄책감을 느낄 필요는 없어요."

허평군이 미소를 지었다.

"그 사람 행동 때문에 그러는 게 아니야. 그 자신이 한 일이니 그 결과도 스스로 책임져야지. 난 맹 오라버니가 줄곧 나와 호를 보호해 준 은혜에 감사 인사를 한 거야."

운가는 믿을 수 없다는 눈길로 허평군을 바라보았다. 허평군이 그런 그녀의 머리를 콩 때렸다.

"왜 그래? 나 처음 봐?"

"네, 처음 봐요. 언니 좀 달라졌어요."

허평군이 담담하게 말했다.

"깨달은 것뿐이야."

운가는 기뻐해야 할지 슬퍼해야 할지 알 수가 없었다. 그녀는 늘 병이 오라버니가 허 언니 평생의 '응어리'일 거라고 생각해 왔다. 그리고 언젠가 그 응어리가 화를 가져오리라 생각했지, 이렇게 풀어지리라곤 생각지 못했다.

허평군은 그녀의 마음을 짐작한 듯 경쾌하게 말했다.

"그 사람은 유순이라는 사람이잖아."

운가도 가볍게 말했다.

"맞아요! 유순이죠."

허평군의 시선이 운가의 얼굴 위를 의미심장하게 맴돌더니 맹각에게로 향했다.

"맹 오라버니, 그간 어떻게 지내셨어요?"

그러나 그는 빙그레 웃을 뿐 아무 말도 하지 않았다. 그러자 운가가 불편한 듯이 자리를 비키려고 했다.

"씻고 옷을 좀 갈아입어야겠어요. 언니, 빨리 돌아가야 하는 게 아니라면 맹각과 이야기 좀 하고 있어요! 금방 올게요. 궁으로 돌아가야 하면, 나중에 내가 궁으로 갈게요. 그때 이야기해요."

허평군이 웃으며 알겠다고 했다. 운가가 나가는 것을 지켜보던 그녀의 얼굴에서 천천히 웃음이 사라졌다.

"맹 오라버니, 미안하지만 여전히 호의 스승이 되어 주었으면 해요."

"당신이 출궁할 때 폐하께서 뭐라고 하셨소?"

"아무 말도 없었어요. 그냥 호에게, 저와 같이 가서 스승님께 문안을 드리라고만 하더군요."

맹각이 빙그레 웃으며 말했다.

"걱정 마시오. 내가 태부를 그만두면 뭘 하겠소? 장안을 떠나지 않는 이상 무슨 관직이든 해야지."

허평군은 기뻐서 눈물이 날 지경이었다.

"고마워요! 정말 고마워요!"

"한 가지 부탁이 있소."

"말해 보세요."

"언젠가 적당한 때가 오면 허향란을 내보낼 거요. 그녀가 원한다면 이혼장을 써 줄 수도 있소. 아직 깨끗한 몸이고, 황제의 처제이자 미래 황제의 이모니 훗날 누구에게 시집을 가더라도 좋은 대우를 받을 거요."

허평군은 다소 어리둥절해하며 대답했다.

"좋아요. 내가 향란에게 일러둘게요. 오라버니와 운가의 사이가 다시 좋아진 거예요?"

맹각은 매우 담백한 어조로 말했다.

"그녀의 마음속 응어리는 그렇게 쉽게 풀릴 수 없소. 하지만 나는 벌써 10년 동안 그녀를 기다렸으니, 다시 10년 더 기다린다 해도 상관없소."

허평군은 깜짝 놀라는 한편 슬프기도 하고 기쁘기도 했다. 슬픈 것은 불행한 자신의 사랑 때문이고, 기쁜 것은 운가의 행운 때문이었다.

"오라버니가 한 일들은 모두 어쩔 수 없어서 그랬던 거니, 운가도 차차 용서하게 될 거예요. 아무래도 절벽에서 떨어진 일을 축하해야겠군요?"

맹각이 빙그레 웃었다.

"그래서 이번만큼은 유순을 용서했소. 편안하게 황제 노릇을 계속할 수 있게 말이오."

순간, 뼛속까지 시린 한기가 발바닥에서부터 머리끝까지 훑어가는 것 같아 허평군은 몸서리를 쳤다. 응어리를 풀었다고 생각했는데, 그 모든 것이 이미 꽁꽁 얼어붙은 응어리일 줄이야!

운가가 없었다면 이제부터 맹각은 곽광과 손을 잡았을지도 모른다. 심지어 맹각의 성격상 이미 모든 것을 준비해 놓고 있을 수도 있었다. 곽광이나 다른 누군가의 힘을 빌려 자신의 복수를 대신하게 하고, 양쪽을 모두 패망시킬 수도 있었다!

허평군은 손발이 얼음처럼 차가워지는 것 같아서 더 이상 앉아 있을 수가 없었다. 그녀는 서둘러 일어났다.

"맹 오라버니, 이…… 이만 돌아갈게요."

맹각은 굳이 붙잡지 않고 고개를 끄덕였다.

맹각은 중상을 입어 움직이기가 불편했기 때문에 당연히 조회에는 나갈 수 없었다. 거기다 '병중이라 정신이 오락가락한다'는 핑계로 손님을 만나는 것까지 거절했다. 덕분에 저택에 크고 작은 행사가 훨씬 줄어 하인들도 한가로워졌다. 맹각은 요양을 하고, 저택의 하인들은 잡담이나 나누며 시간을 때웠다.

그들이 나누는 잡담은 이런 것들이었다.

큰 부인이 시집온 후로 공자는 한 번도 그녀에게 잘해 주지 않았다. 다른 사람과 이야기를 나눌 때는 미소를 짓고 예의를 갖추었지만, 큰 부인과 이야기를 나눌 때는 늘 차가운 얼굴이 었다. 그런데 공자가 구출되어 돌아왔을 때부터 큰 부인에 대한 태도가 싹 변했다. 아직 바퀴의자를 타야 움직일 수 있는데 도 매일처럼 죽헌을 찾았다.

공자가 방문한 첫날, 큰 부인은 삼칠삼三七蔘의 뿌리가 얼지 않도록 가지를 치고 새싹을 싸매는 중이었다. 그녀는 공자를 보고도 눈길 한번 주지 않고 고개를 숙인 채 일만 했다. 공자는 한쪽 옆에서 반나절 동안 멍하니 그 모습을 보고만 있다가, 식사 시간이 되어서야 떠났다.

둘째 날, 큰 부인은 황련에 흙갈이를 하고 비료를 주었다. 그러나 여전히 공자를 모르는 척했고, 공자는 여전히 한쪽 옆에서 멍하니 보고만 있었다.

셋째 날, 큰 부인은 사인砂仁에 흙갈이를 하고 비료를 주었다. 물론 공자는 신경도 쓰지 않았고, 공자는 역시 한쪽 옆에서 큰 부인을 멍하니 보기만 했다.

큰 부인은 연달아 열흘 동안 약초를 키우느라 바빴고, 공자는 열흘 동안 옆에서 보기만 했다. 두 사람은 이야기도 나누지 않았고, 눈길 한번 마주치지도 않았다.

약초를 키우는 일이 끝나고도 큰 부인은 여전히 하루 종일 바빴다. 책을 읽기도 하고, 약재를 갈아 약을 만들기도 하고, 의원을 청해 의술을 배우고 느낀 것을 토론하기도 했다.

공자는 그래도 매일 큰 부인을 찾아갔고, 가서는 아무 말도 하지 않고 옆에서 보기만 했다. 큰 부인이 나무를 가꾸면 나무를 보고, 큰 부인이 책을 읽으면 역시 책을 가져와 읽고, 큰 부인이 약재를 갈면 옆에서 약재를 골라 주었다. 큰 부인이 본체만체해도 끈질기게 약재를 골라 주었다.

큰 부인이 의원과 토론을 할 때면 공자는 옆에서 그것을 들었다. 가끔 큰 부인과 의원이 어떤 병에 대해 자기 의견만 고집하면, 공자도 말을 하고 싶은 눈치였다. 하지만 계속 입을 다물고 조용히 큰 부인만 바라보면서, 가끔 웃기도 하고 눈을 찡그리기도 했다.

하인들은 공자의 약한 태도에 놀라움을 금할 수 없었다. 그러다 보니 잡담의 열기는 뜨겁게 치솟았다. 최소한 숯불보다는 뜨거웠다.

하지만 늘 똑같은 이야기만 반복되자 아무리 뜨거운 열기도 식어 갔다. 잡담이 시들해지자 하인들은 내기를 시작했다. 큰 부인과 공자가 언제쯤 서로 말을 하느냐에 대한 내기였다.

시간은 빠르게 흘러 어느새 새해가 되었다.

봄추위에 날은 아직 쌀쌀했지만, 담장 너머와 처마 밑의 개나리는 엄동설한도 두렵지 않은지 연이어 샛노란 꽃을 틔웠다.

맹각 저택의 하인들은 서로 만나면, 늘 두 손을 소매 속에 찔러 넣고 하품을 하며 물었다.

"아직도 말 안 하셨어?"

그러면 누군가가 생기 없는 눈빛으로 고개를 저었다.

"아직이야."

"돈."

또 한 사람이 느릿느릿 손을 내밀면 다른 한 사람은 기운 없이 돈을 꺼냈다.

맹각의 몸도 완전히 회복되었다. 하지만 그는 여전히 매일같이 운가를 찾아갔다. 운가가 모르는 척하면 한동안 같이 있고, 운가가 눈을 찌푸리면 잠시만 같이 있다가 다음날 다시 찾아갔다. 눈이 오든 바람이 불든, 날씨가 흐리든 맑든 하루도 빠짐이 없었다.

죽헌의 하녀들도 처음에는 무척 불편해했다. 아무래도 공자가 보는 앞에서는 일을 할 때나 말을 할 때나 훨씬 조심스러웠기 때문이다. 하지만 그런 날이 계속되자 운가의 영향을 받아, 맹각을 숨만 쉰다 뿐이지 화분이나 병풍과 전혀 다를 바 없이 대했다.

몇 달 바삐 지낸 덕에 어렵사리 새로 배합한 알약이 만들어지자, 운가는 신이 나서 맛을 보았다. 하지만 입에 넣기 무섭게 얼굴을 찡그리며 알약을 화로에 던져 넣었다. 그녀는 울상을 짓고 앉아 있다가 다시 정신을 차리고 새롭게 배합을 시작했다.

그녀는 약재를 살짝 맛본 후 집어 넣으려다가 급히 다시 빼냈다. 그리고 넣을지 말지 결정을 내리지 못하고 망설이며 잔뜩 눈을 찌푸린 채 생각에 잠겼다.

맹각이 옆으로 다가와도 그녀는 여전히 생각에 잠겨 눈치채지 못했다. 갑자기 기다란 손이 눈앞에 나타나 약상자들 안을 빠르게 훑고 지나갔다. 아무렇게나 움직이는 것 같지만 집어든 약재의 분량은 한 치도 틀림이 없었다. 순식간에 약사발 안에는 잘 배합된 약이 쌓였다.

운가는 약사발을 노려보며 화난 듯 차갑게 말했다.

"당신이 뭔가를 해 줄 때는 한 번도 공짜가 없었죠. 이번엔 뭘 원하는 거죠? 하지만 난 도와 달라고 한 것도 아니고, 당신에게 줄 것도 없어요."

맹각의 미소가 씁쓸했다. 하지만 자초한 일이라며 탄식하는 수밖에 없었다.

"이번에는 공짜로 주겠소."

운가는 더욱 화를 내며 약사발을 냅다 엎어 버렸다.

"내 손으로 할 수 있어요."

맹각은 소리 없이 한숨을 쉬고 그녀의 맞은편에 앉았다. 그리고 쏟아진 약재를 약사발에 모아 담으며 말했다.

"내 질문에 대답하는 걸로 값을 대신합시다."

운가는 말없이 그를 노려보았다.

"이 약을 누구에게 쓸 거요?"

운가의 눈동자에 도발의 빛이 떠올랐다.

"곽성군에게요. 벌써 녹용산계탕鹿茸山雞湯을 오랫동안 마셨어요. 이상한 냄새를 제거하지 않으면 언젠가는 의심하게 될 거예요."

맹각이 붓을 들더니 처방전을 써서 운가에게 내밀었다.

"이걸 유순에게 직접 전하시오."

운가는 망설이다가 처방전을 받았다.

"사실 약에 이상한 냄새가 있든 없든 중요하지 않소. 이 약을 3년 넘게 복용하면 평생 임신을 할 수 없게 될 거요. 혹시 내가 처음 만들어 준 약을 곽성군에게 먹였다면, 기간이 거의 다 되었소."

처방전을 쥔 운가의 손이 떨리기 시작했고, 얼굴에서는 핏기가 사라졌다. 그녀는 처방전을 놓치지 않으려고 입술을 꽉 깨물었다.

"복수를 하니 즐겁소? 곽성군이 평생 아이를 가질 수 없다는 사실이 당신의 고통을 조금이라도 덜어 주오?"

운가는 대답할 수가 없었다. 손이 계속 떨렸다. 갑자기 맹각이 그녀의 손을 잡으며 말했다.

"운가, 우리 이곳을 떠납시다. 당신의 마음은 이런 것을 연구하기 위해 있는 것이 아니오. 요리책을 구해서 요리를 해요. 이제 나도 맛을……."

운가가 그의 손을 힘껏 뿌리치며 몇 걸음이나 뒤로 물러났다. 그녀는 창백해진 얼굴로 가시처럼 날카롭게 말했다.

"요리는 이제 관뒀어요!"

지음知音인 종자기가 세상을 떠나자 백아는 금을 부수고 다시는 연주를 하지 않았다. 유불릉이 세상을 떠나자 운가는 다시는 주방에 들어가지 않았고, 주머니 속의 조미료도 일반적으로 쓰는 향료로 바뀌었다.

맹각은 황련이라도 먹은 듯 입이 썼다. 그녀가 날마다 그를 위해 요리해 주었을 때는 그것을 소중하다고 생각해 본 적이 없었다. 그녀가 그를 위해 온갖 것을 맛보며 그에게 미각을 찾아 주려 했을 때도 그는 진정으로 그녀의 요리를 맛보고 싶다고 바라지 않았다.

하지만 마침내 그가 그녀의 요리를 맛볼 수 있게 되고, 그 맛을 보기 위해서는 천하를 바치는 것도, 천금을 내놓는 것도 아깝지 않다고 여기게 되었을 때, 그녀는 더 이상 요리를 하지 않았다.

"돌아가요! 여기서 시간 낭비하지 말아요."

운가가 평정을 되찾고 차갑게 말하자 맹각은 일어나서 문으로 향했다. 그러나 문을 나설 때 그가 돌아보며 말했다.

"내일 다시 오겠소."

그리고 운가의 냉랭한 거절의 말을 기다리지 않고 빠른 걸음으로 그곳을 떠났다.

운가는 처방전을 쥔 채 멍하니 서 있었다. 귓가에 계속 맹각의 말이 맴돌았다.

"평생 임신을 할 수 없소."

기뻐해야 마땅했다. 이것이야말로 바라던 것이 아닌가? 곽성군이 한 짓들은 벌을 받아 마땅했다!

하지만 그녀는 조금도 홀가분하거나 기쁘지 않았다. 오히려 기분이 가라앉고 마음이 무척 무겁게 느껴졌다. 그 무게에 피곤해 견딜 수가 없었다.

한참 후 그녀는 붓을 들고, 맹각이 쓴 처방전 밑에 한 줄을 덧붙였다.

"이 처방은 신중하게 써야 한다. 오래 복용하면 평생 임신을 하지 못하게 될 수 있다."

그런 다음 처방전을 대나무 통에 넣고 봉랍으로 밀봉한 후, 우안에게 주었다.

"어떻게든 칠희에게 전해서 황제에게 전달하라고 하세요."

"예."

우안이 돌아서서 나가자 운가는 방 안 가득한 약재를 바라보고, 솔솔 풍기는 약 냄새를 맡았다. 자신이 혐오스러웠다. 누군가를 해치기 위해 이렇게 애를 쓰다니!

그녀는 갑자기 큰 소리로 사람을 불렀다. 하녀 몇 명이 총총히 들어와 분부를 기다렸다.

"약재를 모두 가져가."

한 하녀가 조심스레 물었다.

"부인, 약재를 보관할 장소를 구하라는 말씀이신가요?"

"마음대로 해. 버리든지 보관하든지 상관없어. 어쨌든 다시는 이곳에 들이지 마. 그리고 화단의 약초들도 모두 다른 곳으로 옮겨."

"예."

하녀들은 재빨리 움직였다. 얼마 지나지 않아 방 안에 있던 약초들이 모두 사라졌다. 영리한 하녀 하나가 향을 피워 약초 냄새를 지웠다.

창가에 멍하니 앉아 있던 운가는 향을 맡자 정신이 몽롱해져, 순간적으로 자기가 어디에 있는지 분간이 가지 않았다. 그녀는 입가에 미소를 떠올리며 그의 말투를 흉내 냈다.

"이 향은 엷어서 상감을 한 박산향로에 피우면 안 돼. 도금을 한 은훈구銀熏球에 넣어 소매로 덮어야지."

하녀가 황급히 향로를 바꿀 준비를 했다.

"황궁에서 하사하신 것이라 한 번도 쓰지 않은 향이에요. 제가 사용법을 잘 몰라서 함부로 써 버렸습니다."

정신을 차린 운가는 우울한 표정으로 말했다.

"됐어. 모두 나가 봐!"

하녀들은 재빨리 방에서 나갔다. 운가는 향기를 맡으며 눈을 감았다. 황홀한 가운데 방 안에 한 사람이 더 있는 것 같았다. 그는 조용히 미소를 지으며 그녀를 응시하고 있었다.

마음속에 누군가를 품고 있다면 어디로 가든 그가 항상 곁에 있는 것 같았다. 한때 맡았던 향을 맡자, 코끝에서는 그의 소맷자락의 향이 느껴지는 것 같고, 낯익은 경치를 보면 그가 했던 말이 떠올랐다. 저녁에 바람이 창문을 두드리면 그가 정무를 보다가 늦게 돌아오는 것 같고, 꽃이 지는 소리를 들으면 그의 탄식 소리 같았다…….

소소한 기억들이 시시각각으로 착각을 불러일으켰다. 그가 아직 손 닿을 거리에 있는 것 같은데, 무심코 눈을 뜨면 언제나 아무것도 없었다.

'그러니 내가 눈을 뜨지 않으면 당신은 여전히 이곳에서 나와 함께 있어 줄 거예요. 그렇죠?'

자욱한 향기 속에서 운가는 창문에 기대 눈을 감고 움직이지 않았다. 그리고 천천히 진짜인 듯 아닌 듯 잠이 들었다.

사방에 하얀 안개가 잔뜩 끼어 아무것도 제대로 보이지 않았다. 그녀는 혼자 안개 속에 서 있었다. 앞으로 달려가고 싶었지만 어쩐지 앞에 절벽이 있어서 한 걸음만 잘못 내딛어도 떨어질 것 같았다. 하지만 뒤로 물러나자니 슬며시 두려웠다. 짙은 안개 속에 무언가가 숨어 있는 것 같았다. 그녀는 두렵고 당황해서 크게 비명을 지르려고 했다. 하지만 아무리 해도 소리가 나오지 않았다. 주위의 안개는 점점 짙어져 그녀를 집어삼킬 것 같았다.

갑자기 통소 소리가 들려왔다. 무척이나 익숙한 곡이어서 두려움과 당황함이 싹 가셨다. 그녀는 통소 소리가 나는 곳으로 달려갔다. 안개가 점점 옅어지고, 반딧불이 하나, 둘, 셋, 안개 속에서 명멸했다. 마치 그녀를 위해 길을 비춰 주는 것 같았다.

마침내 그녀는 그를 보았다. 피어오르는 하얀 안개 속에서 그는 소박한 옷차림을 한 채 퉁소를 불고 있었다. 수많은 반딧불들이 그의 주변에서 반짝여 그의 모습이 가물가물했다. 마치 눈앞에 있으면서도 아득히 먼 곳에 있는 것 같았다.

그와 이렇게 가깝게 있는 것은 이번이 처음이었다. 운가는 기쁘면서도 슬퍼서, 좀 더 다가가고 싶은 마음이 굴뚝같지만 걸음을 옮길 용기가 나지 않았다. 그래서 그저 미련스럽게 그를 바라보기만 했다.

한 곡이 끝나기도 전에 그가 고개를 들어 말없이 그녀를 바라보았다.

'당신 눈빛이 왜 그렇게 슬프죠? 왜 그래요?'

그녀는 계속해서 물었지만 그는 말없이, 슬픈 눈길로 그녀를 바라볼 뿐이었다.

'룽 오빠, 오빠도 나를 나쁘다고 생각하는 거예요? 하지만 곽성군은 우리 아이를 죽였다고요! 난 잘못한 게 없어요! 내 잘못이 아니에요! 그런데 왜 계속 그런 눈으로 날 봐요? 왜요?'

"아가씨!"

"가지 마요! 룽 오빠! 가지 말아요!"

운가가 슬피 외쳤다. 하지만 그의 모습은 빠르게 멀어지더니 사라졌다. 그녀의 마음속에 남은 수많은 부름은 모두 공허함으로 바뀌었다.

그녀는 눈을 뜨지도 않고 무척 피곤한 목소리로 물었다.

"무슨 일이야?"

"집에 와서 가족들을 만나 보라고 나리께서 사람을 보내셨어요. 가족 연회가 있으니 아가씨도 함께하시면 좋으시겠대요."

하녀의 목소리가 떨려 나왔다. 운가의 슬픈 외침 소리에 놀란 모양이었다.

"알았어."

하녀는 할 수 없이 다시 물었다.

"제가 짐을 쌀까요?"

운가는 전혀 움직일 생각이 없는 듯, 여전히 멍하니 눈을 감고 앉아만 있었다. 하녀가 작은 목소리로 말했다.

"아가씨, 공자께서도 허락하셨어요. 가실 거면 마차는 언제든지 출발할 수 있어요."

문득 운가가 물었다.

"만약에 말이야, 평소에는 널 따뜻한 눈길로 보면서 즐거워하던 사람이 어느 날 갑자기 슬픔 가득한 눈빛으로 바라보면 무엇 때문일까?"

하녀는 곰곰이 생각해 보더니 머뭇거리며 대답했다.

"아마 제가 뭘 잘못해서 그 사람을 언짢게 했나 보죠."

운가가 중얼거렸다.

"난 잘못한 거 없어! 그 사람도 알 거야."

그때 갑자기 다른 목소리가 들려왔다.

"어쩌면 당신 마음이 슬프기 때문에 그가 슬퍼하는 것일지도 모르오. 당신 마음이 괴롭기 때문에 그가 괴로운 것이고, 당신이 속으로는 스스로 잘못했다고 생각하기 때문에 그도 당신이 잘못했다고 생각하는 거요."

운가가 번쩍 눈을 떴다. 맹각이 창밖에 서서 무표정한 얼굴로 그녀를 바라보고 있었다. 곽광의 일 때문에 하녀와 함께 왔다가 방 밖에서 말없이 서 있었던 모양이다.

그는 입술을 꼭 다물고 있었다. 마치 전혀 관심이 없는 것 같지만, 그녀를 바라보는 새까만 두 눈동자에는 무한한 슬픔이 담겨 있었다. 그 눈빛이 방금 본 릉 오빠의 눈빛과 똑같아서 운가는 가슴이 떨렸다.

그녀는 벌떡 일어나 아무렇게나 바람막이를 하나 걸치고 밖으로 나갔다. 하녀가 황급히 그녀를 뒤따라 나와 조심스럽게 문 밖으로 안내했다.

곽부에 도착하자 뜻밖에도 곽광이 직접 밖으로 나와 그녀를 맞았다.

곽광의 후대에도 운가는 무덤덤하게 문안 인사를 했다. 예의를 갖추면서도 쌀쌀하고 멀게 느껴지는 태도였다. 옆에 있던 하녀는 무척 난처해했지만, 곽광은 아무렇지도 않은 듯 웃었다.

운가가 참석하자 연회장 분위기는 순식간에 싸늘하게 가라앉았다. 곽광이 웃으며 곽우에게 가족의 연장자들에게 술을 올리라고 명했다. 사람들은 곧 눈치껏 웃으며 떠들기 시작했고, 민망함은 술상 아래로 감추었다.

곽광은 운가가 짐을 가져오지 않은 것을 보자 곧 떠날 생각임을 눈치챘다. 그는 핑계를 대고 운가를 데리고 연회장을 나와 천천히 서재로 향했다. 걷는 동안 그는 주변의 경치를 하나씩 설명했다.

"오른쪽에 있는 집이 보이느냐? 예전에는 주인의 거처였지. 네 아버지와 어머니가 바로 저곳에서 사셨다. 그리고 저쪽 초지는 예전에는 축국장이었다. 네 아버지는 축국을 좋아하셔서, 종종 사람들을 부중에 불러 모아 축국을 하셨지. 보잘것없는 장소라고 얕보면 안 된다. 지난날 풍류를 아는 사람들은 모두 여기서 놀았으니까. 번왕이나 장군, 제후, 그리고 위 태자 전하도 몇 번이나 오셨지. 하지만 네 아버지는 상대가 왕이든 제후든 절대 봐주지 않았다. 상대방은 늘 네 아버지에게 혼비백산할 정도로 혼쭐이 났지."

곽광의 눈앞에 옛일들이 하나하나 떠올랐다. 목소리도 점차 젊은 시절처럼 거칠고 시원시원해지고, 미간에도 들뜬 표정이 어렸다.

쌀쌀하던 운가의 태도도 옅어졌다. 그녀는 곽광이 가리키는 곳을 자세히 살펴보았다. 마치 시간을 뚫고 지난날의 호방하고 걸출한 사람들의 모습이 보이는 듯했다.

"이 서재는 네 아버지가 정무를 보던 곳이다. 구조는 크게 변하지 않고 물건들만 바뀌었지. 예전에는 저쪽에 커다란 모래판이 있었단다. 네 아버지는 늘 그 모래판 위에서 네 어머니와 전투를 했지. 돈까지 걸고 말이다. 하지만 누가 이겼는지 나는 늘 알 수가 없었단다. 네 아버지가 저택을 모두 날렸던 것 같기도 하구나."

"전투라고요? 어머니와요?"

곽광이 웃으며 말했다.

"아무렴! 네 아버지는 무슨 일을 하든 네 어머니를 빼놓지 않았단다. 장군들과 출병을 논하는 곳에도 네 어머니는 마음대로 출입할 수 있었다. 이 서재에는 네 어머니 전용 방도 있었지. 지금은 책을 보관하는 용도로 쓰고 있다."

운가는 갑자기 이 서재가 무척 친근하게 느껴졌다. 서재 안에 세워진 기둥을 만져 보니, 마치 아버지와 어머니의 웃음소리가 들리는 것 같았다.

그녀도 저도 모르게 입술을 말며 미소를 지었다. 내내 몸을 짓누르던 피로가 사라지고, 마음속에서 희미하게 어떤 생각이 떠올랐다.

'장안을 떠나야 해! 분명 룽 오빠는 진작 떠나고 싶었을 거야!'

일단 떠오르자, 이런 생각은 점점 선명해져 머릿속을 맴돌았다. 운가는 벽에 살짝 손을 대며 생각했다.

'내일 떠나자!'

곽광이 미소를 지으며 그녀를 바라보았다. 그의 눈빛은 고요했다.

"형님의 일생은 다른 사람의 몇 생과 비슷했다. 조정에서는 최고의 공훈과 업적을 세워 청사靑史에 이름을 드리우고, 강호에서는 천지를 종횡하며 창생을 비웃었지. 삶과 죽음을 함께할

아내를 얻고, 또 요와 너 같은 자녀를 얻었으니, 아마 형님은 평생 여한이 없을 게다!"

운가는 반백이 된 그의 머리칼과 수염, 그리고 황량한 미소를 바라보았다. 처음으로 그가 늙었다는 생각이 들었다. 실제 나이보다 열 살은 더 들어 보였고, 어깨에 짊어진 피로에 지쳐 당장이라도 쓰러질 것 같았다. 속으로는 혐오하면서도 운가의 입에서는 저도 모르게 말이 나왔다.

"숙부님의 일생도 파란만장해요. 4대…… 아니 3대의 황제를 보좌하고, 몇 번이나 기울어져 가는 조정을 바로잡으셨죠. 위기에 처한 한나라를 오늘날처럼 편안하고 안전하게 만드셨으니, 숙부님께서도 청사에 이름을 드리우실 거예요."

곽광은 운가를 자리에 앉히고 친히 차를 따라 주었다. 운가는 담담하게 고맙다고 인사했다.

"나는 형님이 청사에 이름을 남기는 것에는 관심이 없으셨다고 생각한다. 그냥 하고 싶은 일을 하신 것뿐이야. 다른 사람들의 평가는 상관없었지. 하지만 나는 형님과는 다르다. 나는 세상 사람들이 나를 어떻게 평가하는지에 대해 무척 관심이 많다. 확실히 나는 청사에 이름을 남기기를 바라지만, 내가 가장 관심을 갖는 것은 그 일이 아니야. 모두들 곽광은 권력에 가장 관심이 있다고 생각하지만, 사실 그것도 아니다."

운가는 의아했다.

"그럼 뭐죠?"

"나는 변경에서 전쟁이 없어지기를 바란다! 변방 이민족들을 한나라에게 굴복하게 만드는 거지! 더 이상은 한나라의 안전과 평화를 여자의 피눈물과 바꾸어선 안 돼! 그게 바로 내가 가장 바라는 일이다!"

곽광은 냉소를 터트리며 낭랑하게 말했다.

"권력에 무슨 재미가 있느냐? 그것은 단지 그 모든 것을 이루기 위한 과정일 뿐이야! 권력 없이는 하고 싶은 일을 할 수가 없다! 든든한 권력이 있어야만 규칙에 얽매이지 않고 인재를 쓸 수 있고, 노역을 줄이고 세금을 경감할 수 있고, 밭이 황무지가 되지 않게 할 수 있다. 권력이 있어야만 나라를 평안하게 하여 재물을 쌓을 수 있고, 권력이 있어야만 병기를 수리하고 화살을 날카롭게 할 수 있다. 권력이 있어야만 언젠가 철기 1만 필을 이끌고 흉노와 강족에게 쳐들어갈 수 있다!"

곽광은 장포를 입고 책상 앞에 앉아 있었지만, 이렇게 말할 때는 마치 갑옷을 입고 말 위에 앉아 있는 것 같았다. 날카로운 검을 뽑아 천랑성을 가리키며, 격앙된 말발굽 소리와 함께 오랑캐의 땅으로 쳐들어가는 것만 같았다.

하지만 일순간, 그는 깨달았다. 아무리 천하를 뒤흔드는 권력을 쥐고 있어도, 아무리 열심히 나라를 다스려도 그는 여전히 신하였다. 날카로운 검으로 적을 죽이라고 명령하고, 철기를 타고 내달리는 사람은 결코 그가 아니었다! 예전에도 그랬고, 지금도 그렇고, 나중에도 그럴 것이다!

그의 눈동자에 떠올랐던 웅심과 포부는 점차 어찌할 수 없는 슬픔으로 바뀌었다. 그는 조소하며 말했다.

"'장군이 평화를 결정할 수 있다면, 미인이 변경에서 고생할 이유가 무엇인가?' 대 한나라의 남아들은 마땅히 부끄러워 고개를 들지 못해야 한다!"

비로소 운가는 그가 오손으로 보낸 군사들이 패했다는 소식에 왜 그렇게 놀랐는지, 왜 중병에 걸려 수개월 동안 자리보전을 했는지 알게 되었다. 꾀병으로 유순을 따끔하게 혼내 주려던 것도 아니고, 정무를 집행하는 것은 여전히 자신이라는 것을 유순에게 알려 주려던 것도 아니었다. 유순의 독단적인 결정에 정말로 화가 나서 쓰러진 것이었다.

평생 근신하며 신중하게 살아온 그의 바람이 하루아침에 유순이라는 사람 손에 망가졌으니, 그 상처와 고통은 다른 사람으로서는 상상할 수도 없을 정도였던 것이다.

이 순간, 운가는 이 사람이 진짜 자신의 숙부라는 느낌이 들기 시작했다. 그의 몸에도 아버지와 닮은 피가 흐르고 있는 것이다.

추태를 보였다는 생각이 들자, 곽광은 눈동자에 드러냈던 감정을 추스르고, 다시 침착하고 만반의 준비를 갖춘 권신의 모습으로 돌아왔다.

"근 30년 동안 아무에게도 하지 않았던 이야기인데, 어쩌다 갑자기…… 부끄럽구나!"

운가는 그의 잔에 든 식은 차를 버리고, 다시 뜨거운 차를 따라 두 손으로 바쳤다.

"숙부님은 건강하시고 대권도 쥐고 계시니, 아직 바람을 이루실 시간은 많아요. 비록 폐하께서는 고집이 조금 세지만, 사리를 모르는 군주는 아니에요. 제가 보기에 폐하는 무제를 미워하면서도 존경하고 계시니, 아마도 속으로는 무제가 이루지 못한 소원, 변경의 안정과 이민족의 복속이라는 소원을 이루고 싶어 하실 거예요. 한편으로는 자신의 포부이기 때문이기도 하고, 또 한편으로는 구천에 계신 무제의 한을 풀어 드리기 위해서기도 해요. 군신이 마음을 합하면 숙부님의 바람은 분명 이뤄질 거예요."

곽광은 뜨거운 차를 받아 마시려다 말고 서둘러 물었다.

"정말이냐? 폐하께서 평소 보이시는 모습과는 다르구나. 그분은 늘 서역과 흉노에는 관심이 없으셨다. 관리들이 청렴하고 백성들이 편안해지면 그만이라고 생각하시는 것 같더구나. 문제와 경제께서는 매년 흉노에게 신하를 칭하며 공물과 공주를 보내셨지만, 일반 백성들의 삶은 무제 때보다 훨씬 나았지. 나는 폐하께서 문제와 경제를 본받으시려 한다고 생각했다."

운가가 대답했다.

"숙부님은 다른 일에는 밝으시지만, 이 일에는 너무 신경을 쓰시다 보니 오히려 잘못 보셨어요. 폐하께서는 숙부님께서 변경에 관심이 많다는 것을 간파했기 때문에 아닌 척하고 계신 거예요. 숙부님께서 싸우자고 하실수록 겉으로는 싸우지 말자고 하시면서, 숙부님의 관심을 이용해 다른 일을 양보하도록 만들려는 거죠."

곽광은 얼이 빠진 듯 유불릉이 붕어한 후로 일어났던 모든 일들을 하나씩 떠올려 보았다. 잠시 후 그가 원망스럽게 탄식했다.

"이 곽광은 반평생 사람의 욕망을 이용하여 그들을 움직여 왔다. 그런데 결국 나도 어린아이의 손에 놀아날 줄이야."

운가가 대답하려는데, 밖에서 하인의 외침 소리가 들려왔다.

"마마, 마마, 안 됩니다……."

쾅 소리와 함께 문이 열렸다. 곽성군이 시퍼레진 얼굴로 들어와 운가에게 손가락질을 했다.

"썩 꺼져! 곽씨 집안에 네가 앉을 자리는 없어. 네 아버지가 떠날 때 우리 아버지 생각이나 했어? 자기 자신은 자유롭게 떠나면 그뿐이지만, 우리 아버지는 어땠겠어? 홀로 쓸쓸히 장안에 남으셔야 했어. 네 아버지가 장안에 얼마나 많은 적을 만들었는지나……."

"닥쳐라!"

곽광이 그녀의 말을 끊었다. 차가운 시선이 서재 밖에 서 있는 하인들을 훑고 지나가자, 하인들은 쏜살같이 멀리 내뺐다.

"운가야, 먼저 연회장에 가 있거라. 숙부가 일처리를 끝낸 후에 사과하마."

그러자 운가는 아무렇지도 않은 듯이 웃으며 인사했다.

"오늘은 날이 늦었으니 먼저 돌아가겠어요. 몸조심하세요, 숙부님!"

서재를 나온 후 조금 걷다 보니 문득 한기가 들었다. 그제야 서둘러 나오느라 바람막이를 두고 왔다는 것이 생각났다. 평범한 옷이면 그냥 두겠으나, 유불릉이 손수 제작한 무늬를 사람을 시켜 수놓은 바람막이였기 때문에 반드시 가져가야 했다.

서재 문 앞으로 돌아와 보니 말다툼 소리가 간간이 들려왔다.

"너 같은 딸보다는 차라리 운가 같은 조카딸이 낫다. 네가 친딸이라고?"

곽광의 웃음소리는 유난히 처량했다.

"친딸이 유순을 도와 아비의 일거수일투족을 정탐하고, 유순에게 어떻게 대응할지 알려 주다니? 친딸이 이익을 내세워 사촌 오빠들을 꼬드겨 함께 아비를 배신하고……. 너와 유순이 그렇게 배짱이 잘 맞다니, 아비도 널 막지 않으마……. 이 곽광은 너를 낳은 적이 없다. 이제부터 곽씨는 곽씨고, 너는 너다."

방 안의 목소리가 높아졌다 낮아졌다 했다. 단속적으로 들리는 소리에 운가는 어리둥절해서, 잘못이라는 것은 알지만 처마 밑으로 바짝 다가가 어둠 속에 숨었다. 방 안에서 울음소리가 들려왔다.

"아버지……. 아버지……."

곽성군이 곽광의 옷자락에 매달리려고 했으나 곽광이 뿌리친 것 같았다. 그녀는 슬프고 부끄러워 별안간 고함을 질렀다.

"아버지께서는 절 딸로 생각하신 적 있으세요? 진심으로 절 사랑하신 적 있으세요? 자상한 아버지인 척 저더러 유순과 유하 중에 한 명을 선택하라고 하시며 제 마음을 떠보시더니, 도리어 제가 싫다는 유하를 선택하셨어요. 언니도 그래요. 언니를 시집보내실 때 뭐라고 약속하셨어요? 그런데 결과는 어땠죠? 그런데 어떻게 딸더러 아버지를 믿으라고 하실 수 있어요? 아버지께서는 얼마나 많은 걸 저희에게 속이셨어요? 유불릉의 목숨이 하늘에 달려 있다고 하서 놓고, 장안성 밖 산에 심었던 건 뭐였죠? 유불릉의 병은…….”

짝 하는 마찰음과 함께 곽성군의 목소리가 뚝 끊겼다. 그리고 죽음과도 같은 적막이 흘렀다. 한참 후, 그녀의 목소리가 흐리멍덩하게 들려왔다.

“아버지, 제가 잘못했어요! 용서해 주세요! 아버지…….”

한참 동안 말이 없던 곽광이 입을 열었다. 낮고 쉰 목소리에 피로가 가득했다.

“가거라! 내가 좋은 아비가 아니었으니, 네가 딸처럼 굴지 않은 것을 탓할 수도 없구나.”

쿵쿵 하고 머리를 조아리는 소리와 울며 애원하는 소리가 이어졌지만 곽광은 더 이상 아무 말도 하지 않았다.

끼익 하는 소리와 함께 곽성군이 문을 열고, 손으로 얼굴을 감싼 채 뛰쳐나왔다.

운가는 힘없이 바닥에 앉았다. 얼굴은 핏기 없이 창백했다.

“아버지께서는 얼마나 많은 걸 저희에게 속이셨어요?”

“유불릉의 목숨이 하늘에 달려 있다고 하서 놓고, 장안성 밖 산에 심었던 건 뭐였죠?”

“유불릉의 병은…….”

298

'대체 무슨 이야기들을 한 거지? 왜 릉 오빠의 병 이야기가 나와?'

곽광은 곽성군이 하려던 말을 막으려고, 그녀의 신분까지 무시한 채 손찌검을 했다!

운가는 숨을 쉴 수가 없었다. 저 앞에 끝을 알 수 없는 심연이 펼쳐져 있는 것 같았지만, 그래도 앞으로 나아가야 했다.

지난날 곽광은 상관걸이 '좋은 아들'을 키웠다며 속으로 비웃었지만, 지금 그의 딸과 조카들도 그 '좋은 아들'보다 더하면 더했지 못하지 않았다.

곽광은 실망하고 상심한 나머지 넋을 놓고 방 안에 앉아 있었다. 그때 밖에서 헐떡이는 숨소리가 들려와 그가 날카롭게 외쳤다.

"누구냐?"

살펴보려고 방을 나서려는데, 운가가 문가에 서서 문틀을 붙잡고 서 있는 것이 보였다. 그녀는 막 달려온 듯 헐떡이며 말했다.

"바람막이를 놓고 갔어요."

그녀의 안색이 좋지 않은 것을 본 곽광은 의심이 들어 미소를 지으며 말했다.

"거기 있다. 바람막이 같은 것 때문에 일부러 돌아올 필요까지 있느냐? 찾아가려거든 하녀를 보내면 될 것을. 뭘 그렇게까지 서둘렀느냐."

운가는 바람막이를 챙기며 고개를 숙였다.

"이 바람막이는 달라요. 이건…… 릉 오빠가 손수 무늬를 그려 준 거예요."

그녀의 눈에 어린 눈물에 곽광의 의심이 풀렸다. 그는 그녀와 함께 문을 나서며 당부했다.

"너는 이제 시집을 갔고, 맹각도 네게 잘해 주는 것 같더구나. 그 역시 남다른 인물이다. 떠난 사람은 떠났고, 산 사람은 살아야지. 네겐 아직 남은 시간이 많으니 매일 떠난 사람만 그리워해서야 되겠느냐. 지금 네 모습을 보면 구천에 있는 사람도 마음이 편치 않을 게야. 옛 사람은 마음 깊은 곳에 간직하고, 지금 눈앞에 있는 새로운 사람을 소중히 여겨라. 그래야 옛 사람도 새로운 사람도, 또 자기 자신도 저버리지 않는 것이다."

초췌한 얼굴에 멍한 표정을 띤 운가는 그의 말을 들은 듯 만 듯했다. 곽광도 어쩔 수 없이 고개를 저었다.

마차에서 기다리던 우안은 그녀의 모습을 보고, 또 곽광이 하는 말까지 듣자 무슨 일인지 짐작했다. 그가 곽광에게 감사 인사를 했다.

"곽 대인의 소중한 말씀 감사합니다. 사실 소인도 항상 하고 싶었던 말이었습니다."

운가는 곽광에게 억지로 웃어 보였다.

"숙부님, 그만 갈게요. 몸 건강하세요."

곽광이 예의바르게 우안에게 분부했다.

"운가를 잘 보살펴 주시오."

"예."

우안은 그렇게 대답하고 마차를 몰아 곽부를 떠났다.

죽헌으로 돌아온 후에도 운가가 입구에 멍하니 선 채 안으로 들어갈 생각을 하지 않자 우안이 권했다.

"곽부에서 견디느라 힘드셨을 테니, 하녀에게 뜨거운 목욕물을 준비해 오라고 하시지요!"

갑자기 운가가 홱 몸을 돌려 밖으로 달려갔다. 우안이 그 뒤를 쫓으며 물었다.

"아가씨, 뭘 하시려고요?"

"맹각을 찾아가요."

우안은 그녀가 생각을 바꾼 줄 알고 기뻐하며 말했다.

"좋습니다! 좋고말고요! 잘 생각하셨습니다! 그럼 소인은 먼저 물러가겠습니다."

운가가 헐떡거리며 맹각의 방 문을 열자, 순간 맹각의 눈에는 믿을 수 없다는 듯 놀라움과 기쁨의 빛이 떠올랐다.

"맹각, 나를 제자로 받아 줘요, 네? 당신에게 의술을 배우고 싶어요."

그가 기대한 말은 아니지만, 최소한 운가가 그와 정상적인 교류를 하고 싶다는 의미였다. 더 이상 그를 모르는 척하지 않겠다는 것이다.

그가 미소를 지으며 말했다.

"배우고 싶다면 당연히 가르쳐 주겠소. 하지만 제자니 스승이니 하는 말은 하지 마시오. 꼭 스승이 필요하다면 의부님을 스승으로 삼으면 되오. 의부님께서 살아 계셨다면 절대 당신을 거절하지 않으셨을 거요. 의술은 내가 스승님 대신 전수하겠소."

운가는 감격했다.

"고마워요! 오늘 스승을 삼는 의식을 하고 내일부터 배울게요. 괜찮죠?"

맹각이 싫어할 리 없었다. 그는 삼월에게 제사상을 준비하게 했다. 위패가 없어서 흰 비단에 생동감 있는 글씨로 '맹서막孟西漠'이라는 세 글자를 써서 벽에 걸었다.

운가는 '맹서막'이라는 글자 앞에 무릎을 꿇고 공손히 말했다.

"스승님, 제자의 절을 세 번 받으세요."

그리고 절을 하면서 속으로 묵념했다.

'스승님, 직접 뵌 적은 없지만 정말 좋은 분이라는 건 알아요. 제가 스승을 구하려는 동기가 불손해서 어쩌면 불쾌하실 수도 있어요. 하지만 반드시 열심히 배워서 훗날 그 의술로 사람들을 구할게요. 제자는 우둔해서 스승님의 의술을 따르지 못할 것이 분명해요. 하지만 결코 사문을 욕되게 하는 일은 하지 않겠어요.'

절을 마친 후에도 운가는 '맹서막'이라는 이름을 마음속으로 계속 읽었다. 이제부터 그녀에게는 부모와 형제 말고도 스승이 생겼다.

그녀가 절을 끝내고도 의부의 이름을 뚫어져라 바라보는 것을 본 맹각이 웃으며 알려 주었다.

"의부님께 차를 올려야 하오."

운가는 그가 건네준 차를 받아 조심스럽게 뚜껑을 열고 바닥에 차를 뿌렸다. 차를 올리는 것이 끝났으니 예법에 따르면 일어날 수 있었지만, 운가는 또다시 공손하게 세 번 머리를 조아린 다음에야 일어났다.

맹각이 제사상을 치우며 말했다.

"이번에는 정말 사형매간이 되었군."

운가도 인연이란 정말 신기하다는 생각이 들었다. 금은화가 조각된 금쪽을 처음 봤을 때 슬픔과 기쁨이 모두 담긴 이런 꽃을 조각한 사람이 어떤 사람일까 궁금했는데, 이제는 그 사람의 제자가 된 것이다.

그녀가 침대에 앉으며 말했다.

"앞으로 시간이 나면 스승님의 이야기를 더 해 줘요. 스승님을 좀 더 알고 싶어요."

맹각은 정리를 마치고 그녀의 맞은편에 앉아 고개를 끄덕였다.

"하지만 내가 아는 것은 의부님을 만난 후의 일뿐이오. 의부님께서는 옛일은 한 번도 말씀하신 적이 없어서 나도 모르오. 대부분 짐작만 할 뿐이오."

"나중에 아버지와 어머니께 여쭤 보면 돼요. 알게 되면 당신에게도 말해 줄게요."

"절대 그러지 마시오!"

맹각이 다급히 말했다.

"정 궁금하면 당신 둘째 오빠에게 물어보시오. 그도 알고 있을 거요. 대신 당신 어머니에게는 절대로 물으면 안 되오. 의부님을 스승으로 삼았다는 이야기도 하지 마시오."

운가는 의아했다.

"왜요? 옛 친구 사이잖아요? 교분도 무척 깊었을 테고요. 그렇지 않았다면 당신이 그걸 이용해서……."

그녀는 황급히 하려던 말을 삼키고 고개를 돌렸다. 그러자 맹각이 쓸쓸한 목소리로 말했다.

"교분이 깊기 때문에 의부님은 당신 어머니가 의부님의 죽음을 모르시길 바랐소. 의부님께서는 당신 어머니가 상심할까 봐 걱정하셨소."

생사의 이별을 겪어 본 운가는 '어머니가 상심할까 봐 걱정했다'는 말에 눈물을 흘릴 뻔했다. 그랬다. 스승님은 그렇게까지 정이 깊었던 것이다!

"의부님께서는 임종하시기 전에 특별히 세 분의 숙부들과 당신의 둘째 오빠에게 당부하셨소. 당신 둘째 오빠는 의부님이 세상을 뜨시자 상심하고 슬펐지만, 당신 부모님 앞에서는 평소처럼 웃고 이야기하면서 힘껏 숨겨야 했소. 하지만 당신 부모님이 그렇게 쉽게 속으실 분들이오? 그래서 본래도 산을 좋아했던 그는 의부님을 위해 아예 집에서 멀리 떨어져 있기로 한 거요. 그간 당신 부모님이 사방을 유람하신 것도 의부님을 한 번 만나 보고 싶어서였을 거요."

운가는 들을수록 놀랍고 슬퍼져 중얼거리듯 말했다.

"아버지는 벌써 짐작하셨을 거예요. 어머니와 함께 이곳저곳 돌아다니셨지만, 눈사태가 나자 그 기회에 아예 눌러앉으셨거든요. 그건 아마 세상 끝까지 뒤져도 만나려는 사람을 찾을 수 없다는 걸 이미 알고 계시기 때문일 거예요."

맹각은 가볍게 한숨을 내쉬었다.

"지난번 내가 청혼하러 당신 집을 찾아갔을 때, 당신의 어머니께서 의부님의 행방을 물으셨소. 나는 아무렇게나 몇 군데를 말씀드렸소. 가능한 한 먼 곳으로 말이오. 그러자 당신 어머니께서는 답답한 듯 다시 물으셨소. '당신 의부님은 그런 곳에서 뭘 하시는 거죠?' 그동안 당신 아버지는 옆에 앉아 듣기만 하셨는데, 이제 보니 이미 알고 계셨던 모양이오."

두 사람은 별로 알지 못하는 옛일을 생각하며 함께 탄식했다. 그 순간, 두 사람 사이의 벽이 모두 사라진 것 같았다. 얽히고설킨 인연 때문에 남들과는 비교할 수도 없는 친밀감과 이해가 생겼기 때문이었다.

운가가 조용히 말했다.

"어쩐지 아버지와 어머니께서 내가 어떻게 지내는지 전혀 관심도 없으신 것 같더라니. 두 분은 스승님을 너무 믿고 계셨던 거군요."

맹각은 난처한 듯 역시 조용한 목소리로 말했다.

"사실 당신 아버지께서는 당신 셋째 오빠에게 당신을 지켜보라고 하셨소. 하지만 내가 당신을 쫓아가겠다고 했더니 당신 부모님도 즉시 동의하시고, 당신을 잘 보살펴 달라고 하셨소.

생각해 보니 그분들은 당신을 억지로 시집보낼 생각은 없으셨지만, 속으로는 그 혼사가 이루어지기를 바라셨던 거요."

운가는 고개를 숙이고 말없이 앉아만 있었다. 맹각도 말없이 앉아 있기만 했다. 덕분에 촛불이 탁탁 튀는 소리가 선명하게 들렸다. 촛불 아래로 두 사람의 그림자가 함께 비쳤다. 맹각은 문득 이 순간이 영원했으면 싶었다. 그러나 운가가 벌떡 일어나 고개를 숙인 채 말했다.

"돌아갈게요. 내일 당신이 궁에서 돌아오면 다시 오겠어요."

맹각도 서둘러 일어났다.

"바래다주겠소."

"괜찮아요!"

하지만 맹각은 그녀의 거절을 무시하고, 등롱조차 챙기지 않은 채 그녀를 따라 방을 나왔다.

가는 동안 운가는 그에게 아무 말도 하지 않았지만, 돌아가라고도 하지 않았다. 두 사람은 달빛을 받으며 고요한 굽잇길을 나란히 걸었다.

맹각은 마음이 물처럼 고요하고, 뭐라고 표현하기 힘든 편안함을 느꼈다. 홍진 세상이 천길만길 멀어지고, 밝은 달과 시원한 바람만 품으로 들어오는 것 같았다. 평소 금기서화로 애써 구해야만 했던 평화로움을 이렇게 쉽게 얻게 되자, 그는 저도 모르게 이 길이 좀 더 길었으면 하고 바랐다.

죽헌에 도착하자 맹각은 자동적으로 걸음을 멈추었다. 운가도 작별 인사 없이 안으로 들어갔다. 몇 걸음 가던 그녀가 갑자기 몸을 돌리며 말했다.

"한나라가 크게 군사를 일으켜 전쟁을 치르는 것은 시간문제예요. 그때가 되면 곽광 편에 설 수 있겠어요? 곽광을 위해서가 아니라, 그가 한 말 때문이에요. '장군이 평화를 결정할 수 있다면, 미인이 변경에서 고생할 이유가 무엇인가'라는 말이오. 당당한 7척 대장부들이 종일 조정에서 말싸움이나 하면서, 십여 년 동안 서북 변경의 평화가 두 여자의 청춘으로 힘겹게 유지되고 있다는 사실을 생각이나 해 봤어요? 화친의 제물로 한창때 집을 떠나서 타향에 묻힌 여자들도요. 당신들의 계책을 권력과 이익을 쟁취하는 것 말고 나라를 평안하게 하는데는 쓸 수 없는 거예요? 그 여자들을 떠올려도 전혀 마음이 불편하지 않아요?"

맹각은 그녀의 뜻밖의 요구에 숙연해졌다. 그가 진지하게 대답했다.

"안심하시오. 결코 큰일을 놓고 함부로 하지는 않을 거요."

운가는 처음으로 살짝 미소를 떠올렸다. 그녀는 입꼬리를 살짝 올리며 고맙다고 인사한 후 돌아서서 들어갔다.

"그건 본래 사내대장부들이 할 일인데, 당신이 고마워할 게 뭐 있소?"

맹각의 말에 그녀는 걸음을 멈추었다. 뒤돌아보지는 않았지만 그녀의 눈매가 부드러워졌다.

정식으로 스승을 갖게 된 후 운가는 진심으로 의술을 공부하기 시작했다. 비가 오나 바람이 부나, 날씨가 흐리나 맑으나 매일같이 꼬박꼬박 맹각을 찾아갔다.

운가는 총명한 데다 열심히 노력했고, 맹각이 아는 것을 모두 쏟아붓고 세심하게 지도해 준 덕에 그녀의 의술은 날마다 부쩍 늘었다. 맹각조차 속으로 놀랄 정도였다. 의부가 살아서 직접 의술을 가르쳤다면 아마 운가는 그의 수제자가 되었을 것이다.

운가도 처음에는 꽤 걱정하고 경계했지만, 맹각이 의술만 가르쳐 주고 다른 이야기는 전혀 꺼내지 않자 그런 마음도 차차 사라졌다.

운가가 실수로 잘못을 하면 맹각은 전혀 봐주지 않고 야단을 쳤다. 어려서부터 부모님의 사랑과 오빠들의 양보만 받고 자란 운가는 한 번도 이렇게 혼이 난 적이 없었다. 화가 머리끝까지 날 때면 그녀도 반박을 했지만, 맹각은 신랄하고 급소를 찌르는 말만 하면서도 말투는 차분해서 마치 고의로 시비를 거는 것처럼 보였다.

할 말이 없어진 운가는 부끄럽고 화가 나 이렇게 소리쳤다.

"스승님께서 계셨다면 그렇게 말씀하지 않으셨을 거예요! 당신이 너무 못 가르쳐서 그래요!"

맹각은 냉소를 짓고는 홱 돌아서서 가 버렸다. 마치 '나더러 못 가르친다니, 안 가르치는 게 낫겠군' 하는 모양새였다.

운가도 소리는 쳤지만 사실 속으로는 자신이 잘못했다는 것을 잘 알고 있었다. 의술은 다른 것과는 다르다. 요리는 실패해 봤자 버리고 다시 하면 되지만, 약을 잘못 쓰면 사람의 목숨을 해칠 수도 있다.

그래서 잠시 후 화가 가라앉으면 그녀는 고개를 숙이고 다시 맹각을 찾아가 물었다. 그는 말다툼한 이야기는 꺼내지 않고, 여느 때처럼 차분한 말투로 운가의 질문에 세세하게 대답해 주고 그녀가 잘못한 부분을 다시 한 번 설명해 주었다.

가르치고 배우며 하루하루 함께 지내다 보니 두 사람 사이도 점점 풀어졌다. 비록 담소를 나누는 정도였지만, 최소한 지난 일을 꺼내지 않을 때는 보통의 친구처럼 지낼 수 있었다.

15장
고치를 벗고 나비가 되다

　영패를 도둑맞은 일이 벌어진 뒤로 유순은 다시는 초방전을
찾지 않았고, 허평군도 가능한 한 그를 피했다. 때문에 같은 미
앙궁에 있으면서도 한 달 동안 얼굴 한 번 보지 못하는 일도 종
종 있었다.

　어느 날, 허평군을 만나러 입궁한 운가는 그녀가 종일 초방
전에 틀어박혀 있는 것을 보고 나가서 좀 걷자고 권했다. 자매
는 산책하며 이야기를 나누다가 어느새 임지 부근에 이르렀다.
연꽃이 잎을 틔운 지 얼마 되지 않아, 청록색의 작은 동그라미
들이 물 위에 동동 떠 있었다. 그 맑고 푸른 물을 보자 두 사람
은 기분이 복잡해져 입을 다물었다.

　문득 시원한 바람에 피리 소리가 실려 왔다. 운가와 허평군
은 음악 소리를 쫓아 저 먼 곳으로 시선을 돌렸다. 푸른 물결이

넘실거리고 버드나무가 안개처럼 어른거리는 곳에서 조각배 하나가 느릿느릿 나타났다. 그리고 빨간 옷을 입은 여자가 뱃머리에 앉아 피리를 불고 있었다.

운가와 허평군은 숨이 턱 막히고, 심장이 빠르게 뛰었다. 조각배는 점점 가까이 다가왔다. 순간, 배를 타고 있던 여자가 허평군을 돌아보더니 황급히 일어나 예를 갖추며 인사했다.

"황후 마마!"

운가와 허평군은 장 양인인 것을 알고 한숨을 푹 쉬었다. 이유 없이 눈가에 눈물이 맺혔다.

허평군이 소리 높여 말했다.

"배를 타고 있으니 예의 차릴 것 없소."

노를 젓던 환관이 배를 뭍가에 대고, 조심스레 장 양인을 부축해 배에서 내리게 해 주었다. 허평군은 그제야 장 양인의 배가 불룩한 것을 발견했다. 그녀는 스스로에게 신경 쓰지 말라고 달랬지만, 아무래도 상관없는 사람이 아니다 보니 가슴이 아팠다.

뭍에 내린 장 양인이 즉시 허평군에게 절을 했다. 그러자 허평군이 억지웃음을 지으며 말했다.

"그럴 필요 없소. 몸이 불편할 텐데 푹 쉬시오!"

말을 마친 그녀는 장 양인의 대답을 기다리지도 않고 운가를 끌고 그 자리를 벗어났다.

운가가 뒤를 돌아보니 장 양인은 어리둥절한 표정이었다. 그 모습을 보자 운가는 탄식밖에 나오지 않았다. 언니는 아직도 궁에서 살아남는 법을 파악하지 못한 것이다.

길을 가던 허평군이 다리를 삐끗하더니 땅에 쓰러지려 했다. 운가가 황급히 부축하자, 허평군은 그녀의 어깨에 기대어 허리를 숙이고 구역질을 했다. 운가는 의심이 들어 그녀의 맥을 짚어 보았다.

"언니, 월경을 안 한 지 얼마나 됐어요?"

허평군이 몸을 일으키더니 허둥거리며 말했다.

"그럴 리 없어. 폐하와는 오랫동안 못 만났는걸."

"아기가 벌써 두 달째인걸요! 언니, 언니는 정말 바보예요! 호를 잉태했을 때는 바로 눈치채더니, 이번에는 내 말을 믿지도 않는군요."

허평군의 안색이 점점 하얘지자 운가는 미소를 지으며 그녀를 안았다.

"언니, 좋은 일이니 기뻐해야죠."

허평군은 유순과의 마지막 밤을 떠올렸다. 눈 내리는 밤 소양전 앞에 꿇어앉아 있던 그날이었다. 그녀는 몸을 부르르 떨었다.

"아이는 부모의 사랑을 받고 태어나야지, 부모가 서로 미워하는 동안 생기면 안 돼. 그러면 신령의 보호를 받지 못한단 말이야."

운가가 가볍게 위로했다.

"아이를 보호할 수 있는 사람은 신령이 아니라 언니예요. 앞으로 언니가 예뻐해 주면 그 아이도 행복할 거예요."

허평군의 놀람과 당황스러움도 점차 사라졌다. 어쩌면 이 아이가 이 생에서 마지막 아이일지도 모른다. 신령님이 그녀를 돌보지 않았다면 왜 아이를 내려 주었겠는가?

마음속에서 기쁨이 솟구치자 허평군이 미소 지으며 말했다.

"호에게도 같이 있어 줄 동생이 필요해."

운가도 웃으며 고개를 끄덕였다.

"언니는 요즘 마음이 너무 상했고, 몸도 호를 가졌을 때와는 달라요. 돌아가서 맹각에게 약을 좀 지어 달라고 할게요! 뒤죽박죽인 일들은 신경 쓰지 말고, 편안하게 아기를 기르는 게 중요해요."

두 사람은 담소를 나누며 초방전으로 향했다.

밤낮이 교대로 지나고, 시간이 빠르게 흘러 어느새 여름이 되었다.

운가의 예상대로 곽광은 온 힘을 쏟아 대군을 결집할 준비를 했다. 군사를 서북으로 보내 강족을 토벌하고, 남몰래 오손의 보수 세력을 제거하여 해우 공주의 아들을 오손왕으로 세우고, 흉노와 강족의 세력을 서역에서 쫓아내 서역 각 나라가 흉노나 강족에게 기댈 생각조차 포기하게 만듦으로써 완전히 한나라에 신종臣從하도록 만들 생각이었다.

유순은 겉으로는 이 일에 전혀 관심이 없어 보였다. 게다가 조정의 유생들은 전쟁을 혐오했고, 지금 상황도 좋다고 여기고 있었다. 때문에 조정에는 반전의 목소리가 높았다.

곽씨 쪽에는 사람이 많았지만, 툭하면 민생이 편안해야 한 다는 도리를 꺼내 드는 언변 좋은 유생들과 무관심한 황제를 상대로 곽광의 주장을 실현하는 것은 어려운 일이었다. 징병부 터 시작해서 군량을 조달하고 무기와 말을 구하는 것까지, 아 무리 곽광이 천하를 뒤덮는 권세를 쥐고 있다 해도 힘든 일들 이 가득했기 때문이다.

주전파와 주화파가 서로 팽팽히 맞서고 있을 때, 비단길을 다니는 거상들이 함께 상소를 올렸다. 그들은 황제에게 비단길 에서 보고 들은 것을 알리고, 중원 지방에 서역의 입구가 얼마 나 중요한지 이렇게 설명했다.

서역은 한나라가 외부 세계로 통하는 입구다. 만약 서역이 막히면 한나라는 정원에 갇힌 모양이 되어 외부 세계의 동향을 알 수 없고, 외부 세계와 문화나 의술, 과학 등을 교류할 수도 없어 답보 상태에 머물게 된다.

그들은 격앙된 어조로 문제, 경제 시대와 무제 시대를 비교 하여 서역에서 한나라 상인들의 지위가 어떻게 변화했는지를 설명했다. 그리고 그것이 한나라의 국력과 밀접하게 연관되어 있다고 말했다.

문제와 경제 때는 서역인들이 흉노를 두려워하고 한인을 멸 시했다. 가장 좋은 음식은 흉노에게 바치고, 가장 질이 떨어지 는 말과 낙타를 한인들에게 높은 가격으로 팔았다. 심지어 한 인들의 상품을 마음대로 빼앗아 가거나 함부로 상인들을 죽이 기도 했다.

반면 무제 때 한나라 상인들은 가는 곳마다 왕처럼 융숭한 대접을 받았고, 흉노는 달아나거나 피했다. 그런데 지금은 문제, 경제 때처럼 참혹하지는 않지만, 서역인들은 그들을 나날이 쇠락하는 제국의 상인이라고 여기며 오만하고 무례하게 군다는 것이었다. 마지막으로 그들은 이렇게 말했다.

미력이나마 나라를 돕고자 합니다. 강한 나라가 없으면 백성의 존엄도 없고, 백성의 영광이 없으면 나라의 번창도 없습니다! 저희들은 몸을 낮추고 머리를 조아리며 일세의 명군이 백세의 패업을 이루는 것을 멀리서 축복하겠습니다.

유순은 이 상소의 배후에 다른 속셈이 있다는 것을 잘 알면서도, 마지막 글을 보자 매우 흥분해 소름이 돋을 정도였다. 당장이라도 검을 뽑고 휘파람을 불어 서쪽 오랑캐들을 겨누고 싶은 심정이었다.

유생들은 여전히 아랫자리에서 웅얼웅얼하고 있었다. 상인들은 이익을 중요하게 생각하기 때문에, 나라가 순탄하고 평안한 통상로를 개척해 주어 손쉽게 돈을 벌기를 바라는 마음에 이런 글을 올렸다는 것이었다.

유순이 맹각에게 물었다.

"맹 태부는 어떻게 생각하오?"

맹각은 웃으며 상인들을 질책하는 유생 무리에게 물었다.

"이 상인들이 대 한나라의 백성입니까, 아닙니까?"

한 문관이 재빨리 대답했다.

"물론 우리 백성이지요."

"그들이 장사를 해서 번 돈으로 세금을 냅니까, 아닙니까?"

"물론 내지요! 감히 내지 않으면……."

"이들은 한나라의 백성이고, 나라에 세금을 낸 관리와 군대를 먹이고 있군요. 그런데도 자신의 나라에 보호를 요청할 수도 없다는 말씀입니까?"

몇몇 문관들이 더듬거리며 제대로 말을 하지 못했다.

"그, 그건…… 천천히 생각해 봐야 할 문제입니다. 전쟁은 천하 만민을 고통에 빠뜨립니다. 몇몇 상인들의 이익은……."

맹각은 그들을 무시하고 유순을 향해 낭랑하게 읊었다.

"우리 한나라의 하늘을 어기는 자는 천 리를 쫓아서라도 반드시 주살해야 한다!"

맹각의 목소리는 모든 소리를 압도했다. 순간 대전 안은 바늘 떨어지는 소리까지 들을 수 있을 정도였다. 고요함 속에서 맹각의 목소리가 바위가 땅에 떨어지듯 묵직하고 힘차게 울려 퍼졌다.

"그런 나라야말로 대 한나라라고 부를 수 있습니다!"

그의 눈에 어린 날카로운 빛 속에는 입 밖으로 내지 않은 한마디가 더 있었다.

'그런 군주야말로 패주霸主라고 부를 수 있다!'

조정의 백관들은 각자 안색이 변했고, 공기 속에는 긴장감과 불안감이 맴돌았다. 유순은 가슴속에 출렁이는 거친 파도를 억누르고, 태연스레 미소를 지으며 장안세에게 물었다.

"장 장군은 어떻게 생각하시오?"

그러나 그의 시선은 내내 맹각에게 꽂혀 있었다.

장안세는 유순의 눈 속에서 익숙하지만 낯선 빛을 보았다. 무제 유철이 장건張騫에게 서역으로 가라고 명할 때, 위청과 곽거병에게 흉노를 정벌하라고 명할 때, 세군 공주細君 公主[10]와 해우 공주에게 서역으로 시집가라고 명할 때 그의 눈동자도 저런 눈빛이었다. 그것은 평범하기를 거부한 남자가 천추에 남을 업적을 갈망하는 눈빛이자, 일대의 군왕이 강성한 나라를 바라는 눈빛이었다.

장안세는 공손히 허리를 숙이고 빠르지도 느리지도 않게 대답했다.

"폐하께서 밝고 어진 군왕이 되시고자 하신다면, 움직이는 것보다 가만히 계시는 것이 낫습니다. 그러면 백성들을 괴롭히지도 않고 재물도 잃지 않습니다. 그러나 폐하께서 주문왕이나 주무왕, 고조 황제나 효무 황제와 이름을 나란히 할 일대의 군왕이 되시고자 하신다면, 위대한 업적을 이루기 위해서는 전쟁을 피할 수 없는 것이 분명합니다!"

곽광이 이때를 놓치지 않고 말했다.

"위청과 곽거병이 흉노의 조정을 쓸어 버린 후로 흉노는 남과 북으로 나뉘었습니다. 남북의 흉노는 서로 화목하지 못해

---

10 한 무제의 조카인 강도왕 유건의 딸. 화친을 위해 오손왕과 혼인함.

늘 싸우고 있습니다. 우리나라가 강족을 무찌르고 오손을 철저히 귀순시키면, 서역에 있는 흉노의 마지막 세력도 와해될 겁니다. 우리나라와 북흉노가 남흉노를 남북에서 협공하는 형태가 되면, 폐하께서는 그 틈을 타 남흉노를 압박하여 신하가 되게 하실 수도 있습니다. 이는 선제이신 효무 황제께서도 평생 이루지 못한 꿈입니다!"

대전 안은 소리 하나 없이 조용했다. 모두들 숨을 죽이고 유순의 결정을 기다렸다. 이 결정은 한나라뿐만 아니라 흉노와 강족, 서역, 그리고 온 천하에 영향을 미칠 것이다. 또한 당대 한나라 사람뿐만 아니라 수백 년, 수천 년 후의 한인 자손들에게도 영향을 줄 것이다.

유순의 시선이 아래에 있는 대신들의 얼굴을 차례차례 훑었다. 시선을 받은 사람은 누구랄 것 없이 고개를 숙였다. 결심이 서자, 그는 벌떡 일어나 높이 외쳤다.

"곽 대장군의 주청을 받아들이오. 20만 대군을 모아, 오손과 연합하여 강족을 무찌르겠소!"

그러자 백관들이 그의 발아래 엎드리며 입을 모아 외쳤다.

"영명하십니다, 폐하!"

그 우레 같은 외침을 들으며 유순은 멀리 전각 밖을 바라보았다. 가슴속에 호기가 들끓고, 포부가 솟구쳤다!

효무 황제 유철이 붕어한 후 한나라는 휴식을 취하며 기력을 축적했다. 이렇게 나라의 힘을 쏟아부어 대규모의 전쟁을 치르는 것은 십여 년 만에 처음이었다. 조정의 청년들은 피가 끓어올라 두 주먹을 불끈 쥐며, 오랑캐를 무찔러 전공을 세우겠다고 맹세했다.

하지만 민간 분위기는 조정과는 딴판이었다. 백성들은 전쟁을 두려워하고 혐오해서 집집마다 곡성이 흘러나올 정도였다. 어쨌거나 한번 떠난 장정은 돌아온다는 보장이 없었다. 벌써 사막의 백골이 되었을 사람인데도, 기다리는 여자들은 꿈에서도 그리워하곤 했다.

허평군과 운가는 거친 옷을 입고 밭두렁과 과수원을 걸었다. 집을 지날 때마다 소리 없이 눈물 흘리는 여자들이 보였다. 그중에는 백발이 창창한 노파도 있고, 꽃다운 나이의 소녀도 있었다. 어린아이들만 근심 걱정 모르고 장난을 치면서 아빠나 형을 큰 소리로 불러 댔다. 이것이 아빠나 형에 대한 마지막 기억이 될 수도 있다는 사실은 전혀 모른 채.

허평군은 마음이 납처럼 무거워 갈수록 말수가 줄어들었다. 마차에 올라 궁으로 돌아가는 길에 그녀가 물었다.

"한 사람의 길이 남을 공적이란 해골 만 개와 바꾸어야 하는 건지도 몰라. 조금 어렵더라도 참고 견디면 전쟁을 피할 수 있을지도 모르는데, 폐하의 행동이 옳은 걸까, 잘못된 걸까?"

운가도 그 질문에 대답할 수가 없었다. 한참 동안 침묵을 지키던 운가가 말했다.

"어쩔 수 없이 해야 하는 일도 있어요. '강한 나라가 없으면 백성의 존엄도 없고, 백성의 영광이 없으면 나라의 번창도 없다'는 상인들의 말이 맞아요. 언니도 조국을 이야기할 때, '나는 한나라 사람이다'라고 자랑스럽게 말하는 것이 좋지 않아요? 난 남자들도 나라를 위해 싸우는 것을 바랄 거라고 믿어요. 어차피 정해졌으니, 그것이 옳고 그른지를 묻기보다는 어떻게 하면 남자들이 우리를 걱정하지 않게 할 수 있을지, 어떻게 하면 그들의 아들과 동생이 편안히 자라날 수 있게 할 수 있을지를 생각해야 해요. 몇 년 후에 그 아이들은 설사 아빠와 형의 얼굴을 기억하지 못하더라도, 남들 앞에서 자랑스레 '우리 아버지와 형님은 나라를 위해 전장에서 싸우다 죽었으니, 대영웅이다!'라고 말할 거예요."

허평군은 울상을 짓고 한숨을 쉬었다.

"넌 마치 장군 가문에서 태어난 사람처럼 말하는구나."

운가는 미소를 지으며 허평군의 팔을 잡고 흔들었다.

"좀 웃어요. 사람의 정신은 서로 영향을 받는다고요. 수심에 잠긴 황후를 보면 사람들은 더욱더 걱정할 거예요! 전사하는 사람도 있겠죠. 하지만 금의환향할 가망성도 커요!"

허평군이 억지로 웃음을 짜내며 물었다.

"이제 만족해?"

그러자 운가가 비명을 지르며 그녀를 밀어냈다.

"됐어요, 됐어! 계속 우거지상이나 하세요! 그런 식으로 웃으면 문인들이 울어 대는 갈까마귀나 두견새를 따로 찾아가지 않아도 되겠어요."

허평군은 걱정이 태산 같은 상황에서도 운가의 말에 기가 차서 웃음이 나왔다.

성문 입구에 도착해 보니, 사람들이 물샐틈없이 붐벼 서로 밀어 대는 통에 마차가 지나가기 어려웠다. 덕분에 그들은 마차를 두고 걷는 수밖에 없었다. 허평군은 평복을 입고 있어서 길을 비켜 주는 사람도 없었다. 우안과 부유가 앞뒤로 두 사람을 보호했다.

운가는 옆에 있는 사람에게 무슨 일이냐고 물었다. 몇 사람에게 물어본 후에야 어떻게 된 일인지 알 수 있었다.

전쟁을 싫어하는 민간의 분위기 속에서, 지금 한나라에는 장군이 없어 전쟁을 하기에는 부적절하다는 소문이 퍼지고 있었다. 예전에는 대장군 위청과 곽거병이 있어 백전백승이었지만, 위 대장군과 곽 장군이 죽은 후에는 효무 황제가 국력을 쏟아부어 내보낸 20만의 군사가 수없이 죽거나 다쳐 가며 겨우 좁은 땅덩어리를 가진 대완국과 비겼던 것이다. 그런데 이번에도 군사는 20만인데, 공격 대상은 대완국보다 훨씬 강한 강족이니 얼마나 많은 사람이 죽을지 알 수 없었다.

소문이 점점 커지자 병영에 있던 병사들마저 장군들의 사주를 들고 점쟁이를 찾아가 그들이 진정한 장수인지 물어보기에 이르렀다. 용맹한 강족 기병을 상대로 싸우기도 전에 기세가 꺾인 것이다.

사기를 북돋우기 위해 유순은 성문에서 백성들과 병사들을 만나기로 했다. 비빈들 중 한 명도 나온다고 했다.

허평군의 망연한 표정을 보니 이 일에 대해 전혀 모르는 것이 분명했다. 운가는 그녀의 손을 잡고 사람들을 헤치고 들어가 황제가 나타나기를 기다렸다.

한참을 기다리자 용포를 입은 유순이 성루 위에 나타났다. 곁에 있는 여자는 곽성군이었다. 아래에서 올려다보니 유순은 크고 위엄이 있어 보였고, 곽성군은 고귀하고 단정해 보였다. 마치 그림 속에 나오는 신들 같았다.

유순이 낭랑한 목소리로 그의 백성들을 향해 전쟁의 중요성을 설파했다. 처음에는 백성들도 집중해서 귀를 기울였다. 하지만 뒤로 갈수록 그들이 먹고 사는 일과는 너무나 동떨어진 서강이니 중강이니 오손이니 구자국이니 하는 이름들이 줄줄이 나왔다. 오손과 구자국이라는 이름은 아예 한 번도 들어 보지 못한 사람들이 대부분이었기 때문에, 사람들은 점차 연설에는 흥미를 잃고, 도리어 누각 위에 있는 신 같은 사람에게 관심을 보였다.

"황후 마마께서 정말 아름다우시구나!"

"황후 마마가 아니야! 곽 첩여라고. 예전에 곽 대장군 저택 입구에서 마차를 타시는 걸 봤어."

"황후 마마께서는 비천한 출신이라던데, 저렇게 귀티가 나겠어?"

"어쩐지. 그래서 폐하께서 곽 첩여와 함께 나오셨구나."

"당연하지. 아무나 국모가 될 수 있는 줄 알아?"

유순의 연설이 끝났지만 예상했던 반응은 없었다. 비록 백성들이 '폐하 만세'를 소리 높여 외치고 있지만, 그 목소리에는 유순이 간절히 바라던 힘이 없었다. 그의 마음도 별수 없이 무 겁게 가라앉았다. 이번 전쟁에서 승리할 희망은 얼마나 될까?

유순의 안색을 본 곽성군이 조용히 말했다.

"폐하, 신첩이 저들에게 몇 마디 해도 될까요?"

유순이 의아한 얼굴로 고개를 끄덕이자 그녀는 성루 제일 앞으로 걸어 나갔다. 그러고는 성루 아래 까맣게 모여든 백성 들을 바라보며 낭랑하게 말했다.

"폐하께서는 이번 전쟁을 위해 밤마다 편히 주무시지 못하 고, 매일같이 좋은 방법을 고심하고 계시오. 이 모든 것은 폐하 당신을 위해서가 아니라, 대 한나라의 안전과 모든 백성들의 안전을 위해서요. 본 궁은 일개 연약한 여자로, 병사를 이끌고 출정할 수는 없지만, 폐하의 근심을 덜어 드리고, 천하 창생에 힘을 보태기 위해 할 수 있는 일을 하겠소. 이제부터 폐하께서 군량에 대한 걱정을 덜 하시고, 천하 창생들의 근심 걱정도 덜 수 있도록 본 궁의 경비를 줄여 군비로 내놓겠소."

그렇게 말하면서 곽성군은 머리에 꽂은 옥비녀와 금비녀, 귀에 건 보석 귀고리를 하나하나 뺐다.

백성들은 곽성군의 말에 이끌렸다. 게다가 그녀가 이런 행동 까지 하자 모두들 눈 한 번 깜빡하지 않고 그녀를 바라보았다.

"본 궁이 가진 장신구를 모두 군비에 보태겠소. 금비녀 하나 로 열 가구가 세금을 면할 수 있다면, 본 궁의 머리에 꽂혀 있 기보다 그 일에 쓰는 것이 더욱 의미 있소."

장신구 하나 없는 곽성군의 검은 머리칼을 바라보는 백성들의 마음속에 감동이 솟아났다.

  "곽 첩여는 좋은 마마시구나."

  "그래!"

  "마마께서 장신구까지 하지 않으시겠다는 걸 보니, 이번 전쟁은 꼭 해야 하는 건가 봐."

  "곽 첩여 마마는 얼굴만 고우신 게 아니라 마음씨도 곱구나."

  나지막한 속삭임 속에서 사람들의 전쟁 혐오감이 한층 줄었다. 사람들의 반응을 본 유순이 감탄하는 눈빛으로 곽성군을 바라보자, 그녀는 시선을 내리깔고 미소를 지었다. 무척 현숙하고 총명한 모습이었다.

  허평군은 더 보고 싶지 않아 운가를 끌고 군중들 사이를 비집고 나갔다. 모두들 안으로 밀려드는데 반대로 밖으로 나가려고 하자, 많은 사람들이 그녀를 흘겨보았다. 그때, 허광한의 옛 이웃 한 사람이 그녀를 보고 놀란 목소리로 외쳤다.

  "허씨네 계집애⋯⋯. 황후 마마!"

  움직이지 못하게 하는 마술에 걸리기라도 한 듯, 밀려들던 사람들이 갑자기 우뚝 멈췄다. 시끄럽던 소리도 별안간 사라지고, 모두들 반신반의하며 허평군을 바라보았다.

  실수로 '허씨네 계집애'라는 말을 내뱉은 옛 이웃은 다리가 덜덜 떨려 바닥에 힘없이 꿇어앉았다. 그는 열심히 머리를 조아리며 사죄했다.

  "황후 마마, 황후 마마!"

사람들은 소박한 차림에 근심스러운 얼굴을 하고, 배까지 부른 눈앞의 여자가 황후라는 사실을 도저히 믿을 수가 없었다. 하지만 한 남자가 꿇어앉아 사죄하는 모습을 보자, 다른 사람들도 하나둘 차례로 꿇어앉았다.

이렇게 서로를 따라 하는 바람에 허평군과 운가는 인파에 둥그렇게 둘러싸였다. 원 안에서부터 밖으로 사람들이 모두 꿇어앉더니, 결국에는 성루 아래 모든 사람들 중 그들 두 사람만 서 있게 되었다.

허평군은 달아나고 싶었지만, 빽빽하게 엎드린 사람들 속에서 빠져나갈 곳이 없었다. 숨고 싶어도 인파 속에서 숨을 곳을 찾기는커녕 도리어 눈에 확 띄었다. 그녀는 바보처럼 서서, 자신을 둘러싼 끝이 보이지 않는 사람들의 머리를 바라보았다. 그것은 마치 칠흑의 바다처럼 그녀를 집어삼킬 것 같았다.

멍한 상태로 고개를 들어 성루를 바라보니, 유순이 높은 곳에 서서 멀리 성루 아래에서 벌어지는 모든 것을 지켜보고 있었다. 그의 표정은 차분했고 시선은 싸늘했다.

허평군은 안색이 창백해지고 손발이 차가워졌다. 그녀가 그의 계획을 망가뜨린 것이다! 이런 황후가 천하 만민들의 숭배를 받을 수 있을까? 대 한나라 병사들의 충성과 보호를 받을 가치가 있을까?

곽성군은 만족스럽게 웃음을 지었다. 그녀가 공손하게 예를 갖추며 높이 외쳤다.

"황후 마마를 모셔 오지 않고 무얼 하느냐?"

한 무리의 병사가 사람들을 헤치고 들어갔다. 운가는 허평군의 손을 힘껏 잡아 준 후, 뒤로 물러나 꿇어앉으며 조용히 말했다.

"언니, 백성들을 두려워하지 말아요! 언니가 바로 이 백성들이에요! 황후는 반드시 고귀하고 단정해야 한다고 누가 정했대요? 언니 방식대로만 하면 돼요! 난 언니가 좋은 황후라는 걸 알아요!"

한참 후, 병사들이 인파를 뚫고 허평군 앞에 섰다. 그들은 그녀에게 인사를 한 후, 사람들을 피해 성루까지 호송하려고 했다.

허평군이 고개를 돌려 운가를 바라보자, 운가는 힘껏 고개를 끄덕였다. 허평군은 잠시 망설이다가 병사들에게 일단 물러나라고 명령했다.

백성들은 알 수 없다는 듯이 그녀를 살펴보았다. 그 눈빛에는 부러움과 비웃음, 불신이 담겨 있었다. 경멸까지 보이는 듯했다. 허평군은 심장이 떨렸다.

'내가 무슨 자격으로 이 사람들을 무릎 꿇린담?'

자신이 없어진 그녀는 물러날까 생각했지만, 고개를 들자 그녀를 향해 웃는 운가의 모습이 보였다. 그녀의 눈빛에는 깊은 신뢰가 담겨 있었다. 허평군은 심호흡을 한 후 억지로 힘없는 미소를 짜내며 주위를 둘러보았다.

"나는 솔직히 황후 마마라는 호칭보다는 허씨네 계집애나 말괄량이, 아니면 허광한의 딸이라는 호칭이 더 익숙해요. 사람들이 나를 황후 마마라고 부를 때면, 저들이 누굴 부르나 하면서 바로 반응하지 못하곤 해요. 사람들이 내 앞에서 무릎을 꿇으면 긴장해요. 너무 긴장해서 손발을 어디에 두어야 할지도 몰라 허둥거리죠. 이렇게 많은 분들이 꿇어앉아 있으니, 긴장을 넘어 두렵기까지 해요. 지금 내 손바닥은 온통 땀투성이랍니다!"

줄곧 자신감 없고 위축되어 있던 자신을 직시하자, 그녀는 오히려 두려움이 옅어지고 불안함도 줄어드는 것 같았다. 그러자 미소가 점차 자연스러워지고 목소리 역시 갈수록 맑아졌다.

"나도 나 자신이 좀 더 고귀해져서 모두가 기대하는 황후가 되길 바라요. 여러분들이 내 앞에 무릎 꿇을 만한 가치가 있는 황후가 되길 바라요. 줄곧 열심히 배우고 '국모'라는 이름에 부끄럽지 않으려고 노력했어요. 하지만 그렇게 노력하고 또 노력한 결과, 무엇이든 자신의 노력만으로 얻을 수 있는 것은 아니라는 사실을 깨달았어요."

고개를 숙이고 머리를 조아리던 백성들 중 일부가 천천히 고개를 들었다. 그들은 눈앞에 있는 사람의 신분을 잊은 것처럼, 전혀 피하지 않고 허평군을 바라보았다.

허평군도 고개를 들어 유순을 보았다. 눈가에는 눈물이 맺혔지만 입가에는 옅은 미소가 피어올랐다.

"아마 나는 여러분들을 실망시켰을 거예요. 여러분이 상상하고 기대하던 황후가 아니니까요. 나는 고귀하게 행동할 수도 없고, 우아한 분위기를 낼 수도 없어요. 아무리 꾸며도 나는 나예요. 죄를 지은 관리의 가난한 집안에서 태어난 보통 여자예요. 나도 나 자신에게 실망할 때가 많아요. 수없이 생각했어요. 내가 좀 더 깨끗한 마음을 가졌더라면, 좀 더 아름다운 풍모를 지녔더라면. 밭두렁에 자란 평범하기 그지없는 밀짚이 아니라, 청아한 수선화나 고귀한 모란꽃이었더라면. 방금도 나는 또 내게 실망했어요. 하지만 이제는 그런 밀짚이라는 사실이 다행이라고 생각해요."

그녀는 발아래 꿇어앉은 수천수만의 백성들을 보며, 그들을 향해 두 손을 활짝 펼쳤다.

"어려서부터 집안일과 농사일을 했기 때문에 내 손은 무척 거칠어요. 손마디도 굵고 굳은살까지 있어요. 다른 비빈들 앞에서 이 손을 내놓는 것이 부끄러운 적도 있었어요. 그래서 늘 소매 속에 손을 숨겼죠. 하지만 지금은 내가 그렇게 생각했다는 사실이 부끄러워요. 이 손은 자랑스러워할 만한 손이에요. 이 손으로 누에를 치고, 밭을 갈고, 베를 짰어요. 이 두 손으로 우리 가족을 부양했어요⋯⋯. 내가 어리석었어요. 여러분의 손도 내 손과 같아요. 이곳에는 나보다 더 손재주 많고 일 잘하는 아주머니들과 자매들이 많을 거예요! 평범하기 그지없는 손이라니, 왜 그런 생각을 해야 하죠? 손은 일을 하라고 있는 거잖아요? 하지만 술을 빚는 거라면 아직 자신 있어요. 여러분들 중에서 누구든 술 만드는 재주가 나보다 뛰어났다면, 지난날 나혼자 돈을 긁어모으는 것을 가만히 보고 있지만은 않았겠죠!"

적잖은 사람들이 "와하하!" 웃음을 터트렸다. 몇 사람의 웃음이었지만, 곧 다른 사람들에게도 전염되어 모두들 소리 낮춰 웃었다. 처음의 긴장감과 어색함, 그리고 괜한 불안감까지도 모두 사라졌다.

"오늘 아침에 마을을 한 바퀴 돌았어요. 많은 분들이 남몰래 눈물을 흘리고 계시더군요. 나도 아내고 엄마예요. 출정하는 사람이 내 남편이나 내 아들이라면, 아마 그분들 못지않게 눈물을 흘렸을 거예요. 어쩌면 그분들처럼 이 전쟁을 원망했을지도 몰라요. 싸우지 않으면 얼마나 좋을까! 잘만 지내는데 왜 전쟁을 해야 해? 모두들 속으로는, 나라와 가정을 보호하기 싫어서가 아니라, 강족이 우리를 침략한 것도 아니니 싸울 필요가 없다고 생각한다는 거 알아요."

모두들 고개를 끄덕였다. 허평군 근처에 꿇어앉은 사람들은 그녀가 황후라는 사실도 잊고, 평소 하던 것처럼 눈물을 닦으며 푸념했다.

"내 말이! 하지만 황제께서는 무슨 생각이신지, 적이 쳐들어오는 것도 아닌데 싸우자고 하시잖아. 평화롭게 살면 얼마나 좋아?"

허평군도 눈물을 글썽이며 말했다.

"나라 사이의 이익 다툼 같은 건 나도 몰라서 설명해 줄 수가 없어요. 하지만 이렇게 생각했어요. 강족은 우리 곁에 누워 있는 호랑이고, 나날이 자라고 있어요. 호랑이가 지금 우리를 공격하지 않는다고 해서 우리가 안전하다는 뜻은 아니에요. 호랑이는 일격에 우리를 쓰러뜨릴 수 있는 가장 좋은 때를 기다리고 있는 것뿐이니까요. 우리에게는 두 가지 선택이 있어요. 첫째는 매일 두려움에 떨며 호랑이가 공격해 오기를 기다리는 것이고, 둘째는 호랑이가 다 자라기 전에 죽이는 거예요. 나는 아내이자 엄마기 때문에, 두 번째 방법을 선택하겠어요. 내 아들이 무사히 자라고, 내 남편이 나중에 더 사나운 호랑이와 싸울 일이 없기를 바라니까요. 여러분은 어때요?"

눈물을 닦으며 고개를 끄덕이는 사람도 있었고, 한숨을 쉬며 고개를 주억거리는 사람도 있었고, 아무 말 없이 눈을 찡그리는 사람도 있었다. 하지만 반응은 달라도 허평군의 선택을 인정하는 것은 분명했다.

허평군은 눈가에 맺힌 눈물을 닦았다.

"출정하는 남자들에게 한마디 해야겠어요. 걱정 말고 가세요. 당신들의 아내와 자식은 내게 맡겨요! 허평군이 살아 있는 한, 결코 단 한 사람도 헐벗고 굶주리게 하지는 않겠어요!"

사람들이 서로 쑥덕거리기 시작했다. 마치 수많은 꿀벌들이 모여든 것처럼 웅성거리는 소리였다. 허평군이 반문했다.

"왜요? 내 말을 못 믿겠어요?"

사람들은 어느새 그녀가 황후라는 사실을 잊어버렸다. 그중 한 명이 전혀 거리낌 없이 소리쳤다.

"천재지변이 있을 때 나눠 준 죽도 며칠밖에 못 갔소. 가난 구제는 나라도 못 한다고 하잖소!"

허평군은 두 손을 높이 쳐들고 차갑게 물었다.

"누가 적선을 바란대요?"

운가가 오랫동안 보지 못했던 괄괄한 여자가 다시 돌아왔다. 운가는 웃고 싶었지만 눈에는 눈물이 고였다.

허평군이 낭랑하게 외쳤다.

"나는 엄마로서, 내 손으로 끓인 죽을 먹이면 먹였지, 남이 적선해 준 고기를 먹여 아들을 키우고 싶지는 않아요! 아들이라면 머리통만 키울 게 아니라 기개도 키워야 해요! 당신 아내에게 두 손만 있다면, 자기 자신과 아들을 부양할 수 있어요. 황후의 이름으로 조서를 내리겠어요. 황궁의 비단과 천은 우선적으로 전쟁에 나간 병사의 가족에게서 구입하겠어요. 값은 일률적으로 궁궐의 가격을 따를 거예요. 그리고 수예방을 만들라고 할 테니, 바느질 솜씨가 좋으면 수예방에서 일하면 돼요. 관리들의 관복을 모두 그들에게 맡기겠어요."

그러고는 운가를 가리켰다.

"저 사람이 누군지 알아요? 연약한 사람이라 생각하지 말아요. 그녀는 장안성의 진정한 대부호예요! 우리 여자들도 돈을 벌기로 마음먹으면 남자 못지않아요!"

사람들이 모두 운가를 바라보았다. 그러자 운가가 웃으며 일어났다.

"나는 운가라고 해요. 이름은 들어 보지 못했을 거예요. 하지만 '우아한 요리사'나 '죽공자'라는 말은 들어 보셨을 거예요."

죽공자의 요리 한 접시는 천금을 주고도 구하기 어렵다는 걸 장안성 사람이라면 누구나 들어 본 적이 있었다. 믿을 수 없다는 탄성과 함께 왁자지껄 떠들어 대는 소리가 터져 나왔다.

그 소리에 운가는 남몰래 허평군을 한번 노려본 후, 헤헤거리며 사람들에게 말했다.

"난 아무것도 아니에요. 우리 황후 마마는 악착같이 돈을 버는 것이나, 괄괄하고 인색한 걸로 일찍부터 이름을 날렸어요. 못 믿겠으면 황후 마마의 옛 이웃을 찾아가 얼마든지 물어보세요. 모기 다릿살까지 발라내 내년에 먹겠다고 소금에 절여 두는 사람이라고 할 거예요. 천하가 태평하고 장안성 곳곳에 돈벌 곳만 있으면, 여러분들의 아내와 자식을 황후 마마에게 맡겨 놓으면 아무 걱정할 필요 없어요!"

사람들이 큰 소리로 웃음을 터트렸다. 근심 가득했던 장안성의 분위기가 단번에 가벼워졌다. 웃음소리 속에서 두려움과 걱정은 사라지고, 자신감과 힘이 모여들었다.

솔직히 세상 남자들 중 아무런 포부 없이 평범하게 살고 싶은 사람이 몇이나 될까? 세상을 질주하며 공을 세우기를 원치 않는 사람이 몇이나 될까?

남자의 용기가 검과 말이라면, 여자의 부드러움은 가정과 등불이었다. 남자가 용감하게 앞으로 나아가 적진으로 뛰어들 때, 여자는 조용히 집을 지키며 따뜻하게 기다린다. 지키고 기다리는 사람이 있기 때문에 남자의 말이 더욱 빨리 달리고, 검이 더욱 날카로운 것이다.

허평군은 아내와 어머니의 마음으로, 모든 아내와 어머니와 함께 지키고 기다릴 것을 약속했다. 그래서 남자들은 가족에 대한 걱정 없이 앞으로 달려 나갈 수 있게 되었다.

운가는 허평군이 너무 오래 서 있어서 지쳤을까 봐 사람들에게 작별 인사를 하고 허평군과 함께 성안으로 들어갔다. 사람들은 자연스레 일어나 그들에게 길을 터 주었다. 적잖은 사람들이 허평군에게 몸조심하고 보양을 잘하라고 당부했다. 노파들은 집에 3년 기른 암탉이 있으니 돌아가거든 황후 마마에게 보내겠다고 했다.

성루 위의 네 눈동자도 내내 허평군과 운가에게 쏠려 있었다. 그중 원망과 분노가 어린 두 눈동자는 인파에 막혀 있어도 분명하게 느껴졌다. 하지만 이 순간부터 허평군은 정말로 두렵지 않았다. 다른 두 눈동자에 담긴 감정은 판별할 수 없었지만, 더 이상은 애써 캐내려고 하지 않았다.

미앙궁이 점점 가까워지고 사람들의 목소리는 점점 멀어졌다.

길 양쪽에 꽃들이 많이 피어 있고, 오색의 나비들이 꽃밭 사이로 훨훨 춤을 추었다. 허평군과 운가는 나비들의 감미로운 춤사위에 이끌려 저도 모르게 걸음을 멈추고 구경했다.

운가는 미소를 지으며 생각했다. 나비의 아름다움을 보는 사람들 중에 이 나비가 한때는 평범한 송충이였다는 것을 떠올리는 사람이 있을까? 고치를 뚫고 나비가 될 때 얼마나 힘들고 아팠는지 아는 사람이 있을까?

두 사람은 한동안 구경하다가 다시 앞으로 걸어갔다. 허평군이 가벼운 목소리로 말했다.

"고마워."

밑도 끝도 없는 말이었지만 운가는 알아듣고 미소를 지으며 고개를 저었다.

"내가 아니라 언니 자신에게 고마워해야죠. 언니가 한 말은 나도 처음 들었어요. 언니가 그 말을 할 때 얼마나 아름다웠는지 모를 거예요! 찬란한 햇빛이 언니를 비추니 마치…… 마치 밀짚 같았어요. 막 자라난 파릇파릇한 밀짚이 아니라 햇살과 빗줄기를 모두 겪어 본 황금색 밀짚 말이에요. 생각해 봐요. 금빛 햇살 아래 반짝이는 황금색 밀짚. 절대 수선화나 모란꽃보다 못하지 않아요!"

허평군이 민망한 얼굴로 피식 웃었다.

"됐어! 시를 짓는 것도 아닌데, 언제까지 할래?"

그러고는 운가의 손을 잡고 말했다.

"네가 항상 내 곁에 있다는 것을 몰랐다면 그들을 마주 볼 용기도, 나 자신을 직시할 용기도 내지 못했을 거야."

운가는 고개를 갸웃하며 예쁘게 까르르 웃었다.

"언니도 늘 내 곁에 있잖아요! 언니가 내 곁에 없는데, 내가 어떻게 언니 곁에 있어요?"

그 말을 곱씹어 본 허평군은 기쁘기도 하고 슬프기도 한 마음으로 웃음을 터트렸다.

'맞아! 네가 내 곁에 없는데, 내가 어떻게 네 곁에 있겠어?'

차갑고 우뚝 솟은 궁궐 담장 사이로, 두 여자는 서로 손을 잡아끌며 걸었다. 햇빛을 받은 그들의 모습이 더없이 다정하고 따뜻했다.

16장
행복했던 세월이 하늘의 질투를 받았던 것

　운가는 본래도 총명한데 훌륭한 스승까지 만났고, 또 열심히 노력한 덕분에 반년 만에 일반 의원과 겨룰 정도의 의술을 익혔다.

　그녀는 의학의 도리를 알면 알수록 마음속 의혹이 점점 커져 감을 느꼈다. 그러나 고전 의학서를 뒤적여도 그녀에게 해답을 주는 책은 없었다. 사실 맹각이 의혹에 대한 답을 줄 수 있는 최선의 인물인데도, 그에게는 묻고 싶지 않았다. 그렇다면 다른 사람을 찾는 수밖에 없었다.

　태의원에 가면 장 태의를 만날 수 있을 줄 알았으나 뜻밖에도 그는 이미 태의원을 떠난 후였다. 장 태의가 태자의 목숨을 구하자 유순은 그에게 상을 내렸지만, 그 일이 끝나자 여전히 그를 구석에 처박아 두었다. 의술을 펼칠 수 없게 된 장 태의는 처음에는 싫어하고 낙담했지만, 나중에는 깨달음을 얻었다. 그리고 마침내 유순에게 사직을 청하고 태의원을 떠난 것이다.

장 태의와 사이가 좋았던 어떤 태의가 알려 준 대로, 운가는 길을 물어 가며 장 태의의 새집을 찾아갔다. 오래된 초당 몇 칸으로 된 집 앞에는 자리가 깔려 있고, 진료를 받으러 온 사람들로 가득했다. 장 태의는 초당에 앉아 진료를 하는 중이었고, 옆에는 두 명의 제자가 서 있었다. 장 태의는 진맥을 하면서 제자들에게 진단 결과를 설명했다.

운가는 입구에 서서, 환자들이 수심 가득한 얼굴로 초당에 들어갔다가 안심한 표정으로 떠나는 것을 바라보았다. 아침에 장 태의가 사직했다는 소식을 들었을 때만 해도 무척 불만스러웠지만, 고맙다는 인사를 하는 환자들과 그들의 감동한 눈빛을 보자 그 불만이 모두 사라졌다.

한 제자가 그녀에게 다가와 물었다.

"낭자, 진료를 받으러 오셨습니까?"

"나는……."

"운 낭자?"

소리를 듣고 고개를 든 장 태의가 운가를 발견하고 놀란 목소리로 외쳤다. 그가 벌떡 일어났다.

"운……. 아니 맹 부인께서 어떻게 이곳에?"

운가가 웃으며 말했다.

"왜 이런 곳에 와 계시는지, 누가 못살게 굴기라도 했는지 물으려고 했는데, 여기 조금 있어 보니 그럴 필요가 없다는 걸 알았어요. 설령 누가 장 선생님을 쫓아냈더라도, 그 사람에게 고마워해야 할 것 같아요!"

장 선생은 큰 소리로 웃음을 터트렸다. 그 목소리는 한 번도 들어 본 적 없을 만큼 밝고 유쾌했다. 그는 제자들에게 몇 마디 분부한 후 운가에게 말했다.

"초당은 초라해서 귀빈을 맞을 곳이 못 됩니다. 다행히 들판은 경치가 아름다우니, 이 늙은이와 함께 들판을 걸으시지요!"

두 사람은 초당을 나가 들판을 산책했다. 파란 하늘 아래 황금빛, 혹은 초록빛의 밭뙈기들이 대지를 다채롭게 물들이고 있었다.

밭 끝자락에서 바삐 일하던 농부들은 장 선생을 보자 너 나 할 것 없이 하던 일을 내려놓고 손을 흔들며 인사를 건넸다. 운가는 그들의 이런 단순한 행동에서 존경심을 볼 수 있었다. 태의라면 영원히 얻을 수 없는 것이었다.

"장 선생님, 저도 지금 의술을 배우고 있어요. 제 스승이 누구인지 짐작 가세요?"

장 선생이 웃으며 대답했다.

"별로 어렵지 않은 수수께끼군요. 맹 대인의 의술은 천하제일이라고 할 수 있으니, 다른 사람을 찾을 필요도 없으셨겠지요."

운가는 웃으며 고개를 저었다.

"틀렸어요! 그 사람은 제 스승이 아니라 사형일 뿐이에요. 그리고 장 선생님, 저를 맹 부인이라고 부르실 필요 없어요. 그냥 운가나 운 낭자라고 부르시면 돼요."

장 선생은 잠시 어리둥절한 눈치더니, 곧 깨닫고 말했다.

"맹 대인이 스승을 대신해 가르치는 거군요! 운 낭자와 맹서막 공자에게도 축하할 일이지만, 특히 세상의 병자들에게는 큰 기쁨입니다!"

장 선생은 '맹서막 공자'라는 말과 함께 멀리 허공을 향해 읍을 했다. 공경이 넘치는 태도였다.

운가는 부끄러운 듯 말했다.

"과찬이세요. 전 그저 스승님의 명성을 더럽히지 않기 위해 최선을 다할 뿐이에요."

장 선생은 수염을 쓰다듬으며 웃었다. 맹각은 무척 똑똑하지만 의술을 하는 사람은 아니었다. 어쩌면 운가야말로 맹서막 공자의 뒤를 잇는 진정한 후계자일지도 모른다.

"하지만 의술을 배운 의도가 나빴어요. 스승님께서 용서해 주시기를 바라요. 제가 의술을 배운 건 병자를 구하기 위해서가 아니라……."

운가는 멈춰 서서 장 선생을 똑바로 바라보았다.

"진상을 알기 위해서예요. '우선 내적으로 마음이 울적하여 감정 때문에 속이 많이 상하신 상태입니다. 간이 해독 작용을 잃고, 폐는 운반 작용을 잃고, 오장육부는 음양 기혈의 조화가 무너져 심규心竅[11]가 막히게 되었습니다. 외적으로는 가슴이 답답하고 근육이 저립니다. 심할 때에는 골수가 부족해 현기증과

---

11 마음의 구멍. 생각을 하는 곳.

이명이 생기고, 가슴이 견디기 힘들 만큼 아프고 사지에 경련이 일어납니다.'"

운가는 지난날 장 선생이 했던 말을 한 자, 한 자, 똑같이 읊었다. 장 선생은 아무 말이 없었다.

"모두 그의 병을 흉비라고 했지요. 흉비가 비록 위험한 병이지만, 한창때의 나이에 발병한다는 기록은 없어요. 갓 의술을 배우기 시작한 저조차 이상하다는 생각이 드는데, 장 선생께서는 의심해 보지 않았을까 하는 생각이 들었어요. 오늘 제가 여기 온 것은 사실을 듣기 위해서예요."

장 선생은 가볍게 탄식했다.

"의심하고 당황했었지요. 하지만 제가 의심한 건 그 부분이 아닙니다."

"말씀해 주세요."

"일단 낭자의 말씀대로, 선천적으로 문제가 있었던 것이 아니라면, 흉비가 위험한 병이긴 하지만 청장년층에서 발생하는 경우는 드뭅니다. 선제께서는 어려서부터 건강하셨고, 당시는 한창때셨지요. 설령 마음이 우울하고 근심 걱정이 많으셨다 해도, 그 나이에 흉비에 걸릴 수는 없습니다. 둘째로, 제가 관찰한 바와 당시 상황으로 볼 때에도 발병할 가능성은 없었습니다. 낭자가 입궁한 후 선제께서는 기분이 많이 좋아지셨고, 안색도 건강하셨습니다. 병이 있다 해도 호전되어야지 갑자기 발병할 이유는 없습니다. 셋째로는, 《황제내경 소문素問》〈지진요대론至真要大論〉에는 '한기가 크게 밀려들면 물로 이기고, 열기에 해를 입으면 심장에 병이 생긴다'라고 했습니다. 선제께서는 갑작스런 한기에 병이 나신 것입니다."

장 선생은 한쪽 팔을 들어 자기 소매를 가리켰다.

"말하자면 이런 천 같은 거지요. 불이 닿으면 재로 변하지만, 아무리 약해도 불만 없으면 사오 년은 입을 수 있습니다."

운가가 생각해 본 후 말했다.

"그 말씀은, 누군가 소매에 불을 붙였다는 뜻인가요?"

장 선생이 황급히 대답했다.

"그런 뜻이 아닙니다. 누군가 소매에 불을 붙였다는 확신은 없습니다. 어쩌면 바람이 불어 불꽃이 튀었을 수도 있고, 다른 원인으로 소매가 찢어졌을 수도 있습니다. 여러 가지 가능성이 있지요."

운가가 단호한 표정으로 힐문했다.

"장 선생께서 그런 의심이 들었다면 왜 말씀하지 않으셨어요? 만에 하나 정말 누군가 불을 붙였다면요?"

장 선생이 진지하게 해명했다.

"황제께서 병을 얻으신 일은 사직의 안위와 관련이 있습니다. 선제께서 중독되셨다는 말을 하면, 자칫 큰 화를 불러올 수도 있습니다. 당연히 저는 개인적인 의심 때문에 함부로 말을 꺼낼 수가 없었지요. 그래서 남몰래 계속 조사하고 주위를 살폈습니다. 제 목숨을 걸고 보증하지만, 선제께서는 절대 중독되신 게 아닙니다."

"뭘 믿고 그렇게 확신하시죠?"

"흉비 증상을 일으키는 독약은 음식을 통해 오장으로 들어가 심장을 훼손시킵니다. 또 일단 발병하면 즉시 목숨을 잃습니다. 하지만 선제의 흉비는 만성이었습니다. 저는 우안 총관에게 선제의 식사를 세심하게 살피라고 부탁하기도 했습니다. 그는 어려서부터 그 방면에 철저한 교육을 받았고 경험이 풍부하지만, 역시 의심스러운 점을 전혀 발견하지 못했습니다. 게다가 가장 중요한 것은, 선제께서 드시는 음식은 모두 환관이 먼저 시식해 보아야 합니다. 하지만 환관 중에서 중독 현상을 보인 사람은 없었지요."

운가는 할 말을 잃었다. 확실히 장 선생의 말대로였다. 우안의 충성심은 의심할 필요도 없었고, 또 환관들 중에 중독된 사람도 없었다. 이런 완벽한 증거 앞에서는 그 어떤 의심도 할 수가 없었다.

"운 낭자, 이제부터는 인생의 선배로서 말하지요. 저는 훗날 운 낭자께서 제가 마음에서 우러난 목소리로 '맹 부인'이라고 부르는 것을 원하시기를 간절히 바랍니다. 인생이 아무리 힘들고 괴로워도 사람은 늘 이를 악물고 앞으로 나아가야지, 계속 그 자리에서 배회하면 안 됩니다."

운가의 눈이 눈물로 뿌옇게 흐려졌다. 그녀는 색색의 들판을 바라보며 아무 말도 하지 않았다. 세상이 아무리 눈부신 색을 가졌어도, 그녀의 눈에는 흐릿하기만 했다.

"영원히 제자리에 서 있어야만 추억할 수 있는 게 아닙니다. 선제께서 낭자의 지금 이런 모습을 보고 싶어 하실까요? 그분은 벌써…….”

운가는 뒷말을 듣기가 두려운지 서둘러 말을 끊었다.

“장 선생님, 선생님은 몰라요. 제 입장에서는 그 사람이 떠난 게 아니에요. 그는 늘 그곳에 있어요.”

장 선생은 당황했다. 그가 말을 하려고 했지만 운가가 급히 말했다.

“장 선생님, 이제 갈게요. 시간 나면 또 뵈러 올게요.”

발걸음이 어지러워 그녀는 거의 달아나다시피 사라졌다. 가냘픈 그림자가 눈부신 빛깔 사이로 빠르게 멀어졌다. 장 선생은 그녀의 뒷모습을 보며 고개를 젓고 한숨을 쉬었다.

장 선생을 만나고 돌아온 후 운가는 내내 혼자 멍하니 앉아 있었다.

‘설마 그날 저녁 너무 쓸데없는 생각을 했던 걸까? 곽성군과 곽광의 대화는 다른 의미였을까?’

장 선생의 말은 일리도 있고 증거도 있었다. 확실히 그녀가 의심이 많았던 것인지도 모른다. 아니면 자신에게 핑계를 마련해 주려고 했거나. 과거를 놓지 않아도 될 핑계.

모든 사람들이 앞으로 나아가고 있었다. 조정의 신하들이 매일같이 염려하는 황제는 유순이었고, 백성들도 천자가 유순이라고 알고 있다. 궁궐의 환관과 궁녀들이 잘 보이려는 사람도 유순이고, 곽광이 싸우려는 사람도 유순이었다.

모두들 벌써 잊어버렸다. 그를 좋아했던 사람, 그에게 잘 보이려고 했던 사람, 심지어 그를 증오하고 원망했던 사람들도 모두들 점차 그를 잊어 갔다. 그의 모습은 흐르는 시간 속에서 나날이 옅어지다 끝내 역사서의 희미한 먹물 몇 글자로 변해 버렸다. 혁혁한 공훈을 세운 황제들 가운데 끼어 그 누구의 시선도 받지 못한 채.

오로지 그녀 혼자 깨어 있었다. 시간의 흐름 속에서도 그 모든 것은 흐려지지 않고 도리어 선명해졌다. 깨어 있는 동안 그녀는 시대에 맞지 않게 변해 갔다. 모두들 자신이 원하는 것을 쫓으며 앞으로 질주하는데, 그녀는 끊임없이 그들을 일깨우고 있었다.

잊지 말아요! 잊으면 안 돼요! 한때 그는 금란전에 앉아 있었고, 신명대에서 웃었고, 당신들을 더 잘 살게 해 주려고 노력했어요. 그러니 잊어선 안 돼요…….

이제 저 앞에는 그녀가 원하는 것이 없기 때문일까? 그래서 사람들이 앞으로 달려 나갈 때 그녀는 제자리에 서 있고 싶은 것이다. 강해져야 한다고, 울지 말라고 스스로에게 다짐하기도 했는데, 눈물이 제어할 수 없이 흘러나왔다.

'릉 오빠, 오빠가 보고 싶어요! 너무나, 너무나 보고 싶어요! 내가 강해지기를 바라는 거 알아요. 그럴게요. 꼭 강해질게요…….'

속으로 약속을 되뇌었지만, 눈물은 더욱 세차게 쏟아졌다.

뜰의 대나무 숲에 가려진 그늘에는 맹각이 조용히 서 있었다. 그의 모습은 마치 어두운 밤 속에 새겨진 것처럼 굳어 있었다. 그곳에서는 그녀가 창가에 켜 둔 등불이 똑똑히 보였다. 아니, 몇 걸음만 더 가면 방 안으로 들어가, 그녀와 함께 앉아 함께 등불의 심지를 자를 수 있었다. 하지만 그 몇 걸음이 마치 천연의 요새라도 된 것 같았다.

그녀의 눈물방울 하나하나가 그의 심장을 때렸다. 하지만 그는 멀리 서서 아무 일 없는 듯이 조용히 지켜볼 수밖에 없었다. 그녀는 울면서 유불릉의 유물을 살폈다. 책 한 권, 옷 한 벌, 인장 하나까지 모두 오랫동안 바라보았다.

한참 후에야 그녀는 등불을 끄고 창을 닫아 그를 그녀의 세상 밖에 가두었다. 아득한 어둠 속에 홀로 남겨진 그는 그녀의 창밖에 바보처럼 서 있었다.

밤은 무척 고요했다. 이슬이 대나무 잎 위로 떨어지는 소리마저 들릴 정도로 고요했다.

아침이 되어 금빛 햇살이 창문을 비추자, 새들이 짹짹거리며 노래를 불렀다.

삼월은 책 두 권을 끌어안고 죽헌으로 들어갔다. 머리를 빗고 있던 운가가 그녀를 보더니, 책상을 가리키며 책을 놓으라는 시늉을 했다. 그녀의 쌀쌀함에 습관이 된 삼월은 전혀 개의치 않고 생글생글 웃으며 말했다.

"공자께서 어제 이 책들을 전해 드리라고 하셨는데, 하녀에게 듣자 하니 외출하시고 아직 안 돌아오셨다고 하더군요. 공자께서 요 이틀 간은 늦게까지 궁에 계셔야 한대요. 혹시 궁금

한 게 있으시면 써 놓으라고 하셨어요. 이틀 후에 대답해 주시 겠대요."

운가는 담담하게 "그래." 하고 대답했다.

책을 내려놓은 삼월은 옆에 놓인 탁자에 두루마리가 펼쳐져 있는 것을 보았다. 두루마리에는 많은 꽃문양이 그려져 있었 다. 다가가 살펴보니, 모든 꽃문양 옆에 작은 글씨가 줄줄이 쓰 여 있었다. 삼월이 자세히 읽어 보려고 하자, 그 모습을 본 운 가가 안색이 싹 변해 빗을 내던지고 달려와 두루마리를 빼앗아 둘둘 말았다.

"다른 일 없으면 돌아가!"

삼월은 흥미를 잃고 밖으로 나가면서 중얼거렸다.

"꽃문양 갖고 왜 저런대? 처음 보는 것도 아닌데. 공자를 따 라 산에 올랐을 때 가득 피어 있던 꽃이잖……."

"잠깐!"

삼월이 영문을 몰라 걸음을 멈추고 돌아보았다.

"어떤 꽃을 봤다는 거야?"

운가의 목소리가 무척 날카로워 삼월은 기분이 상했다. 하 지만 그녀가 맹각을 구해 주었다는 데 생각이 미치자, 아무리 기분이 상해도 억누를 수밖에 없었다.

"종 모양처럼 생긴 꽃이요. 색이 무척 고와서 노을처럼 눈부 셨어요. 공자께 물었지만, 공자도 꽃 이름을 모르신대요."

운가의 안색이 창백해졌다.

"어디서 봤어?"

"음……."

삼월은 잠시 생각한 후 대답했다.

"장안성 밖에 있는 산에서요. 한가득 피어 있어서 무척 아름다웠어요."

"날 좀 안내해 줘."

"네? 전 할 일이……."

운가는 머리도 빗지 않고 삼월의 손을 잡은 채 밖으로 달려나갔다. 삼월은 그녀에게 붙잡힌 데가 아파서 뿌리치려고 했지만, 무슨 수를 써도 그녀의 손을 뿌리칠 수가 없었다. 그녀는 속으로 깜짝 놀랐다. 언제부터 운가의 무예가 이렇게 좋아졌을까?

마침내 고통을 참다못한 그녀가 외쳤다.

"안내해 드릴게요. 그러니 좀 놓으세요! 절 잡아 죽일 생각이세요?"

운가가 그녀의 팔을 놓아주고, 우안에게 당장 마차를 준비하라고 분부했다.

맹각의 저택을 나온 후 삼월은 기억을 더듬으며 길을 안내했다. 가끔 길을 잘못 들면 처음으로 돌아가서 다시 찾아가야 했다. 그러다 어떤 황폐한 산 아래에 이르러 아름다운 호수를 발견하자, 삼월이 기뻐하며 외쳤다.

"여기예요! 이 호수에 물고기가 많이 살고 있어요. 지난번에도 봤는데……."

운가는 그녀의 수다에는 전혀 관심 갖지 않고 차갑게 말했다.

"산 위로 안내해서 그때 봤다는 꽃을 보여 줘."

삼월은 입을 삐죽이며 앞에서 길을 안내했다. 개울을 따라 오르는 동안 운가의 걷는 속도가 점점 빨라졌다. 그런데 갑자기 그녀가 걸음을 멈추더니 고개를 들고 벼랑 위에 얽힌 보라색 덩굴을 바라보았다.

떨어지는 개울물을 맞은 덩굴은 새파랗게 반짝이기도 하고 그윽한 빛을 띠기도 했다. 삼월은 운가가 한참 동안 보라색 덩굴을 바라보며 꼼짝도 하지 않자 조용히 속삭였다.

"칡이에요. 지난번에 왔을 때 공자께서 알려 주셨어요."

"맹각이 이걸 칡이라고 했다고?"

삼월이 고개를 끄덕였다.

"그럼요! 아니란 말이에요?"

산꼭대기에 도착하자, 삼월은 기억을 따라 이리저리 뒤졌지만 그때 보았던 저녁노을같이 찬란한 꽃을 찾을 수가 없었다. 초조해진 그녀가 중얼거렸다.

"분명히 이 부근인데! 왜 없지?"

운가가 물었다.

"그 꽃을 정말 보긴 본 거야?"

삼월은 가만히 생각해 보더니 확신에 가득한 목소리로 말했다.

"바로 저 소나무 아래였어요. 저 나무가 기억나요. 저 샘도요. 그때 저 샘은 오늘처럼 퐁퐁 소리를 내고 있어서 종 모양의 꽃과 무척 잘 어울렸어요. 마치 선녀가 춤을 추는 것 같았다니까요. 그런데…… 꽃은 어디로 갔을까? 그렇게 많던 꽃이 어떻게 한 송이도 안 남았지?"

운가는 눈앞에 펼쳐진 푸르른 풀밭을 바라보며 차갑게 말했다.

"너희 공자가 그 꽃들을 계속 남겨 뒀겠어?"

"네?"

운가의 시선을 받은 삼월은 오싹 한기가 느껴져, 순간적으로 달아나고 싶은 생각이 들었다. 운가는 한참 동안 그녀를 노려보다가 돌아가려고 몸을 돌렸다.

지금 그녀의 무예라면 절대 넘어질 리가 없었기 때문에 삼월도 그녀에게 신경 쓰지 않았다. 하지만 가파른 언덕에서 운가가 발을 삐끗하더니 데굴데굴, 아래로 굴러떨어졌다. 삼월이 놀라 비명을 질렀다.

다행히 운가는 마지막에 칡을 붙잡아 절벽 아래로 떨어지는 것을 면했다. 삼월은 혼비백산하여 황급히 그녀를 끌어 올렸다. 운가의 손목과 다리에 상처가 났다. 아파서 그러는지, 칡에 맺힌 이슬 때문인지, 운가의 얼굴에 물방울이 송송 맺혔다.

삼월이 그녀를 부축해서 산을 내려가려고 했지만, 운가는 똑바로 서자마자 그녀의 손을 밀어냈다. 그리고 마치 무서운 호랑이를 피하려는 것처럼 혼자 비틀비틀 산을 달려 내려갔다.

호숫가에서 마차를 지키며 기다리던 우안은 피를 흘리는 운가를 보자 깜짝 놀랐다. 그는 무슨 변고라도 생겼나 싶어 연검을 꺼내 들고 운가에게 달려왔다.

운가 뒤를 바짝 따르던 삼월은 이러지도 저러지도 못하는 상황에서도 깜짝 놀랐다. 운가 곁에 있던, 눈에 띄지도 않던 사람이 어떻게 저렇게 무예가 높을까? 정말 사제가 예상한 대로 궁에서 나온 고수일까?

"부인은 발을 헛디뎌 산에서 구른 것뿐이에요. 쫓아오는 사람은 없어요."

우안은 연검을 다시 허리춤에 숨기고 운가를 부축했다. 하지만 속에는 의문이 가득했다. 운가의 무예 실력이 어떤지는 그가 직접 봐서 알고 있었다. 그런데 발을 헛디디다니?

운가는 마차 안에 숨어 한 마디도 하지 않았다. 우안도 말이 없었다. 삼월은 혼자 우두커니 앉아 속으로 다시는 운가와 외출하지 않겠다고 맹세했다. 운가는 갈수록 이상해지고, 갈수록 사람을 견디기 힘들게 만들고 있었다!

죽헌으로 돌아온 후 운가는 혼자 방 안에서 왔다 갔다 했다. 마치 출구를 찾으려고 애쓰지만 아무리 발버둥 쳐도 막다른 길뿐이라는 것을 깨달은, 궁지에 몰린 짐승 같았다.

마음속으로는 그녀도 아직 믿을 수가 없었다. 어쩌면 믿고 싶지 않은 것일지도 모른다.

'맹각이, 그가…… 그가…… 정말 그렇게 무서운 사람일까?'

칡의 진짜 이름은 구문鉤吻이었다. 실수로 구문을 먹은 동물은 호흡기가 마비되고 근육에 힘이 풀려, 결국 심장이 천천히 멈추게 된다.

종처럼 생긴 아름다운 꽃에도 전혀 아름답지 않은 이름이 있었다. 호투狐套라는 이름이었다. 꽃이 피는 기간은 무척 짧지만, 이 꽃은 독 중의 독이었다. 심장에 통증을 유발하고 뛰는 속도를 늦추어, 잘못 먹으면 순식간에 목숨을 잃을 수도 있었다. 게다가 해약도 없었다. 해약을 만들 수가 없는 게 아니라, 독의 발작 시기가 너무 빨라 있어도 소용이 없었다.

이 두 가지 독약은 어떤 면에서는 흉비 같은 증상을 만들어 낼 수 있었다. 하지만 이 독은 발작 시기가 매우 빠른데, 룽 오빠의 병은 만성이었다. 그러나 맹각은 독의 명수니, 장 선생의 눈에는 불가능한 일도 해낼 수 있을지도…….

운가는 몸에서 힘이 빠져 쓰러질 것 같아 황급히 책상을 붙잡았다. 그녀의 심장도 구문의 독에 중독된 것처럼 질식할 듯 괴로웠다. 가슴이 터질 것 같고, 손이 덜덜 떨리고, 몸은 계속 쓰러질 것처럼 기울었다.

'곽광.'

어쩌면 이 모든 것은 곽광이 한 짓일지도 모른다. 곽광과 곽성군은 이 꽃의 존재를 알고 있었다. 어쩌면 맹각은 이 일과 아무 관련이 없을 수도 있다. 하지만 맹각은 저 꽃이 있다는 걸 어떻게 알았을까? 왜 삼월을 속였을까? 그가 호투를 모를 리가 없었고, 칡의 진짜 이름을 모를 리가 없었다. 양심에 거리낄 것이 없었다면 어째서…….

하녀가 향로를 들고 들어왔다. 본래는 웃고 있었지만, 운가의 어두운 안색과 미친 것 같은 눈빛에 웃음이 쑥 들어갔다. 그녀가 우물쭈물 말했다.

"부인, 많이 놀라셨을까 봐 특별히 마음을 편안히 해 주는 향을 피웠어요. 마음에 안 드시면 가지고 나갈게요."

운가는 그 향에서 어렴풋이 치자와 유지幽芷 향이 난다는 생각이 들었다. 갑자기 한기가 들며 눈앞에 섬광이 번쩍였다. 머리에서 굉음이 울리는가 싶더니 그녀의 몸이 뒤로 넘어갔다. 하녀가 재빨리 그녀를 부축하며 흐느꼈다.

"부인? 부인? 태의를 부를게요."

까맣던 눈앞이 점점 밝아지더니 차차 핏빛으로 물들었다. 잠시 후, 그녀는 억지로 일어나 앉으며 힘없이 분부했다.

"우안을 불러와."

우안이 황급히 들어왔다. 운가의 모습을 본 그는 눈을 촉촉이 적시며 그녀 앞에 무릎을 꿇고 말했다.

"아가씨가 계속 이렇게 스스로를 괴롭히시면, 소인은 죽는 게 낫겠습니다. 어찌 되었건 지하에 계신 선제를 뵐 낯이 없으니까요."

그가 운가 앞에서 유불릉의 죽음을 말한 것은 이번이 처음이었다. 운가는 눈물이 왈칵 솟았지만 재빨리 닦아 냈다.

"우안, 날 좀 도와줘요. 이 저택의 누구도 알아서는 안 돼요. 약방에 가서 향을 좀 배합해 와요."

우안이 귀를 기울였다. 운가는 생각을 가다듬으며 천천히 말했다.

"관동款冬과 유지, 율무, 매빙梅冰, 죽력竹瀝, 치자……."

이어서 한참 생각하던 그녀는 망설이듯이 덧붙였다.

"산야란山夜蘭, 천남성天南星, 풍향지楓香脂를 섞으세요."

우안은 명령을 받고 떠났다. 운가는 침대에 누웠지만 온몸이 싸늘하고 머릿속이 텅 비었다. 맞는지 아닌지는 우안이 돌아온 후 모두 알게 될 것이다.

한참 후에야 우안이 돌아왔다.

"그 향은 만들기가 어려워서 몇 군데 약방을 돌아다녔지만 실패했습니다. 어쩔 수 없이 장 태의를 찾아갔더니, 마침 작은 약방을 운영하고 있어서 친히 그 향을 만들어 주더군요. 그리고 급한 게 아니라면 사흘 정도 시간을 달라고 합니다. 지금은 시간이 너무 급박해서 약효가 떨어질 수 있다더군요."

운가는 눈을 감고 말했다.

"향을 피우세요."

우안은 다시 향로를 가져와 능숙하게 향을 피웠다. 잠시 후, 푸른 연기가 피어올랐다. 깊이 향을 들이마신 우안이 미심쩍은 듯 말했다.

"익숙한 향이군요! 마치…… 전에 아가씨께서 쓰시던 것 같습니다. 예전에 맹 공자가 아가씨를 위해 만들어 준 향 같군요."

그가 확신을 달라는 듯 운가를 돌아보았지만, 그녀는 얼굴이 새파래져 이미 혼절한 뒤였다. 우안은 단숨에 침대 곁으로 달려가 그녀를 부축해 일으키고 인중을 눌렀다.

마침내 운가가 다시 숨을 쉬기 시작했다. 하지만 고질병이 도졌는지 격렬하게 기침을 해 댔다. 우안이 어떻게든 기를 다스리려고 해 보았지만 소용이 없었다. 기침은 점점 심해져 입가에서 피가 배어 나왔다. 우안은 더 이상 미적댈 수 없어 사람을 불렀다. 당장 그녀를 맹각에게 데려가기 위해서였다. 그러나 운가가 그의 팔을 붙잡더니, 기침을 하면서 힘주어 말했다.

"그 사람은 부르지 말아요! 그는 우리의 원수예요! 난 죽지 않아요. 최소한 그 사람보다 빨리 죽지는 않을 거예요!"

우안은 황급히 하녀를 물리고, 뜨거운 물을 가져와 입가심을 해 주었다.

"제 목숨이 붙어 있는 것은 맹 공자의 보호 덕분입니다. 그렇지 않았다면 폐하께서 대놓고 절 죽이시지는 못해도, 어렵잖게 소리 소문 없이 암살해 버렸을 겁니다. 부유와 아가씨도……."

운가는 약초를 입에 넣고 폐의 통증을 억눌렀다.

"내 의술이 부족해서 그가 어떻게 독을 썼는지는 몰라요. 어쨌든 그는 극독을 만성독으로 바꿀 방법을 생각해 내 환관들이 발견할 수 없게 만들었어요. 그리고 이 향을 보조제 삼아 릉 오빠의 몸에 들어간 독을 발작하게 했던 거예요. 이 향은 폐의 열기를 가라앉히고 기운을 다스리지만, 한기를 모으는 성질이 있어요. 장 태의가 알아내지 못했던 '한기가 심해지면 심장에 병이 생긴다'는 문제의 답이죠. 내가…… 내가…… 내가 릉 오빠를 해친 거예요."

그녀가 갑자기 손을 뻗어 자신을 때렸다. 우안은 그녀의 말에 놀라 넋이 나간 바람에 반응이 늦었다. 그가 막으려고 했을 때 운가는 벌써 자기 뺨을 호되게 때린 후였다.

우안이 황급히 그녀의 손목을 붙잡았지만, 운가는 계속 발버둥 치며 자신을 때리려고 했다. 우안이 울면서 소리쳤다.

"아가씨! 아가씨!"

운가는 다시 기침을 했고 입에서 피를 토했다. 기력이 다해 힘없이 침대에 쓰러진 그녀는 텅 빈 눈동자로 허공만 올려다보았다. 안색은 잿빛이었고 입술 주위는 시퍼렇다. 우안은 그녀가 더는 기침을 하지 않는 것이 좋은건지 나쁜건지 알 수가 없어 울며 말했다.

"차라리 이곳을 떠나 장 태의에게 가는 것이 어떻겠습니까? 장 태의에게 진맥을 받아 보시지요."

운가가 입술을 달싹이며 낮은 목소리로 말했다.

"여기 남아야 해요. 우안, 내 책상 뒤에 그림이 한 장 숨겨져 있어요. 그걸 갖다 주세요."

우안은 그녀의 말대로 두루마리 그림을 가져왔다. 펼쳐 보니 하얀 비단 위에 여러 종류의 꽃과 풀이 그려져 있었다. 한눈에도 독약인 것을 알 수 있었다.

"오른쪽 아래에 덩굴 같은 식물이 있을 거예요."

"예. 있습니다."

우안은 그렇게 대답하며 옆에 쓰여 있는 설명을 읽어 보았다.

구문. 극독. 시고 쓴맛이 난다……

"오늘 아침에 갔던 산의 개울 옆에 이런 식물이 많이 자라고 있었어요. 한 포기 꺾어 오세요."

우안은 운가를 바라보며 망설이듯 말했다.

"아가씨께서 이런 상태이신데……."

그러자 운가의 잿빛 얼굴 위로 괴상한 미소가 떠올랐다.

"내 몸은 내가 알아서 치료해요. 걱정 말아요. 나는 정말 괜찮아요."

✽

맹각이 저택에 돌아왔을 때 날은 이미 깜깜했다.

곽광은 무슨 생각인지 갑자기 그에게 친밀하게 굴며, 마치 강족 원정 문제를 처음부터 끝까지 그와 상의하려는 것처럼 나왔다.

허평군은 임신했고, 또 얼마 전에는 커다란 수예방 두 곳을 만들어 출정한 병사의 가솔들을 고용했기 때문에 너무 바빠 아들을 보살필 겨를이 없었다. 덕분에 태자는 아예 맹각의 아들이 되어 버린 것처럼 하루 종일 그와 함께 다녔다.

하지만 바빠도 맹각의 마음은 드물게 평화로웠다. 매일 집으로 돌아오면 곁에 누군가가 있다는 것을 알기 때문이었다. 비록 여전히 그녀가 닫아 버린 창문 밖에 있어야 했지만, 십여 년 전에 비하면 상황이 많이 좋아진 셈이다.

십여 년 전 그녀는 그가 누군지도 몰랐다. 최소한 지금은 그를 알고, 또 홀로 위험을 무릅쓰면서 그를 구해 주기도 했다.

그래서 그는 자신감에 가득 차 그녀가 마음의 문을 여는 날을 기다렸다. 10년이 될 수도 있고, 20년이 될 수도 있지만 상관없었다. 어쨌거나 그는 그녀가 거기 있기만 하면 평생 동안 기다릴 것이다.

문을 열자 방에 누군가 있는 것이 느껴졌다. 그가 나지막이 물었다.

"누구냐?"

"나예요!"

운가가 등을 켜고 생글거리며 그를 바라보았다.

"왜 어두운 방에 혼자 있소?"

웃으며 그녀를 자세히 살핀 그가 가까이 다가가며 물었다.

"무슨 일이오? 안색이 왜 이렇게 안 좋소?"

운가는 아무렇지도 않다는 듯 말했다.

"오후에 고질병이 도져서 그래요. 하지만 이제 괜찮아요."

맹각은 운가가 거절할 것을 알면서도 권했다.

"내가 한번 보겠소."

그런데 뜻밖에도 그녀는 살며시 미소를 지으며 대답했다.

"좋아요! 식사부터 하고 진맥해 줘요!"

맹각은 당황했다. 운가는 평소 그에게 약간의 호의도 받지 않으려고 했다. 그런데 오늘은……! 처음의 놀라움이 가시기 전에 더 큰 놀라움이 이어졌다.

"식사했어요?"

"아직 안 했소."

"요리를 해 본 지 오래돼서 맛이 어떨지 모르겠네요. 하지만 당신도 맛을 못 느끼니, 모양이나 즐기고 배나 채우죠!"

맹각은 꿈을 꾸는 것 같아서 믿을 수 없는 눈길로 그녀를 바라보았다.

"운가, 당신……."

그녀는 웃는 듯 토라진 듯 입을 삐죽였다.

"먹기 싫으면 관둬요!"

이 말과 함께 그녀가 일어서서 가려 하자 맹각이 다급히 붙잡았다.

"아니, 아니오! 먹겠소! 먹겠소! 먹는다니까……."

한두 번 말한 걸로는 모자랐는지 그는 계속 먹겠다고 대답했다. 운가가 그의 말을 자르듯 손을 빼내고 고개를 숙였다.

"네네, 알았어요. 옷 갈아입고 와요! 나도 금방 갔다 올게요. 당신이 옷을 갈아입고 나면 같이 식사해요."

맹각은 너무 기쁜 나머지 앞뒤 재지 않고 옷을 갈아입으러 들어갔다. 생각해 보니 운가는 그가 미각을 되찾았다는 걸 아직 모르고 있었다. 이제 그는 그녀가 만든 요리에 담긴 의미를 맛볼 수 있다. 조금 있다가 모든 요리를 꼼꼼히 감상하고, 그 요리의 맛과 요리의 이름을 그녀에게 알려 주어 그녀를 놀라게 해 주리라.

운가는 만든 요리를 찬합에 넣은 다음, 마지막으로 남은 탕을 바라보며 한참 동안 그 자리에 서 있었다. 문 앞을 지키던 우안이 그 모습을 보고 그녀 곁으로 다가와 조용히 말했다.

"아가씨, 맹각의 무예는 저만 못합니다. 단칼에 그를 죽이면 그만인데 왜 굳이 이렇게……."

운가의 얼굴 위로 아련한 미소가 떠올랐다. 그녀가 희미한 목소리로 말했다.

"구문은 호흡 곤란을 일으키고, 심장 박동을 천천히 멈추게 해요. 사람의 심장이 차차 멈추는 걸 생각해 봐요. 무척 고통스럽겠죠. 차라리 죽는 게 낫다는 생각이 들 정도로 고통스러울 거예요. 룽 오빠는 그걸 수없이 견뎌 냈어요. 맹각이 천천히, 고통스럽게 죽어 가는 걸 봐야겠어요. 자기가 지은 죄니 살아선 안 돼요. 나 역시 방조한 죄가 있으니 벌을 받아야죠. 그거 알아요? 나는 룽 오빠의 가슴에 귀를 대고 그의 심장이 점점, 점점 느려지는 걸 들었어요……."

그녀의 눈에서 눈물이 또르륵 굴러떨어졌다. 운가가 급히 심호흡을 하더니, 품에서 작은 구문 조각을 꺼내 탕에 넣었다. 그런 다음 탕을 담은 질동이를 들고 말했다.

"가서 짐을 싸요. 좀 있다 찾아갈게요."

우안의 얼굴은 창백했다. 그녀를 말리고 싶었지만, 말릴 수 있었다면 벌써 말렸을 것이다. 그래서 그녀가 찬합과 질동이를 들고 홀로 어두운 밤빛 속으로 들어가는 것을 보고 있을 수밖에 없었다.

맹각은 관복을 벗고 어떤 옷을 골라야 할지 망설였다. 이리저리 한참을 살피다가 갑자기 자조 섞인 웃음이 터져 나왔다. 그는 웃으면서, 눈을 감고 아무렇게나 옷을 골라잡았다.

그의 손에 잡힌 것은 뜻밖에도 가장 밑에 놓여 있던 옷이었다. 지난날 감천산에서, 깊은 밤 운가를 업고 폭포를 찾아갔을 때 입었던 옷이었다. 그 후 여러 가지 이유로 몇 번이나 버리려다가 차마 그러지 못했고, 그러다 보니 옷은 점점 깊숙이 처박혀 옷장의 가장 아래쪽에 들어가 있었던 것이다.

그는 장포를 들고 한참 동안 불안하게 서 있다가 옷을 입었다. 그리고 빙그레 웃으며, 어차피 그녀는 알아보지도 못할 거라고 생각했다.

옷을 갈아입고 세수를 한 그는 탁자 앞에 앉아 가만히 기다렸다. 고요한 밤이었다. 심장이 세게 뛰는 것이 느껴졌다. 갑자기 밖에서 바람이 불어 창문이 쿵쿵 소리를 냈다. 그는 벌떡 일어나 창문을 닫았다.

여름 날씨는 참 변덕스러웠다. 돌아올 때만 해도 하늘은 맑고 구름 하나 없이 별이 총총했는데, 그사이 별들은 사라지고 검푸른 하늘 위에는 두꺼운 구름만이 처마처럼 층층이 쌓여 있었다.

맹각이 걱정하고 있을 때, 운가가 두 손에 무언가를 들고 바람 속을 걸어오는 것이 보였다. 치마와 머리칼이 어지럽게 바람에 흩날렸다. 그는 그녀를 마중하러 달려 나갔다.

그녀 곁에 도착하자, 하늘에서 갑작스런 천둥소리가 울렸다. 깜짝 놀란 운가가 들고 있던 질동이를 놓쳤다. 맹각이 재빨리 허리를 숙여 떨어지는 질동이를 받았다. 그리고 다른 손으로는 운가의 손을 잡고 뛰기 시작했다.

방 안으로 들어가자 맹각이 문을 닫고 말했다.

"폭우가 쏟아질 모양이오."

그러고는 몸을 돌려 보니, 운가는 여전히 찬합을 들고 그 자리에 서서 멍하니 그의 손을 바라보고 있었다. 흔들리는 등불이 그녀의 그림자를 어른어른하게 그려 냈다. 그가 자세히 보려는데, 그녀가 고개를 돌리며 그를 향해 생긋 웃었다. 그리고 그의 손에서 질동이를 받아 조심스럽게 탁자 끝에 놓았다.

"이 탕은 좀 있다가 마시고, 우선 음식부터 먹어요!"

그녀가 찬합을 열고 웃으면서 말했다.

"맹 공자, 앉으시지요. 제가 요리를 대접하겠습니다."

웃음을 터트린 맹각은 탁자 앞에 앉은 후 그녀에게 감사의 읍을 했다. 운가가 네 가지 요리를 올려놓으며 미소했다.

"먹고 있으면 내가 무슨 맛인지 설명해 줄게요. 이 요리는……."

맹각이 웃으며 그녀를 저지했다.

"음식 맛은 먹으면서 느끼는 거지 들으면서 느끼는 게 아니오. 천천히 먹으면서 생각하게 해 주시오!"

운가는 생긋 웃으며 입을 다물었다. 그녀 자신도 고개를 숙여 잡곡밥을 두어 술 떠먹었지만, 무슨 맛인지 알 수가 없어 곧 젓가락을 내려놓았다.

맹각은 탁자에 차려진 음식들을 보며 어느 것부터 먹을까 고민했다. 척 봐도 운가의 네 가지 요리는 사계절을 의미한다는 걸 분명하게 알 수 있었다. 봄, 여름, 가을, 겨울의 순으로 먹으면 될 것 같았다. 그러나…….

잠시 후, 그는 결정을 내리고 얼음 눈꽃 모양의 요리 쪽으로 젓가락을 내밀었다. 이 요리는 규칙 없이 쌓아 놓은 것이 마치 매화처럼 운치가 있었다.

그 모습을 본 운가가 의아하다는 듯 고개를 들고 그를 바라보더니, 턱을 괸 채 아무 말도 하지 않았다.

차갑고 시원한 느낌 가운데 어렴풋이 단맛이 느껴졌다. 매화 향기도 입 속에 가득 퍼져 그윽하고 맑았다. 모습은 눈꽃이지만, 그 속에 감춰진 것은 봄을 알리는 매화였다.

처음 만났을 때의 느낌도 이랬다. 모든 것이 어렴풋했고, 담백한 향기 속에 짙은 향이 있었다. 맹각은 거지 차림의 남자아이와 땅에 끌리는 녹색 치마를 입은 소녀를 떠올렸다. 지난날의 장난스런 모습과 환하게 웃던 모습, 눈을 치켜뜨며 화내던 모습, 의기양양하던 모습이 눈앞에 스쳐 가자 절로 미소가 지어졌다.

몇 입 먹은 후, 이번에는 반투명의 복숭아꽃 쏘가리 요리를 집었다. 복숭아꽃과 흐르는 물, 그리고 쏘가리는 봄의 풍경이었다. 하지만 운가는 마지막에 도교로 간을 했다.

도교는 복숭아나무에서 나오는 진인데, 복숭아나무의 눈물 같다고 해서 민간에서는 '복숭아 눈물'이라고 불렀다. 또 요리에 사용한 복숭아꽃들은 꽃잎이 적어서 완전한 꽃이 아니므로,

지는 꽃이 눈물로 봄을 배웅한다는 비유일 것이다. 따라서 요리는 봄의 모습이었지만 실제로는 여름을 의미했다.

쏘가리의 신선한 맛이 복숭아꽃 향기와 어우러져 짙은 향미를 냈다. 마치 두 사람이 사이가 좋았을 때 같았다. 달밤에 그는 그녀를 업고 폭포 구경을 갔고, 달빛 무지개 아래에서 그는 처음으로 그녀에게 마음을 열어 보였으며, 산꼭대기에서는 그가 그녀의 머리를 잡고 평생의 맹세를 했다. 그때의 그녀와 그는 아마 짙은 향에 흠뻑 취했을 것이다.

세 번째 요리는 띠 꽃과 함께 삶은 양고기였다. 우윳빛 국물 위에 분홍빛 띠 꽃이 점점이 떠 있어 무척 보기 좋았다. 띠를 보면 여름을 떠올리기 십상이지만, 띠 꽃은 비록 여름에 피어도 여름 막바지의 꽃이었다. 꽃이 지면 가을이 성큼 다가온다.

이유는 모르지만, 양고기를 입에 넣자 앞서 입 안 가득하던 짙은 향이 말로 표현할 수 없을 매운 맛으로 바뀌었다. 맹각의 얼굴에서 떠오른 미소가 굳어졌지만, 그는 표정 한번 바꾸지 않고 양고기를 삼켰다. 그리고 마지막 요리를 집었다.

마지막 요리는 국화와 홍게 요리였다. 국화는 가을에 피는 꽃이고, 홍게는 금빛 가을에 가장 좋은 음식이었다. 그러나 앞의 세 요리로 유추해 볼 때, 맹각은 이 요리가 가을처럼 보이지만 겨울을 의미한다는 것을 확신했다.

과연 게 껍질을 열어 보니 안에는 게살이 전혀 없고, 대신 다진 새우와 돼지고기로 안을 꽉 채워 놓았다. 게를 먹을 계절이 아니라 게를 먹고 싶은 계절이라는 풍자 같았다.

맹각은 용기를 내어 요리를 집었다. 입에 넣자마자 저도 모르게 토해 내고 싶었지만, 그는 여전히 미소를 지으며 마치 달콤한 별미를 맛보듯 음식을 꼭꼭 씹어 삼켰다. 그뿐만 아니라 한 점 더 집어서 또 한 번 고통을 맛보았다.

위가 뒤집혀 말로 할 수 없을 만큼 괴로웠다. 마음도 그랬다. 그의 마음은 말할 수 없는 쓸쓸함에 점점 무거워졌다. 운가는 세상에서 가장 쓴 약초들을 삶아 새우와 돼지고기에 넣었다. 만일 증오 때문이라면, 그것은 세상의 가장 쓴맛을 모두 모은 증오가 분명했다.

"어때요?"

그녀의 눈에는 환한 웃음이 넘실거리는 것 같았다. 처음에는 너무 기쁜 나머지 자세히 살피지 못했지만, 지금은 확실히 보였다. 그 웃음 속 깊은 곳에는 증오가 감추어져 있었다.

절망 때문일까, 그는 굳어진 웃음을 지었다.

"아주 맛있소."

운가는 질동이를 들어 그릇에 따랐다. 그리고 다정하게 후후 불어서 식힌 후 그에게 내밀었다.

"이게 마지막 요리예요. 아주 특별한 재료로 끓였으니 맛 좀 봐요."

맹각은 그릇을 받아 살짝 입에 댔다. 혀끝이 탕에 닿자마자 이상한 쓴맛이 머리까지 솟구쳤다.

'구문! 그랬구나!'

하늘은 그에게 일말의 기회도 주지 않았다. 그녀가 마침내 알아낸 것이다. 여기까지 왔으니 그와 그녀는 돌이킬 수 없게 되었다!

그는 고개를 들어 운가를 바라보았다. 그녀는 입꼬리를 올리고 생글생글 웃고 있었다. 두 사람 사이에 눈빛이 교차했다. 그 눈빛은 서로 떨어지기 아쉬운 듯 끈끈이 이어져 마치 죽어야만 끝날 것 같았다.

맹각은 마치 사막에 와 있는 것 같았다. 둥근 태양이 대지를 내리쬐고, 사방은 끝이 보이지 않는 누런 모래였다. 그는 평생 고생스럽게 사막을 떠돌았지만, 이곳을 벗어날 희망을 찾을 수 없었다. 짙은 피로가 밀려왔다. 그는 그녀를 바라보고 웃은 뒤, 웃으면서 탕을 꿀꺽꿀꺽 마셨다.

그가 탕을 삼키는 순간 운가의 안색이 하얗게 질렸다. 하지만 그녀는 자신의 안색이 변했다는 것도 모른 채 억지로 버티며, 흡족한 듯이 앉아 미소를 지으며 그를 응시했다.

맹각 역시 미소를 지은 채 그녀를 바라보며 한 모금 한 모금 탕을 마셨다. 마지막 한 모금을 마신 후 그가 가벼운 목소리로 말했다.

"운가, 이리 오시오. 당신에게 할 말이 있소."

운가는 창백해진 얼굴로 비틀거리며 일어났다. 마치 넋이 빠진 사람 같았다. 그녀가 그의 곁에 앉았다.

"운가, 나는 좀 있다가 자러 가야 하오. 당신은 우안을 데리고 장안을 떠나 집으로 가시오. 곽광의 일은 더 이상 생각할 필요 없소. 유순이 당신을 대신해 복수를 할 테니까. 당신은 기다리기만 하면 되오. 유순의 방식이 당신보다는 백배 천배 더 잔인할 테지. 유순은……."

그는 운가의 표정을 자세히 살폈다. 그녀가 아무 반응이 없는 걸 보자 그도 겨우 한숨 돌렸다.

"만약 언젠가……. 어쨌거나 이것만 기억하시오. 유순도 잘 지내지는 못할 거요. 그가 한 모든 짓을 '징벌'할 사람이 나타날 테니까. 시간이 없어서 정확히 설명하지는 못하지만, 내가 보장하겠소. 유순이 당신에게 겪게 한 모든 일들은 훗날 그 역시 빠짐없이 겪게 될 거요."

운가의 눈에 흐릿하게 물기가 맺혔다. 맹각은 웃으며 탁자 위에 놓인 요리들을 바라보았다.

"오랫동안 당신에게 말하고 싶었는데 차마 말을 꺼내지 못했소. 운가, 지음은 얻기 힘든 법이오. 백아와 종자기의 고사는 감동적이지만, 백아가 종자기를 위해 금을 부순 것은 칭찬할 일이 아니오. 음악은 곧 마음의 소리요. 나는 백아가 처음 금을 연주했을 때는 오직 자신의 마음만을 위해 연주했다고 생각했소. 종자기가 정말 백아의 지음이라면, 백아가 음악을 그만두기보다는, 그 마음의 소리가 높은 산과 흐르는 물속에 계속해 울리기만을 바랄 것이오. 유불릉의 마음속에서 당신 요리는 단순히 그의 입과 배를 즐겁게 해 주기 위해서만 존재하는 것이 아니오! 그러니 당신은 요리를 하는 원래의 마음을 잊지 말고 계속 맛있는 요리를 만들어야 하오!"

운가의 눈에서 눈물방울이 뚝뚝 떨어졌다. 맹각은 그녀의 머리를 쓰다듬고 싶었지만, 손이 주체할 수 없을 만큼 떨리기 시작했다. 그는 미소를 지으며 일어나 힘겹게 안방을 향해 걸어갔다.

"가 보시오! 멀리 갈수록 좋소. 유……."

다리에서 힘이 풀려 바닥으로 쓰러지려고 하자 그는 황급히 벽에 기댔다. 그리고 벽을 붙잡고 숨을 헉헉 내쉬면서 천천히 앞으로 나아갔다.

"유불릉이 설령 이 모든 것을 알았다 해도 당신이 복수하기를 바라진 않을 거요. 그가 바라는 건 당신이 잘사는 거요. 살인이…… 그를 살려 낼 수 있소? 당신을 기쁘게 해 주겠소? 사람을 해칠 때마다 당신의 고통은 더욱 깊어질 뿐이오! 운가, 당신은 사람을 미워할 줄 모르는 사람이오. 유불릉도 그렇소. 그러니 떠나시오. 그를 데리고 떠나시오! 원한은 애를 쓰면 쓸수록 더 깊이 잠기는 늪이오. 그러니 다시는……."

그는 심호흡을 몇 번이나 한 다음 겨우 말을 끝냈다.

"얽히지 마시오!"

방 밖에서 뇌성이 울리는 바람에 멍하니 서 있던 운가는 번쩍 정신이 들었다. 그녀는 벌떡 일어나 공포에 질린 눈으로 맹각을 바라보았다.

그의 손이 주렴을 붙잡았다. 그것을 걷고 안으로 들어가려 했지만 몸이 휘청거렸다. 그는 똑바로 서려고 안간힘을 썼지만 끝내 성공하지 못했다. 그가 잡고 있던 주렴이 우두둑 하며 끊어졌다. 좌르륵 하고 옥구슬이 바닥에 쏟아지는 소리와 함께 맹각 역시 쓰러져 다시는 일어나지 못했다.

그의 안색이 점점 시퍼레지고 가슴이 격렬하게 울렁거렸다. 사지에는 경련이 일어났다. 운가는 그의 앞으로 달려가 그를 향해 외쳤다.

"내가 독을 쓴 거예요! 내가 독을 넣었어요!"

맹각은 웃으려고 했지만 웃을 수가 없었다. 근육이 이미 그의 명령을 듣지 않았던 것이다. 그가 부들부들 떨며 말했다.

"아…… 알고 있소."

"당신은 날 미워해야 해요. 나도 당신을 미워해야 하고요! 들려요? 날 미워하란 말이에요, 나도 당신을 미워할 테니!"

맹각의 눈에는 슬픔이 가득했고, 끝을 알 수 없는 자조도 엿보였다.

'운가, 만약 미움도 가슴에 새겨질 기억이라면, 그렇다면 날 미워하시오!'

가슴이 찢어질 것 같았다. 마치 당장이라도 통증으로 폭발해 버릴 것 같았다. 귓속이 웅웅 울리고 눈앞이 새까매져 갔다. 의식을 잃으려는 찰나에도 그는 그녀를 한 번 더 보기 위해 애썼다.

"운가, 떠나시오!"

마지막 탄식과 함께 마침내 그의 눈이 힘없이 감겼다. 운가도 힘이 빠져 바닥에 털썩 쓰러졌다.

죽헌에서 기다리던 우안은 시간이 갈수록 겁이 났다.

'아가씨는 왜 아직도 안 돌아올까? 만에 하나 아가씨가 그를 해치려는 것을 맹각이 눈치챘다면? 그가 도리어 아가씨를 해칠까?'

결국 기다리다 못한 그는 운가의 분부를 무시하고 찾아 나섰다. 운가의 외침 소리가 들려 문을 열어 보니, 숨소리 하나 없이 바닥에 누운 맹각과 슬픔과 절망에 차 바닥에 엎드린 운가가 보였다.

그는 달려가 그녀를 부축해 일으켰다. 그리고 그녀를 데리고 떠나려고 했지만, 운가는 눈이 풀린 채 온몸을 부들부들 떠는 등 이미 완전히 무너진 상태였다. 그녀는 입으로 계속 같은 말을 중얼거리고 있었다.

"그가 죽었어, 그가 죽었어, 그도 죽은 거야……."

그 순간, 우안은 확실하게 깨달았다. 세상에는 결코 살육을 저지를 수 없는 사람들이 있고, 하필 운가가 그런 사람 중 한 명이라는 것을.

만일 유불릉의 죽음이 그녀의 영혼에서 가장 무거운 부담이라면, 유불릉을 해친 사람을 죽이는 것으로는 운가의 부담을 덜어 줄 수 없을뿐더러, 오히려 그 부담을 더욱 무겁게 할 것이다. 맹각이 이렇게 죽으면 운가의 인생도 끝이었다. 그녀는 영원히 이 악몽 같은 족쇄를 지고 살다가, 그 짐을 지고 움직일 수 없게 될 때 힘없이 쓰러질 것이다.

우안은 맹각의 맥을 짚어 본 후 운가를 잡고 외쳤다.

"해약! 해약을 주십시오!"

운가가 멍청하게 그를 바라보았다. 우안은 내력을 써서 힘껏 그녀를 흔들었다.

"맹각은 아직 안 죽었습니다! 해약, 어서 해약을 주세요!"

운가의 동공에 갑자기 초점이 돌아와 우안을 똑바로 바라보았다. 우안이 큰 소리로 외쳤다.

"그는 아직 죽지 않았습니다!"

운가는 덜덜 떨리는 손을 품에 넣어 하얀 꽃이 핀 식물을 꺼냈다. 그리고 그것을 맹각에게 먹이려 하다가 그의 몸에 손이 닿는 순간 갑자기 다시 손을 거두었다.

'그는 릉 오빠를 죽였어! 나는 겁쟁이야! 복수할 용기조차 없는 겁쟁이!'

그녀는 도저히 자신을 용서할 수가 없어 약초를 맹각의 몸 위에 던져 버리고는 뒤로 주춤주춤 물러났다. 그러고는 갑자기 비명을 지르며 밖으로 달려 나갔다. 번개가 치고 천둥소리가 울리더니 폭우가 쏟아졌다. 운가는 비틀거리며 폭우 속을 달려갔다.

우안은 그녀를 뒤쫓고 싶었지만 맹각을 먼저 보살펴야 했다. 그는 맹각을 부축해 일으키고, 내력으로 독을 억누른 다음 하얀 꽃을 바라보았다. 도무지 알 수가 없었다. 이것은 그가 꺾어 온, 구문에 엉켜 자라던 식물인데……. 그는 별 생각 없이 그것도 같이 꺾어 왔던 것이다.

잠시 생각하던 그는 불현듯 깨달았다. 세상 만물은 상생상극을 이루기 마련이다. 이 식물이 구문 옆에서 자랐다면, 이것이 바로 구문의 해약일 것이다.

그는 서둘러 맹각의 입을 벌리고 약초를 짜 넣었다. 약초 즙이 맹각의 입 속으로 떨어졌다. 즙이 뱃속으로 들어가면서 맹각의 호흡이 점점 정상이 되고 의식도 돌아왔다.

우안은 약초를 모두 그의 입에 짜 넣은 후, 곧 그를 팽개치고 증오에 찬 목소리로 말했다.

"먹으시오."

그리고 말을 마치기 무섭게 빗속으로 달려갔다.

우르릉 하는 천둥소리 속에서 번개가 하늘을 줄기줄기 가르고, 비는 무정하게 대지를 채찍질했다. 번개는 금빛의 검처럼 세상의 불공평을 나무라는 것 같았고, 비는 세상의 추악함을 고문하는 것 같았다.

운가는 폭우 속을 달려, 맹각의 저택을 빠져나와 장안성의 거리를 따라 성 밖으로 달려갔다. 세상이 아무리 드넓어도 마음만큼 넓지 못했다. 그녀의 마음에는 편안한 곳이 없었고, 광활한 세상에는 갈 곳이 없었다.

웅장한 평릉이 어둠 속에 서 있었다. 비바람이 아무리 거세게 몰아쳐도 능묘는 침묵으로만 대응했다.

"멈춰라!"

제왕의 능묘를 지키는 시위가 준엄하게 꾸짖었지만 운가는 듣지 못하고 계속 능묘를 향해 달렸다. 시위들이 서둘러 칼을 뽑아 그녀 앞을 가로막았지만 그녀의 움직임은 재빨랐고, 공격도 거칠었다. 시위 몇 명을 중상을 입혀 쓰러뜨린 그녀는 어느새 능묘의 주 건물에 가까이 가 있었다.

시위들은 폭우 때문에 경계가 느슨해져 누군가 밤늦게 제왕의 능묘를 침범할 줄은 꿈에도 몰랐다. 화나고 겁이 난 시위들은 서둘러 사람을 보내 장안성에 통지하고, 지원 병력을 요청했다. 남은 시위들은 필사적으로 운가를 막았다.

운가의 형세가 점점 위급해졌다. 한 시위가 그녀의 손에서 칼을 빼앗고, 다른 두 명의 시위가 좌우에서 포위했다. 운가는 뒤로 물러났지만, 뒤에도 칼이 있어 소리 없이 그녀를 찔러 왔다.

운가는 등 뒤의 칼날을 느끼자 순간적으로 무거운 짐을 내려놓은 것처럼 편안한 기분이 들었다. 그녀는 멀지 않은 곳에 있는 능묘를 바라보며 속으로 조용히 속삭였다.

'나 너무 지쳐서 더는 움직일 수가 없어요!'

칼날이 운가의 등을 찔렀다. 운가는 앞에서 찔러 들어오는 칼을 본능적으로 막으려고 했지만, 갑자기 손을 멈추었다.

번개가 세상을 뒤흔드는 순간의 환한 빛 속에서 우안이 본 것은 운가가 칼날에 무너지는 모습이었다. 하지만 그는 여전히 멀리 있어 그녀를 구할 수가 없었다. 혼비백산 놀란 그의 얼굴은 눈물투성이가 되었다. 그는 분노에 차 슬피 외쳤다.

"폐하……!"

그 소리와 함께 우안은 미친 듯이 앞으로 달려갔다. 들고 있는 검으로 모든 사람들을 죽여 버리고, 푸른 하늘을 향해 좋은 사람에게 왜 이렇게 하느냐고 묻고 싶었다.

시위들은 '폐하'라는 말을 듣자 오랜 습관대로 깜짝 놀라며, 무의식적으로 무릎을 꿇으려고 했다. 물론 곧 정신을 차리고 무의식의 반응을 억눌렀지만, 손의 움직임은 조금 느려질 수밖에 없었다. 반면 운가는 그 외침 속에서 한 가지를 깨우쳤다.

'아직 그를 만나지 못했어! 아직은 죽을 수 없어!'

마음이 바뀌자 힘이 되살아났다. 그녀는 몸을 날려, 시위들의 정신이 흐트러진 틈을 타 칼날을 피했다.

시위들이 다시 공격하려 할 때 우안이 도착했다. 폭우처럼 빽빽한 그의 검광에 시위들은 거듭 물러나야 했다.

칼날을 피한 운가는 곧장 앞으로 달려갔다. 대부분의 시위들은 우안에게 가로막혔고, 흩어져서 능묘를 지키던 시위 몇 명은 운가의 적수가 못 되었다.

운가는 빠르게 능묘 앞으로 달려가다가 갑자기 우뚝 멈추었다. 그녀는 고개를 들어 단상 위의 묘비를 바라보았다. 마치 돌아서서 떠날 것 같던 그녀는 한참 동안 그렇게 서 있다가 다시 걸음을 옮겨 천천히 계단을 올랐다.

묘비 앞에 도착하자 커다란 글자로 새겨진 시호가 보였다.

유불릉

그녀의 몸이 묘비를 따라 힘없이 미끄러졌다. 눈물도 쏟아져 내렸다. 지금껏 그녀는 이 모든 것과 마주하고 싶지 않았다. 그녀의 기억은 아직 여산에서 그와 부둥켜안고 눈을 감상하던 때에 머물러 있기 때문이었다.

그때 그는 그녀에게 말을 했고, 그녀의 노래를 들었다. 그런 다음 그녀는 잠이 들었고, 깨어나 보니 나귀가 끄는 이상한 마차에 타고 있었다.

그녀는 한 번도 그가 죽었다고 느낀 적이 없었다. 그녀의 기억 속에서는 그가 잠시 떠나 있을 뿐이었다. 그래서 누구의 입에서도 그가 이미…… 죽었다는 말을 듣지 않으려 했다.

그렇지만 이제, 그녀도 결국 인정해야만 했다. 그는 이제 영원히 그녀를 떠났다. 그녀가 울든, 웃든, 괴로워하든, 다시는 그녀에게 대답할 수 없었다. 그녀의 릉 오빠는 이 커다란 흙더미 아래에 누워 있으니까.

그리고 그를 이 안에 눕게 만든 흉수는 맹각, 그리고…… 그녀 자신이었다. 그녀가 맹각에게 틈을 주지만 않았다면 릉 오빠는 중독되지 않았을 것이다. 그리고 지금 그녀는 그를 위해 복수할 용기조차 없었다. 그녀는 맹각을 죽일 수가 없었다. 맹각을 죽일 수 없다!

"릉 오빠, 나는 어떻게 해야 하죠? 어떻게 해야 해요?"

운가는 차가운 묘비에 뺨을 대고, 마치 연인의 따뜻한 품에 기댄 것처럼 낮고 조용히 속삭였다.

"릉 오빠, 너무 피곤해요! 이제는 정말 움직일 수가 없어요. 알아요, 오빠는 내가 계속 산을 오르기를 바란다는 거. 오빠가 말했죠. 산꼭대기에는 아름다운 일출이 있다고. 그게 내가 원래 원하던 것은 아니더라도, 그래도 아름답다고요. 하지만 내가 원하는 건 오빠예요! 다른 일출은 보고 싶지 않아요!"

"릉 오빠, 이제 산을 그만 오르면 안 될까요? 정말 더 이상은 오를 수가 없어요. 눈을 감고 잠들고 싶어요. 꿈속에는 오빠가 있잖아요. 말이 없어도 상관없어요. 난 계속 자고 싶어요. 깨어나고 싶지 않아요……."

"릉 오빠, 내가 이렇게 괴로운 걸 알면 오빠도 마음이 아플까요? 분명 마음이 아파서 나더러 계속 산을 오르라고 하지는 않을 거예요. 그렇죠? 분명 쉬라고 할 거예요……."

제릉의 안식을 방해한 것은 대죄였다. 하물며 밤늦게 능묘에 쳐들어와 시위들을 죽인 것은 말할 필요도 없었다.

정예의 무장병들이 도착했다. 그들을 이끄는 군관은 우안이 '홀로 관문을 틀어막아 만 명을 상대하려'는 듯이 계단에 서 있는 것을 보았다. 저 한 사람 때문에 한밤중에 침대에서 일어나 폭우 속에서 병사를 움직여야 했다니! 군관은 대로하여, 생포하지 못하면 참살하라는 명령을 내렸다.

우안은 무예가 고강했지만 혼자서 백 명의 정예병을 막을 수는 없었다. 그는 싸우면서 점점 후퇴해 유불릉의 묘비 앞에 이르렀다.

그는 장검을 쥐고 홀로 계단 위에 서서, 달려드는 병사들로부터 운가를 보호했다. 다행히 주변은 온통 옥석 난간이나 조각상들로, 모두 제왕의 안식을 위한 물건이었다. 미앙궁 선실전의 용상과 책상과 비슷한 물건들이었다. 시위들은 제왕의 물건을 망가뜨렸다가, 공을 세워도 상은커녕 벌을 받을까 봐 두려워 마음대로 칼을 휘두를 수가 없었다.

그러나 우안 역시 시간이 갈수록, 떨어질 때에 이른 화살처럼 힘이 빠져 곳곳에 상처를 입고 말았다. 그는 당장이라도 병사들의 칼에 목숨을 잃을 것 같았다.

병사를 이끄는 군관은 부하들이 여태까지 우안 한 명도 잡지 못하자 화가 치밀었다. 견디다 못한 그는 마침내 두 자루의 도끼를 휘두르며 앞으로 달려가면서 외쳤다.

"형제들, 저놈을 쓰러뜨리고, 어서 돌아가서 고기나 구워 먹자!"

대장이 친히 나서는 것을 본 병사들도 열심히 공격을 시도했다. 우안은 더 이상 버틸 수가 없어 운가를 돌아보며 달아나라고 외쳤다. 하지만 눈을 감고 묘비에 기댄 그녀는 그 소리를 듣지 못하는 것 같았다.

우안은 재빨리 뒤로 물러나 그녀의 팔을 잡고 함께 달아나려고 했다. 그러나 운가는 필사적으로 묘비를 끌어안고 중얼거렸다.

"릉 오빠, 난 여기 있어요. 이제 지쳤어요. 더는 산을 오르고 싶지 않아요……."

그녀를 떼어 내지 못한 우안은 슬프고 답답했지만 달아날 생각은 버리는 수밖에 없었다. 계단 아래 빽빽하게 늘어서서 하나

둘 앞으로 밀고 들어오는 사람들을 보자 그는 길게 탄식했다.

'삶이 이렇게 끝날 줄이야! 선제 앞에서 한 맹세를 지켜야 하는데! 평생 운가를 보호하겠다는 맹세를!'

여기서 운가가 맹각의 부인이라고, 혹은 곽광의 양녀라고 소리치면 아무리 제릉을 침범한 중죄라 해도 병사들이 이 자리에서 운가를 해치지는 않을 것이다. 하지만……

그는 고개를 돌려 운가의 모습을 바라보았다. 그리고 떠나던 유불릉을 떠올렸다. 갑자기 그가 검을 꽉 쥐었다!

'오늘 여기서 죽는 한이 있어도 맹각이나 곽광과는 더 이상 연루되지 않겠다!'

병사들의 무수한 칼날이 집을 뺏긴 벌처럼 달려들었다. 빽빽한 칼날이 어둠 속에서 하얗게 반짝였다. 물샐틈없이 빽빽한 그 칼날 앞에서는 빗방울도 피해 갈 수 없었다.

우르릉 쾅!

천둥소리가 점점 가까워져 귀청이 터질 듯이 울렸다.

쏴아아!

폭우는 점점 더 거세지고, 빗물에 두드려 맞는 땅조차 흔들리는 것 같았다.

평릉의 옥석 계단 위에서 두 줄기의 새빨간 핏물이 빗물에 섞여 굽이굽이 흘러내렸다. 멀리서 보면 마치 제릉이 피눈물을 흘리는 것 같았다.

17장
하늘에서나 다시 만나기를

같은 달, 같은 별, 심지어 고요함까지 같았지만, 미앙궁의 밤은 보통 집 담벼락 아래의 밤과는 무척 달랐다.

어둠이 많고 많은 추악함을 덮어 주기에, 음모와 계략은 어둠을 좋아하는 것 같았다. 그래서 이 넓고 장엄한 궁전 안에서는 밤이면 종종 재미있는 연극이 상영되곤 했다. 황제와 비빈들은 다정한 말 속에서도 티 내지 않고 나쁜 술수를 부렸고, 비빈들 간에는 화려한 치장 속에 살기가 가득했고, 황자들 간에도 술잔을 나누는 가운데 서로 칼을 갈았다…….

이곳에서는 웃음이 있어도 기쁨은 요원했고, 몸은 가까워도 마음은 요원했고, 아름다움은 가까워도 선량함은 요원했다. 그리고 가장 멀 것 같은 추악함은 오히려 이곳에서 가장 가까웠다. 추악함은 꽃처럼 아름다운 얼굴마다, 환한 미소 속마다, 정교하고 화려한 옷마다, 부드러운 속삭임마다, 휘황찬란한 전각 안마다 있었다.

그렇지만 어둠 속에서도 가끔 정상적인 꽃이 피긴 했다.

초방전의 밤은 주인 남자가 빠진 것 외에는 보통 집과 별로 다를 게 없었다. 자상한 어머니의 손에는 바늘과 실이, 아들의 책상에는 책이 있었다.

따뜻한 등불 아래에서 유석은 책상 앞에 앉아 책을 복습하고 있었다. 허평군은 옆에서 바느질을 하면서 유석이 열심히 하는지 감독했다.

숙제를 끝낸 유석은 허평군이 여전히 옷을 짓고 있는 것을 보자 물었다.

"어머니, 피곤하시죠? 좀 쉬세요."

허평군은 고개를 저으며 웃었다.

"이 소매만 다 만든 후에 쉴게."

"어머니, 왜 제 옷을 만드시는 거예요? 동생에게 줄 옷을 만드시지 않고요?"

유석은 잔에 물을 따라 어머니에게 내밀었다. 그리고 저도 모르게 높이 솟은 어머니의 배를 만졌다. 아무리 생각해도 이 안에 아기가 산다는 것을 믿을 수가 없었다.

"네가 어렸을 때 입던 옷을 다 남겨 뒀으니, 동생은 나중에 그걸 입으면 돼. 하지만 넌 안 되잖니. 날마다 몸집이 커지니, 동생이 태어나기 전 손을 움직일 수 있을 때 네 옷을 몇 벌 지어 놓지 않으면, 나중에 네가 입을 옷이 없어."

유석이 웃었다.

"스승님도 요즘 제가 빨리 자란다고 하셨어요. 그렇지만 사실 궁에서 제 옷을 다 준비해 주었어요."

그러자 허평군이 그를 흘겨보았다.

"이 다음에 엄마가 자란 마을에 가서 물어봐. 엄마가 손수 지어 준 옷을 입지 않고 자란 아이가 있는지?"

유석은 말없이 웃기만 했다. 허평군은 소매 부분을 완성한 후 기지개를 쭉 폈다. 유석이 일어나 허리를 두드려 주려는데, 갑자기 밖에서 사람 소리가 들려왔다. 유석은 눈을 찌푸리며 밖으로 나갔다.

"어머니, 제가 나가 볼게요."

밖으로 나갔던 유석이 잠시 후 큰 걸음으로 달려 들어왔다.

"어마마마! 부유가 들은 소식인데, 누군가 밤늦게 제릉에 뛰어들어서, 준불의가 제릉을 보호하기 위해 정병 5백 명을 보냈대요."

"잘했구나!"

웃으며 말하던 허평군이 순간 멈칫했다.

'설마!'

"어느 제릉이라니?"

"평릉이요! 어떤 여자래요. 부유도 고모가 아닐까 싶어 초조해하고 있어요."

허평군은 벌떡 일어났다. 뱃속의 아기가 불만스러운 듯 발길질을 하는 바람에 그녀의 몸이 휘청했다. 옆에 있던 궁녀가 황급히 그녀를 붙잡았다. 허평군은 심호흡을 몇 번 한 후 밖으로 나가며 말했다.

"지금 당장 가 봐야겠어. 너희 고모가 아니면 좋겠지만, 만약⋯⋯."

유석은 말없이 웃어 보였다. 어머니와 고모는 보통 자매들보다 더 정이 두터웠다. 그는 어머니가 분명 출궁할 거라 생각하고 부유에게 마차를 준비하라고 말해 두었는데, 과연 그가 예측한 대로였다.

"어마마마, 보통 사람은 제릉에 가까이 가기도 어렵지만, 고모라면 평릉을 참배할 방법이 수없이 많잖아요. 그런데 왜 깊은 밤에 억지로 뛰어들었을까요? 제 생각에는 고모가 아닐 것 같아요. 하지만 어마마마께서는 직접 보지 않으면 안심이 안 되실 테니 같이 다녀와요!"

허평군은 몇 번이나 입을 벌렸지만 말을 할 수가 없었다. 결국 그녀는 이렇게만 말했다.

"네가 좀 더 크면 고모의 이야기를 해 줄게. 바로 그 많은 방법들 때문에 네 고모는 줄곧 평릉에 참배를 하지 않은 거란다. 만약 오늘 밤 침범한 사람이 네 고모라면 분명 큰일이 생겼다는 뜻이야. 마차를 빨리 몰라고 해."

유석은 더 이상 말하지 않고, 어머니가 마차에 오르자 마차석에 앉은 부유에게 말했다.

"흔들리지 않게, 빨리!"

부유는 마차를 몰고 빠르게 미앙궁을 나가 하늘 가득 쏟아지는 폭우 속으로 뛰어들었다.

그들이 도착했을 때 운가는 보이지 않았고, 대신 평릉 계단 위로 빽빽하게 모여 있는 병사들만 보였다. 계단에는 핏물이 흐르고 있었다.

가리개를 걷고 내다본 유석은 머리가 어지러워 황급히 고개를 돌렸다. 그가 마차에서 내리려는 어머니를 붙잡고 창백한 얼굴로 말했다.

"어마마마, 가지 마세요. 피가……."

허평군은 그의 손을 뿌리쳤다.

"엄마는 네가 상상하는 것보다 훨씬 많은 일을 겪어 봤어."

그렇게 말하며 그녀는 마차에서 뛰어내렸다. 부유가 황급히 우산을 씌워 주었다.

계단에 흐르는 피를 보자 허평군의 눈에 걱정과 두려움이 떠올랐지만, 그래도 표정은 침착했다. 그녀는 급히 계단을 오르며 부유에게 말했다.

"모두 꿇으라고 해!"

부유는 즉시 목청을 가다듬고 외쳐 댔다.

"황후 마마, 태자 전하 납시오! 모두 무릎을 꿇고 어가를 맞으시오!"

반복되는 외침 소리에 사람들이 뒤를 돌아보더니, 그쪽을 바라보며 무릎을 꿇었다. 황후에 태자까지 나타났으니, 그 어마어마한 위세에 순식간에 모든 병사들이 바닥에 꿇어앉았다.

잿빛의 능묘 상공에서 금빛 섬광이 미친 뱀처럼 어지러이 춤을 추었다. 섬광은 하늘을 가르고 능묘를 창백하게 비추었다.

마침내 허평군은 그 빛에 비친 우안을 볼 수 있었다. 그러나 운가는······.

온몸이 피투성이가 된 우안은 허평군을 본 순간 꼿꼿이 선 자세 그대로 앞으로 쓰러졌고, 그러자 그가 등 뒤에 보호하고 있던 운가의 모습이 드러났다.

번개는 사라지고 모든 것이 다시 어둠 속에 잠겼다. 허평군은 운가의 몸에서도 희미한 피 냄새를 맡고, 당황해서 그녀에게 달려가려고 했다. 부유가 황급히 그녀를 붙잡았다.

"마마, 회임 중이십니다. 소인이 가 보겠습니다."

그는 우산을 다른 환관의 손에 건네고, 폴짝 뛰어 병사들의 머리를 밟으며 묘비 옆으로 다가갔다.

우안의 코에 손을 가져가니, 숨이 몹시 미약했다. 그는 마음이 아파 옆에 꿇어앉은 관병들을 향해 소리를 질렀다.

"이분이 누군지나 아시오? 어떻게······."

그는 주먹질을 하려다가 재빨리 손을 거두었다. 그리고 운가를 자세히 살펴보며 군관에게 분부했다.

"이분을 업고 당장 장안성 교외에 있는 장씨의관으로 데려가시오. 그분이 살아나지 못하면 당신들도 관을 준비해야 할 거요!"

놀라고 당황한 군관은 재빨리 우안을 살려 줄 사람을 찾아 달려갔다.

혼절한 운가를 부축해 일으킨 부유는, 그녀가 다친 게 아니라 의식을 잃었을 뿐이라는 생각에 마음이 조금 놓였다. 그러나 곧 상황이 나쁘다는 것을 깨달았다. 운가는 얼굴이 빨갰고, 부축하느라 등에 댄 그의 손도 축축하게 젖었다. 빗물과는 확실히 다른 느낌이었다.

그가 재빨리 살펴보니, 운가의 등에 깊지는 않지만 그렇다고 얕지도 않은 상처가 나 있었다. 목숨에 지장은 없지만, 상처를 입은 뒤로 계속 피를 흘렸고, 차가운 비까지 맞았으니 지금쯤…….

부유는 더 이상 생각할 용기가 없어 운가를 안고 계단을 달려 내려갔다.

"마마, 아가씨께서 다치셨습니다. 어서 의원을 찾아야 합니다."

운가의 모습을 본 허평군은 괴롭고 화가 나 몸까지 부르르 떨렸다. 그녀가 계단 위에 엎드린 병사들을 손가락질하며 외쳤다.

"너희가 감히 평릉에서 그녀를……."

고모가 다쳤다는 소리에 당황한 유석이 몇 걸음 만에 달려왔다. 그렇지만 아무래도 어머니처럼 괴롭고 혼란스럽지는 않았다.

"어마마마, 저들은 능묘를 지키는 책임을 다한 것뿐이에요. 지금은 저들을 벌하는 게 아니라 고모를 구하는 게 먼저예요. 어서 성으로 돌아가 태의를 불러요."

허평군은 곧 정신을 차렸다. 두 모자는 부유의 뒤를 따라 총총히 마차에 올랐다.

허평군은 눈 하나 깜빡하지 않고 줄곧 운가를 응시하면서, 가끔 그녀의 호흡을 확인했다. 유석은 어머니의 안색이 무척 나쁜 것을 보자 걱정이 되어, 어머니의 초조함을 줄여 줄 화제를 꺼냈다.

"어머니, 어째서 피를 보시고도 전혀 두려워하지 않으세요?"

마차 바퀴가 비에 젖은 땅을 짓밟는 소리를 들으며, 허평군의 생각은 아득히 옛날로 날아갔다.

"엄마는 지금보다 더 많은 피를 본 적이 있단다. 내 눈으로 사람의 목이 날아가는 것도 직접 봤어……. 그때도 비가 많이 내렸지. 엄마는 그때 너를 임신하고 있었는데, 나쁜 사람에게 잡혔어. 네 고모는 엄마와 널 구하기 위해……."

쏴아 하고 내리는 빗소리와 눈물 섞인 허평군의 이야기 속에서, 마차는 과거와 현재를 내달렸다.

누군가 밤에 제릉을 침범했다기에 유순은 소양전에서 가만히 소식을 기다렸다. 허평군의 마차가 미앙궁을 나가자 유순은 황후와 태자가 깊은 밤 출궁했다는 것을 알았다. 태의가 황후의 부름을 받은 것과 동시에 운가가 중상을 입었다는 소식이 소양전으로 날아들었다.

그 소식을 들은 유순은 태연하게 알겠다고 대답한 후 침대에 누웠고, 곧 깊이 잠들었다. 옆에 누운 곽성군은 도저히 잠이 오지 않았지만, 일어나고 싶어도 함부로 그럴 수가 없어 눈을 꼭 감고 자는 척했다. 몸을 뒤척일 수도 없어 죽을 맛이었다.

　어렵게 시간을 보낸 뒤 날이 밝고 유순이 조회에 나가자, 겨우 사람을 시켜 소식을 알아볼 수 있었다.

　"태의 세 명이 밤새 지켰는데도 운가는 여전히 인사불성에 고열을 앓고 있다고 합니다. 제가 나이 든 태의에게 물어보니, 계속 그렇게 열이 안 내리다간, 죽지 않으면 바보가 된다고 합니다."

　곽성군은 웃음을 참을 수가 없었다. 도저히 참을 수가 없어 아예 큰 소리로 시원하게 웃어 버렸다. 그 웃음이 끝나기도 전에 또 다른 좋은 소식이 들어왔다.

　"마마, 맹 태부가 갑자기 악질에 걸려 오늘 조회에 나오지 못했습니다. 폐하께서 무척 걱정하시며, 조회가 끝나고 친히 맹 태부의 저택으로 병문안을 가셨습니다."

　곽성군은 긴장하며 물었다.

　"정말 병이라고 하더냐?"

　궁녀는 고개를 끄덕였다.

　"정말입니다. 곽 대장군께서도 함께 맹 대인을 찾아가셨습니다. 폐하께서는 곽 대장군만 동행을 허락하셨습니다. 맹 태부는 확실히 병이 난 것이 맞습니다. 게다가 병이 가볍지도 않은 것 같습니다. 듣자 하니 얼굴이 눈처럼 창백하고, 정신도 오락가락한다고 합니다. 나중에 폐하께서 맹 부인께서 밤에 제릉을 침범했고, 오인한 병사들에게 상처를 입어 생사를 알 수 없다는 말씀을 전하자 맹 태부는 기절할 뻔했다고 합니다."

곽성군은 깔깔거리며 웃었다.

'운가야, 운가야! 이번에는 정말 약속대로 했구나! 두 사람이 서로 괴롭게 된다더니!'

"아가씨……."

궁녀가 갑자기 호칭을 바꾸자 곽성군은 눈치를 채고 웃으면서 주위를 둘러보았다. 시중들던 궁녀들이 모두 나가자, 앞에 서 있던 궁녀가 다시 말했다.

"아가씨, 소녀는 부인의 말씀을 전하는 것뿐이에요. 부인께서…… 부인께서 이렇게 말씀하셨어요. '입궁한 지 여러 해가 지났는데 왜 아직 소식이 없느냐? 장 양인은 벌써 회임했고, 저쪽은 곧 둘째 아들을 낳는다는데, 대체 넌 뭘 하고 있느냐? 황궁 태의들은 죄다 몹쓸 것들이야! 조만간 짬을 내서 출궁하거라. 종남산에 있는 노파가 아들을 갖게 해 주는 데 몹시 영험하다고 들었다. 나와 같이 가자꾸나'라고요."

곽성군의 기쁨은 순식간에 흔적도 없이 사라졌다. 그녀가 탁자 위에 있는 음식을 모조리 바닥에 내던지자 궁녀는 놀라 바닥에 엎드리고는 연신 머리를 조아렸다.

"소녀는 말씀을 전한 것뿐이에요."

"나가!"

궁녀는 허겁지겁 대전에서 나갔다.

곽성군은 화가 나 잡히는 대로 집어 던졌다. 성城 하나 살 수 있을 값비싼 물건들이 하나씩 부서졌지만 화는 전혀 풀리지 않고 도리어 심해지기만 했다.

몇 년 동안 안 해 본 것이 없었다. 온 힘을 다해 유순에게 매달려 보고, 몰래 태의를 만나 보기도 하고, 영험한 신령이 있다는 곳에 찾아가 절을 하고, 그곳 샘물도 마셨다. 어느 마을에 있는 바위가 만지기만 하면 임신하게 해 준다는 소문을 듣고 가서 만져 보기도 했다. 소위 그 '영험한 바위'는 남자의 그것처럼 생긴 바위였다. 심지어 동자의 오줌까지 마시며 아들을 점지해 달라고 빌기도 했다…….

생각해 보지 않은 방법도, 실행해 보지 않은 방법도 없었다. 신분을 노출시킬 수 없어서 대부분 변장을 하고 나가야 했고, 그러는 동안 그녀로서는 평생 생각조차 해 보지 못한 치욕과 굴욕을 겪어야 했다. 그런데 이제 아무것도 모르는 어머니까지 액땜을 하겠다며 가장 비밀스럽고 수치스런 일을 따져 묻고, 그녀 앞에서 잔소리를 해 댄다!

'아니! 이제 충분해! 충분하다고!'

여자로 태어나서 여자의 가장 기본적인 일인 임신조차 하지 못하다니! 차가운 아버지, 날뛰는 어머니, 압박을 주는 가족들, 몰래 비웃는 다른 비빈들, 그리고 이상한 눈빛으로 쳐다보는 궁녀들까지…….

'허평군은 뭘 어쨌기에 아들을 하나 가진 걸로도 모자라 또 하나 더…….'

곽성군은 그들 때문에 미쳐 버릴 것 같았다!

"나도 반드시 아기를 가질 거야. 반드시⋯⋯."

그녀는 스스로에게 중얼거리면서도, 계속 보이는 대로 잡아 찢고 두드려 부수었다. 눈앞의 모든 것이 자신을 비웃는 것 같아서 모든 것을 망가뜨리고 싶었다.

❀

허평군은 운가와 맹각 사이에 무슨 일이 있었다는 것을 어렴풋이 짐작했다. 아니면 운가가 깊은 밤 제릉에 뛰어들 리 없었다. 그래서 그녀는 운가를 맹각의 저택으로 보내지 않았다. 그렇다고 미앙궁으로 데려갈 수도 없어 고민하던 차에, 문득 예전에 운가와 함께 살던 집이 아직 비어 있다는 것이 생각났다. 대충 정리만 하면 잠시 동안 머물 수는 있을 것이다.

그녀는 유석을 먼저 미앙궁으로 돌려보내고, 자신은 운가를 데리고 옛집으로 향했다. 그리고 태의를 불러 운가를 치료하게 했다.

태의 세 명이 눈 한번 못 붙이고 운가의 침대 앞에 붙어 있었고, 허평군은 바깥채에 긴 방석을 깔게 한 뒤 그곳에서 운가를 지켰다. 매번 일어나 안방을 살펴볼 때면, 고개를 젓는 태의들이 보였다. 그러면 그녀는 다시 울적하게 자리로 돌아갔다.

창밖에서는 비가 잦아든 듯, 쏴아 하던 소리가 부슬부슬하는 소리로 바뀌었다. 고요한 밤, 몽롱한 상태에서 듣는 부슬비

소리는 마치 노인이 옛날이야기를 하는 것 같았지만 귀를 기울여 보면 제대로 알아들을 수 없고, 더없이 처량한 노랫소리처럼 느껴졌다.

허평군은 방 안 구석구석을 자세히 살폈다. 모든 것이 예전 그대로인 것 같았다. 책상에는 죽간이 쌓여 있고, 구석에는 바둑판이 있었다. 탁자 위의 금과 저쪽의 대나무 잎 병풍도 그대로였다…….

하얀 장포를 입은 맹각이 저쪽 탁자 앞에 앉아, 달밤에 금을 타던 모습을 아직 기억하고 있었다. 죽엽청 병풍을 다 만든 유병이가 하하 웃으며 "이 병풍은 최고야. 칠리향에 가져가는 게 아까운걸." 하던 것도, 운가가 주방에서 머리를 쏙 내밀며 "그럼 가져가지 말고 가지고 있어요. 내일 우리가 직접 술을 마시며 시를 짓자고요."라고 대답하던 것도 기억났다.

그리고 정원의 회화나무도. 여름날 밤 그들 네 사람은 종종 저 나무 아래 대나무 돗자리를 깔고 탁자를 놓은 다음, 앉아서 식사하고 시원한 바람을 쐬었다. 때때로 병이와 맹각은 이야기를 하다가 흥이 나서 그녀더러 옆집에서 술을 빌려 오라고 하기도 했다.

"평군, 가서 술 한 통 더 가져와."

그녀가 눈을 찡그렸다.

"또 마시려고? 이번에는 술을 많이 담그지 않았어. 팔아야 하는데……."

약간 취한 병이가 그녀를 밀어내며 으르렁댔다.

"내가 이 집 가장이야. 가져오라면 가져와! 어서! 어서 가!"

말투는 그래도 행동은 마치 어리광을 피우는 아이처럼, 병이가 그녀의 어깨를 돌리며 계속 흔들어 대자 옆에 있던 운가가 입을 가리고 웃었다. 맹각이 돈을 꺼내려고 품에 손을 넣었지만 돈이 없자, 운가의 머리에서 진주 비녀를 뽑아 허평군에게 던져 주며, 남의 것으로 생색을 냈다.

"그걸 받고 술을 가져오시오!"

이번에는 그녀가 운가를 향해 까르르 웃었다.

자질구레한 이야기 소리와 유쾌한 웃음소리가 허평군의 귓가에 울려 퍼졌다. 허평군은 정말 그들이 보이는 것 같았다. 그녀는 저도 모르게 일어나 얼굴 가득 웃음을 띠고 그들에게 걸어갔다. 웃으며 그들 사이에 앉는 순간, 눈 깜짝할 사이 회화나무 아래는 텅텅 비어 버렸다.

막 떠오른 태양이 회화나무 잎 사이로 솟아나 빛을 뿜어냈다. 그 빛에 눈이 따가워 눈물이 나올 것 같았다. 그녀는 바보처럼 회화나무 아래에 서서 망연자실했다. 비가 언제 그쳤는지, 하늘은 언제 밝았는지 모르지만, 운가는 여전히 깨어나지 않았다. 그리고 이제 그 모든 것은 돌이킬 수가 없었다!

태의들이 지친 얼굴로 그녀에게 죄를 청했다.

"신들은 최선을 다했습니다. 신들의 의술이 모자라서가 아니라, 맹 부인의 몸이 약을 받아들이지 않습니다."

허평군은 그들을 탓하지 않고, 고맙다고 인사한 후 물러가게 했다. 그리고 어린 환관을 불러 맹각을 모셔 오라고 분부했다. 첫째는 맹각의 의술이 뛰어나기 때문이고, 둘째는 아무래도 무슨 일이 있었는지 알고 싶었기 때문이었다.

아무래도 운가의 병은 몸의 상처뿐만은 아닌 것 같았다. 이유를 알아야 정확한 처방을 할 수 있었다.

바퀴의자에 앉은 맹각을 본 순간 허평군은 믿을 수 없다는 듯 고개를 저었다. 우아하고 멋있던 맹각이 하룻밤 사이에 저렇게 초췌하고 허약해지다니! 가슴속 가득하던 질문들도 어쩔 수 없는 답답함으로 바뀌었다.

"맹 오라버니, 운가와 사이가 좋아졌던 게 아니었어요? 오라버니께 의술을 배운다고 들었는데, 왜 또 이렇게……. 아아! 오라버니는 무슨 병에 걸린 거예요? 어째서 걷지도 못하는 거죠?"

맹각은 말이 없었다. 그러자 바퀴의자를 밀던 팔월이 참다못해 대꾸했다.

"공자는 병에 걸린 게 아닙니다. 독이 다 가시지 않았는데 충격을 받고, 마음 편히 조리를 하지 않으시니 이렇게 허약해지신 겁니다."

허평군은 경악했다.

"독이라고? 누가 감히 독을 썼어요? 오라버니에게 독을 쓸 수 있는 사람이 있어요?"

팔월은 차마 대답하지 못하고, 잔뜩 화난 얼굴로 고개를 숙였다.

"먼저 나가 있거라."

담담한 맹각의 말에 팔월이 조용히 물러났다.

한동안 고민하던 허평군은 짚이는 데가 있었지만 도저히 믿을 수가 없었다. 맹각은 신중하고 지모가 뛰어날 뿐 아니라 의술에도 정통하기 때문에, 그에게 독을 쓸 수 있는 사람은 거의 없었다. 게다가 독을 당한 그가 아무 말도 하지 않고, 팔월이 화를 내면서도 아무 말도 하지 못한다면…….

"운가가…… 그럴 리가 없어요. 어쩌면 다른 사람에게 이용당한 건지도 몰라요."

그때 부유의 날카로운 목소리가 입구 쪽에서 들려왔다.

"아가씨는 절대 남을 해칠 분이 아니세요. 하지만 폐하를 해친 사람이라면 이야기가 다르죠."

우안을 살피러 갔던 부유는 이미 정신을 차린 그에게서 사건의 경위를 들었다. 노기충천한 부유는 신분도 생각지 않고 외쳤다.

"황후 마마, 맹 대인에게 당장 떠나라고 해 주십시오! 아가씨의 치료를 부탁하실 필요도 없습니다. 아가씨는 죽을망정 저 사람에게 치료받고 싶지는 않으실 테니까요! 저 사람이 여기 계시면 아가씨의 병이 더욱 깊어질 뿐이에요!"

허평군은 잠시 어리둥절해하다가, 곧 부유가 말한 '폐하'가 유순이 아니라 선제 유불릉이라는 것을 깨달았다. 순간 그녀는 오싹 소름이 끼치고, 알 수 없는 두려움이 솟구침을 느꼈다.

'유불릉이 피살을 당해? 유불릉이…… 피살?'

그녀는 재빨리 주위를 둘러보았다. 시중드는 사람들은 모두 정원 밖에 있었고, 남아 있는 태의 한 명은 주방에서 약을 달이는 중이었다. 겨우 안심한 그녀가 호되게 꾸짖었다.

"부유, 무슨 헛소리냐?"

부유는 무릎을 꿇었지만, 머리는 숙이지 않고 원한 서린 눈길로 맹각을 노려보았다.

"헛소리가 아닙니다. 우 총관께서 친히 제게 말씀해 주셨습니다. 맹각이 계략을 꾸미며 선제를 독살했다고요. 저 사람은 아가씨의 병을 이용해 독약을 아가씨의 약에 숨겼습니다. 정말 독한 사람입니다. 아가씨는 분명 죽고 싶을 만큼 상심하고 자책……."

부유는 목이 메어 더 이상 말을 할 수가 없었다.

맹각이 잿빛이 된 얼굴로 아무 말도 하지 않는 것을 보자 허평군의 불신도 점차 믿음으로 바뀌었다. 맹각이 하지 않았다면, 그렇게 어마어마한 일에 변명 한 마디 하지 않을 리 없었다. 게다가 맹각은 본래 모진 사람이었다. 구후의 죽음과 흑자 일행의 죽음…….

맹각의 독하고 무정한 마음과 생사를 알 수 없는 운가의 상태를 떠올리자 허평군은 떨리는 목소리를 억누르며 부유에게 말했다.

"더 이상 쓸데없는 말 하지 마라. 맹 태부는 사직의 대들보이신데 어떻게 그런 난신적자 같은 짓을 하겠느냐? 선제께서는 분명 병으로 돌아가셨다. 태의들이 모두 증명했다. 앞으로 본 궁의 귀에 그 헛소리가 다시 들리면 반드시 너부터 벌하겠다!"

부유를 나무란 후, 허평군은 예의를 갖추어 맹각에게 말했다.

"맹 대인, 헛걸음을 하시게 했군요. 본 궁의 누이는 병중이어서 손님을 만날 수가 없습니다. 그만 돌아가시지요! 부유, 손님을 모셔라!"

잠시 어리둥절해하던 부유가 곧 정신을 차리고 벌떡 일어나 허리를 숙였다. 그리고 무척 겸손하고 예의바르게 말했다.

"맹 대인, 가시지요!"

맹각은 가려고 하지 않았다.

"평군!"

부탁이 짙게 어린 목소리였다. 허평군은 그를 무시한 채 부유에게 분부했다.

"사람을 더 불러 이곳을 지키게 하고, 쓸데없는 사람은 들여보내지 마라. 어기면 본 궁이 가차 없이 엄벌에 처하겠다."

"예."

부유가 낭랑하게 대답한 후 맹각의 바퀴의자를 밖으로 밀고 나갔다. 맹각은 고개를 돌려 허평군을 똑바로 바라보았다.

"태의는 속수무책이니 내가 운가를 진맥하게 해 주시오. 고열이 계속되니 지체하면 안 되오. 그녀가 죽어도 상관없단 말이오?"

허평군은 이를 악물고 한 자 한 자 내뱉었다.

"당신을 운가 가까이 가게 하는 게 그 애를 죽이는 거예요. 이제부터 맹 대인과 운가는 아무 관계도 없어요!"

문 밖으로 쫓겨날 때쯤 맹각은 뱃속의 통증을 꾹 참고 억지로 손에 힘을 모아 거짓으로 부유를 내리치는 척했다. 부유가 뒤로 물러나자 그는 그 틈을 타 허평군을 돌아보았다. 하지만 어느새 문밖에 와 있는 사람을 보자 차마 다 말할 수가 없어 창졸간에 이렇게만 말했다.

"화를 내더라도 내가 무슨 약을 써서…… 사람을 해쳤는지 확실히 물어본 후에 화를 내시오."

부유는 그를 문밖으로 밀어낸 후 힘껏 문을 닫았다. 그러고는 허평군 앞으로 달려와 말했다.

"마마, 장 의원입니다. 지난번 태자 전하를 구해 주셨던 장 태의지요. 의술이 뛰어나니, 이분께 살펴보라고 하십시오."

허평군은 고개를 끄덕였지만, 다시 한숨을 푹 쉬었다.

"운가의 병은 몸이 아니야. 등에 상처를 입었지만 너도 봤듯이 중상은 아니었어. 운가 자신이……."

허평군은 운가 자신이 살고 싶어 하지 않는다는 말을 차마 할 수는 없었지만, 속으로는 분명히 알 수 있었다. 여자로서, 남편을 먼저 잃고 이어서 아이까지 잃은 것도 모자라, 겨우 약간이나마 안정을 찾았을 때 남편이 누군가에게 죽임을 당했다는 것과 그녀 자신도 무의식중에 그 음모에 말려들어 간접적으로 흉수를 도왔다는 것을 알게 되었다…….

'만일 나라면 눈을 뜰 용기가 있을까?'

허평군은 납처럼 무거운 마음을 안고 물었다.

"맹각은 대체 운가를 어떻게 이용했을까?"

"운가 아가씨는 기침을 하는 지병이 있으셨잖아요? 그때 맹각이 좋은 향기가 나는 향을 치료용으로 아가씨에게 만들어 주었습니다. 그런데 나중에야 그 향이 선제의 몸 속에 있는 독을 발작시킨다는 것을 알게 되셨습니다……."

순간, 허평군이 소리 없이 뒤로 쓰러졌다. 부유가 놀라 소리를 질러 댔다.

"마마! 마마……."

두 눈을 꼭 감은 허평군의 호흡이 불규칙한 것을 보자 그는 당장 태의를 불렀다. 태의가 황급히 달려와 허평군을 살펴보더니, 화를 내며 부유에게 쏘아붙였다.

"황후 마마를 어떻게 모신 거요? 어쩌자고 태기를 놀라게 했소? 당신이, 당신이 잘못 모시는 바람에 모자가 모두 위험할 수도……."

태의는 서둘러 쑥을 태워 허평군의 정신을 안정시키고, 처방전을 써서 약을 달여 오게 했다.

허평군은 서서히 정신이 돌아왔지만 두 눈동자는 빛 없이 텅 비어 있었다. 부유가 울음을 터트렸다.

"마마, 그 일은 이제 생각하지 마세요. 아가씨는 괜찮으실 겁니다. 마마도 괜찮으실 거고요. 두 분 다 좋은 분들이니 하늘이 몰라주지는 않을 거예요."

허평군이 힘없이 말했다.

"맹 태부의 저택으로 가서 그를 불러와. 만나 봐야겠어."

부유가 꼼짝도 하지 않자 허평군이 조용히 외쳤다.

"어서 가! 무례하게 굴지 말고."

부유는 말라 버린 눈물을 닦으며 밖으로 달려갈 수밖에 없었다. 그런데 뜰을 나서자마자 맹각이 멀지 않은 나무 그늘 아래 앉아 있는 것이 보였다. 그의 얼굴은 납처럼 하얬고, 몸은 바퀴의자 위에 비스듬히 기대 있었다. 그런데 눈을 감고 있는 모습이 휴식을 취하는 것 같기도 하고, 어떤 소리에 귀를 기울이고 있는 것 같기도 했다.

부유가 몇 걸음 다가가자 그는 곧 그 기척을 눈치채고 눈을 떴다. 그리고 부유가 나타난 이유를 짐작했는지, 뒤에 있는 팔월을 보며 말했다.

"밖에서 기다려라. 나 혼자 들어가겠다."

부유는 깜짝 놀랐지만, 더 묻지 않고 바퀴의자를 밀고 집 안으로 들어갔다. 그리고 대문을 잘 닫은 후 다시 허평군이 있는 방 안으로 바퀴의자를 밀고 들어갔다.

"넌 방 밖을 지켜라. 아무도 가까이 오게 해선 안 된다."

"예."

허평군의 명령에 부유는 그렇게 대답하고 밖으로 나가 문을 닫았다.

맹각은 바퀴의자를 굴려 허평군 곁으로 갔다. 그가 그녀의 맥을 짚으려 하자 허평군은 맹렬히 손을 저어 그의 손을 피했다. 그러고는 창백해진 얼굴로 얼음처럼 차갑게 물었다.

"유불릉을 해쳐 놓고 나중에는 왜 그를 구하는 척했죠?"

맹각의 얼굴에는 핏기가 하나도 없었다. 그가 피곤한 듯이 말했다.

"믿을지 안 믿을지 모르지만 알려 주겠소. 내가 유불릉에게 살의를 느낄 이유가 없지는 않소. 하지만 그를 죽일 생각이었다면 내겐 여러 가지 방법이 있소. 운가까지 끌어들일 필요까지는 없었소."

그의 목소리에는 자부심과 경멸, 그리고 자책과 오만이 담겨 있었다.

"운가에게 준 향은 그녀의 병을 치료하기 위한 것이었소. 그 당시 유불릉의 몸에 독이 있는 줄은 전혀 몰랐소. 내가 만든 향 때문에 그의 독이 발작한 것은 뜻밖의 우연이었소."

허평군은 다른 곳만 응시했다.

"대체 누가 선제에게 독을 쓴 거죠?"

모깃소리만 한 목소리였다.

"내 추측으로는 곽광이오. 다른 사람이 관련되어 있는지는 아마 영원히 알 수 없을 거요. 그들은 벌써 곽광의 손에 유철을 만나러 갔을 테니까."

"어떻게 그럴 수가? 예전에는 몰랐지만 지금은 잘 알아요. 황제에게 독을 쓰는 게 그렇게 쉬운 일일까요? 황제의 음식과 옷은 모두 따로 담당하는 사람이 있고, 물 한 잔도 환관이 먼저 먹어 봐요. 우안은 충성스럽기 그지없는 사람인데, 곽광이 어떻게 독을 썼다는 거죠?"

"곽광이 독을 쓴 방식은 나도 평생 거의 보지 못한 방식이오. 어떤 고인이 알려 주었는지 모르지만, 물샐틈없이 완벽한 계획이었지. 곽광은 황폐한 산에 '호투'라는 식물을 심었소. 호투의 꽃은 극독을 가지고 있어서 심장에 통증을 느끼며 죽게 만드오. 이 산에는 또 야생 식물인 '구문'이라는 것이 자라는데, 이것은 호흡을 멈춰 질식사하게 만드는 독이오. 이 식물들은 산에서 자라지만, 아무도 신경 쓰지 않았소. 세상에 이런 독초가 없는 산이 어디 있겠소? 이 산에는 샘물이 많아 호투와 구문의 독소는 샘물에 녹아 들어가 산 아래로 흘러갔소. 산 아래의 호수에도 독이 있는 셈이지. 하지만 그 호수의 물을 독이라고 할 수는 없소. 몇 달 정도 계속 마셔도 중독되지 않으니까 말이오. 양이 매우 적어서 우리 몸이 자연스레 해독하여 배출해 버리기 때문이오. 하지만 매년 그 호수의 물을 마신다면, 10년, 20년 후 나이를 먹으면서 체질이 약해지고, 언젠가 갑자기 병이 발작하여 호수 물을 마시지 않은 사람보다 일찍 죽게 될 거요. 민간에서는 보기 드문 일도 아니오. 어느 마을에서 태어난 사람들 대부분이 절름발이가 되거나, 어느 마을 사람들이 자주 눈이 멀거나, 어느 마을 사람들의 수명이 다른 곳보다 짧거나 하는 일들은 늘 있소. 사람들은 보통 신령에게 죄를 지어서 그렇다거나 저주를 받아 그렇다고들 하지만, 나의 의부께서는 '한 지방의 물과 흙은 그 지방 사람과 같다. 사람이 이상하면 물과 흙 탓이다'라고 하신 적이 있소. 나 역시, 아무도 발견할 수 없는 곽광의 비밀을 발견했을 때 갑자기 그 이야기가 떠올랐소."

허평군은 이해할 수 없었다.

"하지만 황제와 황후, 후궁의 모든 비빈들이 같은 샘물을 마시잖아요. 곽광이 그런 방식으로 독을 썼다면 다른 사람들도 병에 걸려야 하잖아요?"

맹각이 설명했다.

"그래서 곽광의 계획이 주도면밀하다는 거요. 그는 에둘러가는 방식으로 독을 썼소. 내가 유불릉의 기거주를 조사해 보니, 유불릉은 생선을 좋아한다고 되어 있었소. 그 산의 호수에는 물고기가 많았소. 그 물고기들은 겉보기에는 싱싱하고 팔팔해서 다른 물고기들과 다를 바 없소. 하지만 사실 그 속에는 미량의 독소가 축적되어 있소. 앞서 말한 것처럼 몇 마리 정도는 먹어도 별 탈 없지만, 유불릉은 여덟 살 때부터 그 독이 있는 물고기를 먹기 시작했소. 그러니 몸이 점점 나빠진 거요. 내가 만든 향이 아니더라도 5년 안에 병이 발작했을 거요. 하지만 내 향이 하필 그의 몸 속 깊이 감춰진 병을 불러일으켰던 거요. 만약 5년 후에 그의 몸이 점점 약해져 병이 들었다면 아무도 중독을 의심하지 않았겠지. 먼저 음식을 맛보는 환관이 아무 일 없었으니까."

허평군이 중얼거렸다.

"음식을 맛보는 환관은 한 사람이 아니고, 먹는 양도 유불릉보다 적기 때문이군요."

맹각은 고개를 끄덕였다.

"그렇게 볼 수 있소. 설령 우리가 곽광을 찾아가 독을 쓰지 않았느냐고 질책한들, 아무 증거가 없소. 물에 독이 있다? 곽광은 그 자리에서 물을 마셔 보일 거요. 물고기에 독이 있다? 그럼 곽광은 즉시 물고기를 먹겠지! 하지만 독은 아무 데도 없소."

허평군은 소름이 끼쳐 떨리는 목소리로 말했다.

"곽광이 원하는 게 대체 뭐죠? 설마 이 세상은 결국 유씨의 천하라는 것을 모른단 말인가요? 유불릉을 죽여도 곽광 그가 제위를 찬탈할 수는 없어요. 그가 모반을 일으키는 날, 천하의 번왕들이 그를 주살하려고 병사를 일으킬 거예요."

"내 추측으로는, 곽광은 직접 황제가 될 생각은 없소. 단지 사실상의 황제가 되고 싶을 뿐이지. 유불릉이 다루기 쉬운 사람이고 그의 말을 잘 들었다면, 그는 언제든 '물고기'를 기르는 것을 그만두었을 거요. 다루기 어렵게 되면, 유불릉은 스물다섯 살 즈음에 몸이 약해져 괴병으로 죽어야 하오. 그때쯤이면 유불릉에게도 아들이 생길 테니까. 하필이면 아직 어리고, 더욱이 곽광의 계획에 따라 곽씨의 핏줄인 아이기 때문에 곽광은 자연히 어린 황제를 손에 쥐고 천하를 호령할 수 있소. 그럼 번왕들도 그를 토벌할 명분이 없소."

"유순은…… 곽광의 일을 아나요?"

허평군은 몸을 덜덜 떨었다. 곽광의 권세가 천하를 뒤덮을 정도고, 무척 무서운 인물이라는 건 늘 알고 있었지만, 그렇게까지 무서운 짓을 할 줄은 정말 몰랐다! 여덟 살짜리 아이에게 독을 써서 20년 뒤의 세상을 준비하다니, 이 얼마나 무서운 계획이고 마음인가?

상관걸과 상홍양이 죽은 것도 이상할 게 없었다. 이렇게 주도면밀하고 멀리 내다보는 지독하고 무정한 사람을 어떻게 이길 수 있을까? 유순이 위험천만하다는 것을 알면서도 서둘러 호를 태자로 세운 것도 당연했다.

"그렇소."

담담한 맹각의 대답에 허평군은 뺨을 부르르 떨며 몇 번이나 말을 하려고 했지만, 말이 뚝뚝 끊기고 목소리가 나오지 않았다. 마침내 그녀가 억지로 한마디를 토해 냈다.

"내가…… 운가에게 준…… 향낭이…… 문제였나요?"

맹각은 바퀴의자에 기대앉으며 크지 않은 목소리로 대답했다.

"단순한 문제가 아니라 아주 큰 문제였소! 유불릉의 독이 내가 만든 향 때문에 발작한 것은 사실 전화위복이었소. 이삼 년이 더 지난 후에 알았다면 편작이 환생한들 병도 아니고 독도 아닌 그 이상한 증상을 치료하지 못했을 거요. 병이 발작한 덕에 나는 우연히 그 병의 원인을 알아냈고, 구할 방법도 생각해냈소. 사실 그의 몸 속에 있던 독 대부분은 내 치료로 이미 제거되었소. 하지만 중독된 햇수가 너무 길었기 때문에 신체가 무척 허약했소. 그래서 여분의 독은 천천히 조리를 하며 빼내야 했소. 방법만 잘 따르면 이삼 년 후에는 완전히 건강을 회복할 수 있었지. 당시 그의 몸 상태는 새로운 것과 옛것이 바뀌고 있는 중이었는데, 유순이 준 향낭이 새로 생기는 기운을 억누르고 체내에 남아 있는 독의 발작을 유도했소. 그래서…… 그래서 나도 더 이상 손을 쓸 수가 없었소."

맹각의 말을 듣는 동안 동그랗게 뜬 허평군의 눈에서 눈물이 방울방울 떨어져 소리 없이 담요에 스며들었다.

"어째서 운가에게 해명하지 않았어요?"

"그녀가 믿어 줄 거라는 자신이 없었소. 그리고…… 더 중요한 것은…… 해명하자면 유순을 끌어들여야 하는데, 그건 너무 큰일이오. 운가의 목숨이 위험해질까 봐 걱정이 되었소. 게다가 그녀는 자기 손으로 수없이 생선 요리를 해서 유불릉에게 먹였소. 유불릉이 식사를 하지 못할 때는 특별히 생선살만 발라 주며 많이 먹으라고 했을 거요. 이 사실을 알면 그녀의 기분이 어떻겠소? 설마 지금보다 낫기야 하겠소? 모를 수만 있다면, 평생 모르는 게 좋은 일들이 무척 많소. 나도 당신에게 떠밀려 어쩔 수 없지만 않았다면, 이런 이야기를 하지 않았을 것이오."

허평군은 맹각에게 복잡한 감정을 느끼며, 원망스러운 듯 탄식했다.

"맹각, 당신이 선제와 운가에게, 선제의 병이 당신이 준 향에 의해 우연히 발작한 것이라고 알려 주었다면 선제는 죽지 않았을지도 몰라요. 그럼 내가 향낭을 주었어도 그들을 해치지는 못했을 거예요!"

맹각은 꼼짝 않고 말없이 앉아 있기만 했다. 허평군은 끊임없이 눈물을 쏟아 내고 있었지만, 그녀의 목소리는 듣기에는 아무 이상한 점이 없었다. 그저 몹시 차가울 뿐.

"운가를 당신에게 넘겨줄게요. 반드시 살려야 해요! 난 궁으로 돌아가겠어요."

말을 마친 그녀가 담요를 젖히고 일어나려 하자, 맹각이 부축하려는 듯 손을 뻗었다. 그러나 그녀는 맹각의 손을 피하며 부유를 불렀다.

"평군, 부유와 함께 다른 집으로 가서 며칠 머무는 게 어떻겠소? 친정집이나……."

"집이요?"

그녀에게 집이 있었던가? 허평군은 웃음을 터트렸다. 그녀는 부유의 부축을 받고 밖으로 나가면서 말했다.

"미앙궁으로 돌아가는 것 말고 내가 어딜 갈 수 있겠어요?"

늦여름의 햇살이 눈부시게 내리쬐었지만 그녀는 뼈마디까지 추웠다. 눈에 보이는 것은 잿빛 어둠뿐이고, 빛이나 따스함은 전혀 없었다.

가장 가까운 사람에게 이용당하는 느낌이 이런 것이었다. 가장 가까운 사람을 해친 느낌도 이런 것이었다. 이게 바로 절망의 감각이었다. 사는 것이 죽는 것만 못하다는 게 바로 이런 것이었다.

어릴 때 집과 가족이 없던 그녀는, 열심히 노력하면 어머니의 사랑을 받을 수 있고 집도 생길 거라고 생각했다. 하지만 그녀가 아무리 부지런하고 일을 잘해도 어머니는 그녀를 쳐다보지도 않았다.

좀 더 크고 나서 그녀는 유병이가 그녀에게 집과 가족을 줄 것이라 생각했다. 그녀는 그의 시원한 웃음 속에서 따스함을 느낄 수 있었다. 그래서 온갖 수단을 동원해 그를 붙잡으려고 했다. 그가 곁에 있으면 집이 생길 거라고 생각했으니까.

그런데 그녀가 틀렸다.

미앙궁은 당연히 집이 아니었다. 하지만 최소한 한때나마 따스함을 느낀 적이 있으니, 초방전을 지키며 이제는 가 버린 아름다움을 추억할 수 있었다.

하지만 이번에도 틀렸다. 한때 느꼈던 따스함은 그녀 혼자만의 바람일 뿐이었다.

다시는 유순을 보고 싶지 않았다. 운가를 볼 낯도 없었다. 한순간, 그녀는 모든 것을 잃어버렸다. 어쩌면 처음부터 아무것도 가지지 못했던 건지도 모른다.

'어디로 가야 할까? 나에게 쉴 곳을 마련해 줄 곳은 어디 있을까?'

황후와 부유가 떠나자, 태의와 집 주변을 지키던 사람들도 그들을 따라갔다. 그 모습을 본 팔월이 다가와 대문을 두드렸다.

안에서 아무 소리가 없자 그는 곧 안으로 들어갔다. 곁채 안에서 맹각이 운가의 침대 옆에 멍하니 앉아 있었다. 아직 병이 낫지 않았기 때문인지 맹각은 이상하리만치 피곤해 보였고, 미간에는 생기가 전혀 없었다.

팔월은 본래 운가에게 화가 잔뜩 나 있었지만, 빨갛게 타오르는 그녀의 얼굴과 잿빛으로 변해 부르튼 입술, 이불 밖으로 나온, 손만 닿아도 부러질 것 같은 야윈 팔을 보자 화가 싹 가셨다. 그가 다가가며 조용히 물었다.

"공자, 무슨 약을 가져올까요? 아홉째 누이에게 가져오라고 하겠습니다."

"등에 경상을 입었고 피를 좀 흘렸을 뿐이지, 치료하기 어려운 병은 아니다. 태의원에서 가장 뛰어난 태의 세 명이 진맥하고 약과 침을 처방했으니, 이미 최선을 다했다."

"그럼, 그럼 방법이 없는 겁니까? 열 때문에 입술이 다 갈라졌는데 계속 이렇게 두면……."

맹각은 젖은 솜으로 운가의 입술을 살며시 닦아 주었다.

"약이나 침이 아닌 방법을 시험해 볼 수밖에. 팔월, 저택으로 가면 아마 운가의 방에 자줏빛 옥퉁소가 있을 것이다. 그걸 가져오너라."

팔월은 황급히 저택으로 돌아갔지만, 운가의 병이 퉁소와 무슨 상관이 있는지 도무지 알 수가 없었다.

팔월이 퉁소를 가지고 돌아오자 맹각은 그것을 받아 자세히 살폈다. 입가에 천천히 쓴웃음이 떠올랐다.

그는 창밖을 바라보며 퉁소를 입술로 가져가 흐느끼듯 불기 시작했다. 퉁소 소리가 울려 퍼지는 순간, 마치 밝은 달이 뜨고 봄꽃이 활짝 핀 것처럼 방 안은 평온하고 차분한 분위기로 뒤덮였다.

오후의 햇살이 창문을 뚫고 들어와 맹각의 창백한 얼굴 위로 금빛 조각 같은 가느다란 빛을 뿌렸다. 따뜻한 여름 바람이 불어 맹각의 검은 머리칼 몇 가닥이 바람에 춤추듯 흩날렸다.

그의 가늘고 긴 손가락은 자줏빛 옥에 반사되어 투명하리만치 창백했다. 하지만 새까만 두 눈동자에는 부드럽고 따뜻한 정이 가득했다.

팔월은 뜰로 나가며 살며시 문을 닫았다. 저 깊은 정과 붙잡는 마음은, 음률을 모르는 그조차 알아들을 정도니 꿈속에 있는 운가도 느낄 것이다!

팔월은 곡이 무척 귀에 익었지만, 공자가 부는 것은 들어 본 적이 없었다. 문턱에 앉아 한참 듣던 그는 마침내 어디서 들어 본 곡인지 생각해 냈다. 운가가 별이 뜬 밤에 즐겨 불던 곡이었다. 그것도 저 자주빛 퉁소로 불었던 것 같았다. 그녀가 불던 곡은 무겁고 슬펐는데, 공자가 부는 곡은 평온하고 침착했기 때문에 당장 알아채지 못했던 것이다.

여기까지 생각하자 팔월도 슬프고 괴로웠다. 퉁소 끝에 새겨진 각인으로 보아 저 퉁소는 효소 황제 유불릉의 유물이었다. 운가가 불던 곡은 아마도 효소 황제가 즐겨 불던 곡일 것이다. 놀랍게도 공자처럼 자존심 강한 사람이 운가를 살리기 위해 유불릉의 물건을 쓰고, 유불릉의 마음을 헤아리며, 유불릉이 자주 불던 곡을 불고 있었다.

운가가 정말 그 곡을 들었는지 아닌지 아무도 알 수 없었다. 맹각도 그것에는 관심이 없어 보였다. 심지어 운가를 돌아보지도 않고 창가에 앉아, 한때 그녀와 함께 살았던 집을 보며 퉁소만 불었다.

금빛 햇살이 반짝이는 오후부터 석양이 지고 저녁노을이 선명하게 빛날 때까지, 해질녘의 황혼이 다시 아침 햇살로 바뀔 때까지 그는 내내 같은 곡을 계속 반복해서 불었다.

빛이 그의 몸 위로 흘렀다. 그의 모습은 오후의 금빛 햇살처럼 고독하고 꿋꿋했고, 어슴푸레한 석양처럼 쓸쓸했으며, 서쪽 창을 지나는 달처럼 오만하고 차가웠고, 무거운 어둠처럼 고집스러웠고, 쌀쌀한 아침 햇살처럼 피로하고 고단했다.

하늘은 밝았다가 다시 어두워지고, 어두웠다가 다시 밝았다. 빛이 교차할 때 맹각의 삶도 교차하는 것 같았다. 하지만 어떤 표정이든, 어떤 자세든 그는 늘 혼자였다. 반복되는 빛과 어둠 속에서 까마득한 빛을 찾아 광활한 세상을 쓸쓸히 홀로 걸었다.

찬란한 태양이 다시 정원을 가득 비출 때, 갑자기 음악이 끊겼다. 몇 줄기 빨간 피가 그의 입가에서 새어 나와 자줏빛 퉁소를 따라 미끄러지다 하얀 장포 위로 떨어졌다. 맹각은 아무 반응도 없이 여전히 퉁소를 불었다.

얼마 후 음악은 또 끊겼다가 다시 울렸다⋯⋯.

뜰을 지키고 있던 팔월은 곡이 뚝뚝 끊어지는 소리를 듣고 와락 문을 열고 들어갔다. 그리고 맹각의 입가에 흐르는 피를 보고 깜짝 놀라 외쳤다.

"공자, 그만 하십시오!"

그는 퉁소를 빼앗으려다가 맹각의 눈빛에 눌려 차마 무례를 저지를 수가 없었다. 그는 다급한 마음에 침대에 누운 운가를 바라보았다. 그러고는 대뜸 그쪽으로 달려갔다.

"열이 내렸습니다. 부인께서 열이 내리셨어요! 공자……."

울음 섞인 목소리로 외치며 돌아보니, 마침내 맹각도 연주를 멈추고 천천히 고개를 돌려 운가를 바라보았다.

그의 안색은 창백했지만 입술은 반대로 새빨갰다. 들고 있는 자줏빛 퉁소도 어느새 피에 젖어 본래 색깔을 알아볼 수가 없었다. 그리고 그의 얼굴은 안심한 것 같으면서도 슬픈 것처럼 이상한 표정이었다.

그는 한동안 바보처럼 운가를 바라보다가 힘없이 바퀴의자에 털썩 기대 눈을 감았다. 입술이 몇 번 달싹였지만, 팔월은 그가 무슨 말을 하는지 확실히 듣지 못해 재빨리 그에게 다가갔다.

"저택으로 돌아가자. 장 의원에게 운가를 보살펴 달라고 청해라. 내 이야기는 하지 말고, 그냥…… 그냥 태의가 운가를 살렸다고만 전해."

팔월은 내키지 않았다. 자존심까지 내려놓고, 목숨 걸고 구해 낸 사람을 얼굴조차 볼 수 없다니?

"공자, 부인께서…… 깨어나실 때까지 기다리지 않으실 겁니까?"

맹각은 말할 힘도 없어서 손가락만 살짝 까딱했다. 팔월은 그의 안색이 하얗다 못해 파랗게 변해 가는 것을 보고 더 이상 귀찮게 할 수가 없어 곧장 바퀴의자를 밀고 밖으로 나갔다.

18장
이 사랑 추억이 되어

우안은 어려서부터 무예를 익힌 덕에, 중상을 입었지만 회복 속도가 무척 빨라 며칠 만에 걸어 다닐 수도 있게 되었다.

운가는 여전히 창백했고, 하루 종일 말도 하지 않고 생기 없이 앉아만 있었다. 그녀의 표정은 항상 곤란하고 탐색하는 표정이었다. 무언가를 찾거나 무슨 소리에 귀를 기울이는 듯 눈을 찌푸리고 머리를 갸웃하는 일도 종종 있었다.

지금 운가의 모습에 장 선생은 처음 만났을 때의 그녀 모습을 떠올렸다. 그때 그녀 곁에는 온 힘을 다해 보살펴 주는 사람이 있었다. 하지만 지금 이 집에 드나드는 사람이라곤 자신과 절뚝거리는 우안뿐이었다.

어쨌거나 운가는 황제가 봉한 고명부인이었으므로 곽부에서는 약재와 돈을 몇 번 보내왔지만, 맹각의 저택에서 사람이 찾아온 적은 한 번도 없었다. 황후도 마찬가지였다.

'황후와 운가는 자매처럼 가까운 사이가 아니었나? 동생이 병이 났는데 언니가 한번 와 보지도 않다니?'

이토록이나 가벼운 사람의 정 앞에서 장 선생은 기분이 우울해져, 아예 그 사람들 이야기는 꺼내지도 않았다. 마치 운가가 처음부터 끝까지 이 조촐한 집에서 살고 있었던 것처럼.

"운 낭자, 뭘 듣고 있소?"

장 의원이 약그릇을 운가 옆에 놓으며 물었다. 그는 운가가 고열로 후유증을 얻지나 않았는지 확신하지 못했다. 그녀가 늘 뭔가에 귀를 기울이는 모습이었기 때문이다.

뺨을 괴고 창가에 앉아 있던 운가가 말없이 고개를 저었다. 그리고 약그릇을 들어 몇 모금 만에 다 마셨다.

"병이 나은 후에는 어디로 갈 생각이오? 낭자가 원한다면 우선 우리 집에 가 있어도 되오. 내게 의술을 배워도 되고, 가끔 날 도와서 환자를 봐주면서 배운 것을 써 볼 수도 있소."

뜰에서 장작을 패던 우안이 동작을 멈추고 운가의 대답에 귀를 기울였다.

운가는 여전히 아무 말 없이 고개를 들고 창밖의 하늘을 바라보았다. 멍한 눈빛이었다. 한참 후에야 그녀가 말을 하고 싶은 듯 입을 달싹였다. 그런데 그때 갑자기 대문이 열리더니, 어린 환관이 문틀을 붙잡고 헉헉거리며 말했다.

"맹…… 맹 부인, 속히 입궁하십시오."

우안이 차가운 소리로 꾸짖었다.

"이곳에 맹 부인은 없다. 잘못 찾아왔구나!"

어린 환관은 우안을 알아보지 못했다. 게다가 입궁하자마자 초방전에서 심부름을 해 온 그에게 이런 말투로 말한 사람은 한 명도 없었기에 그는 화가 나 펄쩍 뛰며 덜덜 떨리는 손으로 우안을 손가락질했다. 욕을 하고 싶었지만, 운가 앞이라 차마 그러지는 못하고 힘차게 냉소만 쳤다.

"너 같은 야인과 다투러 온 것이 아니다."

그는 앞으로 다가가 운가에게 예를 올렸다.

"맹 부인, 부유 형님께서 부인을 모셔 오라고 했습니다. 아주, 무척이나 중대한 일이랍니다."

운가가 아무 말도 없자 환관은 초조해서 울상을 지었다.

"꼭 가셔야 합니다. 소인도 무슨 일인지는 모르지만, 부유 형님께서는 땀을 뻘뻘 흘리고, 눈물까지 흘리실 것 같았습니다."

운가는 마음이 흔들렸다. 요 며칠 허 언니한테서는 아무 소식이 없었다. 평소답지 않은 행동으로 보아 분명 무슨 일이 생긴 것이다!

그녀는 벌떡 일어났다.

"가자."

어린 환관은 기뻐하며 달려 나가 미앙궁으로 갈 수 있도록 말 머리를 돌렸다. 우안과 장 선생이 만류했지만, 말릴 수가 없었다. 우안은 어쩔 수 없이 늘 휴대하던 연검을 운가에게 몰래 건넸다.

"이 검은 가볍고 부드러워서 허리춤이나 소매 속에 숨겨 둘 수 있습니다."

운가는 받지 않으려고 했으나, 우안의 걱정스런 눈빛을 보자 검을 받아 잘 숨겼다.

"금방 다녀올게요."

마차가 미앙궁 앞에 멈추었을 때는 어느새 석양이 지고 있었다. 옥으로 조각한 미앙궁의 기둥들이 노을에 비쳐 금빛으로 찬란하게 빛났다. 그러나 운가의 마음은 황량했다. 눈에 보이는 곳마다 잡초가 무성하고 시체가 즐비한 것 같았다. 궁궐의 담을 지나는 동안 피곤하고 싫증이 나, 평생 다시는 이곳에 발을 들이고 싶지 않았다.

하늘이 어두워지기 전인데 초방전의 대문은 꼭 닫혀 있었다. 운가는 이상한 생각이 들어 문을 가리키며 의아한 눈길로 옆에 있는 어린 환관을 바라보았다. 그가 머리를 긁적이며 대답했다.

"벌써 며칠째 저렇습니다. 듣자 하니…… 황후 마마께서 초방전을 떠나려 하시는데, 폐하께서 허락지 않으셨다고 합니다. 두 분 사이가……. 아무튼 간에 황후 마마께선 장락궁에 가서 태황태후께 문안드리는 것 말고는 궁 안의 일에서 손을 놓고, 베를 짜거나 태자 전하의 공부만 감독하고 계십니다."

궁궐 문이 끼익 소리를 내며 열렸다. 운가를 본 부유가 황급히 그녀를 안으로 끌어당겼다.

"오셨군요!"

그가 엄한 표정으로 주위 사람들에게 분부했다.

"문을 잘 지켜라! 아무나 드나들게 해선 안 된다. 잘못하면 곤장을 치겠다!"

운가는 그를 따라가며 물었다.

"대체 무슨 일이야?"

부유는 말없이 그녀를 방 안으로 데려갔다. 엄히 지키고 있는 여러 개의 문을 지나서야 운가는 허평군을 볼 수 있었다.

그녀의 얼굴은 죽은 듯한 잿빛이었고 입술은 밀랍 같았다. 몇몇 노파들이 땀을 뻘뻘 흘리며 아이를 받아 내고 있었다. 운가는 단숨에 침대 앞으로 달려가 그녀의 손을 꼭 잡았다.

"언니, 어쩌다⋯⋯."

그녀를 본 허평군은 안색을 바꾸더니 황급히 손을 빼내려고 했다. 운가는 이해할 수 없어 외쳤다.

"언니! 언니? 나예요!"

허평군의 눈에 눈물이 고였다. 그녀는 운가를 보지 않으려고 고개를 돌렸다. 운가가 따뜻하게 말했다.

"내가 무슨 잘못을 했든 지금은 싸울 때가 아니에요. 아기가 나오려고 하잖아요. 함부로 움직이면 안 돼요. 지금 언니가 할 일은 아기가 무사히 태어나게 하는 거예요."

허평군은 대답이 없었다. 눈가에서 눈물만 주르륵 흘렀다. 운가는 옆으로 물러나 부유에게 낮은 소리로 물었다.

"태의는 어디 있어?"

부유도 낮게 대답했다.

"처방전을 받은 다음 제가 쫓아 버렸습니다! 요 며칠 폐하와 황후 마마는 크게 다투셨습니다. 폐하께서도 지금 화가 많이 나셔서 후궁 일은 모두 곽 첩여 마음대로입니다. 태의들이 구족을 멸하는 처벌을 받기 싫은 다음에야 써 준 처방전은 별 문제 없겠죠. 하지만 이곳에 남겨 두기에는 마음이 놓이지 않았습니다! 마마께서는 그동안 계속 몸이 안 좋으셨으니, 작은 실수라도 있어선 안 되니까요."

그러자 운가가 허평군의 맥을 짚으며 물었다.

"약은 누가 달였어? 처방전을 보여 줘."

"단연單衍이라고, 믿을 만한 사람입니다. 액정호위 순우상淳于賞의 아내인데, 의술을 조금 압니다. 허씨 집안과는 옛날부터 교분이 있고, 마마께서 어렸을 때부터 알고 지냈습니다. 그간 마마를 보살피면서 아무 실수도 하지 않았습니다."

뜨거운 물을 들고 온 부인이 그 말을 듣고 즉시 무릎을 꿇었다. 순박하고 성실해 보였다. 운가가 그녀에게 뭔가 물으려는데, 허평군이 별안간 경련을 일으켰다. 고통 때문에 이마에는 식은땀이 가득했다.

"아…… 기……."

운가가 황급히 다가가 이마의 땀을 닦아 주며 말했다.

"괜찮아요. 아기는 분명 괜찮을 거예요. 언니도 좋아질 거예요."

운가는 허평군의 태위胎位를 살펴보고 오싹 한기가 들었다.

'왜 거꾸로지? 게다가 조산까지!'

허평군의 몸도 썩 좋지 않아 보였다. 당황한 그녀가 부유를 불러 나지막이 말했다.

"내 의술로는 안 되겠어. 당장 사람을 보내 맹각을 불러와."

부유도 마음이 착 가라앉았다. 그는 쓸데없는 말은 하지 못하고 나는 듯이 궁전을 나갔다.

운가는 심호흡을 몇 번 해서 어지러운 마음을 가라앉혔다. 그리고 침대에 앉아 허평군을 품에 안으며 말했다.

"언니, 겁내지 말아요! 내가 계속 같이 있을게요. 이번에도 우린 무사히 넘어갈 거예요! 자! 들이쉬고…… 내쉬고…… 들이쉬고…… 내쉬고……."

맹각이 도착했을 때는 이미 날이 어두워져 있었다.

등불이 초방전 안을 환하게 비추었지만 공기 속에는 불안감이 가득했다.

부유가 맹각이 왔다는 소식을 전했지만 운가는 아무 반응 없이 허평군의 귓가에 입을 대고 조용히 속삭일 뿐이었다. 맹각도 운가를 본 척도 하지 않고 곧장 침대 옆으로 갔다.

허평군의 상태를 살피고 진맥을 한 그는 눈을 찌푸리며 아무 말 없이 깊이 생각에 잠겼다. 그런 그를 본 운가는 온몸이 싸늘하게 식는 것 같았다. 억지로 눌렀던 당황스러움이 다시 용솟음쳤다.

'그의 의술로도 어려운 걸까?'

맹각은 한참 생각한 끝에 붓을 들고 처방전을 썼다. 갑자기 허평군이 그를 불렀다.

"맹 오라버니……."

맹각과 운가는 급히 귀를 기울였다.

"아기를, 아기를…… 먼저 구해 줘요!"

그녀의 안색은 어둡고 초췌했지만 눈동자에는 더없이 굳건한 빛이 감돌았다. 그 신성하고 순결한 빛에 맹각은 어머니가 그를 숨겨 주고 떠나기 전에 보였던 눈빛을 떠올렸다.

그는 정중하게 고개를 끄덕이더니, 벌써 써 놓은 두 가지 약재를 지우고 새로운 약재 몇 가지를 쓴 후 부유에게 처방전을 내밀었다.

"다른 사람에게 맡기지 말고 직접 달이시오."

부유가 고개를 끄덕였다.

허평군은 거의 밤새도록 몸부림을 치다가 마침내 아이를 낳았다. 아이가 태어나자 긴장이 풀려 방 안에 있는 사람들 모두 웃었다.

"마마, 축하드립니다. 어린 공주님이세요."

산파가 아기를 안고 몇 번 뒤집었지만 아기의 울음소리가 들리지 않았다. 당황한 산파는 황급히 아기의 코에 손을 갖다 대 보더니, 안색이 싹 변해 아무 말도 하지 못했다. 산파의 얼굴이 눈물로 흠뻑 젖었다.

맹각이 한달음에 달려가 아기를 받아 들었다. 손가락에 힘을 모아 잇달아 십여 가지의 방법을 써 보았지만 끝내 아기를 울게 할 수 없었다. 그의 낯빛이 차차 어두워지더니 미안한 표정으로 운가와 허평군을 바라보았다.

운가는 그의 품에 안긴 아기를 응시했다. 오늘의 충격에 지난 슬픔까지 더해져, 심장을 칼로 한 점 한 점 천천히 발라내는 것 같았다.

허평군은 아무 반응도 없는 것 같았다. 그저 잿빛 얼굴과 공허한 눈빛으로 이렇게만 말했다.

"그 애를 데려와요."

그녀의 눈빛을 보자 맹각은 어떤 위로도 할 수가 없어, 조심스레 아기를 허평군 옆에 내려놓기만 했다.

허평군은 아기의 자그마한 얼굴을 부드럽게 쓰다듬었다. 마침내 비탄의 눈물이 흘러내렸다. 눈물과 함께 피도 흘렀다.

허평군의 하체를 닦던 노파들이 비명을 질렀다.

"출혈이다! 출혈이야!"

그 말과 함께 노파들이 몸을 사시나무 떨듯 벌벌 떨었다. 출산 후 출혈이 생기면 염라대왕을 만나러 가야 했다! 운가는 당황해서 다급히 맹각의 팔을 붙잡았다.

"어서 방법을 생각해 봐요!"

맹각은 아무 말도 없이, 미리 준비해 온 금침을 꺼내 허평군의 혈 자리에 꽂았다. 운가가 긴장한 눈길로 그를 응시했다.

허평군이 운가의 소매를 흔들자, 운가는 얼른 고개를 숙이고 그녀의 입가에 귀를 가져갔다.

"사실 나도 벌써 알고 있었어. 이번에는…… 이번에는 어렵다고……. 너무 힘들었어! 하지만 무고한 아기는 놔줘야 했는데. 인과응보지, 모두 인과응보야!"

"아니에요. 언니는 절대……."

허평군은 운가에게 말하지 말라는 눈짓을 했다.

"호는 장락궁에 있어. 그 애를 보고 싶어."

운가가 급히 부유에게 태자 전하를 모셔 오라고 말했다.

"운가, 너는 착한 동생인데 나는 좋은 언니가 아니었어. 미안해."

"아니에요. 언니는 내가 어려서부터 바랐던 언니 모습과 똑같아요."

허평군은 옆에 있는 딸을 바라보았다. 눈에서는 눈물이 뚝뚝 흘러내렸지만, 입가에는 한 줄기 기괴한 웃음이 떠올랐다.

"유순이 네 아기를 빼앗았으니, 하늘이 그의 아기를 빼앗은 거야. 저승에도 장부가 있으니 참 공평해."

운가는 슬픔을 참을 수 없어 결국 눈물을 흘리기 시작했다.

"언니, 조금만 버텨요. 맹각은 의술이 뛰어나니, 반드시 언니를 구할 수 있을 거예요. 호도 보살펴야 하잖아요!"

허평군은 몸 속의 힘이 빠르게 사라지는 것을 느꼈다. 밤새 그녀를 괴롭혔던 통증도 멀리 사라지고, 온몸이 저릿저릿하며 가벼웠다.

"맹 오라버니, 오라버니는 이미 결과를 알고 있잖아요. 더는 힘을 낭비하지 말아요. 두 사람에게 할 말이 있어요."

맹각은 침을 놓던 것을 멈추고, 남은 금침을 바닥에 내던졌다. 땡그랑 하는 맑은 소리가 대전을 더욱 적막하게 만들었다. 그는 허평군의 침대 옆에 앉았다.

"소원이나 부탁이 있거든 모두 말해 보시오. 반드시 당신 대신 해 주겠소."

그의 말을 듣자 운가의 마음속에 남아 있던 한 줌의 희망마저 완전히 사라졌다. 심장을 야금야금 파내 버린 것처럼 고통은 전혀 느낄 수 없고 얼얼한 차가움만 느껴졌다. 그녀는 알 수가 없었다. 어째서 하늘은 그녀 곁에 있는 사람을 한 명 한 명 데려가는 걸까?

허평군은 웃으며 맹각의 손을 잡으려 했지만, 손은 반쯤 올라갔다가 힘없이 툭 떨어졌다. 맹각이 급히 그녀의 손을 잡았다. 그녀는 그의 손을 끌어당겼고, 그는 그녀가 이끄는 대로 손을 움직였다. 허평군은 그의 손을 운가의 손 위에 놓았다.

"운가, 네가 맹 오라버니를 오해했어. 정말로 네 아이를 해친 사람은 유순이야. 유순은 뒤탈 없이 황제가 되기 위해 절대 선제의 아이를 태어나게 할 수 없었던 거야. 맹 오라버니가 어쩔 수 없이 악수惡手를 선택하지 않았다면 너와 아이 모두 죽었을 거야. 선제를 독살한 사람도 유순이야. 그가 나더러 주머니 말고 향낭을 만들라고 했어. 그리고 직접 선제의 시를 써 주며 수를 놓으라고 했지. 최종 목적은 바로 그 자리를 얻기 위해서였어. 그와 곽성군은……."

비록 며칠이 지났지만, 그 일을 떠올릴 때마다 심장이 찢어질 듯 아팠다. 허평군은 숨을 제대로 쉬지 못해 안색이 하얗게 질렸다. 맹각이 서둘러 그녀의 혈을 가볍게 눌렀다.

"평군, 좀 쉬시오. 하고 싶은 말은 내가 운가에게 해 주겠소."

맹각은 고개를 들어 운가를 바라보며, 전후 사정을 간략히 이야기했다.

"유순과 곽성군이 언제부터 같은 길을 가게 되었는지는 나도 확실히 모르오. 아마 유불릉이 중병에 걸렸을 때부터일 거요. 곽성군이 무슨 수로 곽광의 비밀을 알아냈는지 모르지만, 그녀는 그 비밀을 유순에게 알려 주었고, 유순의 휘하에는 독을 잘 쓰는 강호 고수들이 많소. 그 덕분에 향낭이 나온 거요."

허평군이 숨을 가다듬으며 말했다.

"선제께서 앓았을 때부터가 아니야. 곽성군이 내게 말했어. 유순은 내가 중상을 입었던 그해 상원절에 그녀와 함께 거리를 걸으며 함께 놀았고, 등롱까지 선물했대. 일부러 내게 보여 주더라……. 팔각형 등롱인데, 항아가 달로 달아나는 그림이 수놓여 있었어. 곽성군 말로는 유순이, 항아의 외모는 그녀의 만분의 일에도 못 미친다고……."

운가는 창백한 그녀의 얼굴을 보고 재빨리 말을 끊었다.

"언니, 그만 말해요. 생각하지도 말아요."

그해 곽씨가 허평군을 노린 것은 아니었지만, 허평군은 그들 때문에 거의 죽을 뻔했다. 본처가 집에서 요양 중인데도 유순은 곽성군과……. 허평군이 생각하던 부부간의 사랑이란 이제 보니 처음부터 끝까지 거짓이었다.

맹각은 눈을 찌푸린 채 아무 말도 없었다. 허평군의 몸이 좋지 않고, 뱃속 아기가 놀랐다는 걸 곽성군은 분명히 알고 있었다. 그래서 일부러 허평군을 찾아와 그런 이야기를 했던 것이다. 과연 그녀 역시 아버지 곽광을 닮아 '마음 공격'으로 피 한 방울 안 묻히고 적을 죽이는 방법을 사용할 줄 알았다.

허평군은 웃었지만, 창백하고 초췌한 얼굴에 떠오른 웃음은 더욱 슬퍼 보이기만 했다.

"좋아, 그 이야기는 안 할게. 운가, 맹 오라버니는…… 진심으로 선제를 치료해 주려고 했어. 당시 오라버니는 선제의 몸에 독이 있다는 걸 전혀 몰랐어. 사실 나도 어렴풋이 그 일들을 짐작하고 있었지만 차마 깊이 생각해 볼 용기가 없었어. 그래서 내내 널 속여 왔지. 맹 오라버니가 널 속인 건 네가 유순에게 복수를 하려다가 다칠까 봐 두려워서였어. 그리고 내가 널 속인 건, 역시 네가 유순에게 복수를 하려다가 유순이 다칠까봐 두려워서였어. 화, 화내지 마……."

허평군의 얼굴에 눈물이 비 오듯 흘렀다. 맹각이 부드럽게 말했다.

"운가의 성격은 당신도 잘 알잖소. 화내지 않을 테니 더 이상 그 일로 슬퍼하고 자책하지 마시오. 그녀의 마음속에서 당신은 언제까지나 좋은 언니요."

허평군이 두 사람의 손을 잡았다.

"운가, 그간의 일은 모두 잊고 두 사람이 처음 만났을 때만 기억하겠다고 약속해 줘. 그때는 모두 좋았지……. 다들 즐거웠고……. 너와 맹 오라버니는 함께 지내며 사이좋게……."

운가의 손 위에는 맹각의 손이 덮여 있었다. 지난번 서로 손을 맞잡았던 때가 몇 생은 지난 것 같았다. 운가는 그를 바라보았고, 그 역시 그녀를 바라보았다. 둘 다 아무 말이 없었다.

"운가!"

허평군이 숨을 헐떡이며 일어나려고 했지만, 몸을 흐느적거리며 힘없이 운가의 품에 쓰러졌다. 운가는 꿈에서 막 깬 것처럼 놀라 그녀를 불렀다.

"언니, 언니……."

맹각이 운가의 손을 힘껏 잡으며 허평군에게 말했다.

"당신 앞에서 했던 말들은 평생 동안 지키겠소."

허평군은 여전히 눈이 빠지게 운가를 바라보았다. 운가는 망설이다가, 허평군의 눈앞에서 맹각의 손을 잡았다. 허평군이 안심한 듯 웃으며 천천히 눈을 감았다.

"호는……."

맹각이 곧장 대답했다.

"하루 스승은 평생의 스승이오. 반드시 곽씨가 그 아이의 털 끝 하나 건드리지 못하게 하겠소."

허평군의 입술이 고맙다는 말을 하려는 듯 달싹였다. 하지만 이 생에서 맹각이 그녀에게 베푼 은혜는 고맙다는 한마디로 갚을 것이 아니었다. 그래서 그녀는 차라리 입을 다물고 눈물만 뚝뚝 흘렸다.

"호는 왜…… 아직…… 아직 오지……."

허평군의 목소리는 점점 약해지고 낮아지더니 마침내 끊겼다. 운가와 맹각의 맞잡은 손 위에 놓였던 그녀의 손이 툭 떨어졌다. 침대에 부딪힌 손이 가볍게 탁, 소리를 냈지만 운가는 마치 천둥소리라도 들은 양 몸을 부르르 떨었다.

그녀는 허평군을 와락 끌어안았다. 가슴속에는 고통이 그득했지만 눈물은 한 방울도 나오지 않았다. 차가운 얼음물 속에 빠진 것처럼 끊임없이 몸만 덜덜 떨릴 뿐이었다.

방 밖에서 두런거리는 소리가 들리더니 등아가 유석을 데리고 들어왔다. 유석은 웃으면서 '어마마마'를 부르며 침대 앞으로 달려오려고 했다. 하지만 등아가 눈치채고 그를 감싸 안으며 부유에게 눈짓했다.

"태자 전하, 우선 나가 계세요. 황후 마마께서 소녀에게 분부하실 일이 있으시대요!"

부유도 안색이 변해 유석을 안고 밖으로 나갔다. 하지만 유석도 눈치를 챘는지, 부유를 물리치고 달려왔다.

"어마마마! 어마마마! 어머니! 어머니! 어머니……."

심장을 갈가리 찢을 것 같은 유석의 커다란 울음소리와 함께, 황후가 난산 때문에 출혈이 많아 돌아가셨다는 소식이 초방전 밖으로 흘러 나갔다.

미앙궁의 어두운 밤이 깨어졌다. 궁전마다 등불을 환하게 밝혔다.

소양전의 환관과 궁녀들은 초방전 소식이 밖으로 새어 나오지 못하게 하라는 명을 받고 있었지만, 이 소식은 감히 전하지 않을 수가 없었다. 그래서 한밤중인데도 환관이 덜덜 떨며 침궁 밖의 문을 두드렸다.

깊이 잠들었던 유순은 몸을 뒤척이며 불쾌해했다. 곽성군이 몸을 반쯤 일으키고 퉁명스레 말했다.

"끌어내!"

그러자 환관이 땅이 울릴 정도로 머리를 바닥에 찧으며 울었다.

"폐하, 폐하! 황후 마마께서……. 마마께서 돌아가셨습니다."

꿈속을 헤매던 유순이 번쩍 눈을 떴다. 그는 잉어처럼 폴짝 날아올라 바깥에서 자는 곽성군을 그대로 뛰어넘었다. 그리고 홑옷만 걸치고 맨발인 채 문을 열더니, 바닥에 엎드린 환관을 걷어찼다.

"무슨 헛소리냐!"

소양전의 궁녀와 환관들이 어느새 모두 바닥에 엎드려 머리를 조아리고 있었다. 유순이 하 유모에게 시선을 던졌다. 그 질문하는 눈빛 아래로 공포와 간절함이 어렴풋이 드러났다. 하 유모는 차마 그를 보지 못하고 시선을 내린 채 입을 열었다.

"아룁니다. 황후 마마께서는 태아가 놀라 조산을 하셨는데, 뜻밖에도 아기가 거꾸로 서 있어 출산이 무척 어려웠습니다. 황후 마마께서 밤새도록 힘겹게 싸우셨지만 결국 체력이 다하

섰고, 모, 모녀가 모두 목숨을 잃었습니다. 폐하, 국사가 위중하니 부디 용체를 보중하시고 상심을 거두십시오……."

유순의 귀에 하 유모의 목소리가 점점 작아지는 것 같았다. 그는 점점 소리를 들을 수 없게 되다가 마침내 모든 소리가 사라졌다. 그는 머리를 조아리는 사람들을 바라보았다. 눈물을 닦는 사람도 있고 혼란스러운 듯이 이리저리 뛰어다니는 사람도 있었다. 하지만 그는 세상이 더없이 고요하다는 생각이 들었다. 너무 고요해서 자신의 심장 뛰는 소리까지, 마치 북을 치듯 선명하게 들렸다. 심장 소리는 점점 빨라지고 점점 커졌다.

그는 한 걸음씩 밖으로 나갔다. 누군가 그를 붙잡는 바람에 돌아보니, 아름다운 여자가 빠르게 입술을 달싹이는 것이 보였다. 그 옆에는 궁녀가 허리를 숙인 채 옷을 받쳐 들고 있었다. 사람을 짜증나게 하는 그 여자는 또 그의 발을 가리키며 뭐라고 말했다. 그러나 그는 귀찮은 듯 그녀를 밀치고 밖으로 달려갔다.

눈이 오는지 몸에 스멀스멀 한기가 느껴졌다. 하지만 두렵지 않았다. 집으로 가기만 하면 불이 있으니까.

그해 겨울도 유난히 추웠다. 하루 종일 눈이 내렸는데 그에게는 솜옷이 없었다. 겹옷 한 벌뿐이었다. 매일 거리를 떠돌며 사람들과 닭싸움을 하고, 이겨서 음식을 먹고, 저녁에는 형제들과 무너져 가는 그의 집에 북적대며 모였다. 그의 집이 다른 사람 집보다 균열이 덜 간 것도 아니고, 그의 집이 다른 사람 집보다 바람이 덜 들어오는 것도 아니었다. 다만 그의 집에는 매일 저녁 불을 피웠기 때문이었다.

평군은 매일 산으로 나무를 주우러 나갔고, 돌아오면 몰래 가장 굵은 나무 몇 개를 그의 집에 넣어 주었다. 그 계집애는 그의 패거리를 보면 조용히 길을 비켰다. 혹자 일행이 휘파람을 불고, 큰 소리로 그녀를 놀려 댔지만, 그녀는 광주리를 멘 채 긴장해서 서 있었다.

추워서 코가 빨개진 모습이 무척 우스꽝스러웠다. 게다가 커다랗게 꿰맨 곳이 몇 군데나 되는 소맷자락과 아마 오빠의 낡은 신발인 듯한, 해져서 엄지발가락이 삐죽 튀어 나와 있는 커다란 남자 신발까지! 그의 시선이 신발을 훑어보는 것을 느꼈는지, 그녀는 얼굴을 붉히며 발가락을 신발 안으로 움츠려 넣었다……

그가 갑자기 걸음을 멈추었다.

눈앞에 있는 것은 무너져 가는 집이 아니라 화려하고 웅장한 궁전이었다. 바람을 막아 주고, 눈도 막아 주는 궁전이지만 그의 몸에서 느껴지는 한기는 점점 심해졌다.

수많은 사람들이 마중 나와 그의 발 앞에 엎드렸다. 고개를 들고 말하는 사람이 있는가 하면, 고개를 숙이고 통곡하는 사람도 있었다. 하지만 그는 아무 소리도 들을 수가 없었다.

그는 그들을 지나 안으로 달려갔다. 겹겹의 문을 지나 마침내 그녀가 보였다. 마음이 가라앉았다. 눈도 그치고 몸도 따뜻해졌다.

'저기 누워 잘만 자고 있잖아?'

그의 세상은 여전히 편안했다. 그는 미소를 지으며 다가갔다. 침대 앞에 꿇어앉아 있던 아이가 갑자기 벌떡 일어나 눈물 자국이 가득한 얼굴로 그에게 달려왔다. 그의 심장이 격렬하게 떨렸다. 일순, 방 안 가득한 울음소리가 그의 귓속으로 쏟아져 들어오는 바람에 머리와 눈앞이 어질어질했다. 그는 망연히 손을 내밀어 아이를 안았다.

"울지 마라, 울지 마! 어머니는 괜찮을 거야!"

그러나 아이는 화난 표정으로 그를 밖으로 밀어냈다.

"나가요, 나가라고요! 어머니는 당신 때문에 화가 나서 돌아가신 거예요! 당신 때문에 화병으로 돌아가셨단 말이에요! 소양전으로 가세요! 소양전의 곽 첩여가 어머니보다 출신도 좋고 얼굴도 예쁘니까 그 여자를 찾아가……."

하소칠이 달려와 유석을 낚아챘다.

"태자 전하, 불경한 말씀을 하시면 안 됩니다!"

그가 황급히 유순에게 사죄했다.

"폐하, 태자께서는 슬픔이 과하여 제정신이 아니십니다……."

유석은 빠져나가려고 발버둥 쳤지만 하소칠을 뿌리칠 수는 없었다. 결국 그는 하소칠의 목에 매달리며 엉엉 울었다.

"소칠 아저씨, 어머니가…… 어머니가……."

하소칠도 눈물을 멈출 수가 없었지만, 유석이 슬픔에 겨운 나머지 또다시 불경을 저지를까 봐 억지로 그를 껴안고 전각 밖으로 물러났다.

유순은 천천히 침대 앞으로 다가갔다. 그리고 무릎을 꿇고 그녀의 손을 잡았다. 하지만 그녀의 손은 얼음처럼 차가워 더 이상 그에게 따스함을 줄 수 없었고, 그를 잡을 수도 없었다. 그는 그녀의 손을 얼굴에 갖다 댔다. 심장까지 차가워졌다. 그가 고개를 돌려 운가를 바라보았다.

"왜 나를 부르지 않았어? 왜 마지막 모습조차 보지 못하게 한 거야? 왜?"

차분해 보이는 목소리 속에 폭풍우가 용솟음치고 있었다.

운가는 그를 바라보며 아무 말도 하지 않았다. 하지만 몸은 시위에 얹힌 화살처럼 부르르 떨렸다. 그녀가 가볍게 말했다.

"허 언니가 폐하께 전하라고 한 말이 있어요."

맹각이 그녀를 말리려고 했지만 이미 늦은 후였다.

운가는 경쾌한 몸놀림으로 녹색 구름처럼 유순을 향해 날아갔다. 유순도 허평군의 유언을 듣고 싶은 마음에 다급히 그녀에게 다가갔다. 운가의 입술이 살짝 움직였지만 뭐라고 하는지는 들리지 않았다. 그는 무의식적으로 몸을 굽혀 귀를 기울였다. 돌연, 운가의 소매 속에서 서늘한 칼날이 튀어나와 유순의 심장을 향해 갔다.

다행히 유순은 무예가 높아 본능적인 반응이 빨랐다. 그는 억지로 뒤로 물러나 운가의 필살의 일격을 겨우 피했다. 하지만 운가의 공격은 상상외로 정묘했고, 반드시 죽이겠다는 결심까지 더해져 그를 힘차게 몰아붙였다.

선기를 놓친 유순은 수세에 몰렸다. 몇 번 검망劍網을 피하

려 했지만 매번 운가에게 막혔고, 끝내 그녀의 검날을 피할 수
가 없었다. 그는 어느새 벽까지 몰려 옆으로 피할 수밖에 없게
되었다. 하지만 허평군이 잠든 침상이 있다는 것을 잊고 발을
헛디디는 바람에 균형을 잃었다. 운가는 그 기회를 놓치지 않
았다.

갑자기 그녀의 검이 수천수만 개의 꽃을 그렸다. 꽃송이들
이 제각각 빠르게 유순의 목으로 날아들었다. 유순의 동공이
확 수축되었다. 빙빙 도는 차가운 꽃송이들 속에서, 운가와 처
음 만났던 장면이 번개처럼 눈앞을 스쳤다. 그녀의 손에 죽을
지도 모른다는 사실을 도저히 믿을 수가 없었다.

순간, 허공에서 손 하나가 날아들어 마지막 순간에 검을 붙
잡았다. 눈부시게 번쩍이던 꽃들이 순식간에 사라졌다. 검 끝
은 유순의 목에 닿은 채 멈추었다. 유순은 다치지 않았지만, 검
을 잡은 손에서 붉은 피가 흘러 그의 하얀 홑옷 위로 떨어졌다.

밖에 있던 환관이 소란한 소리를 듣고 "폐하." 하고 불렀지
만 유순은 대답하지 않았다. 환관들이 달려 들어왔다. 생사가
걸린 긴박한 상황을 보자 그들은 놀라 어찌할 바를 몰랐다.

맹각은 검을 쥔 채 유순에게 차분하게 말했다.

"폐하, 우선 저들을 내보내십시오. 폐하께서 아무도 듣지 말
았으면 하실 이야기가 있습니다."

유순은 검이 목의 동맥을 누르고 있어서 함부로 고개를 숙
일 수도 없었다. 그래서 고개를 쳐든 채 명령했다.

"모두 물러가라."

환관들은 차마 거역할 수 없었지만, 그렇다고 유순을 모르는 척할 수도 없었다. 그래서 한 걸음 한 걸음 전각 밖으로 물러나 멀리서 대전을 둘러쌌다. 시위들이 소식을 듣고 속속 모여들어 초방전을 단단히 포위했다.

맹각이 운가에게 말했다.

"그를 죽이면 오늘 살아서 이곳을 나갈 수 없소."

운가는 검을 놓지 않고, 다른 손에 힘을 모으며 어떻게 맹각을 따돌릴지 생각했다.

"나도 살아 나갈 생각은 없어요."

유순은 운가의 표정을 보고 싶었다. 그를 죽이려고 하는 운가의 눈빛을 상상조차 할 수 없어서, 지금 검으로 그의 목을 겨누는 사람은 다른 사람 같았다. 하지만 고개를 숙일 수 없으니 쉰 목소리로 이렇게 물을 수밖에 없었다.

"운가, 어떻게 알았지?"

맹각이 가볍게 코웃음을 쳤다.

"자넨 완벽했다고 생각했겠지만, 유불릉조차 속이지 못했네."

순간, 유순과 운가의 몸이 부르르 떨렸다. 그 바람에 유순의 목을 누르던 검이 살짝 찔러 들어가 유순의 목과 맹각의 손에서 동시에 피가 흘렀다.

유순은 차마 더 이상 움직일 수가 없었다.

"그럴 리 없어! 절대 그럴 리 없어! 그가 알았다면…… 내가 어떻게 아직 살아 있겠나? 그가 날 살려 두었을 리가 있겠나?"

운가의 눈에도 도저히 믿을 수 없는 듯 충격과 슬픔이 떠올랐다. 그녀가 중얼거렸다.

"아냐, 그럴 리가, 그가 그럴 리 없어⋯⋯."

"자네는 허평군, 운가와의 정은 전혀 생각지 않았고, 나의 노력도 물거품으로 만들었네. 물론 나도 자네를 숨겨 줄 수는 없었지. 그래서 자네라는 것을 안 후에 곧장 유불릉에게 알렸네. 그가 자네를 죽이고 유하에게 제위를 물려주리라 생각했지만, 뜻밖에도⋯⋯ 뜻밖에도 그는 아무것도 하지 않았네. 아니, 그러기는커녕 도리어 자네에게 황위를 물려주기로 결정했네."

"헛소리 말아요! 그럴 리가, 그럴 리 없어! 릉 오빠는⋯⋯."

운가가 고개를 저으며 외쳤다. 검은 계속 떨리며 금방이라도 유순의 목을 찔러 버릴 것 같았다. 맹각은 힘껏 검을 움켜쥐며 매섭게 말했다.

"운가! 그는 당신의 릉 오빠지만, 천하 만백성의 황제기도 하오. 당신과 그 자신을 위해서라면 유순을 죽여야겠지만, 천하와 백성을 위해서는 죽일 수가 없었소! 당시 그의 죽음은 이미 정해져 있었소. 유순을 죽이면 득을 보는 건 곽광뿐이었소. 유하는 의를 중요시하고 마음이 약해 곽광의 적수가 못 되오. 하나만 실수해도 천하가 흔들릴 수 있소. 유순을 죽이지 않으면 당신과 그 자신을 저버리게 되지만, 유순을 죽이면 천하 창생을 저버리게 될 수도 있었소!"

운가가 소리쳤다.

"듣기 싫어요! 내가 아는 건 저자가 릉 오빠를 죽였다는 거예요!"

말을 마친 그녀는 불문곡직하고 힘껏 검을 찔렀다. 맹각은 손에서 뼈를 깎는 통증을 느꼈다. 그러나 그는 운가의 검을 막을 수도, 또 운가를 다치게 할 수도 없었다. 다급한 마음에 화가 난 그는 갑자기 검을 튕겨 검 끝을 옆으로 비키게 한 다음 손을 놓았다.

"좋소! 죽이고 싶으면 죽이시오! 어쨌든 당신은 이미 살 마음이 없으니까! 한나라는 지금 강족과 전쟁을 치르는 중이오. 당신이 유순을 죽인들, 그래 봤자 천하가 난리통이 되고 백성들이 못 살게 될 뿐이오. 많아 봤자 수만 명, 수십만 명 정도 당신과 함께 죽겠지. 가장 마음이 불편한 사람은 유불릉일 것이오. 나도 그 유랑민들 때문에 괴로워하지 않을 거요. 그 일이 나와 무슨 상관이라고?"

그렇게 말한 그는 놀랍게도 소매를 떨치며 돌아서서 한쪽에 물러나 앉았다. 그리고 비단 수건을 꺼내 상처를 싸매고, 다시는 운가를 바라보지 않았다.

운가는 찌르고 싶었지만 찌를 수가 없었다. 이 검을 찌르면 릉 오빠의 오랜 고심이 무너지고, 무수한 사람들이 집과 목숨을 잃을 것이다.

그러나 물러나려고 하니 너무 원망스러웠다. 눈앞에 있는 이 사람은 그녀와 릉 오빠를 영원히 갈라놓았고, 그녀의 아기를 한 번 울어 보지도 못하게 만들었다.

검을 쥔 그녀의 손이 덜덜 떨렸다. 유순은 벽에 딱 붙어 있었기 때문에, 운가의 검이 떨리자 그의 목에서도 계속 핏방울이 솟아났다. 새하얀 홑옷도 어느새 빨갛게 물들었다.

순간, 등아가 유석과 함께 문가에 나타났다. 유석은 질겁하여 눈을 동그랗게 뜨더니 참지 못하고 크게 외쳤다.

"아버지! 고모? 왜……."

쨍그랑 소리와 함께 운가의 검이 바닥에 떨어졌다. 유석이 운가에게 달려와 다소 두려운 얼굴로 그 앞에 섰다.

"고모, 왜……."

운가는 몸을 숙이고 그를 품에 끌어안았다.

"앞으로 다시는 날 고모라고 부르지 마."

"그럼 뭐라고 불러요?"

"이모라고 해. 나는 네 고모가 아니라 이모야."

"네, 이모!"

"이모는 이제 다시는 널 보러 궁에 올 수가 없어. 그러니 너 혼자 잘 지내야 해. 어머니를 잊지 말고 착한 사람이 되어서 지하에 계신 어머니가 슬퍼하시지 않도록 해야 해."

유석은 울음을 터트리며 운가의 목을 안았다.

"이모, 절 떠나지 마세요."

운가의 눈물이 그의 목 위로 떨어졌다.

"기억하렴. 너만 잘 지내면 이모는 늘 너를 지켜보고 있을 거야. 엄마도 늘 너를 보고 있을 거야."

운가는 모질게 마음먹고 유석을 떼어 낸 후 전각 밖으로 나갔다.

하루 만에 변고가 연이어 일어났다. 이 많은 일들을 어렴풋하게 알 듯 말 듯한 유석은 더 이상 참지 못하고 눈물을 닦으면서 엉엉 울었다. 등아가 다가와 그의 눈물을 닦아 주며 작은 소리로 달랬다.

"태자 전하는 이제 어른이세요. 그러니 강해지셔야죠!"

운가는 뿌연 눈으로 그를 돌아보았다.

"울지 마. 넌 미래의 황제야. 하늘이 천하를 네게 줘서, 네가 잃은 것을 보상하게 해 줄 거야."

녹색 치마는 사람들 사이로 언뜻언뜻 비치다가 완전히 사라졌다. 칠희가 그제야 용기를 내어 들어와 조용히 물었다.

"폐하, 운가를…… 쫓아가 잡을까요?"

유순은 침대에 힘없이 앉아 넋을 놓았다.

'유불릉이 벌써 다 알고 있었다고? 하지만 그는……. 그는……. 그럴 리가! 그럴 리 없다! 다 알았을 리 없어!'

"폐하?"

칠희가 다시 그를 불렀다. 그러자 맹각이 무심하게 말했다.

"폐하, 이 세상에 태자 전하를 제외하고 황후 마마께서 걱정하시는 사람이 또 있다면 운가일 겁니다. 황후 마마께서 안심하고 쉬시게 해 주시고, 태자 전하께도 친척을 남겨 주시지요."

유순은 전혀 무심하지 않은 맹각의 눈빛에 평소처럼 반응하지 않고, 눈을 감고 편안히 잠든 허평군을 멍하니 바라보았다. 마음속에서는 눈이 펑펑 내리고 있었다.

결국 그가 힘없이 손을 내젓자 칠희도 속으로 안도의 숨을 내쉬고는 사람들을 데리고 방에서 나갔다. 시위들에게도 각자 원래 위치로 돌아가라고 일렀다.

"제가 태자 전하를 장락궁으로 모셔가 며칠 보살피겠습니다."

등아의 말에 유순은 말없이 고개만 끄덕였다. 허평군의 머리칼이 흐트러진 것을 보자 유순은 머리맡에 앉아 빗으로 그녀의 머리를 빗겨 주었다. 세심하고 부드러운 동작이었다. 하지만 맹각은 가소롭고 혐오스러울 뿐이었다.

유순은 싸움 경험이 없는 안일한 황자가 아니었다. 그는 수많은 사람들의 피를 밟고 음모 속에서 살아온 사람이었다. 총명한 그는 지난날 허평군을 황후 자리에 앉혔을 때 오늘 같은 결말을 알고 있었을 것이다. 그는 자기 자신을 위해 제 손으로 연약한 여자를 칼날과 파도 속에 밀어 넣었다. 이렇게 후회할 것을 그때는 왜 그랬을까?

"그녀는…… 그녀는 임종 전에 나를 조금도 보고 싶어 하지 않았나?"

유순의 물음에 맹각은 고개를 숙인 채 직접적으로 대답했다.

"그렇습니다. 폐하를 보고 싶다는 말은 한 번도 하지 않았습니다. 황후 마마께서는 거의 하룻밤 동안 산통을 앓으셨습니다. 하지만 태기가 놀라 태아가 피해를 입었고, 태위도 바르지 않아서 사산을 하셨지요. 황후 마마께서는 슬픔을 참지 못하시고 출혈로 인해 돌아가셨습니다."

유순의 눈앞이 까매졌다. 들고 있던 빗이 바닥에 떨어져 두 동강 났다.

"사내아이였나, 계집아이였나?"

"예쁜 따님이었습니다."

맹각은 그렇게 말하며 일부러 면 이불에 싸인 아기를 안아 유순에게 건넸다. 유순은 받으려 하지 않았지만 맹각은 손을 놓았다. 아기가 바닥에 떨어지려 하자 유순은 마음이 아파서, 아기가 죽었다는 것을 알면서도 황급히 손을 뻗어 아기를 품에 안았다.

아기가 품에 들어오는 순간, 그에게는 멀고 낯선 이 아기가, 별 상관도 없는 것 같은 이 아기가 곧장 그의 핏속으로 스며들어, 그가 영원히 그 모습을 기억하게 만들었다. 꼭 감은 눈, 살짝 말려 올라간 입술, 희고 보드라운 피부, 부드러운 몸을.

이제부터 그는 한밤중 꿈에서 늘 조그마한 딸이 배회하는 것을 보게 될 것이다. 이렇게나 연약하고 사랑스러운데, 그는 영원히 '아빠'라는 말을 들을 수가 없었다.

유순은 눈을 감고 아기를 꼭 끌어안았다. 주체할 수 없이 몸이 떨렸다. 맹각이 엎드리며 말했다.

"폐하께 보고드릴 일이 갑자기 생각났습니다."

유순은 힘없는 목소리로 그러라고 대답했다.

"황후 마마께서는 울화와 슬픔 때문에 태기를 상하셔서 조산하셨는데, 하필이면 태위도 뒤집어져 있었습니다. 아기의 발이 아래에 있고, 머리가 위에 있어 분만하기 가장 어려운 태위입니다. 태의는 분만을 촉진하는 약으로 아기를 빨리 꺼내려고 했습니다. 겉보기에는 별문제가 없는 방법입니다. 마마의 당시 상태는 무얼 해도 위험했기 때문입니다. 하지만 그런 위험한 상황에는 누군가 끼어들기 쉽습니다. 처방전은 아무 문제 없어 보였으나, 틀린 데가 전혀 없다고는 보장할 수 없습니다."

맹각은 거기까지 말하고 입을 다물었다. 유순이 눈을 번쩍 떴다. 눈동자에 먹구름이 드리우고 살기가 짙게 피어올랐다.

"왜 계속 말하지 않나?"

맹각이 공손히 말했다.

"신도 그 다음이 무엇인지 모르겠습니다. 폐하께서 처리하고 싶은 대로 하시면 될 것입니다. 신은 물러가겠습니다."

유순의 안색이 어지럽게 변했다. 시퍼레졌다가 보랏빛으로 달아올랐다가 하얗게 질리더니 결국 완전히 잿빛이 되었다. 나중에 무슨 일이 생기든, 맹각의 말이 사실이든 거짓이든, 조산은 분명 자기로 인해 벌어진 일이었다.

그러나 지금의 힘없는 그로서는 낱낱이 추궁해 밝혀 낼 수가 없었다. 그는 그저 춥기만 했다.

'춥다. 너무 춥다!'

그는 한 손으로 아기를 안고 다른 손으로는 허평군의 손을 꼭 잡았다. 거위 털 같은 눈송이가 흔들흔들 떨어져 내리고, 이 세상에 그만 홀로 어렵게 길을 가고 있었다. 눈보라가 아무리 강해도 언제나 따뜻하던 집은 더 이상 찾을 수 없었다.

'평군, 이제 다시는 날 위해 땔감을 주우러 가지 않겠군. 그렇지?'

19장
천애에 떨어져 또 언제 만날까

한나라 대군을 맞은 강족은 흉노에게 지원병을 요청했다. 생사의 기로에서 가장 큰 두 개의 유목 민족이 연합하여 함께 농경 민족의 공격에 맞섰다.

그렇게 양쪽이 팽팽하게 대치할 때, 별안간 강족 내부에서 분란이 일어나 전쟁을 주장하던 강족 수령 세 명이 피살되었다. 한나라 대군의 철기는 그 기세를 타고 강족을 완전히 소탕했다. 가장 사납고 굴복시키기 힘든 서강이 한나라에게 머리를 숙이고 신하라고 칭하게 되었고, 다른 강족 부락들도 차례로 한나라에 귀순했다.

흉노가 지지하던 오손의 왕은 죽임을 당했고, 해우 공주의 큰아들 원귀미元貴靡가 오손의 국왕이 되었다. 해우 공주는 풍파를 겪은 후 마침내 오손의 태후 자리에 올랐다. 그녀의 딸은 구자국으로 시집가서 왕비가 되었고, 해우 공주의 주선으로 구자국 역시 한나라에 귀순했다.

해우 공주의 집권은 한나라와 흉노의 백 년간의 서역 싸움에서, 고조부터 시작해 혜제, 문제, 경제, 무제, 소제, 다섯 황제를 거쳐 선제에 이르러서야 마침내 한나라가 완승을 거두었다는 것을 의미했고, 이제부터 서북의 문과 통로는 완전히 한나라의 수중에 들어갔음을 의미했다.

건장궁에서는 성대한 연회를 열어 대 한나라의 승리를 축하했다. 그러나 이번 전쟁의 최대 공신인 곽광은 불참했다. 그는 저택에 있는 인공산 개울 옆에 홀로 앉아 자작했다. 기쁨은커녕 도리어 외롭고 쓸쓸한 표정이었다.

술을 많이 마셔 거의 취하다시피 했지만, 그래도 그는 밝은 달을 향해 잔을 들며 높이 외쳤다.

"장군이 평화를 결정지었으니, 미인이 변경에서 고생할 필요가 없구나!"

비틀거리면서 소나무 그림자가 비친 차가운 연못을 들여다보니, 백발이 창창하고 지친 얼굴의 남자가 비쳤다. 곽광은 취해서 몽롱한 상태로 상대방을 손가락질하며 꾸짖었다.

"어디서 온 무뢰배인데 감히 대장군부에 뛰어들었느냐?"

뜻밖에도 상대방 역시 그를 손가락질하며 잔뜩 화를 냈다. 그는 어리둥절해하다가, 저 차가운 연못 속의 노인이 바로 자신이라는 것을 겨우 깨달았다.

슬픔이 솟아, 들고 있던 잔을 연못에 집어 던졌다. 풍덩 소리와 함께 물속 거울이 깨어졌다. 넘실대는 물결 위로 산산이 깨진 노인의 얼굴이 수많은 화면으로 바뀌어 수면 아래에서 튀어나왔다.

검은 갑옷에 붉은 전포를 입은 것은 이릉이었다. 그는 곧은 눈썹을 화난 듯 추켜올리고 성난 검을 휘두르며 말을 타고 그에게 돌진했다.

오랑캐의 옷을 입고 허리에 만도를 찬 것은 옹귀미[12]였다. 그의 낭랑한 웃음소리에는 빈틈없는 영리함이 담겨 있었다.

예복을 입은 사람은 해우 공주였다. 장검을 들고 천천히 다가오는 그녀의 눈동자에는 결심과 경멸이 담겨 있었다.

옥같이 고운 얼굴에 구름 같은 머리채를 하고, 미소를 지으며 다가오는 사람은 풍료였다. 하지만 눈 깜짝할 사이 그녀의 눈매가 날카로워지고 분노가 어렸다. 그녀는 해우 공주의 손을 잡고 슬피 눈물을 흘렸다.

상관걸은 자기 아들 상관안을 가리키며 웃는 얼굴로 이야기를 나누었다. 상관안도 웃으며 고개를 끄덕였다. 바깥에서는 하녀 몇 명이 곽련아를 확 떠밀더니 웃으며 소리쳤다.

"큰아가씨, 한번 보세요! 싫으면 나리께 말씀하시던가요."

곽련아는 부끄럽고 화가 나 얼굴이 빨개져서, 하녀들의 손을 뿌리치고 달아났다.

---

12 오손의 국왕. 해우 공주의 두 번째 남편.

어느새 상관걸이 울부짖으며 그에게 달려들었다.

초록빛 버들가지가 한들거리고 꾀꼬리가 아름답게 지저귀었다. 겨우 다섯 살 된 딸 곽련아는 정원에 있는 그네를 타며 깔깔 웃었다.

"아빠, 아빠, 안아 주세요! 안아 주세요!"

그가 손을 내밀려고 했지만 그녀의 목은 어느새 새빨간 피로 물들었다. 그녀가 눈을 동그랗게 뜨고 그를 바라보았다.

"아버지, 제게 약속하셨잖아요? 분명히 약속하셨잖아요?"

곽광의 눈에 빛과 그림자가 교차했다. 때로는 누런 모래가 하늘을 뒤덮고, 때로는 버들가지가 초록빛을 뿌렸다. 즐거운 웃음소리가 들렸다가 피가 사방으로 튀었다. 회전하며 스쳐 가는 화면들이 그의 숨을 턱 막히게 했다.

그의 눈앞에 선실전이 나타났다. 전각 안은 깊고 어두웠다. 답답할 정도로 고요했지만 그는 마침내 숨을 쉴 수 있었다.

누군가 용상 위에 자고 있는 것이 보여 다가가니, 갑자기 백발이 창창한 유철이 용상에서 벌떡 일어나 앉으며 힐문했다.

"짐 앞에서 하늘을 두고 맹세했던 말을 기억하고 있느냐? 딴 마음을 품으면 자자손손 씨가 마를 것이다."

유철이 그에게 달려들어 야윈 두 손으로 그의 목을 꽉 틀어쥐었다. 곽광은 "으악!" 하고 비명을 지르며 뒤로 넘어졌고, 바닥에 세게 부딪혀 의식을 잃었다.

집 후원에서 술을 마시다가 갑작스레 중풍에 걸린 곽광은 그 후로 병상을 떠나지 못했다. 그의 몸 상태는 나날이 나빠졌지만 곽씨의 위세는 여전했다. 유순이 곽성군을 황후로 책봉한 데 이어 곽우, 곽산, 곽운, 세 사람도 후에 봉했던 것이다.

후궁에는 장씨와 공손씨, 그리고 새로 선발한 융씨戎氏, 위씨衛氏가 있었지만 유순은 곽성군만 총애했고, 부부 사이의 정이 돈독했다. 황제와 황후가 서로 사랑하자 아무도 곽 황후와 총애를 다툴 생각을 하지 못해 후궁은 도리어 조용해졌다. 곽씨 가문의 영광은 최고조에 이르렀다.

1년 후, 곽광은 장안에서 걱정과 유감 속에서 병으로 세상을 떠났다. 일대의 권신으로서, 곽광은 평생 진실로 누군가에게 져 본 적이 없었다. 그렇지만 시간마저 이길 수는 없었다.

곽광이 병사했다는 소식이 전해지자, 장안의 교외에서 은거하며 장 선생에게 의술을 배우는 데 몰두하던 운가가 장 선생에게 작별을 고했다. 장 선생도 두 사람의 인연이 끝났다는 것을 알고 몸조심하라고만 말하고 붙잡지 않았다. 하지만 속으로는 운가의 건강을 걱정했다.

요 몇 년 간, 운가는 폐의 지병이 점점 심해졌다. 기침을 심하게 할 때면 피를 토한 적도 종종 있었는데, 그 양도 점점 많아졌다. 운가의 의술은 이미 장 선생보다 높으면 높았지 못하지 않았다. 그런 그녀가 내린 처방도 도움이 되지 않자 장 선생도 어쩔 도리가 없었다. 속으로 '마음의 병은 치료가 어렵구나! 의술을 아는 사람도 자신을 치료할 수는 없다더니!' 하며 한탄

할 뿐이었다.

운가의 은혜를 입은 이웃 사람들은 그녀가 떠난다는 소식을 듣고, 노인을 부축하고, 어린아이의 손을 잡은 채 다 함께 배웅하러 나왔다. 운가는 그들과 일일이 작별을 나누었다.

사람들이 아쉬워하며 해산했을 때는 어느새 깊은 밤이었다. 운가는 짐을 싸서 우안에게 주고, 자신은 해 뜨기 전에 평릉으로 향했다.

평야는 드넓고 별은 촘촘했다. 그 중간에, 능묘는 침묵 속에 우뚝 서 있었다. 여기저기 반딧불이 환해졌다 어두워졌다 하며 묘비를 푸르스름하게 비추었다. 이따금 귀뚜라미 울음소리가 들렸다가 사라지곤 해서 밤을 더욱 고요하게 만들었다.

운가는 계단을 하나하나 올랐다. 가로막는 시위 한 명 없었지만 그녀는 이상하게 생각하지 않았다. 마음으로부터 그가 보고 싶어서 온 것이고, 그것은 본래 자연스러운 일이었다.

예복을 입은 여자가 옥으로 만든 난간에 엎드린 채 뺨을 괴고 먼 하늘을 바라보고 있었다. 운가의 발소리에 그녀는 고개도 돌리지 않고 말했다.

"오늘 밤엔 이슬이 많으니, 날이 밝기 전에 안개가 잔뜩 끼겠구나."

운가는 우뚝 서서 어두운 곳에 있는 사람을 살펴본 후, 그녀 곁으로 가서 역시 먼 곳을 바라보았다.

상관소매가 말했다.

"여기서 일출을 보는 게 제일 좋아. 길지 않은 시간 동안 경치가 여러 번 바뀌거든. 가끔 당신은 언제쯤 이곳에 올까 궁금할 때도 있었어. 아무래도 황제 오빠는 당신과 같이 일출을 보고 싶어 할 테니까."

운가는 말없이 어둠의 끝을 바라보았다. 눈가에 지울 수 없는 슬픔이 떠올랐다. 상관소매의 눈가에도 그녀처럼 짙은 슬픔이 배어 있었다. 그녀가 가볍게 말했다.

"곽씨가 무너지는 날이 오면 무척 기쁠 거라고 생각했어. 그런데 어제 아침에 외할아버지가 병으로 돌아가셨다는 소식을 듣고는 그만 울어 버렸지. 이제 곧 세상에 정말 나 혼자 남게 된다는 것을 실감했기 때문인지도 몰라. 아버지의 가족들은 모두 죽어 버렸고, 오래지 않아 어머니의 가족들도 모두 떠나겠지."

운가는 고개를 돌려 상관소매를 바라보았다. 상관소매도 그녀를 바라보며 웃으려고 애썼지만, 웃음이 나오지 않았다.

"나는 오랫동안 곽광을 증오했어. 마침내 그가 죽었는데도 난 지금 전혀 기쁘지 않고 오히려 슬프기만 해."

밤바람 속에서 상관소매의 몸이 떨리는 것 같았다. 운가의 몸도 미미하게 떨렸다. 그녀는 상관소매의 손을 잡았다. 두 사람의 손은 얼음처럼 차가워, 누구도 상대방에게 따스함을 주지 못했다. 하지만 최소한 외로움은 덜어 줄 수 있었다.

얼마 지나지 않아, 과연 상관소매의 말대로 뿌연 아침 햇살 속에서 하얀 안개가 뭉게뭉게 솟아나 빠른 속도로 넓은 들판을 뒤덮었다. 그 부유하는 안개 속에서 능묘와 돌담, 배총, 그리고 이름 모를 마을이 나타났다가 사라지곤 했다. 아득하고 웅장하면서도 고요하고 엄숙한 풍경이었다.

"이 능원에는 고조와 혜제, 경제, 무제가 묻혀 있어. 그리고 이제는 황제 오빠도 있지. 황제는 다섯 명뿐이지만 영웅호걸들은 훨씬 많아. 대장군 위청, 표기장군 곽거병, 흉노 왕자 김일제, 경국경성의 이 부인……. 게다가 이곳은 진나라 때의 전쟁터기도 했어. 신비한 진시황제의 능묘도 이 부근이라는 전설이 있어. 세월이 유유히 흘러 나라가 바뀌고, 시대가 급변해도 이 능원은 늘 그대로야. 나는 백 년, 천 년 후에 미앙궁은 어떤 모습일까 하고 종종 생각해. 아마 잡초가 무성한 황무지가 되겠지! 그때는 아무도 우리가 누군지 모를 거야, 지금 우리가 그들에 대해 모르듯이. 우리가 아는 것은, 누구는 좋은 황제고 누구는 폭군이었다는 것뿐이야. 아마 역사서 속의 나는 가없고 쓸모없는 황후, 황태후, 태황태후겠지. 글 몇 줄로 내 인생은 끝날 거야. 황제 오빠도 이미 서거한 다른 황제들과 다를 바 없을 거야. 기껏해야 총명하고 인자하고 지혜로웠다는 칭찬이나 받겠지. 세상 사람들은 유순만 알 거야. 사관들도 분명 먹을 듬뿍 써서 그의 놀라운 경력을 기재하고 싶을 테고. 그의 웅대한 포부, 그리고 조강지처에 대한 사랑을 말이야. 하지만 그게 중요할까? 설령 온 세상 사람들이 그를 잊는다 해도 당신과 나는 그를 기억할 거야. 우리가 사는 동안은 그도 살아 있어. 게다가 난 확신해. 유순도 자다가 놀라서 깨어날 때마다 반드시 그를 떠올릴 거야. 잊으려고 애를 쓸수록 더욱 잊지 못할게 될 거야."

유순의 이름을 듣자, 운가는 모든 것을 털어놓고 싶은 마음을 몇 번이나 억눌러야 했다. 어쩌면 이 세상에서 그녀의 모든 감정을 이해할 수 있는 사람은 상관소매밖에 없을지도 모른다. 하지만 결국 운가는 침묵을 선택했다. 릉 오빠가 그랬던 것처럼.

원한은 사람을 살아 돌아오게 할 수 없고, 산 사람만 고통스럽게 만들 뿐이다. 상관소매에게 채워진 족쇄는 지금도 너무 많았다. 거기다 무겁고 괴로운 족쇄를 하나 더할 필요는 없었다. 그녀는 상관소매가 차츰 모든 것을 잊고, 언젠가 릉 오빠가 그녀에게 남긴 유조를 이용해 이곳을 떠나기를 바랐다.

상관소매는 바닥에서 나무 상자를 주워 들어 운가에게 내밀었다.

"유리 세공사가 이걸 완성했을 때 그는 벌써 떠나고 없었어. 세공사는 이걸 내게 바쳤는데, 아무래도 그는 당신을 위해 이 집을 만든 것 같아. 그래서 이곳에 올 때마다 늘 가지고 왔는데, 이걸 당신에게 줄 적절한 시기를 늘 고민했어. 한때는 곽 소저였다가 또 한때는 맹 부인이었으니 더 이상 이게 필요하지 않겠다고 여겼거든."

운가가 상자를 받아 열어 보니 안에는 유리로 만든 집이 들어 있었다. 안방과 서재, 침실, 작은 창문이 달린 방, 진주가 달린 주렴…… 모든 것이 구비되어 있었다. 심지어 집 뒤에는 자그마한 연못도 있고, 창 아래에도 푸른 대나무가 서 있었다.

서로 다른 경치를 만들기 위해 유리 세공사는 다른 색깔의 유리를 사용했다. 그래서 집의 각도에 따라 유리를 통과하는 색의 명암이 달라져 빛의 변화를 만들어 냈다. 침실의 지붕은 수정으로 조각하여, 지붕에서 들여다보면 안에 자그마한 진흙 인형 두 개가 나란히 누워 하늘을 올려다보는 것을 볼 수 있었다.

상관소매가 가볍게 말했다.

"유리 세공사 말로는, 저 인형 한 쌍은 자기가 만든 것이 아니라 선제께서 주신 거래."

운가는 넋을 잃고 집을 바라보았다. 이미 말라 버렸다고 생각한 눈물이 다시 솟구쳐 방울방울 떨어져 내렸다. 눈물이 유리 집 위에 떨어지자 마치 비가 내리는 것처럼, 진짜처럼 만들어진 층층의 푸른 기와를 따라 흘러내려 정원 계단 위로 똑똑 떨어졌다. 방 안에 있는 두 사람은 수정 지붕 밖의 비 내리는 풍경을 감상하고 있는 것 같았다.

해가 떠오르자 짙은 안개가 흩어지기 시작했다. 마치 눈 깜짝할 사이 광풍이 불어 안개를 흩어 놓은 것처럼, 눈앞이 환해지고 모든 것이 분명해졌다. 쪽빛 하늘은 광활하고, 들판은 창망했다. 수없이 많은 이름 모를 새들이 지지배배 쉼 없이 울어대고, 수많은 색색의 나비들이 나풀나풀 춤추며 날다가 가끔 이쪽저쪽의 꽃송이 위에 내려앉았다.

운가의 손에 있는 유리 집이 햇빛을 받아, 영혼을 빼앗길 만큼 아름다운 오색 빛깔을 뿌려 댔다. 그 모습은 마치 인간 세상의 아름다운 꿈 같았다. 흐르는 빛과 화려한 색깔 속에 투명하고 아름다우면서도 깨지기 쉬운 꿈.

줄곧 해를 바라보고 있던 상관소매가 만족스러운 듯 한숨을 쉬고 돌아섰다. 그녀는 난간에 기대 웃으며 운가를 바라보았다.

"그에게 작별하러 왔어? 어디로 갈지 결정했어?"

운가는 두 손으로 유리 집을 받쳐 들고, 고개를 들어 막 떠오른 아침 해를 바라보았다. 속눈썹에서는 아직 눈물이 반짝였지만 입가에는 웃음꽃이 피었다. 그녀는 유리 집을 나무 상자에 조심스럽게 넣은 다음, 옆으로 난간에 기대 상관소매를 바라보며 자기 심장을 가리켰다.

"그 사람과 함께 갈 거야. 그는 늘 장안성 밖의 세상을 보고 싶어 했거든. 그래서 계획 없이, 내키는 대로 가려고 해."

상관소매가 고개를 갸웃하며 웃었다.

"두 사람, 다시 돌아오지는 않겠네?"

운가가 힘껏 고개를 끄덕였다. 상관소매의 눈에도 영롱한 빛이 어렸지만 재빨리 털어 냈다.

조용히 서 있던 운가가 불쑥 말했다.

"소매, 미안하지만 부탁이 있어. 비록 곽광은 죽었지만……."

"알아. 유석 이야기겠지. 허평군이 벌써 내게 부탁했어. 나도 유석을 보살피겠다고 약속했고. 이제 곽성군은 걱정할 필요 없어. 내가 있는 한 후궁의 그 누구도 결코 유석을 해치지 못해."

"고마워!"

운가는 그녀에게 예를 갖춰 감사 인사를 한 후, 바닥에 놓아

둔 나무 상자를 들고 사뿐사뿐 계단을 내려갔다. 상관소매는 고개도 돌리지 않은 채 높은 소리로 외쳤다.

"몸조심해!"

"너도!"

만 리의 푸르른 하늘, 천 길 첩첩이 쌓인 숲, 무성한 풀들. 맑고 아름다운 아침 해를 받으며 녹색 치마는 풀과 들꽃을 지났다. 펄럭이는 소매 아래로, 빛이 있으면 그림자가 있고, 밝음이 있으면 어둠이 있고, 견딜 수 없는 슬픔이 있으면 무너지지 않는 강인함이 있었다. 비스듬히 쏟아지는 아침 햇살 속에서 그녀의 모습은 점점 창망한 광야 속으로 사라져 갔다.

하늘 저편에서 쌍쌍의 제비가 서로를 따르며 즐겁게 춤을 추었다. 상관소매는 제비들을 바라보며 나지막이 중얼거렸다.

"황제 오빠, 오빠는 분명 즐거울 거예요. 나도 그래요!"

하지만 투명하게 반짝이는 눈물이 뺨을 따라 소리 없이 흘러내렸다.

❀

맹각이 서재에서 물건을 정리하고 있는데 삼월이 달려 들어와 이상한 표정으로 말했다.

"부, 부인…… 운, 운가가 돌아왔어요. 지금 죽헌에서 물건을 정리하고 있어요."

"알았다."

맹각은 무표정하게 대답했다. 삼월은 어리둥절했지만 조용히 물러났다.

허평군이 죽은 후, 운가는 장안성에 한 걸음도 들여놓지 않았다. 공자는 그녀가 장 선생에게 의술을 배우고 있다는 걸 알면서도 한 번도 그녀를 만나러 가지 않았다. 두 사람 사이는 이제 아무 관계도 없는 것 같았다.

'그런데 운가는 왜 또 갑자기 돌아왔을까?'

삼월은 아무리 생각해도 알 수가 없었다.

맹각은 한동안 조용히 앉아 있다가, 의부가 쓴 의서를 꺼내 제일 뒷장을 펼쳤다. 그리고 붓을 들어 의부의 글씨 아래 빈 곳에 몇 년 간 고심하여 알아낸 것을 써 내려갔다.

폐가 손상되면 폐가 자정 능력을 잃어 기침을 하게 되오. 또, 오정五情[13]으로 마음이 상하면 간에 기혈이 맺혀 그 화기火氣가 폐에 침범하여, 피가 혈관 밖으로 나와 각혈하게 되오.

겉으로는 간과 폐를 깨끗이 하고 지혈을 하며, 안으로는 감정을 누르고 마음을 평화롭게 해야 하오. 안팎이 결합되고 모든 방법이 서로 도와야 만족할 만한 효과를 얻을 수 있소. 반드시, 반드시 기억하시오! 감정을 누르고 마음을 평화롭게 해야 하오!

---

13 인간의 다섯 가지 감정. 기쁨, 분노, 그리움, 걱정, 두려움.

처방: 뽕잎, 목단피牡丹皮, 지모知母, 비파엽枇杷葉, 황금黃芩, 매미 허물.......

사실 운가는 챙길 물건이 별로 없었다. 중요한 것은 우안이 가져온 유불릉의 유물과 그녀 자신의 옷 몇 벌, 그리고 책 몇 권이 다였다.

맹각이 죽헌에 도착해 보니, 운가는 비단 손수건으로 옥통소를 닦는 중이었다. 그의 발소리가 들리자 그녀는 고개를 들어 그를 잠깐 바라보더니, 다시 고개를 숙이고 통소를 닦았다.

"이 옥통소는 원래 티 없이 깨끗한 자줏빛이었어요. 그런데 보관을 잘못했는지 빨간색으로 얼룩덜룩해졌어요."

운가의 목소리는 담담하고 따뜻해서, 친구에게 일상 이야기를 하는 것 같았다. 두 사람이 1년 넘게 못 본 것이 아니라 어제도 만났던 것처럼.

맹각은 가져온 책을 탁자 위에 놓고 한쪽에 아무렇게나 앉아 미소를 지었다.

"그냥 두시오. 시간이 지나면 자연스레 없어질 거요."

운가는 한참 동안 닦았지만 지워지지 않아서 포기할 수밖에 없었다. 그녀는 옥통소를 조심스럽게 상자에 넣은 후 일어나 책을 정리했다.

"침술과 의학에 관한 이 책들, 나 줄래요?"

"의부님의 책들이니 가져가서 읽으시오. 의부님께서도 분명 그걸 바라실 거요. 내가 가져온 의서들도 의부님이 쓰시던 것

들이오. 나는 벌써 다 봤고, 가지고 있어 봤자 크게 쓸 데도 없
으니 당신이 가져가시오!"

운가는 대답 없이 책을 챙겼다. 책을 다 넣은 후 그녀는 방
을 한 바퀴 둘러보았다. 빠뜨린 게 없다는 걸 확인한 그녀가 맹
각에게 말했다.

"갈게요."

맹각은 일어나 미소를 지으며 말했다.

"어디로 갈 거요? 배웅하겠소."

운가 역시 생긋 웃었다.

"아직 결정 못 했어요. 배를 타고 이리저리 구경할 생각이에
요. 어쩌면 부모님부터 만나러 갈지도 모르고요. 아죽에게 들
었는데, 어머니께서 셋째 오빠에게 편지를 몇 통이나 보내 내
걱정을 한참 하셨대요."

"그럼 나루터까지 배웅하겠소!"

운가는 거절하지 않았다. 맹각은 그녀 대신 짐 상자를 말에
실어 주었다.

운가는 말 한 필 위에 짐을 싣고 다른 말 위에 올랐다. 그런
데 뜻밖에 맹각도 말 한 필 위에 짐을 싣고는 또 다른 말 위에
올랐다. 그러나 운가는 아무 말 없이 자기 갈 길을 갔다.

두 사람은 말을 타고 성을 나왔다. 가는 내내 둘 다 말이 없
었다. 마침내 위하의 나루터에 도착하자, 삿갓을 쓴 우안이
노를 저으며 다가와 배를 기슭에 대고는 운가의 짐을 받아 주
었다.

운가는 맹각에게 두 손을 모으며 예를 갖추어 인사했다.

"여기서 헤어져요. 몸조심해요!"

맹각은 미소를 지으며 물었다.

"마침 나도 외출할 생각인데, 그 배를 좀 타도 되겠소?"

운가는 고개를 저었다. 맹각이 다시 미소하며 말했다.

"그럼 다른 배를 구하는 수밖에 없겠군. 강을 따라가는 거니 같은 쪽으로 가도 나도 어쩔 수 없소."

그는 그렇게 말하고 멀리 있는 사공에게 와 달라며 손을 흔들었다.

운가는 고개를 숙이고 한참 동안 묵묵히 서 있더니, 갑자기 고개를 들며 그를 불렀다.

"옥 중의 왕!"

맹각은 숨이 턱 막혔다. 한순간 숨을 내쉴 수조차 없었다. 큰 소리를 냈다가 오랜만에 들어 보는 이 호칭이 놀라 흩어질까 봐 두려웠다.

그는 정신을 가다듬은 후에야 겨우 몸을 돌렸다. 눈앞에 있는 녹색 치마는 옛날과 유사했고, 얼굴도 그대로였다. 새까만 눈동자도 옛날과 비슷했지만 사실은 풍상을 겪어 슬픔을 간직하고 있었다. 마치 봄날 호수와 비슷해 보여도, 다시 보면 똑같이 맑고 깨끗한 물 아래 삼월의 따스함과 생기가 아닌 시월의 쌀쌀함과 처량함이 담겨 있는 것을 알 수 있는 가을의 호수처럼.

"이 생에서 나는 평생 릉 오빠를 잊을 수 없어요."

맹각이 뭐라고 말하려고 했으나, 운가가 살며시 웃으며 말하지 말라는 듯 손가락을 입술에 갖다 댔다. 그 옅은 웃음은, 바람이 고요한 물을 흔들어 옅은 파문을 일으키다가 순식간에 사라져, 세상 사람들에게 호수 밑바닥에는 영원히 파도가 일지 않는다는 것을 보여 주는 듯했다.

"난 룽 오빠를 마음속 깊이 숨겨 둘 수도 없고, 마음속 깊은 곳에 가둬 두고 싶지도 않아요. 내가 룽 오빠를 얼마나 그리워하는지 난 알아요. 그래서 대놓고 그리워할 거예요. 그는 괴담을 읽는 걸 좋아했어요. 그래서 난 세상을 돌아다니면서 각지의 재미있고 기괴한 이야기와 전설을 기록했다가 그에게 들려줄 거예요. 요리법도 찾아다닐 거예요. 10년이나 20년 후에 어쩌면 당신도 장안에서 내가 쓴 요리책을 볼 수 있을지도 몰라요. 그리고 의술을 배울 때 스승님의 의술을 헛되게 하지 않겠다고 맹세했으니, 의술로 내가 할 수 있는 일도 할 거예요. 모두들 내게 안 좋았던 일은 잊고 새로 시작하라고 하지 않았어요? 이제 난 정말 잊기로 결심했어요. 모든 사람들, 모든 일들을 잊고, 나와 룽 오빠 사이의 일만 기억할 거예요. 정말 내가 다시 시작하길 바란다면 날 자유롭게 놔줘요, 날 보내 줘요! 당신이 따라오면 난 결국 당신과 곽성군이 내게 약을 먹였던 것을 떠올릴 테고, 당신이 만든 향을 떠올릴 거예요……."

운가는 깊이 숨을 들이쉬었다. 더 이상 말을 할 수가 없었다. 그녀는 저 멀리 유유히 흐르는 흰 구름을 바라보다가 한참 후에야 가벼운 목소리로 입을 열었다.

"힘든 길 속에서도 난 반드시 나만의 평온함을 찾아내겠어요."

말을 마친 운가는 폴짝, 배 위로 뛰어올랐다. 강에서 불어온 바람이 그녀의 까만 머리칼을 흩날렸고, 옷자락에서는 바스락 소리가 났다.

맹각은 창백해진 얼굴로 조각상처럼 멍하니 서 있었다. 그는 그녀가 옛일을 마음에서 지우기를 간절히 바랐고, 마침내 그녀도 과거를 잊고 새로 시작할 준비를 하게 되었다. 하지만 그녀가 잊으려는 과거가 그 자신에서부터 시작하리라곤 한 번도 생각해 본 적이 없었다.

그녀는 그의 마음속의 따스함이요, 혀끝의 다양한 맛이었다. 이 생에서 다시는 느끼지 못할 것이라 여겼던 것을 찾았고, 자신이 손을 놓지만 않으면 영원히 잃어버리지 않을 거라고 생각했다. 하지만 이제 그녀가 자신의 생명에서 조금씩, 조금씩, 서서히 사라져 가는 것을 보고 있을 수밖에 없는 것이다.

떠나면서 그녀는 다시 보자는 인사를 하지 않았다. 영원히 그와 만나지 않을 테니까. 그녀는 유불릉과 함께 평온하게 여생을 마칠 생각뿐이었다.

운가는 미련 없이 그에게 손을 흔들었다. 그리고 옆으로 몸을 돌려 우안에게 뭐라고 말하자, 우안이 배를 저어 나아갔다.

하늘은 아득히 멀고 강은 끝없이 넓었다. 멀리 수많은 푸른 산들이 어슴푸레 보이고, 그 위로 흰 구름이 유유히 흘렀다. 그 사이에서는 넓은 초록 물결이 넘실거리고, 백학들이 점점

이 노닐었다. 녹색 치마를 입은 운가는 까만 덮개를 씌운 뱃머리에 서서, 날아가는 선학과 함께 구름의 바다 깊은 곳으로 떠나갔다.

배가 점점 작아지고 그녀의 모습도 점점 흐려졌다. 바람이 휙 불자, 녹색 그림자는 푸른 하늘가로 사라지고, 수많은 선학들만 쪽빛 하늘과 흰 구름 사이를 날아다녔다.

맹각은 온몸에 한기가 들었다. 하늘도 땅도 온통 황량하게만 느껴졌고, 주변을 둘러봐도 생기 하나 없이 적막했다. 그가 갑자기 강으로 뛰어들어 비틀비틀 배를 쫓았다.

"운…… 가……!"

천지를 가득 채운 슬픈 외침은 넓고 아득한 물결에 삼켜져버렸다. 세차게 출렁이는 강물만이 하늘 끝으로 쉼 없이 흘러가며 인간 세상의 이별과 만남을 무관심하게 지켜볼 뿐이었다.

20장
바둑돌 놓은 뒤 후회 마라

곽광이 세상을 떠나자 유순은 곧 곽씨의 세력을 축소하기 시작했다. 곽성군을 찾아가는 횟수도 점점 줄어 나중에는 초방전에 나타나지도 않게 되었다.

곽광이 죽은 지 2년째, 유순은 적절한 준비를 모두 마친 후 맹렬한 공격을 퍼부었다. 시작은 허평군의 사인을 조사하는 것이었다.

허평군을 보살피던 단연이 곽씨와 공모해 허 황후를 독살했다고 자백했다. 곽우와 곽산, 곽운은 궁지에 몰려 어쩔 수 없이 반격을 도모했으나 실패하고, 모반죄로 감옥에 갇혔다. 곽씨 일족의 다른 사람들도 모두 죄가 인정되어 사형을 당했다. 곽성군은 황후 자리를 빼앗기고 냉궁으로 들어갔다. 한때 권세가 하늘을 찌르고 문하의 식객들이 조야에 널리 퍼져 있던 곽씨는, 순식간에 곽성군 혼자 남고 모두 사라졌다.

유순의 큰 골칫거리가 마침내 깨끗이 제거되었다. 곽씨가 무너지자 황권이 돌아왔고, 두 개의 신흥 권력 집단이 서서히 수면 위로 떠올랐다. 하나는 어두운 곳에 숨어 있는 환관 집단으로, 유순 가까이에서 시중드는 하소칠 등이 우두머리였다. 또 다른 하나는 유순이 친히 훈련시킨 '흑의군黑衣軍'으로, 금군과 우림영, 심지어 군대까지 장악하고 있었다.

겉으로 볼 때 흑의군과 환관들은 유순의 양팔이었다. 음으로 양으로 마음을 모으고 서로 도와야 하지만, 하소칠은 언제나 흑의인들이 자신을 보는 눈빛에서 이상한 느낌을 받았다. 그는 자신의 손에 산 채로 매장당한 흑의인들이 저절로 떠올라 한여름에도 종종 식은땀을 흘리곤 했다.

맹각은 유순의 다음 목표를 알고 있었다. 유순도 그가 안다는 사실을 알고 있었고, 맹각 역시 자기가 안다는 사실을 유순이 안다는 것을 잘 알았다. 이번 바둑의 진상이 마침내 환히 드러났다는 것을 피차 알지만, 두 사람은 여전히 명군과 현명한 신하로서 예의를 갖추며 연기를 했다.

맹각은 곽광이 병사한 지 오래지 않아 유순에게 사직을 청했다. 유순은 그 상소를 받기만 하고 가타부타 대답이 없었다. 대신 일품거의 수색을 명해 주인을 감옥에 가두었다.

이튿날 유순이 친히 훈련시킨 '흑의군'이 성 안 곳곳의 전당포를 봉쇄하고 장사치들을 잡아들였다. 그들의 죄목은 하소칠이 알아서 여기저기서 긁어모았다. 이제 그는 한나라의 법률에 익숙해, 이런 일은 원하는 대로 할 수 있었다. 그들의 죄상이 하나하나 올라왔는데, 다 그럴듯했고 죄목도 확실했다.

셋째 날 맹각은 유순에게 가서 사직을 철회했다. 그 후 장안성의 상점들은 며칠 만에 한 곳씩 휴업을 하거나 아예 문을 닫았다.

유순은 하소칠의 비밀 보고를 받을 때면 언제나 매우 기뻐했다. 하지만 하소칠은 한 번 보고할 때마다 가슴이 서늘해졌다. 휴업하는 상점들은 모두 유순이 아는 곳이었다. 맹각이 이런 행동을 하는 것은 유순에게 약하게 보이기 위해서일까, 아니면 유순을 비웃기 위해서일까? 게다가 맹각은 그가 그 상점들을 조사했다는 걸 어떻게 알았을까?

하소칠의 명단에 오른 상점들이 거의 모두 문을 닫자, 어느 날 맹각이 수업을 끝내고 유석에게 미소를 지으며 말했다.

"그동안 전하께 가르쳐 드릴 수 있는 것은 모두 가르쳤습니다."

그 말을 들은 유석은 천천히 손을 모아 쥐고, 억지로 냉정을 유지하려고 애쓰며 물었다.

"태부께서도 떠나시려고요?"

맹각은 대답하지 않고 미소를 지으며 말했다.

"전하는 부황과는 성격이 다릅니다. 정치적 견해도 다르시고요. 훗날 부황께 정면으로 맞서지 마십시오. 비록 부황이 전하를 다른 황자들과 다르게 대하시지만, 세상에서 가장 변하기 쉬운 것이 사람의 마음입니다."

유석은 입을 삐죽이며 고집스럽게 대꾸했다.

"겁 안 나요!"

맹각은 더 이상 말하지 않고 자리에서 일어났다. 유석이 배웅하려고 따라 일어나자 그가 만류했다.

"혼자 좀 걷고 싶군요. 배웅하실 필요 없습니다."

유석은 비록 태자라는 귀한 신분이었지만, 어려서부터 맹각을 따랐고, 그를 만나는 시간이 부황을 만나는 시간보다 훨씬 많았기 때문에 그를 존경하고, 신임하고, 또 두려워했다. 그래서 그는 입구에 선 채 헤어지기 아쉬운 눈길로 맹각의 뒷모습을 바라보았다.

맹각의 모습이 사라진 후, 그는 돌아서서 방으로 들어가려다가 맹각이 늘 지니고 다니던 옥패가 바닥에 떨어져 있는 것을 발견했다. 그는 얼른 옥패를 주워 들고 맹각을 쫓았다.

맹각이 전전에 도착하자, 유순이 편한 복장으로 뒷짐을 진 채 강 풍경을 감상하고 있는 것이 보였다. 그가 맹각의 길을 딱 가로막고 있었다. 맹각이 다가가 인사했다.

"폐하."

유순이 일어나라는 듯 손을 들었지만 말은 하지 않았다. 맹각도 미소를 지으며 조용히 서 있었다. 지나던 궁녀가 그들을 보고 황급히 인사를 하는데, 소매를 들 때 은은하게 맑은 향이 풍겨 왔다. 유순은 잠시 아련함에 잠겼다가 물었다.

"임지에 지광화가 피었느냐?"

등아는 고개를 숙이고 대답했다.

"예! 요 며칠 꽃이 활짝 피었습니다. 태황태후께서 소녀에게 두 그루를 하사하셨습니다."

유순은 얼마 동안 말이 없더니 손을 저어 등아를 물러가게 했다.

멀지 않은 곳에서 창하의 세찬 물소리가 들려왔다. 유순이 맹각에게 말했다.

"몇 년 간 나는 외톨이였네. 그런데 왜 자네까지 혼자인가?"

맹각이 미소를 지었다.

"폐하께는 아름다운 비빈들이 있고, 아드님도 있습니다. 그런데 외톨이라니요?"

유순은 아무 표정 없이 물었다.

"광릉왕을 어떻게 생각하나?"

"용렬한 자이니 생각할 필요도 없습니다."

맹각의 담담한 대답에 유순은 고개를 끄덕였다. 그가 생각한 대로였다. 그런 사람은 남겨 두어도 나쁠 것이 전혀 없었다.

그런데 맹각이 곧 입을 열었다.

"신의 기억에 그는 사냥개 기르는 것을 좋아했습니다. 지금도 기르고 있는지 모르겠군요."

유순의 눈썹이 보일 듯 말 듯 치켜 올라갔다. 그가 맹각을 깊이 응시했지만, 맹각은 아무 말도 하지 않은 것처럼 빙그레 웃을 뿐이었다. 한참 후에야 유순이 물었다.

"그래도 자네와 나는 서로 친구였네. 하고 싶지만 하지 못했던 일이 아직 남아 있나? 그렇다면 짐이 대신 이루어 주겠네."

맹각이 웃으며 말했다.

"이 몸은 늘 제 힘으로 직접 하는 것을 좋아합니다."

유순도 웃었다.

"그럼 자네가 하게!"

맹각은 살짝 허리를 숙이며 물러가기를 청했다. 하지만 원래 가던 길이 아니라 창하를 향해 빠르게 걸어갔다. 유순이 그를 불러 세우려고 하자 맹각은 걸음을 서두르며 물었다.

"몇 년 전 창하의 빙판에서 있었던 일을 아직 기억하십니까? 저와 협력해서 혈전을 치렀지요!"

유순은 멈칫했다가 대답했다.

"기억하네! 나중에 평군이 내게 수없이 물었지. 어떻게 그녀와 운가를 구했느냐고."

"유불릉을 찾으러 가면서 시위들을 많이 죽였겠군요?"

유순이 미소를 지었다.

"자네가 죽인 수보다 적지는 않지!"

어두운 곳에 숨어 있던 하소칠은 예정된 계획에 차질이 빚어지자 어떻게 해야 할지 몰라 망설였다. 본래는 사람을 보내 유순에게 지시를 받을 생각이었지만, 이런 순간에도 맹각이 태연자약하게 담소를 하는 것을 보고 그의 분노는 극에 이르렀다. 흑자 형님 일행의 망가진 시체가 그의 눈앞에 어른거리고,

줄줄 흐르는 선혈이 그의 머리를 내리쳤다.

'몇 년이나 참았고, 마침내 때가 왔다. 더는 참을 수 없다!'

맹각의 솜씨라면, 일단 그가 황궁을 나서기만 하면 설사 유순이라 해도 그를 사지에 몰아넣을 수 있다는 보장이 없었다.

하소칠은 사방에 잠복해 있는 궁수들을 향해 고개를 끄덕였다. 그리고 제일 먼저 손에 든 활시위를 잔뜩 메겨, 뼈에 사무친 원망을 담아 맹각의 등을 향해 쏘았다.

한 발이 발사되자 십여 발의 화살이 뒤를 따랐다. 화살 소리를 들은 맹각이 홱 몸을 돌렸다. 그는 재빨리 창하 쪽으로 물러나며 손을 휘저어 화살을 막았다. 하지만 날카로운 화살들은 끊임없이 쏟아졌다. 첫 화살 더미는 피했지만 두 번째 화살 더미는 피할 수가 없었다.

십여 발의 화살이 그의 가슴에 박혔다. 순간 그의 가슴은 깃털 달린 화살로 가득해졌고, 선혈이 장포를 붉게 적셨다.

유순은 뒷짐을 진 채 멀찌감치 서서 담담한 눈길로 그를 바라보았다. 맹각 역시 유순을 바라보았다. 침묵 속에서 두 사람의 시선이 계속 교차했다. 이 바둑의 마지막 돌이 소리 없이 떨어졌다.

유순의 눈동자에는 기쁨이 없었다. 그저 냉담한 눈길로 사실을 말할 뿐이었다.

"여태 끝내지 못했던 바둑이 드디어 끝났군. 내가 이겼네."

맹각의 눈에도 슬픔은 없었다. 그저 태연하게 비웃을 뿐이었다.

"과연 그럴까?"

그 태연한 비웃음 속에는 피로감과 싫증, 그리고 그보다 많은 무관심이 담겨 있었다. 그는 똑바로 서 있지 못하고 비틀거렸다. 극심한 고통에 눈앞이 흐려졌다. 유순의 모습이 점점 흐려지고 녹색 옷을 입은 사람이 웃으며 그에게 다가왔다. 문득 그의 입가에 미소가 어렸다.

그는 높고도 먼 쪽빛 하늘을 바라보았다. 이 혼란한 속세 밖, 흰 구름이 유유히 흘러가는 저 끝에서, 그녀는 이미 모든 것을 잊고 자신만의 평온함을 찾았을까?

'그녀는 정말 나의 모든 것을 잊었을까? 그녀의 병은 좀 나았을까? 이번 생에 얻지 못한 것은 다음 생을 기약할 수밖에…….'

그의 몸이 뒤로 넘어갔다. 뒤에는 세차게 흐르는 창하가 있었다. 물에 빠진 그의 몸은 물보라조차 없이 물길에 휩쓸려 종적을 감추었다.

하소칠의 명령에, 숨어 있던 환관들은 재빨리 사라져 흔적 하나 남기지 않았다. 때마침 한 무리의 시위들이 도착하자 유순이 명령했다.

"강을 봉쇄하고, 자객의 시체를 찾아라."

장안세와 장하가 헐레벌떡 달려왔다. 장하의 얼굴을 뒤덮은 것이 땀인지 눈물인지 알 수 없었다. 그가 뭐라고 말하려는데, 장안세가 잡아 누르며 함께 무릎을 꿇었다. 그러고는 공손히 말했다.

"폐하, 창하의 물은 위하와 이어지고, 위하의 물은 황하로 들어갑니다. 장안은 물길이 복잡하지만 장하가 물길을 잘 아니, 장하에게 사람을 딸려 수색하라 하는 것이 어떻겠습니까?"

장하에 대한 유순의 신뢰는 남들과 비할 바가 아니라, 그 말을 들은 유순이 고개를 끄덕였다.

"경이 병사를 데리고 가서 처리하시오. 크게 소문낼 일이 아니니 짐에게만 보고하면 되오."

장하는 어리둥절했지만, 곧 상황을 깨닫고 급히 머리를 조아리며 명을 받았다. 그는 일어나 땀을 닦은 뒤 병사들을 데리고 창하를 따라갔다. 장안세는 그제야 다시 한 번 머리를 조아리며 유순에게 죄를 청했다.

"곽씨의 잔당이 폐하를 습격했다고 들었습니다. 신들이 제때 도착하지 못해 죄를 지었습니다!"

그러나 유순은 말이 없었다. 장안세가 흘끔 올려다보니, 유순의 시선이 옆으로 쏠려 있었다. 장안세는 고개를 숙인 채 남들에게 보이지 않을 만큼만 고개를 돌렸다. 멀지 않은 곳에 조각을 한 난간 사이로 태자 유석이 서 있었다. 그의 눈에는 눈물이 맺혀 있는 것 같았다.

태자는 유순을 보고도 인사를 하기는커녕 고개조차 숙이지 않고 대놓고 유순을 노려보았다. 잠시 후, 그는 홱 몸을 돌려 나는 듯이 사라졌다. 장안세는 차마 계속 볼 수가 없어 이마를 땅에 대고 공손히 엎드렸다.

얼마 후, 장안세는 유순의 장포가 펄럭이며 멀어지는 소리를 들었다. 높은 곳에서부터 냉담한 목소리가 들려왔다.

"모두 물러가라."

유순은 전전 쪽으로 향했다. 그런데 전각 밖에 도착해 텅 빈 대전을 바라보니 얼떨떨했다.

'내가 여기서 뭘 하는 거지? 대신들은 벌써 해산했는데!'

그는 내키는 대로 방향을 바꾸어 걸었다. 선실전 전각을 보자 그곳도 텅 비었다는 것이 생각났다. 있는 거라곤 책상 위에 가득 쌓인 상소문뿐이었다. 하지만 지금 그는 말로 표현할 수 없이 피곤해서 편안한 곳에서 푹 쉬고 싶었다.

그는 또 방향을 바꾸었다. 몇 걸음 걷다 보니 수백 수천 번 드나들었던 초방전이었다. 비록 이미 주인이 떠나 빈 곳이었지만, 보기만 해도 여전히 혐오감이 치밀어 몸을 돌려 떠났다.

유순은 좌우를 둘러보았지만 뜻밖에도 어디로 가야 할지 알수가 없었다.

미앙궁, 미앙궁! 대체 뭐가 즐거움이 끝나지 않는 곳이란 말인가? 이 넓은 궁전에, 잠시나마 그를 마음 편히 쉬게 해 줄 곳조차 없는데!

그는 자기도 모르게 미앙궁을 나갔다. 거리는 왁자지껄하고 사람들로 북적였다. 상점들도 성황이었다. 사람들의 주머니는 두둑하고, 모두들 웃고 있는 것 같았다.

논두렁에는 괭이를 지고 집으로 돌아가는 농부가 있었고, 소를 몰아 돌아가는 목동도 있었다. 목동은 백양나무 껍질로 만든 허술한 피리를 신나게 불다가, 유순을 보자 으스대며 손을 들어 비켜 달라는 듯이 길옆을 가리켰다. 유순은 정말 한쪽으로 비켜서서 목동과 소 떼가 먼저 지나가게 했다.

밥 짓는 연기가 모락모락 피어나는 가운데, 대나무 울타리를 친 초가 앞에서 한 부인이 닭에게 마지막 모이를 주고 있었다. 그녀는 가끔씩 고개를 들어 길 끝을 바라보며, 남편이 집에 돌아왔는지 확인했다.

문득 유순이 자신을 멍하니 쳐다보고 있는 걸 눈치챈 그녀가 화가 나 야단을 치려다가, 그의 눈빛이 공허하다는 것을 깨달았다. 그녀는 그가 집을 그리워하는 나그네라고 생각하고, 몸을 돌려 서둘러 집 안으로 들어갔다.

유순은 인가를 하나하나 지나다가 마침내 가까이 붙어선 두 집 앞에 멈춰 섰다. 다른 집에서는 음식 냄새가 솔솔 나는데, 이 두 집은 인적이 없고 썰렁했다.

유순이 아무렇게나 만지작거리자 자물쇠가 철컥 소리를 내며 열렸다. 그는 주방으로 들어가 차가운 부뚜막을 쓰다듬었다. 그리고 안채로 가서 바닥에 흩어진 대나무 광주리들을 주워 잘 모았다.

방구석에 있는 거미줄을 발견한 그는 주방에서 빗자루를 가져와 거미줄을 치웠다. 이 일 저 일 하다 보니 어느새 대들보와 창틀을 닦고, 창틀을 다 닦은 후에는 바닥까지 닦고 있었다. 그리고 나중에는 아예 우물물을 길어 와 걸레로 집 안팎을 깨끗이 닦아 냈다. 몇 년 동안 하지 않았던 일이지만 모든 것이 무척 자연스러워서, 마치 어제도, 그제도 아내를 도와 이런 일들을 했던 것 같았다.

방 안팎이 환하고 깨끗해졌지만 그는 여기서 끝내지 않았다. 방 안에 있는 낡은 궤짝을 보자, 그는 그 안을 정리하려고 궤짝을 열었다. 대부분 텅 비어 있었고, 딱 한 궤짝에만 낡은 옷이 몇 벌 들어 있었다.

그는 어렴풋이 생각했다. 유불릉이 저택을 하사한 후로 그는 허평군에게 이사 준비를 시켰다. 허평군은 책상과 의자, 심지어 주방의 그릇들까지 모두 가져가려 했다. 그는 웃는 얼굴로 고개를 저으며, 그녀가 싸 놓은 물건을 모두 풀어 원래 위치에 돌려놓았다.

옷 보따리를 풀자 허평군이 그것만은 안 된다고 죽어라 매달렸다. 궤짝 안에 있는 이 옷들은 그가 대충 골라서 가져가지 못하게 한 것들이었다.

"이 옷들은 여기저기 꿰매서 저택을 청소하는 하녀에게 주어도 받지 않으려고 할 거야. 그런데 가져가서 어쩔 생각이야? 당신이 입으려고? 아니면 내가 입을까?"

허평군은 아무 말이 없었지만, 꿰맨 곳 없는 낡은 옷은 끝내 포기하지 않았다. 그는 탄식하며 이렇게 말할 수밖에 없었다.

"궁상맞기는."

그리고 그녀가 하자는 대로 내버려 두었다.

유순은 아무 옷이나 한 벌 꺼내 자세히 살폈다. 허평군이 그에게 지어 준 낡은 솜옷인데, 소맷자락이 온통 꿰맨 흔적이었다. 허평군은 그것을 감추기 위해 산과 새 문양을 수놓았다. 양쪽 소매에 그가 알아볼 수 있는 것만도 서너 종류의 자수가 놓여 있었다. 그녀는 낑낑거리면서, 조악한 실을 이용해 기어코 정교한 그림을 그려 내, 꿰맨 자국을 일부러 그렇게 재단한 것처럼 보이게끔 했다.

소매의 자수를 어루만지던 유순이 갑자기 솜옷을 몸에 걸치고 눈을 감았다.

뜰 밖에 있던 하소칠은 뜰 안에서 나는 소리를 들을 수 있었다. 비록 이상한 소리가 났지만 오랫동안 유순을 따른 그는 말을 적게 하고, 호기심도 적을수록 좋다는 걸 배웠다.

이윽고 아무 소리도 들리지 않았다. 참을성을 갖고 한참 동안 기다렸지만, 하늘은 점점 어두워지는데 방 안에서는 여전히 아무 소리도 나지 않았다. 그는 저도 모르게 걱정이 되어, 용기를 내어 뜰 안으로 들어갔다.

안의 모습을 보자 그는 깜짝 놀랐다. 게다가 창을 통해, 유순이 한여름인데도 솜옷을 걸치고 있는 것을 보자 더욱 놀라 말조차 나오지 않았다.

유순이 눈을 떠서 담담하게 그를 흘끗 쳐다보았다. 하소칠은 즉시 바닥에 엎드렸다.

"폐…… 폐하, 시…… 시간이 많이 지났습니다."

유순은 조용히 일어나 입고 있던 솜옷을 꼼꼼히 갰다. 하소칠이 받으려고 했지만 유순은 마치 소중한 것인 양 손에 꼭 쥐고, 밖으로 나가면서 분부했다.

"대문을 단단히 잠그고, 사람을 보내 지키게 해라. 그리고…… 옆집도."

"예! 정기적으로 청소할 사람도 보낼까요?"

잠시 침묵 끝에 한마디가 떨어졌다.

"됐다."

하소칠은 밝고 깨끗해진 집을 보고 속으로 깨닫는 바가 있어, 조용히 대문을 잠갔다.

유순은 황궁으로 돌아가지 않고 여전히 거리를 거닐었다. 논밭 가장자리에 초록이 넘치고, 과일나무 덩굴에는 꽃과 잎이 울창하고, 집집마다 따뜻하게 등불을 밝혔다. 그것을 보자 약간 즐거워지는 듯했지만 그 기분은 금세 사라졌다.

해는 벌써 산 아래로 완전히 지고 달이 떠올랐다. 소녀의 눈썹같이 휘어져 동쪽 산꼭대기에 걸린 달은 수줍고 고왔다. 논밭에서는 벌레들이 약속이나 한 듯 일제히 자기만의 악기를 연주했다. 벌레 울음소리가 높아졌다 낮아졌다 하며 서로 합창을 했다. 반딧불도 자그마한 등불을 켜고 이리저리 나풀거렸다.

반딧불 몇 개가 유순 곁으로 날아와 눈앞을 스쳐 지나갔다. 하지만 그는 개의치 않고 계속 걸었다. 걷고 또 걷다가 문득 걸음을 멈추고 뒤를 돌아보았다. 하소칠이 즉시 허리를 숙이며 분부를 받을 준비를 했다.

하지만 유순은 그를 완전히 무시한 채 산비탈들만 둘러보다가, 갑자기 빠른 걸음으로 한 산비탈을 올라갔다. 그리고 황급히 비탈에 서 있는 수풀에서 무언가를 찾기 시작했다. 그러자 하소칠이 조심스레 물었다.

"폐하, 무엇을 찾으시는지요? 소인이 찾아드리겠습니다."

그러나 유순은 들은 체도 하지 않고 계속 나무들을 하나씩 자세히 살폈다. 그러다가 어떤 나무 앞에 서서 손가락으로 나무에 새겨진 흠집을 쓰다듬었다. 그가 허리춤에서 단검을 꺼내 흠집을 따라 구멍을 파자, 기름 먹인 천에 싸인 물건이 땅으로 툭 떨어졌다.

유순은 허리를 숙여 포장된 물건을 주웠으나 곧장 열어 보지는 않았다. 그는 비탈에 앉아 묵묵히 먼 곳을 바라보았다. 들판을 나는 반딧불이 먼 곳과 가까운 곳에서 깜빡깜빡했다.

유순은 바닥의 풀을 하나 뽑았다. 이 풀로 풀싸움을 하면 아마 백전백승의 장군이 될 거라는 생각이 들었다. 허평군이 이걸 쓰면 운가는 취할 만큼 벌주를 마실 게 확실했다.

불현듯 밤이 너무 고요하고 쌀쌀하다는 생각이 들었다. 손가락에 힘을 주어 풀을 튕기자, 풀은 얼마쯤 똑바로 날아가다가 외로이 바닥에 떨어졌다. 그러나 그 풀 하나를 뺏으려고 소리치고 다투는 사람들은 이제 없었다.

한참을 앉아 있던 그는 기름 먹인 천을 무릎 위에 올려놓고 포장을 풀었다. 그리고 길고 가는 비단 천들을 꺼내 조용히 무릎 위에 펼쳤다.

첫 번째 비단 천에는 아무것도 쓰여 있지 않았다. 그는 웃음을 터트렸다. 이것은 그 자신의 것이었다.

'다음은 누구 것일까?'

다른 비단 천을 펼친 그는 어리둥절했다. 하얀 비단에는 공백뿐, 아무 글자도 없었다. 잠시 후, 그는 고개를 설레설레 저으며 비단을 옆으로 던졌다. 공백만 있는 두 비단 중 어느 것이 맹각의 것이고, 어느 것이 그의 것인지 구별할 수 없었다.

세 번째 비단에는 나른한 모습을 한 남자가 그려져 있었다. 그 남자는 웃는 것도 같고 아닌 것도 같은 표정으로 비단을 보는 사람을 향해 눈을 깜빡이며, 마치 이렇게 말하는 것 같았다. 소원이란 마음속 깊은 곳에 있는 비밀인데, 네가 훔쳐보도록써 놨겠어?

겨우 몇 획만으로 그린 것이지만 살아 있는 듯 생생해서, 남을 조롱하는 표정을 훌륭하게 묘사했다.

'부질없는 짓이군!'

유순은 차갑게 코웃음을 치며 그 비단 천도 옆으로 던졌다.

남은 두 개의 비단을 가만히 바라보며 그는 한참 동안 움직이지 않았다. 고운 필적이 비단을 통해 희미하게 비쳤다. 그는 한쪽 귀퉁이를 살짝 열었다. 훌륭한 글씨 한 줄이 시공을 뚫고 운가를 이곳으로 데려왔다.

녹색 옷을 입은 여자는 산비탈에 앉아 환하게 웃었다. 반딧불들이 그녀의 손바닥과 소매에서 명멸하며 그녀를 마치 산속의 정령처럼 비추었다. 그녀는 살며시 반딧불 한 마리를 잡아 조심스레 소원을 빌었다.

"함께 날기로 약속했고……."

그녀가 손을 살짝 펴자 반딧불이 날아올랐다. 그녀는 고개를 들고 반딧불이 점점 높이 날아오르는 것을 바라보았다. 유순은 그녀의 소원을 들으려고 조금씩 그녀에게 다가갔지만, 갑자기 우뚝 멈춰 서서 그녀의 따스한 눈빛을 응시했다. 더는 그녀를 놀라게 하고 싶지 않았다!

그는 심호흡을 하고 운가의 천을 덮어 살짝 옆에 내려놓았다. 그리고 고개를 숙여 마지막 남은 비단을 바라보았다. 심장이 빠르게 뛰고 몸이 굳어져 움직일 수가 없었다.

코끝이 얼어서 빨개진 계집아이가 겁먹은 얼굴로 멀리서 다가왔다. 그 모습은 점점 자라면서 수줍음이 줄어들고 괄괄해져서, 그들을 보고도 피하기는커녕 도리어 고개를 처들고 떳떳하게 지나갔다. 머리끝에 꽂은 두 송이의 빨갛고 작은 꽃이 흔들리는 멜대를 따라 요동쳤다. 하지만 호승심 강하고 괄괄한 그녀의 모습 아래에는 여전히 열등감과 부끄러운 마음이 숨겨져 있었다.

유순은 웃으며 고개를 저었다. 그녀는 자신이 영리하다고 생각했지만 사실은 미련하고 어리석었다. 왜 그렇게 어리석었을까? 그녀의 어리석음은 기어코 그의 어리석음을 끌어내고야 말았다!

'대체 우리 둘 중 누가 더 어리석었을까?'

하늘은 인연이라는 이름으로 그와 그녀를 어려서부터 알고 지내게 해 주었다. 그 인연은 후하다 못해 사치스러울 정도여서, 이웃에 살며 밤낮 곁에서 고개만 돌려도 서로를 볼 수 있었다. 하지만 그는 그녀를 맹물이나 산나물같이, 평범한 집에서 쉽게 맛볼 수 있는 그런 맛이라고 생각했고, 볼품없이 여기고 깔보기까지 했다.

사실 그의 마음속 깊은 곳에서는 자신이 꿈꾸는 호화로운 궁전과 어울리는 고상함과 화려함을 원했다. 가망이 없었기 때문에 더욱 갈망하게 되었던 것이다. 그는 줄곧 자신이 얻지 못한 고상함과 화려함을 잊지 못해 그리워한다고 생각해 왔다. 하지만 평범한 인생의 소박함과 따스함이 그의 뼈와 심장에 깊이 새겨져 있다는 것은 알지 못했다.

살짝 손만 내밀면 힘들이지 않고 하늘이 준 '인연'을 받아 일생의 '연분'으로 만들 수 있었다. 하지만 그는 호화로운 궁전을 추구하느라 바빴고, 조심하지 않으면 가난하고 평범한 인생으로 굴러떨어질까 봐 너무도 두려웠다. 그래서 아예 손을 내밀 힘조차 없었고, 뒤돌아볼 생각도 없었다.

대체 누가 더 어리석었을까?

'평균, 아무래도 내가 더 어리석은 것 같아. 이 말, 들을 수 있어? 어쩌면 듣고 싶지 않을 수도 있겠지. 이젠 관심조차 없을지도 몰라.'

그는 몸을 펴지 못할 정도로 크게 웃어 댔다. 손에는 비단을 꼭 움켜쥐고, 낡은 솜옷에 얼굴을 댄 채로. 솜옷의 자수 위로 몇 방울의 물이 희미하게 스며들었다.

반딧불, 등불을 켜고 서쪽으로 날고 동쪽으로 날다 누이동생의 얇은 옷 위로 날아가네

반딧불, 등불을 켜고 높이 날고 낮게 날다 오빠가 탄 큰 말로 날아가네

큰 말 타고 누이동생을 태우고 동쪽 거리 구경하고, 서쪽 시장 돌아다니다 연지분 사서 누이동생에게 선물하네

여자아이 하나가 노래를 흥얼거리며 수풀 속에서 뛰어나왔다. 그 뒤로 남자아이가 반딧불을 잡고 있었다.

여자아이는 바닥에 앉아 있는 유순을 보고 깜짝 놀라 노래를 멈추었다. 하지만 남자아이는 으스대듯 유순을 흘끗 바라보더니 계속 반딧불을 쫓았다.

여자아이는 유순이 비단을 펼치려다가 다시 천천히 덮는 모습을 호기심 어린 눈길로 바라보았다. 그러다 고개를 쏙 내밀고 유순 곁으로 다가와 물었다.

"아저씨, 그게 뭐예요?"

유순은 여자아이의 땋은 머리에 꽂힌 빨간 꽃을 보고 부드럽게 말했다.

"누군가의 소원이란다."

"아저씨 가족이에요? 그런데 왜 안 봐요? 그걸 보면 그 사람 소원을 이루게 해 줄 수도 있잖아요. 분명히 좋아할 거예요."

여자아이는 신이 난 듯 말했다. 그러나 유순은 말없이 그 비단을 조심스레 품에 넣었다. 이제 그의 여생은 바랄 것이 없었고, 그가 모르는 것은 이 비단에 쓰여 있는 것이 유일했다. 그는 자신에게 희망을 주고 싶었다. 그녀와 그의 관계가 아직 끝

나지 않았고, 여전히 진행 중인 것처럼, 그래서 아직 모르는 것도 있고 희망도 있는 것처럼.

유순이 자기 말을 무시하자 여자아이는 골이 나서 입을 삐죽였다. 그 모습을 본 유순은 마음이 끌려 가벼운 목소리로 말했다.

"내가 잘못한 일이 너무 많아서 그 사람이 화가 많이 났단다."

"그렇구나. 후회하세요?"

유순이 고개를 끄덕이자 여자아이는 가엾다는 듯 한숨을 쉬더니 턱을 괴고 말했다.

"내가 사탕을 훔쳐 먹어서 엄마도 내게 화를 냈어요. 하지만 난 후회하지 않아요! 그 사탕은 정말 맛있거든요! 그러니까 다음번에도 또 훔쳐 먹을 거예요."

여자아이가 갑자기 눈을 동그랗게 뜨고 물었다.

"아저씨는요? 다음번에는 잘못하지 않을 거예요?"

유순은 당황해서 할 말을 잃었다.

"아저씨! 제가 묻잖아요! 다음번에……."

그때, 멀리 있던 남자아이가 귀찮은 목소리로 말했다.

"이 말괄량이야, 반딧불 잡으러 갈 거야 말 거야? 나더러 같이 가자고 해 놓고 자기는 게으름을 피우고 있어. 돌아갈 거야!"

여자아이는 유순을 내버려 두고 황급히 남자아이를 쫓아갔다. 두 아이의 그림자는 수풀 속으로 빠르게 사라졌다.

하늘에는 별이 가득 떠 있었고, 땅에는 반딧불이 반짝였다.

밤바람이 시원하게 불어왔다. 유순은 말없이 일어나 산을 내려갔다. 그의 뒤로 네 개의 하얀 비단 천이 푸르른 풀 위에 흩어져 있었다.

바람이 불어와 비단 천을 풀밭에서 말아 올렸다. 비단 천은 의지할 데 없이 흔들리며 지는 꽃처럼 허공에서 나부끼다가, 멀리 날아 차츰 칠흑같이 어두운 밤 속으로 들어가 다시는 찾을 수 없게 되었다.

지금의 그는 세상 끝에 있다 해도 무엇이든 쫓아가 찾을 수 있었다. 하지만 잃어버린 지난 일만은 다시 찾아낼 수 없었다.

21장
봉황은 어디로

곽성군 - 항아는 영약을 훔친 것을 후회하리라

　운림관雲林館의 잡초는 무릎까지 자랐다. 곽성군은 머리를 풀어헤치고 문지방에 앉아 멍하니 그 잡초를 바라보곤 했다.

　그녀를 돌보는 환관과 궁녀들은 모두 하소칠에게 암시를 받았고, 그래서 자신의 이익을 위해 아무도 곽성군을 보살펴 주려 하지 않았다. 하 유모 혼자 사람들의 이목을 피하지 않고, 하소칠의 경고를 완전히 무시했다. 그녀는 끝내 곽성군을 따라 소대궁으로, 이어서 운림관으로 옮겼고, 곽성군의 일상을 열심히 돌보았다.

　화가 난 하소칠은 하 유모를 혼내 주기 위해 우선 뒷조사를 했다. 그 결과, 겉으로는 하 유모가 곽성군을 냉궁에서 구해 낸 것처럼 보여도, 사실은 유순이 몰래 지시한 것이라는 놀라운 사실을 알게 되었다. 그는 식은땀을 주룩 흘리며 하 유모를 혼내 주려던 계획을 재빨리 취소했다.

하지만 설령 하 유모가 보살펴 주어도, 곽성군의 삼시 세 끼는 산나물에 왕겨투성이의 밥뿐이었다. 게다가 아침만 나오고 저녁은 나오지 않을 때도 자주 있었다. 곽성군은 음식을 가리지 않고, 아무리 삼키기 힘든 반찬이 나와도 언제나 조용히 먹어 치웠다. 그러고는 또 여전히 문지방에 멍하니 앉아만 있었다. 하 유모가 머리를 묶어 주려 해도 거절하고 머리칼이 어깨를 덮도록 내버려 두었다.

"마마, 무슨 생각을 하십니까?"

하 유모는 그녀가 예전처럼 대답하지 않을 거라 생각했지만, 뜻밖에도 오늘은 기분이 좀 좋았는지 그녀가 대답했다.

"예전 일을 생각하고 있다."

곽성군은 고개를 숙이고 자기 옷을 만지작거렸다. 치마에는 작은 구멍이 두 개 뚫려 있었는데, 그녀는 그것이 재미있는 양 구멍 사이로 손가락을 넣었다 뺐다 했다. 그 모습에 하 유모는 마음이 아파 가벼운 목소리로 말했다.

"제가 냉궁에 온 것은 이번이 두 번째입니다. 처음 왔을 때는 나가기만을 기다리며 절망했지요. 하지만 이번에 다시 와 보니, 두 번 다시 이곳에서 나가고 싶지 않습니다. 가난하고 고생스럽지만, 그래도 조용하니까요. 몸은 조금 고생스러워도 마음은 괴롭지 않아요."

곽성군이 고개를 옆으로 돌리며 웃었다. 새까만 머리칼이 스르륵 흘러내려 뺨 위로 늘어졌다. 그녀의 새까만 머리칼과 하얀 얼굴은 여전히 세상에서 보기 드물게 아름다웠다.

"소대궁만 해도 냉궁에서 가장 안 좋은 곳인데, 유순은 또다시 나를 운림관으로 보냈어. 게다가 하소칠은 내가 어떻게 지내는지 보려고 뻔질나게 드나들며, 주위 사람들이 내게 잘해 주지 않나 살펴보고 있지. 그런데 이곳이 조용하다고?"

하 유모는 아무 말도 하지 못했다. 곽성군은 다시 잡초를 보며 넋을 놓았다. 생기 하나 없는 진흙 인형처럼.

그러나 환관 한 명이 들어오자 곽성군은 곧 사람처럼 변했다. 그녀는 벌떡 일어나 몇 걸음 만에 환관에게 다가가 그를 똑바로 바라보았다. 환관은 주변을 둘러보더니 하 유모에게 물러가라고 눈짓했다. 하 유모는 곽성군에게 인사한 후 물러갔다.

환관이 뻐기면서 말했다.

"최근 황궁에 큰일이 벌어져 찾아올 틈이 없었소. 그 말은 며칠 전에 맹 대인께 전했는데, 그분은 미소를 지으며 들으시더니 겸손하게 예를 갖추며 고맙다고 하더군. 그러고는 아무 말도 없이 가 버렸소."

곽성군은 무릎 높이로 자란 잡초를 멍하니 노려보았다.

'실망인가? 그건 아닐 거야!'

역시 그 사람다웠다. 여전히 냉정하고 모질어서 한 줌의 연민도 베풀지 않았다.

그때, 환관이 헛기침을 두어 번 하더니 태연자약하게 말했다.

"그리고 맹 대인에 관한 중대한 소식이 있소."

곽성군은 한동안 멍하니 있다가 겨우 그 말을 이해했다.

"이제 내겐 금은보화가 없다. 지난번 네게 준 옥비녀가 마지막이었지. 아, 참! 저쪽에 걸려 있는 등롱이 있군. 정교한 수공예품이니 돈이 좀 될 거야."

등롱? 환관은 코웃음을 치며 귀찮다는 듯 돌아섰다. 그는 걸어가며 아무렇게나 내뱉었다.

"맹각은 벌써 죽고, 소망지가 태자태부 자리를 이어받았소."

곽성군이 몸을 부르르 떨었다. 그녀가 환관의 팔을 붙잡았다.

"뭐라고? 그럴 리가!"

환관은 사정없이 곽성군을 바닥에 팽개치고, 재수 없다는 듯이 소매를 툭툭 털었다.

"손으로 하늘을 가리던 곽씨가 모두 죽은 판국에 맹각이라고 죽지 말란 법 있소? 하지만⋯⋯."

그의 표정이 퍽 난처했다. 그는 밖으로 나가며 중얼거렸다.

"대체 어떻게 된 건지 정말 모르겠다니까. 폐하께서 소망지를 태부로 임명하는 명을 내리실 때 증오에 가득 찬 말투로, 맹각은 이민족 사람인데, 두터운 황은을 받고도 딴마음을 품어 몰래 강인들과 왕래했다며, 일이 실패하자 장안에서 달아났다고 하셨어. 그런데 궁궐 환관들은 그가 화살을 수없이 맞고 벌써 죽었다고 몰래 떠들고 있으니!"

곽성군은 차가운 잡초 위에 바보처럼 앉아 있었다. 멀리 핏빛의 석양이 지고 외로운 기러기가 구슬피 우는데도 그녀는 눈앞의 모든 것이 희뿌옇게만 보였다.

유순이 그를 살려 둘 리 있을까? 그녀도 이미 짐작했어야 하는 일이었다! 그런데 유순은 왜 아직도 그녀를 죽이지 않을까? 그녀에 대한 분노와 원한이라면 죽여도 시원치 않을 텐데. 어쩌면 매일매일 고생스럽게 살도록 놔두는 것이 좀 더 만족스럽기 때문인지도 모른다.

그녀는 일어나 전각 안으로 들어갔다. 소복으로 몸을 감싸고 긴 머리칼을 늘어뜨린 그녀의 창백한 얼굴은 모든 것을 꿰뚫은 듯 고요하고 무심했다.

바람이 불자 창 앞에 걸어 둔 팔각등이 바람에 흔들렸다. 그러자 살아 있는 듯 생생한 그림이 그녀의 눈앞에서 흔들렸다. 항아가 홀로 처량한 광한궁廣寒宮[14]에 앉아 남몰래 인간 세상을 바라보며 눈물을 흘리는 그림이었다. 그녀는 빙그레 웃었다.

'아버지, 제 잘못이에요! 지하에서도 아버지를 뵐 낯이 없어요!'

낡은 비단을 꺼낸 그녀는 발판 위에 선 채 그것을 대들보를 향해 힘껏 던졌다. 석양이 차가운 전각 안으로 비스듬히 새어 들어와 안에 있는 모든 것들에 주황색 빛을 덧씌웠다.

갑자기 바람이 거세어졌다. 바람 때문에 창문이 열렸다 닫히며 쿵쿵 소리를 냈다. 등이 바닥에 떨어져 데구루루 구르다가 뒤집어진 발판 앞에서 멈추었다.

---

14 달을 의미함.

상관소매 – 홀로 보낸 긴긴 세월

등아가 머리를 빗겨 줄 때, 상관소매는 거울 속에서 흰 머리칼을 발견했다. 그녀는 살짝 흰 머리칼을 뽑아 손가락으로 비볐다.

등아는 마음이 아파 눈물이 날 것 같았다. 마마의 연세는 많지도 않았다. 궁에 있는 다른 비빈들과 몇 살 정도밖에 차이가 나지 않았다. 하지만 마마는…….

그때, 육순이 들어와 여러 비빈들이 문안 인사를 왔다고 보고했다. 상관소매가 손을 내젓자 그는 곧 돌아서서 나갔다. 그러고는 이유도 말하지 않고 모두 돌아가라고 직접 전했다. 상관소매는 웃으면서 생각했다.

'육순도 늙었구나. 말할 때도 예전처럼 시원시원하고 열정적이지 않으니.'

황제의 존경과 태자의 효심 덕분에 후궁에서 그녀의 지위는 굳건했다. 총애를 받는 비빈이든 총애를 받지 못하는 비빈이든 모두 그녀의 호감을 얻으려 했다. 하지만 실제로 그녀를 만나 본 사람은 손에 꼽을 정도였다. 어떤 사람은 황자를 낳을 때까지 태황태후가 어떻게 생겼는지조차 모를 정도였다.

'장락궁의 늙은 여인'은 점차 밤에 소곤소곤 나누는 미앙궁의 전설이 되어 갔다. 어떤 사람은 그녀가 신체적 장애가 있어서, 선제가 후궁을 두지 않고 그녀만 총애했는데도 아기를 낳을 수 없었다고 말했다. 그 사람은 폐후인 곽성군도 그렇다며, 아무래도 곽씨의 핏속에 그런 병이 있는 것 같다고 생생하게 이야기했다.

어떤 사람은 그녀가 석녀石女[15]여서 황제의 은총을 입을 수 없었다고 했다. 또 어떤 사람은 그녀가 사실은 아직도 처녀라고 하면서, 지난날 선제에게는 숨겨 둔 여자가 있었는데 상관 결과 곽광을 꺼려 그 여자를 후궁에 들이지 못했다고 말했다.

어떤 사람은 그녀가 겁 많고 유약하여 무슨 일이 생길 때마다 고분고분하게 우는 것밖에 못 한다고 했고, 어떤 사람은 그녀가 냉담하고 무정해서 가족들이 모두 죽어 나갔는데도 눈물 한 방울 흘리지 않았다고 했다……

이런 유언비어를 들을 때마다 그녀는 웃음이 났다. 시간이 얼마나 무서운가. 소녀의 검은 머리를 하얗게 만들고, 남자의 곧은 허리를 굽게 하고, 모든 것을 왜곡하고 변형시킨다.

하지만 그런 시간도 그녀의 기억을 지우지는 못했다. 장락궁에서의 고요하고 기나긴 세월 동안 그녀는 천천히 추억을 더듬을 수 있었다.

처음 미앙궁에 들어온 날, 그녀는 여섯 살이었다. 머리에 쓴 무거운 봉황관에 짓눌려 비틀거리며 걸었던 기억이 난다.

사방에서 경사스러운 음악 소리가 들렸지만 그녀는 겁이 나

---

15 생리적으로 불구인 여자를 의미함.

서 울고 싶었다. 모든 것이 끝나면 어머니가 어서 빨리 와서 데려가 주었으면 했다.

사람들이 소리 높여 "폐하!"라고 외쳤지만 그녀는 아무도 보이지 않았다. 호기심을 참지 못하고 살며시 머리에 쓴 빨간 면사를 올려 황제가 어디 있는지 둘러보았다. 저 멀리 슬픔과 분노를 꾹 참고 있는 사람의 모습이 보였다. 그녀는 잠시 넋을 잃었다가, 잘못이라도 한 것처럼 재빨리 면사를 내려 당황하고 불안한 마음을 봉황관 아래로 숨겼다.

주례의 낭랑한 목소리가 들리는 동안, 그녀는 서툴게 머리를 조아리고 예를 올리면서 어머니의 말을 떠올렸다.

"엄마, 황후가 뭐예요?"

어머니는 그네를 밀어 그녀를 높이 올려 주었다. 그녀가 깔깔 웃었다. 자신의 웃음소리 속에 어머니의 대답이 들려왔다.

"황후는 황제의 아내야. 황제는 황후의 부군이고."

"그럼 아내는 뭔데요?"

"아내는 부군과 평생 함께하는 사람이란다."

"부군은 뭔데요?"

"부군은 아내와 평생 함께하는 사람이지."

그녀는 시무룩하게 말했다.

"그럼 난 황제와 평생 같이 있어야 하는 거예요? 싫어요, 엄마. 나는 엄마와 평생 같이 있을 거란 말이에요."

어머니는 잠시 아무 말 없이 그네만 밀었다. 그녀가 어머니를 돌아보자 어머니의 눈에는 눈물이 고여 있는 것 같았다.

그녀는 봉황관 아래에서 고민에 빠졌다.
'저 사람과 평생 같이 있어야 하는 거야? 날 별로 안 좋아하는 것 같은데! 하지만 나도 싫다, 뭐! 집으로 돌아갈래!'
그러나 어머니는 끝내 그녀를 데리러 오지 않았고, 그녀는 홀로 초방전에 남겨졌다.

일곱 살 때 신명대에서, 그는 처음으로 그녀를 안아 올리고 그녀의 집을 찾아 주었다. 그녀는 그의 품에 기대 아버지와 어머니를 찾으려고 애쓰면서도 몽롱하게 생각했다.
'어머니가 나와 이 사람이 평생 함께해야 한다고 했지? 평생 함께……!'
그는 아무 말도 하지 않고 조용히 그녀를 안고만 있었다. 하지만 그녀의 두려움과 공포는 사라진 것 같았다.
나중에 그녀는 그가 신명대에 가는 것을 좋아한다는 것을 알았다. 하지만 그가 바라보는 방향은 서쪽이었고, 그녀가 바라보는 방향은 북쪽이었다.
우연히 그를 만났을 때, 그는 여전히 그녀를 안아 올려 북쪽을 볼 수 있게 해 주었다. 사실은 그도, 그리고 그녀도, 서쪽이든 북쪽이든 아무것도 볼 수 없다는 것을 잘 알고 있었다.

여덟 살, 그녀는 처음으로 궁궐에서 노랫소리를 들었다.

노란 고니 날아올라 건장궁에 내려서니, 처량한 빗속에서 품위 있게
걸어간다

금으로 옷을 짓고 국화로 치마를 지으니, 사각거리는 연꽃이 갈대
속을 드나든다

변변치 못한 재주를 돌아보지만, 부끄러움도 길조이리

곁에 있던 궁녀가, 유불릉이 대신들의 부탁에 응해 지은 노
래라고 알려 주었다. 시의 뜻은 전혀 알 수 없지만, 이것이 노
래하는 것이 길조가 아니라 황제 자신이라는 것은 알 수 있었
다. 그녀 역시 태액지 못가에 서서 자유로운 새들을 바라보며,
자기 자신도 새가 되어 자유롭게 미앙궁을 벗어나는 것을 수없
이 상상했기 때문이었다.

궁녀들의 노래 속에서 그녀는 그의 눈동자 깊숙한 곳에 숨
겨진 연민이 무엇인지 갑자기 깨달았다. 알고 보니 그는 그녀
를 이해하고 있었다. 비록 말도 없고 소원하지만, 그녀의 속마
음을 모두 알고 있었던 것이다.

그녀는 점점 자랐지만 그녀를 대하는 그의 태도는 나날이
차가워졌다. 그녀는 가끔씩 일부러 신명대에서 그와 마주쳤다.
하지만 그는 그녀를 보면 곧장 몸을 돌려 떠났다. 그의 무관심
한 뒷모습 속에는 숨길 수 없는 피로가 묻어 있었다.

그녀는 미앙궁을 통틀어서, 신명대야말로 진정 그의 세상에

속한 유일한 곳임을 알게 되었다. 알았기 때문에 발길을 끊었다. 그녀는 다시는 신명대에 가지 않았다. 다만 별이 총총한 밤에 멀리서 들리는 구성진 통소 소리에 조용히 귀를 기울이며, 빨간 회랑과 옥으로 만든 난간을 맴돌았다.

그녀가 어떻게 이곳을 떠날 수 있을까?

그녀 삶의 모든 기쁨과 추억이 이곳에 있었다. 그녀의 부모형제, 가족과 친척들이 모두 이 땅에 묻혀 있었다. 맑은 날이면 먼저 부모님께 제사를 지내고, 이어 할아버지와 외할아버지, 숙부, 외숙부에게 제사를 올렸다. 동생의 묘 앞에서는 직접 그린 말을 태워 선물했고, 고모 상관란의 묘 앞에서는 견화를 태웠고, 이모 곽성군의 묘 앞에서는 비단 수건을 태웠다.

가장 중요한 것은 이곳에 그가 있다는 것이었다. 그녀는 신명대에 하루 종일 앉아 있을 수도 있고, 태액지에 나가 노란 고니를 볼 수도 있었다. 또, 평릉에서 일출을 볼 수도 있었다.

이 궁전 안에는 그의 그림자가 없는 곳이 없었다. 게다가 그 추억들은 그녀만의 것이었다. 구름 같은 검은 머리칼에 노래하듯 웃는 그 여자도 영원히 가질 수 없는 것이었다. 만약 가지는 것도 일종의 행복이라면, 추억을 가진 그녀 역시 행복했다.

"마마?"

등아가 걱정스럽게 불렀다. 마마는 또 넋을 놓고 계셨다.

상관소매는 미안한 듯 생긋 웃더니 손을 저어 등아를 내보냈다. 그리고 무심하게 손가락 사이에 있던 흰 머리칼을 놓고, 일어나서 창가로 가 창문을 열었다. 쪽빛 하늘의 기러기들이 일자를 이루어 남쪽으로 날아가고 있었다.

'저 새들이 날아가는 곳은 어떤 곳일까? 지금쯤 황제 오빠는 분명 알고 있겠지.'

황제 오빠, 오빠가 마침내 자유로워졌다는 걸 난 알아요. 구름 같고 노래 같은 그 여자를 따라 날아갔다는 걸요. 그녀는 천하를 돌아다니며 오빠가 하고 싶었던 모든 것을 할 거예요. 하지만 나의 오빠는 아직 이 궁전 곳곳에 남아 있어요. 태액지 못가에, 신명대 위에, 전각의 회랑 사이에. 눈만 깜빡하면 오빠가 천천히 내게 다가오는 모습을 볼 수 있는 것 같고, 깊은 밤에 귀를 기울이면 여전히 오빠의 퉁소 소리가 들리는 것 같아요.

오빠가 준 유조는, 아마 영원히 쓰지 못할 거예요. 바깥세상이 무척 크다는 건 알아요. 하지만 아무리 크고 넓어도, 오빠의 모습이 없는데 나와 무슨 상관일까요? 아무리 아름다운 꽃도, 아무리 아름다운 나무도, 아무리 신기한 풍경도, 그리고 아무리 좋은 남자도, 내가 원하는 건 아니에요. 내가 원하는 건 단지 이곳을 지키는 거예요. 여기서 오빠와 나의 추억을 지키며 혼자 오랜 세월을 보낼 거예요.

후기

한 무제 말년은 매년 계속된 전쟁과 극도의 사치, 가혹한 법률 때문에 사회의 모순이 나날이 극심해지고 있었다. 토지를 잃은 사람이 많아지고, 백성들은 편히 살 수 없게 되어 사방에서 농민 봉기가 일어났다. 백성들의 원성에, 한 무제는 농민 봉기로 멸망한 진나라를 떠올리고, '논대죄기조[16]'를 내려 반평생해 온 일을 뉘우쳤다.

한 무제가 죽자, 소제 유불릉이 여덟 살의 나이로 즉위했다. 명철하고 지혜롭고 결단력 있는 그는 수차례 조서를 내려 백성을 돕고, 소작료 및 인두세 등 각종 세금을 감면했다. 13년이라는 짧은 기간 동안 세금은 3분의 2로 줄어들었다. 동시에 그는

---

16 輪臺罪己詔, 자신을 죄를 논하는 조서.

형벌을 줄이고 천하에 사면을 실시하여 어진 정치를 펼쳤다. 그가 집정하는 동안 백성들은 즐겁고 편안하게 살 수 있었고, 국고도 충실해지기 시작했고, 한나라도 안정적인 중흥기로 접어들었다.

원평 원년[17], 사서에 어려서부터 건강하고 활동을 좋아했다고 기록된 소제가 스물한 살[18]이라는 젊은 나이에 갑작스런 병으로 죽었다. 유불릉은 평생 후궁이 없었고, 궁녀를 총애했다는 기록도 없고, 자녀도 없었다. 그보다 여섯 살[19] 어린 황후 상관씨뿐이었다. 유불릉은 죽은 뒤 평릉에 묻혔다.

소제가 붕어한 후, 그 조카인 창읍왕 유하가 곽광에게 옹립되어 황제가 되었다. 유하는 즉위한 27일 동안 1,127가지 황당한 일을 저질렀다. 하루 평균 마흔 개였다. 먹지도 자지도 않고 30분마다 하나씩 나쁜 일을 저지른 것이다. 곽광은 그것을 핑계로 유하를 폐하고 유순을 세웠다. 이렇게 해서 또 한 명의 전설적 황제, 유순이 역사의 무대에 올랐다.

유순은 민간에서 자랐기 때문에 백성들의 고통을 잘 알았다. 그는 세심하게 민심을 살피고 관리를 엄격히 통제하여 높은 지위에 있는 탐관오리를 적잖이 주살했다. 또 수차례 세금을 면제하고, 유랑민들을 달래 귀순시키고, 형벌을 경감시켰다.

농업 생산 등 중대한 국책國策에서는 곽광의 주장을 지속적

---

17 기원전 74년.

18 스물두 살이라는 설도 있음.

19 혹은 일곱 살.

으로 받아들여 백성을 부유하게 하고 나라를 강하게 만들었다.

유순은 대군을 파견해 강족을 공격했다. 이에 강족은 각 부락을 연합하고 흉노에게 지원병을 요청했다. 지리적 이점 덕분에 처음에는 강족이 우위를 점했다. 그러나 한나라 군대가 위기에 봉착했을 때 강족 내부에서 알 수 없는 내란이 일어나, 주전파 우두머리인 양옥楊玉과 우비猶非가 피살되었다. 강족은 큰 혼란에 빠져 결국 한나라에 항복했다.

서역 각 나라, 오손과 차사, 구자국도 차례로 귀순했다. 감로 3년[20], 남흉노의 호한사呼韓邪 선우가 친히 오원의 요새를 방문해 한나라의 신하가 되기를 청했다. 이로써 남흉노는 한나라의 속국이 되었다.

호한사 선우와 함께 한나라에 귀순한 사람 중에는 무제 때한나라를 버리고 흉노에 귀순한 이릉의 후예도 있었다.

이렇게 해서 선제 유순은 무제 유철이 평생 국력을 쏟아붓고도 이루지 못한 업적, 사이四夷를 복속시키고 천하를 귀순시키는 업적을 완성했다.

선제 유순에게는 세 명의 황후가 있었다. 허평군, 곽성군, 그리고 사서에 이름이 기재되지 않은 왕 황후였다. 사서에는 허평군과 유순의 애정이 깊고 두터웠다고 했고, '옛 검에 대한 정'이라는 이야기도 전하고 있다. 허평군은 출산 후 과다 출혈때문에 죽었으나, 곽광이 죽은 후 조사해 보니 중독되어 죽었

---

20 기원전 51년.

다는 것이 밝혀졌다.

두 번째 황후 곽성군은 대장군 곽광의 막내딸로, 곽광이 살아 있을 때에는 유순과 사이가 좋아 그의 총애를 거의 독차지할 정도였으나 끝내 아이는 갖지 못했고, 곽광이 죽은 후 폐위되었다. 유순은 그녀를 소대궁으로 내쫓았다가 여전히 만족하지 못하고 다시 더 황폐한 운림관으로 보냈다. 곽성군은 치욕을 견디지 못하고 자결로 삶을 마감했다.

세 번째 황후 왕씨는 유순의 아내라기보다 태자 유석의 계모라고 하는 것이 나을 것이다. 유순은 그녀에게 유석을 보살필 것만 명하고 한 번도 가까이하지 않았기 때문에 그녀 역시 자식은 없었다. 그래서 선제 평생 적자는 유석 한 명뿐이었다.

중국의 황위 계승 제도에 따르면, 유석이 죽지 않는 한 다른 황자들에게는 황위 계승 자격이 없었다. 게다가 유순은 유석을 각별히 아꼈다. 하지만, 모순적이게도 부자 관계는 별로 좋지 않았다. 사서에는 유석이 '선비처럼 인자하고 부드럽다[21]'고 되어 있지만, 유순은 패권으로 나라를 다스리는 것을 추앙했다. 그래서 유석과 유순은 대부분의 일에서 견해가 달랐다.

선제 유순은 종실에게 후했지만 유독 창읍왕 유하는 좋아하지 않아, 누차 성지를 내려 그의 언행을 질책했다. 심지어 마지막에는 그를 해혼후海昏侯로 봉하기까지 했다. 그러나 창읍왕 유하는 무례한 대우를 참고 견디며 전혀 반항하지 않았다. '해

---

21 《운중가》에서 유석은 태부 맹각이 힘껏 가르친 덕에 유학 경전을 숙독하고 유학을 숭상했다. 게다가 어머니 허평군의 영향으로 본성도 부드럽고 인자했다.

혼후'라는 봉작 역시 정중히 받아들였다. 역사의 기록에 따르면, 유하는 사냥을 좋아해 몸이 건강했으나, 결국 병도 앓지 않고 죽었는데, 그때 그의 나이 겨우 서른 몇 살 때였다.

광릉왕 유서는 완전히 반대였다. 사서에는 선제가 그에게 예의를 갖추고 후하게 대했지만, 그는 계속 황제에게 불만을 가져, 끝내 도리에 어긋나게 무당을 불러 선제를 저주했다고 되어 있다. 그 일이 실패하자 유서는 벌을 받을 것이 두려워 자결했다.

그가 죽은 후 유순은 광릉왕의 봉지를 폐하여 유서의 자손이 계승하지 못하게 했다. 그러나 원제元帝 유석이 등극한 후 다시 유서의 세자 유패劉霸를 광릉왕으로 봉하고, 봉지를 돌려주고, 유서의 제사를 지내게 해 주었다.

황룡 원년[22], 선제 유순은 향년 마흔네 살에 세상을 떠나 두릉杜陵에 묻혔다.

선제의 통치 기간 동안 '관리는 직책을 다하고 백성들은 편안히 생업에 종사했'고 한다. 사서는 그 기간이 한나라 역사상 무력이 가장 강성하고, 경제가 가장 번창했던 시기라고 평가한다. 그런 선제의 공적은 소제가 다져 놓은 기반을 빼고는 말할 수 없다. 그래서 소제 유불릉과 선제 유순의 통치를 '소선昭宣의 중흥中興'이라고 일컫는다.

단, 선제의 중흥 뒤에는 잠복된 문제가 가득했다. 선제가 환

---

22 기원전 49년.

관을 임용했기 때문에 원제 유석은 더욱더 환관을 총애하고 신뢰했고, 이것이 훗날 중신들이 환관들에게 맞아 죽는 참극을 야기한다. 이 모든 것은 훗날 환관이 정사에 관여하게 만들고, 환관의 정사 참여는 직접적으로 조정의 당파 싸움을 불러일으켜 조정을 어지럽혔다. 한나라는 결국 환관에 의한 문란한 정치 때문에 멸망했으니, 그 역시 유순이 뿌린 씨앗이라고 할 수 있다.

《운중가》 끝